AMY GENTRY

Amy Gentry est chroniqueuse littéraire pour le *Chicago Tribune*, *Salon* et la *L.A. Review of Books*. *Les Filles des autres*, son premier roman, est un best-seller aux États-Unis. Il a paru en France dans la collection « La Bête noire » aux éditions Robert Laffont en 2017. Il est suivi de *De si bonnes amies* paru chez le même éditeur en 2019. Elle vit à Austin au Texas.

DE SI BONNES AMIES

DU MÊME AUTEUR
CHEZ POCKET

LES FILLES DES AUTRES

DE SI BONNES AMIES

AMY GENTRY

DE SI BONNES AMIES

Traduit de l'anglais (États-Unis)
par Fabienne Vidallet

LA BÊTE NOIRE
Robert Laffont

Titre original :
LAST WOMAN STANDING

MIXTE
Papier issu de sources responsables
FSC® C003309
FSC
www.fsc.org

Pocket, une marque d'Univers Poche,
est un éditeur qui s'engage pour la préservation
de l'environnement et qui utilise du papier fabriqué
à partir de bois provenant de forêts gérées
de manière responsable.

ISBN : 978-2-266-30686-7
Dépôt légal : avril 2020

Pour AJZ, une femme très avisée

NANCY : Je devrais te consulter pour bâtir mes intrigues.
SYLVIA : En tout cas, tu devrais consulter quelqu'un.

George Cukor, *Femmes*, 1939

1

— Suivante, *Daaaaana Diaz* !

Quelques applaudissements épars se firent entendre tandis que je montai sur l'estrade en bois et me frayai un chemin au milieu du système de sonorisation. Arrivée sous la lumière du projecteur, je tirai une dernière fois sur l'ourlet de mon tee-shirt, ôtai en souriant un cheveu brun qui s'était englué sur mon gloss et tapotai le micro en déroulant avec précaution le câble fixé autour du pied. Inutile de perdre du temps à essayer de l'abaisser à ma hauteur – c'est-à-dire un mètre soixante-deux plus les dix centimètres de talons que je porte toujours sur scène.

— Salut, tout le monde ! Je m'appelle Dana et je serai votre quota de Latinos pour la soirée.

J'attendis les ricanements inconfortables qui suivaient d'habitude ce genre de vanne mais n'eus droit qu'au silence froissé d'un bar dans lequel on venait d'éteindre la musique, suivi par une toux sèche. Je poursuivis.

— Et pas la peine de me dire de retourner d'où je viens. Amarillo est un vrai trou à rats. (De nouveau le silence. Je tripotai le pied du micro.) Il y en a qui viennent d'Amarillo dans la salle ? Non ? Personne ? (Pas de *bouh.*) Je comprends. Je ne m'en vanterais pas non plus si ce n'était pas mon boulot. Enfin, ma passion.

J'étais rentrée à Austin depuis un peu plus d'un an et je m'efforçais de me produire dans tous les bars et clubs possibles, ce qui m'avait permis de gagner une place dans la programmation du Troisième Jeudi du Nomad. Mais depuis quelque temps, toutes mes blagues tombaient à plat et j'ignorais pourquoi.

Je poursuivis.

— Il n'y a pas grand-chose à faire à Amarillo. Le deuxième plus grand employeur de la ville est l'usine d'hélium. Quand j'étais au lycée, on avait l'habitude de traîner derrière le supermarché et d'en siffler. (Je fis semblant d'aspirer l'air d'un ballon, puis repris d'une voix haut perchée et grinçante :) « Hé, mec, arrête de chanter "Joyeux anniversaire" avec la voix de Bob l'éponge. »

Aucune réaction. En réalité, ma voix de défoncée n'avait jamais été très convaincante : mes week-ends de lycéenne avaient été plutôt sages. Jason et moi avions constaté les ravages de la drogue sur son frère aîné et il était hors de question d'y toucher. Je me promis de travailler dessus et enchaînai.

— Quand j'étais gamine, ma mère bossait à l'usine d'hélium. J'ai longtemps cru qu'elle était clown pour les anniversaires. (Un silence.) Quand elle m'a emmenée à son boulot, j'ai été super déçue.

En scrutant les chaises installées au premier rang à la recherche d'un visage amical, je n'aperçus que des ivrognes au regard vitreux et de mauvais *dates* Tinder.

Je laissai mon esprit vagabonder dans la lueur aveuglante du projecteur. Jason, mon partenaire d'écriture et mon meilleur ami depuis l'âge de quatorze ans, m'avait appris il y avait longtemps que si je faisais un bide, le mieux était de chercher la personne la moins hostile de la salle et de ne m'adresser qu'à elle. Cette astuce me permettait rarement de conquérir le public mais j'avais enchaîné suffisamment de spectacles pourris pour savoir que ça n'avait aucune importance : l'essentiel était de montrer à l'assistance que tout se passait comme sur des roulettes. Rien n'est plus inconfortable que de voir quelqu'un perdre ses moyens sur scène. J'avais donné un nom à cette règle : *Pas de sang dans l'eau, ça attire les requins.*

Je me dandinai tout en haussant le ton. Après quatre années passées à Los Angeles, j'avais du mal à trouver mes marques dans cette ville de province. Là-bas, je bossais comme une dingue et ça me manquait. Le public de Los Angeles était difficile mais il m'avait permis de m'endurcir ; à Austin, le pire c'était l'indifférence. Quand j'avais quitté Los Angeles, Jason ne me parlait presque plus, aussi n'avais-je pas pris la peine de lui dire ce que j'avais expliqué à tout le monde : j'avais besoin de faire un break, pas longtemps, puis je reviendrais. Mais c'était plus dur que ça en avait l'air. La dernière fois que j'étais partie, j'avais cinq ans de moins et je n'étais pas seule. Tout avait été plus facile avec Jason : il savait d'où on venait et à quel point il était important pour nous de continuer à avancer sans jamais regarder en arrière.

Tout ça pour ça. J'avais l'impression de repartir de zéro en revenant à Austin, sauf qu'il y avait maintenant plus d'artistes de stand-up et que la bière était plus chère. Le loyer de mon appartement miteux grimperait en flèche lorsque je renouvellerais le bail dans quelques mois, je gagnais à peine de quoi me payer une pinte après le spectacle tout en me coltinant les bars et les cafés merdiques. Vingt-huit ans, ce n'était peut-être pas vieux, mais trop pour vivre comme ça.

— J'aimerais remercier ma mère de m'avoir donné les initiales DD.

Je jetai un regard insistant sur ma poitrine et fut remerciée par quelques ricanements. Ah, les blagues de nichons. Le nerf de l'humour.

— Grâce à elle, j'ai adoré le lycée.

— Jolis nibards ! cria quelqu'un depuis le fond du club.

— Bobby Mickelthwaite, c'est toi ? (Je mis aussitôt la main en visière comme si j'essayais d'y voir malgré le projecteur.) Tu n'as pas changé depuis la cinquième. (Je plissai les yeux.) Sauf – voyons voir. Ah, si, t'es beaucoup plus moche.

La voix rétorqua sans se démonter :

— Enlève le haut !

— Toujours aussi malin, à ce que je vois, marmonnai-je avant de m'apprêter à enchaîner.

— Montre-nous tes nichons !

Quelques personnes protestèrent. Une voix cria : « Ta gueule ! » Je sentis le goût excitant de la colère du public : si elle devenait incontrôlable, le trouble-fête détournerait définitivement l'attention. Je repoussai un frémissement de panique. *Pas de sang dans l'eau*, songeai-je. *Montre-leur que tu te débrouilles très bien toute seule.*

Je pris un ton mielleux pour demander :

— Quelle femme vous a fait du mal ? (Puis, de ma voix normale :) Donnez-moi ses nom et prénom. Je voudrais savoir qui je dois payer pour que ça se reproduise. (Un rire un peu hésitant monta du public en entendant la violence de ma réponse.) Encore. Et encore.

Le mec marmonna des paroles avinées mais seules quelques personnes rirent.

— Je plaisante, voyons ! affirmai-je en écartant les bras. Je ne gagne pas un rond. On pourrait peut-être m'ouvrir une cagnotte Ulule ?

Mélange de rires et de huées. Impossible de deviner si les protestations m'étaient destinées ou si elles visaient le perturbateur. Le videur se dirigea enfin vers lui et je repris mon sketch où je m'étais arrêtée, passant à la partie concernant mon job alimentaire. Mon adrénaline était montée en flèche, de même que celle du public, mais ce n'était pas un sentiment agréable. Comme les spectateurs n'étaient pas de mon côté avant, le trouble-fête s'était contenté de matérialiser l'énergie toxique de la salle. *Ne ferme pas les yeux*, m'ordonnai-je. *Ne cille pas tant que tu n'as pas repris le dessus.*

Mais des petits points noirs commencèrent à se multiplier en bordure de ma vision.

J'entendis d'abord son éclat de rire virulent avant de la voir : j'avais trouvé mon visage amical. Elle était assise à une table près du mur, sous un néon vert de marque de bière qui éclairait ses cheveux blonds hirsutes. J'aperçus deux grands yeux écartés et cernés, des pommettes saillantes et des dents blanches dévoilées par un large sourire. Je me demandai pourquoi je ne l'avais pas remarquée plus tôt – soit le projecteur ne l'éclairait pas jusqu'alors, soit c'était la première fois qu'elle riait. Elle hochait la tête comme un pissenlit sous la brise, m'approuvant sans réserve, et je me détendis. Je mémorisai son visage et pendant le reste du spectacle, je regardai le public, comme d'habitude, mais je ne récitais mes vannes que pour la femme pissenlit, qui s'esclaffait par intermittence. Par bonheur, les dix minutes qui m'étaient allouées passèrent rapidement, puis je descendis de l'estrade moquettée, m'éloignai du projecteur et regagnai la pénombre de la salle.

— On applaudit Dana Diaz !

Fash, le présentateur, joignit le geste à la parole tandis que j'enjambai les câbles de la sono et me faufilai jusqu'au bar.

— Le suivant…

Le suivant était Toby, un hipster de Minneapolis sur le point de partir à Los Angeles.

— Faisons-lui des adieux chaleureux !

Quelques applaudissements. Après lui viendraient Kim, alias l'Autre Fille, avec ses longues boucles blondes et sa nuisette à la Courtney Love, puis James, qui portait des bretelles et jouait de l'ukulélé. Fash Banner, maître de cérémonie et organisateur, qui avait fini troisième au concours annuel de la Personne la plus drôle d'Austin, clôturerait le show. Je n'avais pas le courage de les regarder réussir ou se planter l'un après l'autre. Je voulais prendre un verre dans l'autre salle, et ce soir j'avais besoin de quelque chose de corsé.

— Un whisky-soda, commandai-je à Nick, le barman du jeudi, en criant pour couvrir le début du sketch de Toby.

— Laissez-moi vous l'offrir, dit quelqu'un à côté de moi avant de plaquer et faire glisser sa carte bleue sur le comptoir.

Je pivotai. C'était la femme pissenlit.

— Merci.

Je n'étais pas en position de décliner un verre gratuit et je ressentais une sympathie persistante pour l'inconnue qui m'avait aidée à venir à bout de ce désastre. J'observai la blonde qui se tenait à mes côtés – ou plutôt qui me dominait, même s'il n'en fallait pas beaucoup pour ça. De près, je vis que ses cheveux ébouriffés étaient décolorés et qu'elle avait des racines châtain. Le col Mao de son blouson en cuir élimé lui donnait un air vaguement clérical.

— La même chose, ajouta-t-elle à l'intention de Nick et je compris alors qu'elle avait l'intention de prendre un verre avec moi.

Il était trop tard pour refuser. Je m'emparai du whisky-soda posé sur le sous-verre en carton humide, fis un geste en direction de la scène pour lui faire comprendre qu'il valait mieux cesser de parler et me dirigeai vers la deuxième salle pour voir si elle me suivrait. Moins d'une minute plus tard, elle s'encadra sur le seuil de la petite salle, son verre à la main, et se dirigea lentement dans ma direction. La sono était moins forte dans cette pièce et les murmures des clients assourdis.

— Je m'appelle Amanda, déclara-t-elle en me tendant la main. J'admire vraiment la façon dont vous avez géré le type de tout à l'heure et je me suis dit que ça méritait bien un verre.

C'était exactement ce que j'avais deviné ; elle avait assisté à tout mon spectacle mais n'avait commencé à s'y intéresser vraiment que lorsque le mec m'avait interrompue. Ça jetait un éclairage différent sur le verre qu'elle m'offrait.

— Dana, répondis-je en lui serrant la main. Merci. Même si ça ne m'a pas attiré les faveurs du public pour autant.

— Les gens n'aiment pas qu'on leur dise la vérité. Mais les types dans son genre doivent être remis à leur place.

Les types dans son genre. C'était presque mignon.

— Vous n'êtes pas une habituée du stand-up, pas vrai ?

Amanda sourit.

— Non, admit-elle. J'ai emménagé ici il y a seulement quelques semaines.

Je ne compris pas si c'était censé expliquer pourquoi elle n'assistait pas souvent à des spectacles d'impro ou si c'était la raison de sa présence ce soir.

— Eh bien, Amanda, sachez que « On veut voir tes seins » est aussi habituel dans les shows de stand-up féminins que le bruit dans une cour de récré. Si on n'est pas capable de prendre sur soi…

Je haussai les épaules.

— Vous subissez ce type de harcèlement à chaque fois ? demanda-t-elle, incrédule et choquée. Et vous devez le supporter sans rien dire ?

— Les perturbateurs s'en prennent à tout le monde, répondis-je, un peu mal à l'aise. C'est un des inconvénients du métier. Mais ce n'est pas si pénible que ça. Je vous assure, poursuivis-je en riant. Je préfère un gars du public un peu chiant plutôt qu'une remarque déplacée de la part du présentateur.

— Ça arrive ?

— Ça ou des blagues douteuses sur le viol de la part du mec qui me précède. Ou, mon préféré, quand quelqu'un vient vous voir après votre show pour vous dire : « Vous êtes marrante, pour une nana. »

J'en avais assez d'entendre toujours les mêmes rengaines sur ce que subissaient les « comiques femmes » et quand une autre femme s'en plaignait, je faisais la sourde oreille. Pas qu'elles n'aient pas de raisons de se plaindre, mais je ne voyais juste pas l'intérêt de s'y attarder. Cependant, devant l'expression sidérée d'Amanda, je m'en délectais tout d'un coup.

— Il faut vraiment se blinder, constata-t-elle en secouant la tête.

— Et comment. Je faisais un 34 avant, plaisantai-je.

Elle ne saisit pas la blague, ce que je trouvai étrangement attendrissant. Ma mère ne comprenait pas mon humour non plus mais j'ignorais si c'était à cause de la barrière de la langue ou parce que je lui rappelais mon père, qui s'était fait la malle il y a longtemps. Il lui arrivait de comprendre uniquement ce qui l'arrangeait.

Amanda attendait la suite de l'histoire. J'avalai une rasade de whisky-soda et me résignai à m'expliquer plus avant.

— Ce que je veux dire, c'est qu'on apprend très vite à gérer ce genre de mecs. Sinon, on perd le fil.

— Ça demande un grand sens de la repartie tout de même.

— Pas forcément. Il faut juste réagir vite pour pouvoir poursuivre. Pour lui montrer… (Je me repris.) Pour montrer au *public* qu'on ne se laisse pas démonter.

— Vraiment ? Ne me dites pas que vous n'avez pas un peu apprécié le remettre à sa place et l'humilier ?

(Elle plissa les yeux et m'adressa un sourire complice.) Soyez franche.

Le whisky m'avait réchauffé le ventre. J'éclatai de rire.

— Peut-être un peu, oui, admis-je.

Au moment où je l'avais chambré, j'avais éprouvé un bref éclair de plaisir en imaginant sa souffrance. Cette idée me mit mal à l'aise. C'était un peu indécent, même si beaucoup de comiques se laissaient aller à cette pulsion. Il était temps de changer de sujet.

— Vous avez dit que vous veniez d'emménager ? Vous venez d'où ?

— Los Angeles. Je voulais être actrice.

Loin d'être surprise, je compris mieux ce que j'avais perçu chez elle dès le premier regard. Son mélange de naïveté et d'aisance me rappelait certaines femmes que j'avais croisées en cours de théâtre, des femmes fragiles aux traits saisissants qui avaient été repérées dans des laveries automatiques ou pendant qu'elles faisaient la queue pour acheter des cigarettes dans un drugstore. Taillées pour les groupes de filles et les petits rôles dans les *soap operas*, elles faisaient rarement carrière. Elles n'avaient pas assez d'imagination et étaient trop pragmatiques pour le métier d'actrice ; elles finissaient alors par disparaître dans le décor splendide de Los Angeles ou par passer à autre chose.

— J'y ai vécu pendant quelques années, moi aussi, expliquai-je. On a peut-être des amis communs.

— Je n'y ai passé qu'une année, répondit-elle en remuant son whisky. J'ai détesté.

— Moi aussi, mentis-je en songeant soudain à une idée de série : *une actrice ratée ouvre un théâtre* *amateur dans sa ville natale. Un mélange d'*En attendant Guffman *et de* Crazy Ex-Girlfriend. (Je triturai ma serviette en papier, regrettant de ne pas avoir de stylo sur moi.) Vous y êtes certainement arrivée avant que j'en parte. Voyons voir…

J'énumérai des endroits où nous aurions pu nous croiser, dressai la liste des théâtres d'impro, des ateliers de comédiens, des événements sociaux et évoquai même le Culver City, où j'avais été serveuse. Elle secouait la tête chaque fois. On ne fréquentait apparemment pas les mêmes cercles, même si plus je parlais, plus j'avais l'impression de l'avoir déjà vue quelque part.

— Avec qui vous traîniez, alors ? demandai-je.

— Personne. J'ai perdu tous mes amis quand j'ai été licenciée de mon job dans l'informatique. (Elle perçut dans mon regard la question que je ne formulai pas.) J'étais programmeuse chez Runnr, expliqua-t-elle.

J'avais beau être limite technophobe, même moi je connaissais l'existence de cette application de livraison qui avait supplanté toutes les autres – même si, dans notre monde de petits boulots alimentaires, mes amis étaient plus souvent coursiers que clients. La surprise dut se lire sur mon visage, mêlée à de la honte devant mes propres préjugés – les groupes de filles et les *soap operas* ! –, parce qu'elle m'adressa un sourire ironique.

— Je sais. Je ne ressemble pas à l'idée qu'on se fait d'une ingénieure en informatique. Pas plus que vous n'avez l'air d'une comique.

Je rougis. Mon apparence – petite, la peau mate, la silhouette de ma mère sans le collant gainant – ne laissait effectivement rien deviner de mes activités annexes.

— Je suis désolée.

— Ce n'est pas grave. Disons juste que tous les mecs avec qui je bossais pensaient exactement comme vous. Ils ne s'en sont jamais cachés. (Elle sirota une gorgée de whisky.) Et ça, c'était *avant* que mon chef ne m'envoie des photos de sa bite.

— C'est dégueulasse. (« Ce genre de mecs. ») C'est comme ça que vous avez perdu votre boulot ?

— Oui. (Elle acheva son verre après avoir repoussé la paille.) Comme une idiote, je suis allée me plaindre aux RH. Deux années de procès pour harcèlement sexuel m'ont valu un petit paquet de pognon et d'être mise au ban de toutes les start-up de la Silicon Valley. Sans parler des trolls – quelqu'un sur Reddit a deviné mon nom en voyant les actus. Ce n'était pas très difficile. Il n'y a pas des masses de programmeuses chez Runnr.

— Comment vous avez atterri à Los Angeles ?

— Ça me paraissait le bon endroit pour disparaître des radars. (Elle baissa les yeux sur son verre vide.) L'un d'eux m'a balancée au SWAT. Ils ont envoyé une équipe chez moi. J'ai été réveillée en pleine nuit par des mecs armés jusqu'aux dents. Après ça, j'ai fait une dépression. J'ai effacé mon profil pour qu'ils ne puissent pas me pister et j'ai sombré dans le côté obscur d'Internet. Et j'ai foutu le camp.

— Pourquoi essayer de devenir actrice ? demandai-je.

Elle haussa les épaules.

— Je voulais m'éloigner autant que possible de l'informatique. Je me suis dit : *OK, voyons voir ce que ça fait de se servir de son apparence pour réussir.* (J'admirai sa façon de l'assumer sans autodérision.) Pour être honnête, j'étais nulle, mais j'ai décroché pas mal d'auditions à cause de mon physique.

Je ne pus m'empêcher de ressentir un peu d'amertume. Je levai mon verre.

— Ça doit être cool.

— Oui, admit-elle. Jusqu'à ce que je rencontre mon ex. Il a gâché toutes les opportunités que j'aurais pu avoir. Il était follement jaloux. Il flippait si je rentrais tard d'une soirée ou, pire, si je discutais avec un autre homme. Et pourtant, on sait bien que ce sont les hommes qui décident dans ce milieu, n'est-ce pas ? Mais c'est encore une autre histoire. (Elle soupira et fit s'entrechoquer les glaçons dans son verre.) Une fois qu'on a emménagé ensemble, il s'est mis à cacher mon téléphone pour que je rate des auditions. Il m'espionnait. Me menaçait.

Elle me lança un regard perçant, presque comme si elle me mettait au défi de réagir. Son regard était gris-vert et ce que j'avais pris pour de la fragilité était en réalité une soif que j'étais incapable d'identifier.

— Il n'a jamais levé la main sur moi si c'est la question que vous vous posez, finit-elle par dire.

Ne sachant pas vraiment quoi répondre, j'optai pour l'ironie.

— Un vrai prince.

— Mais il m'a fait subir d'autres choses. Il m'enfermait dans une pièce insonorisée. (Elle frissonna.) Il m'aurait fait du mal d'une manière ou d'une autre si j'étais restée.

— Vous avez bien fait de partir.

Des applaudissements nourris nous parvinrent depuis la salle principale : Toby avait apparemment terminé son spectacle avec plus de succès que moi. L'Autre Fille fut présentée et je me demandai si le mec obsédé par les nichons se pointerait de nouveau. Je l'imaginais en train de rôder dehors en attendant d'entendre une voix féminine se déverser des enceintes.

Je vidai mon verre avant de lancer :

— Et si je payais la tournée suivante ?

Cette tournée fut suivie d'une autre et je me rendis compte trop tard que j'étais en train de me bourrer la gueule. Je le compris quand je me mis à parler du concours de la Personne la plus drôle d'Austin.

— C'est débile. Et j'ai zéro chance de gagner.

— Je suis persuadée que c'est faux, affirma-t-elle.

Ses coudes glissèrent sur la table : elle aussi avait trop bu.

Mais c'était vraiment idiot. Je n'en aurais jamais parlé de la sorte – d'une manière embrouillée mais optimiste – avec mes amis comiques parce qu'on désirait tous gagner et qu'on se trouvait stupides de le vouloir. Mais l'humour était un pays étranger pour Amanda et j'étais son seul guide. J'éprouvais une forme de soulagement à étaler mes rêves pathétiques devant quelqu'un qui ne savait pas à quel point ils étaient hors d'atteinte.

— Il y a une grosse compétition au Bat City Comedy Club tous les ans. Tous les comiques participent. Il y a du fric à la clé.

Le gagnant remportait cinq mille dollars, une somme suffisante pour que je puisse repartir à Los Angeles et peut-être même tourner une petite vidéo pas chère.

Ou un pilote de série si j'avais enfin une bonne idée. Si je gagnais, une petite voix insistante dans ma tête me disait que Jason accepterait peut-être que je redevienne sa coautrice et qu'on pourrait écrire ce pilote ensemble.

— Je me suis inscrite trop tard l'année dernière, poursuivis-je. Mais cette année… (Le visage d'Amanda s'illumina.) C'est impossible, me hâtai-je d'affirmer. Tous les comiques de la ville, absolument tous, participent. (Je fis un geste en direction de la salle adjacente où James gratouillait son ukulélé en braillant.) Mais les juges sont des pros qui viennent de Los Angeles, New York et Toronto, alors même si je n'arrive qu'en finale…

Je n'achevai pas ma phrase. Je connaissais des gens qui avaient déniché des managers et des agents, été invités à des festivals et avaient même décroché des rôles dans des sitcoms après avoir fini dans le haut du classement. Il me paraissait imprudent d'énumérer les possibilités.

Elle dut remarquer mon expression amère.

— Pourquoi êtes-vous revenue ici ?

Les raisons pour lesquelles j'avais quitté Los Angeles étaient nombreuses – notre loyer ne cessait d'augmenter et mon job de serveuse m'épuisait – mais la goutte d'eau avait été mon désastreux rendez-vous avec Aaron Neely. Neely avait jadis été comique. Il possédait une tendance à l'autodestruction et après une banale cure de désintox, il avait, moins banalement, décidé de mettre de côté sa propre carrière, alors à son apogée, pour produire de jeunes talents. En quatre ans, Jason et moi avions manqué percer de peu à plusieurs reprises mais quand Jason était parvenu à décrocher un rendez-vous avec Neely par un petit miracle de réseautage, nous avions vraiment cru que nous étions enfin au bout de nos peines. Nous nous étions mutuellement juré de ne jamais nous rendre seuls à un rendez-vous de ce genre – nous n'étions *pas* ce type de personnes. Mais quand Jason ne s'était pas pointé au bar à smoothies où nous attendait Neely, je n'avais pu me résoudre à voir cette chance nous passer sous le nez. Après avoir vérifié une dernière fois que Jason ne m'avait pas envoyé de message, j'étais allée, intrépide dans mes faux escarpins Prada, ma fausse robe portefeuille Diane von Furstenberg et mon faux sac à main Marc Jacobs, pitcher notre idée en solo.

Ce qui suivit fut surréaliste. Le smoothie qu'Aaron avait commandé pour moi et qui m'attendait à sa table, un mélange marronnâtre de kale et de betterave avec un arrière-goût crayeux que je me forçai à encenser en m'étouffant à moitié. La façon dont le tabouret haut a semblé basculer sous mes fesses au beau milieu du rendez-vous et dont les murs ont glissé vers le bas. Le murmure sonore en provenance des fougères qui nous dissimulaient du reste de la salle et qui étouffaient graduellement tous les bruits à l'exception de sa voix qui disait : « Vous avez mauvaise mine, permettez-moi de vous raccompagner chez vous. »

Et puis, bien sûr, Neely lui-même, héros de ma propre comédie avec son nez rougeaud et grêlé et ses mains gigantesques. Plus vrai que nature. Et plus tard, sur la banquette arrière en cuir noir de son 4 × 4 aux vitres teintées, à peine plus grand que moi.

Quand il me déposa enfin devant chez moi, vacillante mais soulagée de pouvoir encore marcher, je trouvai Jason malade aussi, pitoyablement penché sur la cuvette des toilettes. Le regard qu'il m'adressa fut si affreux, empli de dégoût et de confiance trahie que je sus que nous ne parlerions jamais de ce qui venait de se produire. Et une partie de moi n'en avait pas envie, de peur d'être avalée par le souvenir de ce qui s'était passé à l'arrière de la voiture de Neely. C'était bien suffisant de savoir qu'il ne nous rappellerait jamais. J'avais bien évidemment foiré le pitch.

Amanda attendait toujours une réponse de ma part.

— Parfois, les rêves ne se réalisent pas, c'est tout, finis-je par déclarer. Mais il ne faut pas s'appesantir sur ses échecs. Il faut repartir de zéro et recommencer.

Amanda me dévisagea longuement et son regard exprima tour à tour la naïveté et la compréhension, comme si c'étaient les deux faces de la même médaille.

— C'est une façon admirable de voir les choses, finit-elle par dire.

Je n'avais jamais été très douée pour l'amitié féminine. Je ne parvenais pas à saisir la nature transactionnelle de l'amitié entre femmes – tu me révèles un secret et en échange, je partage mon insécurité la plus profonde. Puis on rince et on recommence. Ça ne m'intéressait pas, même enfant. Quand j'étais en CM2, j'avais bien compris que certaines filles deviendraient grandes et jolies, que d'autres auraient toujours d'excellents résultats scolaires, que d'autres feraient n'importe quoi pour un mec et que d'autres accompliraient tout ça en espagnol, langue que je ne parlais pas, même si on pourrait croire le contraire, et que je ne comprenais que dans la bouche de ma mère. Avoir le sens de l'humour ne vous ouvrait aucune porte. Lorsque Jason avait surgi dans ma vie quelques années plus tard avec ses blagues scato et ses résumés du *Saturday Night Live*, j'avais été soulagée d'être débarrassée à jamais du pas de deux compliqué des conversations féminines.

Mais à présent, en sentant Amanda prendre un peu de distance, je savais qu'il fallait lui offrir au moins un ersatz d'aveu. Je tentai le coup.

— En fait, je manque d'inspiration en ce moment. (Je me rendis compte en le disant que je ne mentais pas.) Tout me paraît vide dans mon spectacle, comme mort. Parfois j'ai l'impression que c'est *moi* qui suis morte.

Maudits soient ces whisky-sodas.

Amanda se pencha en avant, une expression farouche sur le visage, et enroula ses doigts minces autour de mon poignet.

— Écoutez, Dana. Je sais ce que ça fait d'être chassée de chez soi et de perdre son gagne-pain, son estime de soi, tout. J'ai laissé mon ex m'enfermer et me seriner que j'étais une moins que rien. Et il n'était même pas beau. (Elle émit un ricanement sinistre et désagréable.) Je ne lui aurais jamais accordé la moindre attention si je ne m'étais pas sentie morte à l'intérieur. Mais je ne suis pas morte. Je suis toujours là. Et vous aussi. (Ses yeux brillaient d'un éclat alcoolisé et ses phalanges s'enfonçaient dans ma chair.) Quoi qu'il vous soit arrivé à Los Angeles, vous n'êtes pas morte. C'est la personne qui vous a fait du mal qui devrait ressentir ça, pas vous.

— Il ne m'est rien arrivé à Los Angeles, répondis-je en me dégageant gentiment de son étreinte.

Elle me lâcha et recula un peu comme si elle revenait à elle. Puis elle baissa les yeux sur mon poignet que je massais de l'autre main et éclata du rire bref que j'avais entendu pendant mon spectacle – on aurait dit un renard. Elle se rencogna sur sa chaise.

— Mais bien sûr, rétorqua-t-elle en souriant. J'aimerais juste savoir qui est « Rien », histoire d'aller lui péter les genoux pour vous.

Un point pour les gens sans second degré.

— Si je vous le disais, je devrais vous tuer ensuite.

— Je suis prête à courir le risque.

Je sentis soudain toute la tension me quitter et je fus fatiguée de faire semblant.

— J'ai une meilleure idée. Et si pendant que vous brisez les genoux de Rien, j'allais casser la gueule de votre ex ?

— Ce serait un bon début. Mais j'aime autant vous avertir tout de suite : si vous avez envie d'en découdre, j'ai une liste de connards longue comme le bras.

— Je vous montre la mienne si vous me montrez la vôtre.

— Marché conclu.

Je levai mon verre. On trinqua et but à l'unisson. Dans la salle d'à côté, j'entendis Fash achever son numéro. Les comiques qui n'étaient encore pas rentrés chez eux se préparaient à aller ailleurs – probablement Bat City pour la soirée d'impro ouverte à tout le monde. Dans un instant, l'un d'entre eux passerait la tête par l'encadrement de la porte et me proposerait de les accompagner. Si je voulais éviter de présenter Amanda, il était temps de mettre les voiles.

— J'ai été ravie de vous rencontrer, déclarai-je. Ce soir, c'était dur. Je me sens… (Je posai la main sur mon cœur.) Beaucoup plus bourrée. (Elle rit.) Mais merci. (Je me souvins soudain de ce que j'étais censée dire pour booster ma carrière.) Si vous voulez connaître les dates de mes spectacles, suivez-moi sur Facebook.

— Je ne fréquente aucun réseau social. Je suis peut-être parano mais après avoir bossé chez Runnr, je sais très bien comment ils peuvent se servir de ce genre d'informations. Vous voulez bien me donner votre numéro de téléphone plutôt ?

Elle poussa une serviette en papier dans ma direction et me tendit un stylo. Je n'hésitai qu'un instant.

— Bien sûr.

Je notai mon numéro et me levai. En lui rendant le stylo, je songeai à une autre idée de série : *un comique raté crée un faux compte Instagram pour un gourou lifestyle ; le compte devient viral et le comique doit prétendre être sincère le reste de sa vie.* Je me dirigeai vers la porte.

— Bonne chance pour le concours la semaine prochaine, dit-elle dans mon dos.

— Vous voulez dire « merde », répondis-je sans réfléchir.

—Uniquement si c'est la merde des autres.

C'était sa deuxième tentative, assez lamentable, pour faire une vanne et je gloussai. En cet instant, il me semblait possible qu'elle devienne, sinon une fan, quelque chose dont j'avais encore plus besoin : une amie.

2

Le lendemain matin, je me réveillai en retard et avec la gueule de bois. Je me hâtai vers Laurel's Paper and Gifts pour prendre mon service et me retins de me frapper le front en voyant toutes les voitures garées dans le parking. J'avais oublié la réunion des employés. J'entrai et me hâtai entre les étagères pleines de papeterie et de carnets aux tranches dorées.

Quand j'étais revenue de Los Angeles, j'étais passée chez Laurel en tant que cliente : j'espérais qu'un de ces carnets chics m'aiderait à me remettre à écrire. Au final, j'avais choisi le même carnet que d'habitude, le petit Moleskine de poche que j'utilisais depuis qu'ils étaient en vente près de la caisse du seul Barnes & Noble d'Amarillo. Mais Laurel elle-même, une cinquantenaire trapue vaguement hippie, tenait la boutique ce jour-là et je l'avais fait rire pendant qu'elle encaissait mon achat. On avait longuement discuté et elle avait fini par me proposer du travail. Je n'avais jamais été embauchée aussi facilement de ma vie. Ça avait contribué à renforcer l'idée qu'Austin était une ville plus agréable que Los Angeles et l'endroit parfait pour tourner la page.

Les gens disent qu'être vendeuse est un métier ennuyeux mais ça ne me dérangeait pas – j'avais été serveuse pendant si longtemps que je ne voulais plus jamais voir un tablier de ma vie. Dans ce temple du luxe superflu, le temps passait à un rythme incroyablement lent. La nature futile des produits me plaisait, de même que la façon qu'avaient les clients d'errer dans le magasin, à la recherche d'un cadeau de crémaillère peut-être ou de cartes de remerciement. Ceux qui franchissaient la porte n'avaient jamais besoin de quelque chose de plus urgent qu'une carte d'anniversaire.

Malheureusement, le goût de Laurel pour l'embauche sauvage nous avait infligé depuis peu la présence de Becca, une brindille soumise aux sourcils perpétuellement haussés sous l'effet de la surprise, et de son petit ami, Henry, aux bras tatoués et à la barbe soignée et qui se décrivait lui-même comme un « psy de la vente ». Il était passé maître dans l'art de charmer les quinquas et il avait rapidement acquis les galons de consultant pour rendre la boutique plus chic. Les articles qu'il avait commandés et disposés parmi les carnets et les cartes étaient des objets qui, d'après lui, « racontaient une histoire sur eux-mêmes ». Soi-disant le genre d'histoire qui « rassure » sans tomber dans la simplicité ; la différence sans l'hostilité ; la pauvreté sans le désastre. Les articles en question étaient des sets de table colorés tissés à la main par des Indonésiennes (des nonnes pour être exacte, mais Henry prétendait que la religion était déprimante) et de lourds cubes en pierre qui, à en croire le cartel qui les accompagnait, représentaient « la chose en elle-même ». Des saladiers minimalistes en argent martelé et mat étaient remplis d'écharpes en ficelle délavée. Il va sans dire que tout ça était hors de prix. Les blagues me venaient toutes seules. (*Idée de série : une boutique de cadeaux ensorcelée dans laquelle les objets sont doués de parole mais sont encore plus cons que les humains. Un mélange de* Wonderfalls *et de* BoJack Horseman.) Toute la ville était en train de se transformer et je supposais que la hausse des loyers qui avait chassé les voisins rendait Laurel, qui était propriétaire de la petite boutique depuis toujours, fébrile. Ou peut-être que toute cette fausse authenticité plaisait à son âme de hippie. Quoi qu'il en soit, Henry était un ajout détestable à un job idéal pour prendre des notes sur le petit carnet que je rangeais sous le comptoir.

Lorsque j'ouvris la porte de la salle de repos, Henry pérorait déjà, debout devant la table qui était à peine assez grande pour que le reste des employés, uniquement des femmes, s'entassent autour. Une odeur entêtante d'œufs au bacon réveilla ma gueule de bois, de manière à la fois positive et négative, mais à en croire le sac en kraft et les pots de sauce vides, j'avais raté les tacos du petit déjeuner.

— Oh, salut, Dana, lança Laurel tandis que je fermais la porte derrière moi. Henry était en train de nous expliquer qu'on allait devenir plus qu'un magasin. Une, euh…

Elle lui jeta un regard incertain.

— Une ambitieuse marque lifestyle, compléta Henry sur un ton léger. Qui commence par la ponctualité de tous les membres de l'équipe.

Je réfrénai l'envie de hausser les yeux au ciel tandis qu'il poursuivait. Les objets d'Henry et son obsession pour l'authenticité m'écœuraient. L'idée que des religieuses indonésiennes, des céramistes japonais et des paysans san-salvadoriens les fabriquent dans leurs contrées lointaines me déprimait. Lorsque les employés se dispersèrent, je me pris à espérer que tous ces articles soient en réalité fabriqués dans des usines chinoises. Voilà qui serait marrant.

— Ce mec est un escroc, marmonna Ruby alors que je griffonnais derrière le comptoir un peu plus tard.

Debout à mes côtés, les yeux rivés sur Henry et Becca en train de se disputer dans le parking, elle arrachait d'un air vindicatif les étiquettes blanches des stylos-plume pour les remplacer par les nouvelles, en lin, qu'Henry avait commandées.

— Je le sens à des kilomètres.

Ruby me fascinait. D'environ dix ans mon aînée, elle se pointait tous les jours dans une version chic de la secrétaire des années 1950 : robes fourreau ceinturées, jupes crayon et chemisiers à col Claudine, lunettes papillon vert émeraude accrochées à un cordon. Ses boucles laquées étaient rousses et courtes et il me fallut longtemps avant de comprendre que c'était une perruque. Un jour, elle avait ôté le crayon qu'elle avait glissé derrière son oreille et j'avais vu toutes les boucles bouger de quelques millimètres à l'unisson. « J'en ai eu marre des coupes ratées », avait-elle expliqué en voyant que je l'avais remarqué et j'avais attendu qu'elle gagne l'arrière-boutique pour l'écrire dans mon carnet.

— Sérieusement, je ne comprends pas ce que Becca trouve à ce pervers, était en train de dire Ruby. (Elle se pencha vers moi.) Tu crois qu'il la frappe ? murmura-t-elle.

L'idée me tira brutalement de ma rêverie.

— Qu'est-ce qui te fait dire ça ?

— Je n'en sais rien, une intuition, c'est tout. Tu as remarqué les bleus qu'elle a sur les bras ?

— Non.

— C'est parce qu'elle porte toujours des manches longues. Même en été.

Elle haussa ses sourcils dessinés au crayon d'un air entendu.

— On est encore au printemps, fis-je remarquer, et Ruby haussa les épaules.

C'était une véritable commère et une paranoïaque absolue mais la conversation me rappela Amanda. Alors qu'un instant plus tôt, je songeais avec dédain aux articles d'Henry, je me mis soudain à imaginer la femme grande et élancée que j'avais rencontrée la veille au milieu des étalages, avec son blouson en cuir, en train d'attraper et de reposer les objets, agitant les boucles d'oreilles en céramique japonaise devant ses yeux et soupesant les cierges. Quelque chose me disait qu'elle serait capable d'entendre leurs histoires. Je rougis.

— J'ai rencontré une nana bizarre hier soir chez Nomad, déclarai-je. Elle est venue me voir après mon numéro.

— On dirait que tu as une nouvelle fan, répondit Ruby. Fais gaffe.

— Je garderai un marteau dans mon sac, plaisantai-je. En vrai, elle était sympa. Et on s'est rendu compte qu'on avait pas mal de points communs.

— Ça doit t'arriver souvent que des gens viennent te parler après ton spectacle, non ?

— À peine une dizaine à chaque fois, affirmai-je sans me démonter. En général, j'arrive à gérer.

Je recommençai à griffonner dans mon carnet. Ruby arracha une autre étiquette et me regarda.

— Pourquoi elle est bizarre ?

— Hein ?

— Tu as dit qu'elle était bizarre.

— J'ai dit ça ? (Ruby me lança un regard insistant et je fis marche arrière.) C'est ce que tu as dit sur Becca qui m'a fait penser à elle. (Quoi, exactement ?) Cette femme me parlait de son ex et elle a dit « Il ne me battait pas », comme ça, tout à trac.

— Il la battait, affirma Ruby d'un ton docte.

— En tout cas, c'était bizarre de raconter ça à une inconnue.

— Peut-être qu'elle n'a pas de filtre. J'étais pareille avant, vu que j'étais une enfant battue. (Je m'étais habituée aux révélations gênantes de la part de Ruby mais je ne savais jamais où regarder quand ça arrivait. Je gardai les yeux baissés sur mon carnet.) Mon psy dit que mon système de défense, c'est de contrôler ce qui peut l'être. Comme ça, ajouta-t-elle en désignant sa perruque, et j'opinai comme si je comprenais parfaitement. Il faut quand même faire attention. Ça peut changer une personnalité. La perruque à la Louise Brooks que je portais me rendait cruelle… Une vraie garce…

Mes doigts me démangeaient. Ruby radota jusqu'à ce que mon portable se mette à vibrer sous le comptoir. J'eus le soudain pressentiment qu'il s'agissait d'Amanda, comme si je l'avais conjurée en pensant à elle. Superstitieusement, je le laissai vibrer et attendis d'entendre le bruit me signalant un message vocal avant de consulter l'écran.

Je réprimai une vague déception. C'était Kim, l'Autre Fille de l'affiche du jeudi. Dans la mesure où dans ce métier toutes les femmes avaient une routine, la sienne était éculée : elle était blonde, maigre et aguicheuse avec une voix enfantine haut perchée et une bouche pulpeuse. J'étais toujours la seule Latina face à Kim ou une autre. Je ne le prenais pas personnellement. Je m'en sortais toujours mieux que quand j'étais partie la première fois, mais de manière ironique, c'était là que résidait une partie du problème. Il y avait toujours eu beaucoup de Latinos sur la scène d'Austin, mais surtout des hommes. En plus d'être une femme, j'étais à moitié mexicaine, à moitié juive et je ne parlais pas un mot d'espagnol : autant dire que je ne parvenais pas à trouver ma place. Ma mère m'avait donné son nom de famille mais avait refusé de m'apprendre la langue. Elle avait beau en vouloir à mon père, il était hors de question de sacrifier ses ambitions : elle voulait que je m'intègre complètement et que je quitte Amarillo. Elle était parvenue à ses fins ; j'étais partie. Et je m'étais bien intégrée dans le milieu des comiques dominé par des hommes blancs au teint blême – probablement parce que mon meilleur ami en était un. Pendant mon séjour à Los Angeles, la scène d'Austin s'était diversifiée, mais avec ma malchance habituelle, j'avais quitté la ville au plus mauvais moment. Ayant raté l'opportunité de me construire un réseau, je n'avais tiré aucun parti de la nouvelle scène, j'avais juste subi une compétition plus rude de la part des nombreux nouveaux venus.

En lisant le SMS de Kim – elle me souhaitait bonne chance pour le concours et me proposait de m'entraîner avec elle si j'avais besoin de roder de nouvelles blagues –, je me rendis compte, non pour la première fois mais avec un pincement nouveau, à quel point j'étais seule ici, à Austin. Je ne fréquentais pas les comiques comme Kim, j'évitais les pots pré-spectacle et les virées post-spectacle. C'était encore pire avec les mecs. Ils étaient sympas. Mais si je refusais de coucher avec eux, ce qui était le cas, je savais que je ne serais jamais plus qu'une mascotte, leur copine mignonne, petite et latina qu'on adore charrier et malmener quand on est bourré. Non, merci. Jason me manquait trop pour avoir envie de jouer ce rôle pour un autre que lui.

Ma mère a toujours prétendu que j'avais hérité du sens de l'humour de mon père et je me souvenais vaguement de lui comme d'un blagueur chevelu et délicat qui m'adressait des clins d'œil et faisait disparaître son pouce pour me faire rire. C'est pourtant ma mère qui m'a offert mon premier livre de blagues après le départ de mon père. Elle avait pris l'habitude de fréquenter les vide-greniers du dimanche matin. Elle se levait aux aurores pour écumer les stands des voisins et elle revenait souvent avec des piles de bouquins cornés. Dans un de ces tas se trouvait un poche à la couverture orange en piètre état : *101 Blagues folles, hilarantes et complètement dingues pour les enfants entre 8 et 10 ans.*

La plupart des vannes étaient d'horribles jeux de mots mais une m'avait particulièrement marquée. Elle était dans ce goût-là :

Un papillon de nuit entre dans le cabinet d'un psy et s'allonge sur le divan.

LE PSY : Et si vous commenciez par m'en dire un peu sur vous ?

LE PAPILLON DE NUIT : J'ai une femme, deux enfants et une chouette maison en banlieue avec un garage pour deux voitures.

LE PSY : Et qu'est-ce que vous ressentez à ce sujet ?

LE PAPILLON DE NUIT : C'est sympa, je suppose.

LE PSY : Des problèmes en particulier ?

LE PAPILLON DE NUIT : Non.

LE PSY : Vous êtes donc heureux ?

LE PAPILLON DE NUIT (après réflexion) : Oui.

LE PSY : Qu'est-ce qui vous amène, alors ?

LE PAPILLON DE NUIT : J'ai vu de la lumière par la fenêtre.

Je me souviens encore parfaitement de l'illustration qui l'accompagnait : le papillon de nuit, bien droit sous son Borsalino, un attaché-case posé sur une de ses pattes poilues, repoussait la main du psy, le mystérieux divan se profilant à l'arrière-plan. Tout ce que je sais sur la structure de la plaisanterie, je l'ai appris grâce à ce pathétique papillon de nuit. Point de départ : deux choses qui ne vont pas ensemble (le papillon et le psy). Amplification : le milieu de la blague, des phrases qui vous font oublier que le papillon est un papillon. Chute : un rappel soudain.

Il existe une centaine de variantes de cette vanne, comme je le découvris plus tard. Le papillon entre dans un bar mais ne commande rien ; il pénètre dans une salle de sport, mais ne soulève aucun poids ; il fait son apparition chez un concessionnaire mais n'achète pas de voiture. Quelqu'un finit par lui demander pourquoi il est là et il répond invariablement la même chose : *J'ai vu de la lumière.* La blague te donne l'illusion que *ce* papillon de nuit-là, *cette* fois, est différent. Mais ce n'est jamais le cas. D'une certaine manière, cette plaisanterie est une vanne sur la comédie elle-même. Les comiques ne sont pas des gens heureux. On est attirés par la lumière sans savoir pourquoi.

Quand j'ai commencé à écrire mon propre spectacle, j'ai essayé d'imaginer à quoi ressemblait l'auteur de *101 Blagues folles, hilarantes et complètement dingues pour les enfants entre 8 et 10 ans.* Un pauvre type dans un appartement new-yorkais miteux installé devant une machine à écrire à côté de laquelle s'entassent des serviettes en papier sur lesquelles il a demandé à ses amis ivres de noter leurs blagues préférées, qui se sont toutes révélées trop cochonnes pour un bouquin destiné aux enfants. Alors il finit, une fois la deadline dépassée – avec toutes ces compilations de vannes qu'il débite à la chaîne –, par se rendre à la bibliothèque pour feuilleter des livres de blagues plus anciens où il déniche la vénérable plaisanterie du papillon de nuit. Et, parce qu'il est tard et qu'il vient juste de regarder un film de Woody Allen avec sa petite amie avec qui il s'est peut-être disputé juste après, il invente cette version chez le psy, même si l'un des plus fervents désirs de la société est que les enfants entre huit et dix ans ignorent à quoi peut bien servir un psy.

Je ne savais pas prononcer correctement ce mot, et j'ignorais alors sa signification. Mais j'étais certaine d'une chose : le papillon de nuit pouvait bien affirmer le contraire, des choses comme *une femme, un enfant et un garage pour deux voitures* ne rendaient personne heureux. Mon père possédait tout ça et il était parti chercher de la lumière ailleurs en m'abandonnant à Amarillo avec ma mère.

Et puis Jason était entré dans ma vie.

On s'était rencontrés en cours d'histoire en quatrième. Nous avions tous les deux été absents le jour où un gros exposé avait été planifié et tous les autres étaient déjà en groupes : on a donc été obligés de travailler ensemble. Au début, j'étais irritée parce que je compris tout de suite que je me taperais tout le boulot – recherche et rédaction sur Geronimo et la mise en page du panneau d'affichage – tandis que ce brun dégingandé à lunettes dessinait en silence sur son carnet. Mais quand j'ai regardé par-dessus son épaule pour voir ce qu'il gribouillait, un frisson d'excitation m'a parcourue : il avait croqué David Letterman. Son front plat de Néandertalien et son sourire moqueur étaient reconnaissables même sous cette forme caricaturale.

Jason leva les yeux, remarqua mon expression et agita les sourcils.

— Qu'est-ce que tu en penses, Paul ? Hé, héé !

C'était une imitation tellement parfaite de Letterman et tellement incongrue de la part de Jason, qui n'était que lunettes et acné, que je faillis exploser de rire. Je me retins et fournis la meilleure imitation possible de Paul Shaffer :

— Pas mal, Dave, pas mal.

On échangea quelques répliques avant d'éclater de rire.

— Quel est ton « Tour débile avec un animal » préféré ? demandai-je.

— Je ne sais pas, je n'ai pas encore fini.

— Fini quoi ?

— Je regarde tous les épisodes sur YouTube. Je n'en suis qu'à 1987. (Il se méprit sur le regard que je lui lançai.) Je devrais en être plus loin mais je n'arrête pas de mettre sur pause pour chercher des trucs que je ne comprends pas sur Google.

— Waouh, fut tout ce que je trouvai à répondre. Tu aimes qui d'autre ?

— Conan O'Brien.

— Normal. Et des humoristes contemporains ? Sarah Silverman ? (Il se rembrunit.) Maria Bamford ?

— Elle est douée. Mais je commence par étudier les classiques, expliqua-t-il sur un ton condescendant. Les présentateurs des grosses émissions tard le soir. Pour pouvoir écrire pour eux un jour.

— Tu ne préférerais pas présenter ? Moi, c'est ce que je veux faire.

— Les filles ne présentent jamais les émissions du soir.

Il affirma ça comme s'il était désolé de me l'apprendre.

— Eh bien, je serai la première.

— Tu es modeste. Ça me plaît, Dana Diaz.

C'est comme ça que tout a commencé. Évidemment, on ne pouvait pas traîner ensemble au collège sous peine d'être accusés de sortir ensemble, mais on savait ce qu'on pouvait s'apporter mutuellement. L'été qui suivit la quatrième, il s'est mis à m'inviter pour regarder des émissions comiques enregistrées sur le câble et je trouvais toutes les excuses pour y aller. Le câble et les lecteurs DVD étaient devenus un luxe depuis le départ de mon père et avaient totalement disparu quand ma mère avait été licenciée de l'usine de production d'hélium nouvellement privatisée. Jason avait la télé quasiment pour lui tout seul dans l'ancienne chambre de Mattie que son père avait transformée en salle de jeux avec un billard et une console Nintendo.

Le seul point noir dans sa vie était Mattie, justement. Le frère aîné de Jason avait laissé tomber le lycée et vivait toujours chez ses parents. Il ressemblait à une version de Jason crayonnée de tête par quelqu'un sans talent : des cheveux bruns retombant mollement sur un front étroit, des yeux bleus asymétriques surmontant un nez cassé. Il n'était pas plus grand que Jason – son frère cadet mesurait cinq centimètres de plus que lui – mais il avait les épaules plus larges, ou du moins se déplaçait comme si c'était le cas. Il s'en prenait sans arrêt à Jason mais c'était surtout son imprévisibilité qui le rendait aussi effrayant. Mattie passait le plus clair de son temps à promener son chien Kenny, un gros berger allemand monstrueux, et à faire de la muscu. Il logeait dans le studio enfumé et étouffant que son père avait aménagé à contrecœur pour lui dans le garage quand il avait arrêté de se droguer et décroché un job de manutentionnaire à l'usine de conditionnement de viande. Il surgissait de temps en temps dans l'encadrement de la salle de jeux – « Oh, salut, Gay-son, je savais pas que t'étais rentré » – et en sa présence, Jason semblait se recroqueviller. Quand il me voyait, il fixait mes seins et je devais fournir un réel effort pour ne pas croiser les bras.

Jason matait mes nichons de temps en temps lui aussi et j'étais persuadée qu'il me demanderait un jour de sortir avec lui. Mais il ne le fit jamais et je cessai rapidement d'attendre ; je me sentais moins coupable de mentir à ma mère sur le fait qu'il n'y avait presque jamais d'adulte chez Jason. Je me rendais chez lui à vélo quand son père était au boulot – sa mère, comme mon père, avait quitté le domicile familial depuis longtemps – et on filait regarder la télé, installés sur des fauteuils poire avec pour toute lumière celle, vacillante, de l'écran. Comme tout bon papillon de nuit, je me disais que je n'étais là que parce que j'avais vu de la lumière.

3

La localisation du Bat City Comedy Club, tout près d'un centre commercial du nord de la ville, démentait son importance dans la scène comique d'Austin. Coincé sous un pont autoroutier et flanqué par des boutiques de tissu et des studios de danse, il célébrait le ridicule inhérent au stand-up avec une certaine fanfaronnade – incluant une enseigne au néon, un bar décoré de couleurs primaires et une salle de réception noyée sous la moquette recouverte de motifs de masques comiques et tragiques. On pourrait dire que ce n'est pas la déco la plus appropriée pour un club d'humoristes, mais j'avais passé suffisamment de temps à contempler le motif écœurant de rubans et d'expressions grimaçantes en attendant mon tour pour avoir intégré la leçon qui se cachait derrière. C'était une espèce de *memento mori* du stand-up : *N'oublie pas que tu es là pour tuer.*

Le soir du premier tour du concours de la Personne la plus drôle d'Austin, je garai ma Honda Civic sans pare-chocs devant les magasins fermés à l'autre bout du parking, comme on me l'avait demandé par mail. Je regrettais de ne pas avoir participé à cette compétition des années plus tôt, quand il y avait moins de participants. Je n'avais reconnu que la moitié des noms qui concouraient contre moi ce soir – et parmi eux, hélas, Fash Banner, qui avait terminé troisième l'année dernière. On pouvait passer tous les deux, mais si les nouveaux venus étaient bons ou si je me plantais comme l'autre soir… j'essayais de ne pas y penser. Quand j'avais quitté Amarillo pour Austin dix ans plus tôt, sauvée de l'auto-apitoiement et du croupissement de ma mère grâce aux récits de Jason qui dépeignait des restaurants ouverts toute la nuit et des scènes d'impro, le concours était peu couru. Une ou deux semaines de performances entre rivaux qui s'appréciaient et se félicitaient après le spectacle. À présent, il y avait un nombre impressionnant de tours préliminaires – tous les soirs pendant des semaines – et une semaine complète de demi-finales.

J'étais évidemment impressionnable à l'époque. Les amis étudiants de Jason avaient accueilli son petit faire-valoir plutôt gentiment mais j'étais timide et gauche au milieu d'eux, douloureusement consciente de fréquenter une fac au rabais, parce que contrairement à eux, je n'avais pas été admise dans l'excellente université d'Austin. Et même si Jason me traînait dans les bars où tout le monde pouvait se produire et me rabâchait que j'étais meilleure que lui en stand-up, il me fallut longtemps pour le croire.

J'ai toujours préféré le stand-up au reste mais, comme tout le monde à l'époque, j'avais tout testé. Comme on avait peu d'occasions de monter sur scène, on prenait des cours d'impro, on écrivait nos sketches, on travaillait au noir dans des pièces de théâtre locales jusqu'à ce qu'on finisse par faire notre trou comme les pièces de toutes les formes dans les puzzles pour enfants qu'on trouve dans les salles d'attente des médecins. Les optimistes s'en tenaient à l'impro sans se soucier de leur célébrité, se frayant un chemin dans la vie avec une bonne humeur écœurante. Les fous s'accrochaient à leurs sketches de stand-up, cramponnés à l'espoir d'être un jour remarqués et embauchés dans le *Saturday Night Live*. Certains prétendaient que le stand-up était destiné aux masochistes, mais je rétorquais que nous faisions juste preuve de réalisme. Si on se plantait, on savait qui blâmer.

C'est aussi avec réalisme que je jaugeai les concurrents qui faisaient nerveusement les cent pas sous le vélum. J'espérais être confrontée à un troupeau de débutants – tout le monde pouvait s'inscrire pour le premier tour – mais ils ressemblaient tous à des humoristes ; ils fumaient en prenant soin de s'ignorer les uns les autres tout en répétant leur sketch de cinq minutes. L'ordre de passage punaisé sur la porte fut mon premier bon présage de la soirée : j'étais prévue en deuxième partie mais non, heureusement, en dernière. Et Fash – pauvre de lui ! – était le tout premier. Je me détendis un peu.

Pour éviter les autres, je m'installai au bar et entrepris de garder mon sang-froid à l'aide de mes écouteurs, d'un gin tonic et d'une chaise positionnée de manière à ne pas voir l'écran sur lequel était diffusée la compétition. Un par un, en commençant par Fash, les humoristes finirent leur prestation. Ceux qui avaient réussi traînaient au bar, buvant et bavardant ; ceux qui avaient merdé se faufilaient jusqu'au parking en évitant de croiser le regard de quelqu'un. Un grand mec que j'avais vu se produire dans un café ouvrit brusquement la porte en appuyant des deux mains sur la barre chromée et proféra un juron que la playlist de Beyoncé que j'écoutais recouvrit.

Fash, qui s'était remis de son passage et était assis à une table non loin, haussa un sourcil en me faisant signe d'ôter mes écouteurs. Il désigna la porte, qui vibrait encore sous l'impact.

— Le plus important, c'est de s'amuser, non ?

— Tu crois ce que tu veux, Fash.

— J'essaie juste de te déstresser ! Tout le monde n'a pas la chance d'être la troisième personne la plus drôle d'Austin.

— Que sont devenus les deux premiers ? demandai-je en fronçant les sourcils. Ah, c'est vrai, ils sont partis à Los Angeles. Ce genre de chose n'arrive pas aux troisièmes.

Il claqua des doigts.

— Ouh, ça pique. Une vraie abeille.

Je souris et revins à Beyoncé. Je n'avais aucune raison de laisser Fash me plomber. Mes blagues n'étaient peut-être pas neuves mais je les connaissais par cœur. J'avais vu des comiques se planter à cause d'une mâchoire contractée, d'une paupière tremblotante, de sourcils figés au-dessus d'un sourire fou mais le trac n'était pas vraiment mon problème ces derniers temps. Non, mon problème était de ne pas être à fond. Mais ici, le parfum d'une éventuelle célébrité me réveillait et l'adrénaline de la compétition rendait mon esprit aussi aiguisé qu'une lame de rasoir. Quand mon tour vint, j'étais prête.

Sous les projecteurs, l'odeur métallique du micro acheva de me ranimer. Je ne m'attendais pas à ce que le public soit aussi nombreux pour un premier tour mais les rangées de tables étaient bondées. J'avais rarement eu l'occasion de me produire devant autant de monde. J'évitai de regarder la table des juges sur la gauche, concentrée sur l'énergie inattendue de l'assistance. Ils étaient bien chauffés et les deux consos obligatoires les avaient rendus pompettes.

— Je suis née à Amarillo, commençai-je et quelqu'un fit « houhou » par solidarité. J'ai bien entendu quelqu'un dire « houhou » ? m'interrompis-je. Quelqu'un a vraiment exprimé un sentiment positif pour Amarillo, Texas ? Cette personne devrait se poser des questions sur sa vie.

J'obtins mon premier rire et les projecteurs se transformèrent en un solide mur de soutien, flamboyant au rythme des rires du public. J'enchaînai facilement et la foule réagit à toutes mes vannes. Je gardai un bon rythme, accélérant parfois pour ne pas voir faiblir l'attention de la foule. Quand j'arrivai à la partie sur mes seins qui avait suscité l'intervention de l'emmerdeur la fois précédente (« Je les ai eus pour mes neuf ans. Pire cadeau d'anniversaire au monde »), je me sentais si bien que j'improvisai quelques phrases supplémentaires et tins quinze ou vingt secondes de plus que d'habitude, soutenue par des rires non-stop. Les choses se déroulaient mieux que prévu.

La lumière bleue sur le mur du fond s'alluma, transperçant le voile des projecteurs pour me dire : « Plus qu'une minute. » Une minute pour descendre en roue libre vers les applaudissements qui m'enverraient en demi-finale et peut-être, commençais-je à songer, à Los Angeles. Je remerciai mentalement Austin, qu'on appelait le « cercueil en velours », de m'avoir accueillie quand j'en avais eu besoin. Tout en achevant ma prestation – quarante-cinq secondes ; je sentais littéralement le temps s'écouler – j'envisageais de trouver quelqu'un à qui sous-louer mon appartement jusqu'à la fin du bail, tout comme j'avais sous-loué moi-même à quelqu'un en arrivant. *Au revoir, Austin.* Je pouvais presque sentir les murs du club se dissoudre sous les projecteurs pour se transformer en palmiers et en brouillard. Plus que trente secondes.

Penser à Los Angeles me poussa à jeter un regard machinal en direction des juges. Ils étaient juchés derrière une longue table sur la gauche, loin des projecteurs, et je n'aperçus d'abord que leurs silhouettes. Soudain, l'une d'entre elles attira mon attention – une touffe de poils sous une oreille me fit regarder à deux fois. Assez longtemps pour remarquer la forme de sa raie et l'éclat de sa transpiration sur un front haut et proéminent.

C'était lui. Aaron Neely siégeait à la table des juges.

Les lumières devinrent glaciales. Puis rouges, et enfin noires. Je m'interrompis au beau milieu d'une phrase. Dans les ténèbres, j'entendis mes lèvres s'ouvrir et se fermer, et le bruit fut amplifié par le micro. Une vague d'étourdissement me submergea et pendant un instant le sol se souleva sous mes pieds. Je clignai rapidement des yeux pour dissiper le brouillard et dis :

— Euh.

Les lumières redevinrent brutalement normales. Je cillai de nouveau.

La blague, la blague ! Je la cherchai en vain. Elle avait disparu, et le public avec lui. Les chaises craquaient sous son impatience. *Du sang dans l'eau.*

— Merci.

Je quittai la scène sous des applaudissements hésitants. Je remontai l'allée, traversai le bar et dépassai les autres humoristes. Je poussai la barre métallique de la porte aussi fort que possible, espérant qu'en entendant son bruit assourdissant, Fash s'étoufferait dans son verre.

★

Bien sûr que Neely était à Austin. Bien sûr qu'il m'avait pourchassée jusqu'à l'endroit où je me sentais le plus en sécurité, l'endroit où je pensais qu'il ne daignerait jamais mettre les pieds. L'ironie de la chose étant que pendant que j'étais à Los Angeles, Austin était devenu le genre de scène qu'il adorait.

Ce que Neely adorait. Je frissonnai. Ce qu'il aimait, c'était m'humilier sur la banquette arrière de son 4 × 4 et me prouver que j'étais une petite chose insignifiante à la disposition d'un homme comme lui et, par extension, de l'industrie dont il était un représentant reconnu. Il m'avait montré, pendant un moment qui m'avait paru une éternité mais n'avait probablement pas duré plus de cinq minutes, que tout cela n'était qu'une vaste farce. Parce que c'était *moi* la blague. Décor : moi, vaseuse et nauséeuse à cause de ce qui m'était tombé dessus dans le bar à smoothies, riant nerveusement quand il s'était débraguetté parce que je n'avais pas compris tout de suite ce qui se passait. Apogée : toujours moi, figée par le choc contre la portière verrouillée et comprenant ce qui était en train de se passer. Chute : encore moi, blême, mon inconfort viscéral s'intensifiant dans le silence jusqu'à devenir une douleur physique réelle.

J'étais une blague, et même pas une bonne. J'étais une chose à faire pendant un quart d'heure, une façon de tuer le temps sur la banquette arrière de sa bagnole entre deux rendez-vous. Il ne m'avait pas touchée pendant qu'il faisait son affaire, juste l'ourlet de ma robe. J'avais baissé les yeux, perdue, et attendu qu'il ait fini, ce qui avait pris suffisamment de temps pour que des larmes coulent sur mes joues et tombent sur mes genoux.

Des larmes coulent de nouveau sur mes joues tandis que je traverse le parking d'un pas raide et un accès de honte s'empare de moi et me secoue de l'intérieur. Pourquoi n'ai-je rien dit ? Pourquoi suis-je restée assise en pleurant comme une idiote, comme une conne ? C'était exactement ce qu'il voulait que je fasse. Et maintenant je savais que ce n'était pas la gastro qui m'avait clouée sur place, silencieuse et en larmes, tandis qu'il se branlait. Après tout, je n'étais pas malade ce soir, et j'avais réagi de la même manière débile : je m'étais autosabotée par une terreur glacée, comme une biche prise dans les phares d'une voiture. Malgré toutes mes fanfaronnades, au final il avait suffi d'un homme obscène pour me réduire au silence et me pousser à quitter la ville – un homme obscène que je croyais être un mentor et qui ne me trouvait même pas drôle ; du moins pas assez pour résister à la tentation de se branler sur mon bonnet E.

Et ne lui avais-je pas donné raison ? Au lieu de devenir scénariste à Los Angeles, j'avais fui en courant. Pour la millionième fois, je pensai *Il ne s'est rien passé, il ne t'a même pas touchée*, ces mots mêmes qui avaient traversé ma tête pendant la demi-heure qui avait suivi et que nous avions passée dans les embouteillages – avec lui qui, de manière totalement irréelle, faisait la conversation. Je m'étais répété ces mots comme un mantra pour noyer son bavardage insipide jusqu'à ce que je sois en sécurité chez moi. C'était la vérité, après tout. Il ne m'avait pas agressée. Ce n'était pas un viol. Moi, entre toutes, savais très bien faire la différence. Pourquoi alors éprouvais-je autant de honte ?

Lorsque sa voiture s'était arrêtée devant chez moi et que la portière s'était déverrouillée, Neely lui-même avait mis un nom sur ce qui s'était passé, avec l'autorité imparable de celui qui dicte les règles du jeu. Tandis que je tâtonnais pour ouvrir puis descendais sur le trottoir, les derniers mots qu'il prononça furent : « Allez. C'est une histoire marrante. Tu pourras t'en resservir un jour. »

Quelqu'un me suivait dans le parking. Il était grand – depuis combien de temps était-il là ? –, le craquement de ses bottes suggérait une foulée ample. En passant près d'un réverbère, je vis mon ombre rebondir devant moi et dans les quelques mètres qui suivirent, avant que la lumière ne s'estompe complètement, j'aperçus une autre ombre trembler sous mon pied droit. Je fermai les yeux pendant une fraction de seconde pour balayer mes larmes et tentai d'arrêter de penser à Neely. Il n'aurait pas pu quitter la table des juges – n'est-ce pas ? Je tentai de distinguer ma voiture dans les allées étroites entre les 4 × 4 et les pick-up surélevés. Sans ralentir le pas, je farfouillai dans mon sac à la recherche de mes clés. Quand je mis la main dessus, je m'emparai de mon trousseau pour m'en servir comme d'un coup de poing américain et pressai le porte-clés si fort qu'il s'enfonça dans ma paume. Ma Honda surgit dans mon champ de vision. J'accélérai l'allure et entendis les pas se rapprocher. J'y étais presque.

Au moment où je m'apprêtai à ouvrir la portière, une main se posa sur mon épaule et je pivotai. Une femme élancée se tenait devant moi, les cheveux éclairés par le haut lampadaire : Amanda.

— Putain, t'as failli me filer une crise cardiaque !

— Je suis désolée. J'essayais juste de te rattraper, pas de t'effrayer.

— Eh bien, c'est raté ! (Mon cœur battait à tout rompre et la tension accumulée pendant ces dernières minutes se déversa d'un coup.) Qu'est-ce que tu veux cette fois ?

Crier sur quelqu'un me faisait un bien fou. La fureur provoquée par ce qui s'était passé sur scène emportait tout sur son passage et j'étais froidement consciente du fait qu'Amanda était la cible idéale. Inconnue que je connaissais depuis peu, nouvellement débarquée à Austin, elle était étrangère à ma vie et n'était rien pour moi. La remarque de Ruby, qui l'avait qualifiée de « fan », me revint en mémoire et je sentis une nouvelle bouffée d'irritation.

— Comment se fait-il que je te trouve toujours sur mon chemin ? Tu es quoi, une bénévole de la Croix-Rouge ?

Elle fit un pas en arrière, abasourdie.

— Je… pardon, s'excusa-t-elle de nouveau. J'ai vu ton nom dans le journal, dans la liste des…

— Et quoi ? T'avais encore envie de me raconter ta vie pathétique ? rétorquai-je méchamment.

Mais c'était moi qui étais au bord des larmes.

Cela n'échappa pas à Amanda. Elle s'était ressaisie et avait retrouvé son étrange immobilité, les yeux ronds, comme si elle cherchait à anticiper mon prochain mouvement.

— Tu as pleuré, constata-t-elle. Qu'est-ce qui s'est passé ? Tu as peur d'avoir raté ta prestation ?

— Je m'en suis très bien tirée, répondis-je, comme par réflexe. Une reine de la comédie. Et puis ce n'est pas le terme qu'on emploie. On dit « se planter ».

— Tu ne t'es pas plantée. Tu as été la meilleure ce soir. (Je réprimai une remarque acerbe et elle poursuivit.) Tu as un peu bafouillé sur la fin, mais rien de grave.

— Merci, coach, ricanai-je. (Puis soudain, comme la dernière fois, mes défenses s'effondrèrent sans prévenir et je lui avouai la vérité.) Je n'ai pas fini ma blague. Même si le reste était génial, les juges ne me le pardonneront pas. (Les larmes ne menaçaient plus de couler maintenant que j'expliquais la situation, mais ma pensée suivante risquait de les ramener.) Et même si, par miracle, je suis qualifiée…

Je m'interrompis. Il était hors de question de revenir pour être jugée par Neely. J'étais incapable de monter sur scène et de le laisser me regarder comme il l'avait fait dans sa voiture. Et s'il essayait de me parler après le spectacle ?

Amanda m'observa attentivement.

— Est-ce que ça a un rapport avec ce qui t'est arrivé à Los Angeles ? (Elle vit mon changement d'expression.) Je sais, je sais, il n'est rien arrivé là-bas. Rien du tout. Exactement comme ce soir. (Elle agita le pouce en direction de l'enseigne au néon qui brillait au loin.) Je comprends. Tu ne veux en parler à personne. Mais je ne suis personne, justement. Personne d'important en tout cas.

Cela faisait tellement écho à mes propres pensées – Amanda n'était rien pour moi, et ce que je lui disais n'avait donc aucune espèce d'importance – que je sursautai.

Elle remarqua mon hésitation.

— Allons boire un verre et discuter.

L'adrénaline retombant, je sentis la fatigue s'installer.

— C'est idiot, répondis-je. Pas de quoi se rendre malade.

— Et pourtant, ça te rend malade.

Elle avait raison. J'étais bouleversée et je ne pouvais en parler à personne. À qui le raconter – Kim ? Fash ? J'avais été incapable de le dire à Jason et c'était mon meilleur ami. Il m'en voulait déjà tellement de m'être rendue au rendez-vous sans lui que j'avais eu peur qu'il pense que tout était ma faute. Mais, pire que tout, à un niveau tellement embarrassant que j'avais du mal à l'admettre, j'avais peur que Jason rie de la situation – que tous ceux à qui je pourrais le dire se moquent de moi. Je craignais que tout le monde pense comme Neely : c'était juste une blague salace dont j'étais la chute.

Mais quelque chose me disait qu'Amanda ne rirait pas.

Je lui fis signe de s'installer sur le siège du passager. Elle obéit et je me glissai derrière le volant. Une fois les portières fermées, le silence nous enveloppa comme un cocon. Je jetai un regard autour de nous au cas où, scrutant les véhicules sombres qui me paraissaient soudain menaçants. Il n'y avait personne en vue et on était tout au fond du parking, à l'opposé du club où les derniers humoristes se rongeaient les ongles en attendant leur tour.

Et je racontai à Amanda ce qui s'était passé à Los Angeles.

— C'est répugnant, commenta-t-elle. Il a vraiment fait ça ?

Je hochai la tête.

— J'en avais plein ma robe. Je l'ai jetée en rentrant chez moi.

C'était ma tenue d'audition préférée, une robe portefeuille particulièrement flatteuse. Je faillis m'étouffer en me rappelant comment je m'étais réveillée au beau milieu de la nuit, inquiète à l'idée que Jason la découvre. Je l'avais fourrée au fond de la poubelle de la cuisine, sous de l'essuie-tout sale, des boîtes en carton grasses de bouffe à emporter et un demi-poulet rôti qui traînait dans le frigo depuis quinze jours. Une fois recouchée, je m'étais tournée et retournée et j'avais fini par me relever pour la récupérer et aller la jeter dans la poubelle de l'allée.

— Il t'a agressée.

— Ce n'est pas vraiment une agression. Si ? (J'émis un rire faible mais Amanda avait l'air très sérieuse.) Je pense sincèrement que la raison pour laquelle il a fait… *ça*, c'est parce que c'est complètement absurde. À qui j'aurais pu le raconter de toute façon ? Aux flics ? Il s'est branlé sur moi. Il ne m'a pas volé mon porte-monnaie. (Amanda arborait exactement l'expression que j'attendais – celle qui disait *les mecs dans ce genre* – mais maintenant que je la voyais, je me sentais ridicule.) J'ai survécu.

— Survivre n'est pas vivre, rétorqua-t-elle. Ces mecs-là – Aaron Neely, mon connard de chef, mon abruti d'ex –, eux, ils *vivent*. Crois-moi. Ils dorment sur leurs deux oreilles. Ils ne se demandent pas si c'est une agression ou pas, et ils n'ont pas peur de te croiser un jour. Ils peuvent aller partout, agir comme bon leur semble. C'est *ça*, vivre. (Elle serra le poing.) Si ça se trouve, Neely ne se souvient même pas de toi. Il a probablement fait ça à plein d'autres femmes.

Je n'y avais pas pensé. Pour moi, l'incident sur la banquette arrière de son 4 × 4 était un événement qui ne concernait que moi, il avait été déclenché par ma silhouette, par le décolleté de ma robe, voire peut-être par mon passé. Comme si Neely avait pu deviner ce qui m'était arrivé il y avait longtemps de ça.

— Ça n'a aucune importance. Je suis hors concours à présent. Je ne passerai pas le premier tour.

— Je n'en suis pas si sûre, répondit-elle d'un ton avisé. S'il se souvient de toi, il aura peut-être envie de te garder dans la course pour assister à ta gêne. Ce genre de mecs – de nouveau cette expression – jouit de son pouvoir.

Elle avait raison. Malgré ma bourde finale, il avait suffisamment d'influence sur les autres juges pour me permettre de me qualifier. Les autres membres du jury étaient certainement des locaux ; ils ne parvenaient jamais à attirer des célébrités et des producteurs pour le premier tour, qui durait des semaines. Je me demandai s'il était en ville pour un projet à long terme. J'enfouis le visage entre mes mains. Si Neely avait prévu de recruter et de tourner quelque chose à Austin, le cauchemar pouvait durer indéfiniment. Il serait là tout le temps, se pointerait aux spectacles, avec Fash et les autres qui lui cireraient les pompes, et je ne pourrais pas l'éviter. *Idée de pilote : une femme se cache dans un costume de mascotte pour éviter le connard local et la fermeture à glissière se coince ; elle est obligée de porter un costume de tatou toute sa vie.* Je pouvais presque entendre le couvercle du cercueil en velours se refermer sur moi.

Un SMS fit vibrer mon téléphone. Je le sortis pour voir qui m'écrivait. Kim.

— Bon sang, dis-je. Tu as raison.

Je fis lentement pivoter l'écran vers Amanda pour qu'elle puisse voir les nombreux points d'exclamation.

— Je t'ai dit que ton spectacle était génial, répondit-elle, imperturbable.

— Ou alors tu as raison – il veut juste jouer avec moi, gémis-je. Qu'est-ce que je vais faire ? Je ne peux pas y retourner.

— Réponds-lui, dit-elle lentement, l'air songeur. Demande-lui de prévenir les organisateurs que tu ne te sens pas bien. (Je lui lançai un regard sceptique.) Quoi ? C'est la vérité.

— Mais je ne peux pas jouer en demi-finale la semaine prochaine, affirmai-je, désespérée. Pas devant lui. La prochaine fois, je serai même incapable de monter sur scène.

Amanda opina.

— Ne te soucie pas de ça. Je m'en charge.

— Comment ça ?

— Je suis programmeuse. J'ai de nombreux talents, déclara-t-elle en agitant les doigts à la manière d'un magicien. Laisse-moi faire. (Elle ouvrit la portière et descendit.) Ah, et Dana ? Ne me contacte pas pendant quelques jours.

Elle disparut avant que je me souvienne que je lui avais donné mon numéro sans prendre le sien. Non pas que ça ait une quelconque importance. Neely ne partirait pas d'ici et Amanda n'y pouvait rien. C'était peut-être un génie en informatique mais elle ignorait totalement quelles règles régissaient mon monde.

Il fallait cependant que je réponde quelque chose à Kim, et impossible de lui dire la vérité. Je contemplai mon écran et écrivis : J'ai mangé du poisson pas frais, je t'appelle demain. J'ajoutai trois émojis « vomi », appuyai sur la flèche verte et quittai le parking. Je n'avais qu'une envie, me coucher.

4

Pendant les quelques jours qui suivirent, je fis profil bas, évitai les spectacles et me concentrai sur mon boulot chez Laurel. J'étais certaine que j'aurais besoin de ce job à court terme et vu que mon loyer allait augmenter, ce n'était pas le moment de le perdre. J'exhumai le nouveau bail sous une pile de papiers entassés sur la table crade de ma cuisine – je mettais un point d'honneur à être bien coiffée et à porter des chaussures à talons en public mais mon appartement était une porcherie – pour le relire. Si je payais un dépôt de garantie correspondant au premier et au dernier mois de location, je ne devais m'acquitter que de cinquante dollars pour rupture de bail. Je fis mes comptes pour établir combien je pouvais économiser le mois prochain en arrêtant d'aller au café, en me nourrissant exclusivement de riz et de haricots et en freinant mes achats de chaussures. Il était temps de mettre en place un véritable budget, comme une adulte. J'aurais dû m'intéresser au logiciel que Jason utilisait pour tenir les comptes des courses quand on vivait ensemble, mais je détestais les ordinateurs.

Je n'avais pas encore pris de décision concernant les demi-finales, mais au début, le simple fait d'avoir parlé de Neely à quelqu'un me donna l'impression que le problème était résolu. C'était le printemps et les jours de grand ciel bleu s'enchaînaient comme les perles d'un collier. Il faisait 21 °C et une légère brise agitait les lilas des Indes. C'était le temps idéal pour aimer et être aimé. Mars était passé à toute allure et avril touchait à sa fin. Le poids du secret ayant été un peu soulevé, je voulais juste m'amuser. J'avais parfois l'impression d'avoir tout inventé – pas seulement Amanda, qui me paraissait irréelle quand elle n'était pas devant moi, mais également Neely lui-même. J'avais été malade, après tout, ce qui avait donné à la scène des allures de cauchemar. Quelle était la probabilité pour que tout ça se soit *réellement* produit, du moins comme dans mon souvenir ?

Je savais évidemment que tout ce qui s'était passé avec Neely s'était vraiment déroulé et que mes sentiments à ce sujet ne faibliraient pas. Mais le soulagement temporaire était tellement agréable que j'en profitai le plus possible ; je répondis gentiment à la poignée de SMS de félicitations et prétendis auprès de tout le monde, moi y compris, que ma réussite inattendue dans le concours était une excellente nouvelle. J'écrivis même quelques scènes pour le pilote de la série avec le gourou lifestyle, momentanément inspirée.

Au bout d'un ou deux jours, cependant, le soulagement s'estompa et une ombre s'abattit sur le printemps. Quand je consultais mes textos, je ne pouvais m'empêcher de me demander si Amanda allait me contacter, même si elle avait clairement dit, avec des airs de conspiratrice, qu'elle disparaîtrait momentanément du paysage. Qu'avait-elle bien pu dire par « Je m'en charge » ? Après avoir presque douté de son existence, voilà que j'espérais recevoir un message d'elle m'annonçant qu'elle avait fait ce qu'il fallait et que Neely ne serait pas à la table des juges en demi-finale. C'était absurde et je le savais. Mais j'aurais aimé avoir le numéro d'Amanda pour lui demander des explications.

Comme je ne pouvais pas la joindre et qu'elle ne m'appela pas ni ne m'envoya de message, je continuai à polir des bols en cuivre et à plier des serviettes en lin chez Laurel jusqu'au week-end des demi-finales. J'étais moins préoccupée par Amanda que par la compétition à venir. Serais-je capable d'assurer ? Parviendrais-je à monter sur la scène du Bat City et à jouer sans jeter un seul coup d'œil en direction de Neely ? La moindre pensée parasite une fois derrière le micro pourrait au mieux me faire bégayer de manière embarrassante, au pire me réduire complètement au silence. Toutes les fois où je me réveillais au beau milieu de la nuit sans parvenir à me rendormir, je me mettais au défi en répétant mentalement la situation encore et encore, les yeux fermés. Je m'imaginais traverser le parking, affronter les autres humoristes, vérifier la liste punaisée sur la porte, prendre un verre au bar. Mais lorsque le présentateur m'appelait pour monter sur scène, j'avais toujours un trou et je me rendormais.

La réponse me frappa de plein fouet le samedi, alors qu'il y avait plus de clients que d'habitude. Je venais de vendre un lutrin en bois pour poser un livre de recettes à trois cents dollars et j'étais en train d'épousseter l'étagère d'huiles essentielles tandis que Becca s'occupait des clients. Je me souvins des paroles de Ruby concernant ses bras et je remarquai qu'en dépit du temps clément, elle portait des manches longues, comme toujours. Je me demandai si elle avait un secret, elle aussi. Si c'était le cas, c'était idiot et dangereux de le garder pour elle.

Mais n'étais-je pas aussi têtue qu'elle ?

Raconter ce qui s'était passé à Amanda m'avait tout de suite soulagée. Mais Amanda ne comptait pas – elle l'avait dit elle-même. Le soulagement avait disparu avec elle et je m'étais retrouvée seule à craindre une confrontation avec Neely. J'avais peut-être besoin d'en parler à quelqu'un d'autre ? Pas à ma mère – elle flipperait –, ni à Ruby – qui le dirait à tout le monde –, mais à quelqu'un de mon milieu, quelqu'un qui comprendrait.

Kim, par exemple. Après le premier tour, elle avait pris des nouvelles de ma maladie imaginaire. Elle avait même proposé de m'apporter de la soupe et du Gatorade. Ce n'était pas la première fois qu'elle se montrait amicale et je ne savais pas bien pourquoi je l'avais toujours tenue à distance. Bon, d'accord, j'étais agacée par son personnage sur scène, ce côté femme-enfant sexy et peut-être qu'elle rirait vraiment en apprenant qu'Aaron Neely, *le* Aaron Neely, s'était branlé devant moi dans sa bagnole. J'avais peut-être besoin que quelqu'un en rigole pour briser le sortilège, assez longtemps au moins pour franchir la demi-finale. Et puis prendre un verre avec Kim me permettrait d'arrêter de stresser à cause de Neely et de penser à Amanda.

Je terminai mon ménage et allai chercher mon téléphone rangé sous le comptoir. J'eus à peine le temps d'envoyer un SMS à Kim – J'ai fini de gerber, je vais mieux. On se voit avant le spectacle ? – avant d'être assaillie par des clients. J'entendis mon portable vibrer mais ne pus le consulter qu'en fin de journée. Kim avait répondu : On se retrouve au lac à 18 h ?

J'avais davantage en tête un verre qu'un footing, mais puisque j'étais censée me remettre d'une gastro, ça ne pouvait pas me faire de mal. Ça marche, répondis-je en essayant de me souvenir si je possédais une paire de baskets.

« Le lac » était le Ladybird Lake, qui pour moi s'appelait toujours le Town Lake, ce qui était son nom lorsque j'étais arrivée à Austin pour la première fois. Quelle que soit la façon dont on le baptisait, il n'avait rien d'un lac : il s'agissait d'une branche de la Colorado River qui traversait la ville au sud du centre-ville et dont les rives étaient aménagées pour la randonnée à pied et à VTT. On pouvait aussi louer des kayaks. Depuis mon retour à Austin, j'avais passé plus de temps dans ma voiture coincée dans les embouteillages sur les ponts au-dessus du fleuve qu'en bas au milieu des coureurs et des promeneurs de chien. Mais même lorsque les ponts étaient bondés, la surface large et frémissante de l'eau qui brillait au soleil, parsemée de paddles comme autant de gondoles, était agréable à voir.

Cela dit, se garer près du fleuve était une vraie galère. J'étais passée me changer chez moi, ce qui m'avait déjà mise en retard, et je sillonnai les rues à sens unique en jurant à chaque interdiction de tourner avant de trouver enfin une place à plus de quatre cents mètres de là. J'envoyai un texto à Kim pour lui dire que j'arrivais et me hâtai sur le chemin de randonnée sous le soleil puissant de 18 heures, pour mettre à l'épreuve les derniers vestiges d'amortis de la vieille paire de baskets que j'avais trouvée enfouie sous un tas d'escarpins dans mon armoire. J'étais déjà en nage en parvenant à notre point de rendez-vous où Kim, qui portait un tee-shirt Eagles usé jusqu'à la corde sur une brassière de sport vert fluo, était en position du chien sur la pelouse. Elle se redressa en m'apercevant, les joues roses, comme une actrice qui fait de l'exercice dans un film. J'étais tellement essoufflée que j'agitai la main en guise de salut.

— Salut, connasse en retard, répondit-elle.

— *Namasté*, salope, répliquai-je en reprenant mon souffle. Tu fais très meuf blanche aujourd'hui. (Les salutations désobligeantes m'avaient désarçonnée au début puis j'avais fini par les accepter comme faisant partie du job. Je me souvins soudain que j'étais censée être convalescente.) Tu as déjà de la chance que je sois venue. Si je meurs, je te fais un procès.

— Tu veux marcher ou courir ?

— Est-ce que j'ai bégayé ?

— Comment ça ? Ah, au premier tour ? demanda-t-elle avec un sourire mauvais et je m'inclinai, sarcastique. Non. Vraiment. Toutes mes félicitations.

Elle s'engagea sur le sentier, qui à cette heure était envahi par un flot lent de gens, de vélos et de chiens enveloppés dans un nuage de poussière rougeâtre.

— Toi aussi. (Kim avait franchi le premier tour la semaine avant moi.) Mais pour toi, c'est la routine, pas vrai ?

— Ouais, c'est ma troisième année, répondit-elle en me jetant un regard en coin, comme si j'avais touché un point sensible.

Elle n'était jamais parvenue en finale.

— La troisième fois est toujours la bonne, paraît-il, déclarai-je pour me rattraper.

— J'en ai ras le cul.

— Eh bien, n'y va pas, suggérai-je. Va faire de la voile à la place.

— On a le droit ?

Je comprenais parfaitement ce qu'elle entendait par là. Depuis que le concours de la Personne la plus drôle était devenu important, les humoristes l'avaient baptisé « l'impôt de la comédie ». Il nous prenait des mois tous les ans.

— Contentons-nous de bitcher sur ce concours et d'agir comme si on se foutait du gagnant.

— Bonne idée.

— De toute façon, ce seront les mêmes noms en finale, comme chaque année.

— Et la Personne la plus drôle d'Austin est… un mec avec une moustache en guidon de vélo ! annonçai-je en imitant le présentateur.

— Deuxième place pour… un mec avec une moustache en guidon de vélo un peu plus petite – et un tatouage sur le cou !

— Et troisième… une femme, pour que personne ne puisse nous accuser de sexisme !

— Je prends, dit Kim. Je veux bien être le quota. (Je me demandai si je devais enchaîner sur la blague suivante mais Kim m'ôta les mots de la bouche en haussant un sourcil.) Peut-être que cette fois-ci, ils feront coup double et décerneront la troisième place à une Latina.

— Je valide totalement cette idée, vu que je suis la seule de tout Austin.

— Peut-être que le meilleur quota gagnera… enfin, finira troisième. Encore faudrait-il qu'ils soient sympas cette année. L'année dernière, le top 3 était composé de trois mecs blancs. (Un sourire narquois étira ses lèvres.) En parlant de ça, j'aimerais bien payer un verre à celui qui a fait passer Fash en premier la semaine dernière. Il a failli se pisser dessus en découvrant l'ordre de passage.

— Que la première place revienne toujours à un homme blanc, dis-je en levant les yeux au ciel.

— Amen.

Nous avançâmes un instant en silence. J'observais les chiens qui trottinaient sur le chemin en imaginant ce à quoi ils pouvaient penser. Un colley couleur sable : *J'essaie de passer moins de temps sur Instagram et plus de temps dans la vraie vie.* Un pitbull courant aux côtés d'un septuagénaire en short : *J'adore cet homme et quand il mourra ça me fera bien plaisir de le bouffer.* Un chow-chow : *Parfois, je fais semblant d'être un chat. Quoi, je suis le seul à avoir des secrets bizarres, peut-être ?*

— Quelqu'un m'a dit que si on n'allait pas à Los Angeles avant vingt-six ans, on n'irait jamais, déclara soudain Kim.

— J'ai entendu dire que c'était vingt-trois ans, répondis-je sans lui demander quel âge elle avait. (Pas question de lui rappeler que j'avais dépassé de deux ans la date de péremption.) Mais j'ai aussi entendu dire qu'il fallait six ans pour réussir là-bas. Donc, ça veut dire qu'il faut y aller à dix-sept ans.

Nous avions atteint une partie ombragée du sentier, qui formait un coude autour d'une portion stagnante du fleuve. La végétation surabondante bloquait les rayons du soleil mais aussi la brise : on se serait cru dans une pièce sans air. On ne marchait pas vite mais j'étais trempée et le front de Kim luisait de sueur à la racine de ses cheveux. Elle repoussa une mèche de cheveux blonds derrière son oreille et s'éventa avec la main.

— Je me dis parfois que je ferais mieux de me flinguer plutôt que de m'épuiser année après année.

— Ouais.

Je ne voyais vraiment pas quoi répondre d'autre.

— Bref, poursuivit-elle avec un petit rire. J'ai dit la même chose en avril dernier, et l'année d'encore avant. Mais on est de nouveau en avril et je suis toujours en vie, alors… (Elle haussa les épaules.) Avril. La Personne la plus drôle, South by Southwest, Moontower… tous ces festivals. Putain, avril c'est vraiment…

Elle n'acheva pas sa phrase.

— Le mois le plus cruel ?

J'avais suivi un seul cours génial à la fac, celui de poésie moderne.

— Complètement. Le plus cruel, putain.

On émergea de la verdure et on partagea un instant de plaisir silencieux lorsque la brise sécha notre transpiration.

— Bref, poursuivit Kim en remettant son masque habituel. J'ai discuté avec Aaron Neely après le premier tour.

Mon sang se glaça sous le soleil torride. Entourée par tous ces gens et distraite par la marche, j'avais presque oublié pourquoi j'étais là.

— Ah bon ? répondis-je sans me mouiller.

— Oui, il s'est montré super sympa. Les rumeurs prétendent qu'il est bizarre avec les femmes humoristes mais comme tout le monde, je suppose. Il a aimé mon spectacle et il m'a dit qu'il voulait parler boutique avec moi.

La panique s'empara de moi. Je devais tout lui raconter. Mais en même temps, une force égale et contraire m'ordonnait de me taire pour ne pas l'insulter en suggérant que nous étions dans la même catégorie et que Neely prévoyait de lui faire subir ce qu'il m'avait infligé. Peut-être qu'il avait vraiment apprécié les sketches de Kim. Et même si elle avait droit à la spécialité d'Aaron Neely sur la banquette arrière de sa voiture, peut-être qu'elle s'en foutait ? Kim était une nana cool. La moitié de son spectacle était composé de vannes sur les trucs gênants qui nous arrivent quand on baise. Peut-être que les mecs se comportaient tout le temps comme ça avec elle et qu'elle le prenait à la légère. J'étais peut-être la seule à ne pas savoir encaisser une blague.

Nous empruntâmes le grand pont piéton sous le pont autoroutier, une passerelle ombragée suspendue par des piliers de ciment semblables à de gigantesques troncs d'arbre au-dessus du fleuve scintillant. De là-haut, même le vacarme des véhicules au-dessus de nos têtes constituait un souffle apaisant de bruit blanc qui se mêlait aux bruissements des arbres sur la rive. Je cherchais comment poursuivre la conversation jusqu'à ce qu'on atteigne le milieu du pont à deux étages. Le soleil étirait ses rayons sur toute sa surface entre les deux couches de ciment. De ce point de vue, on apercevait tout le fleuve doré traversé par des tunnels routiers tagués, des sentiers réservés aux piétons et des ponts embouteillés. Les capots et les pare-brise des voitures suspendues au-dessus du fleuve étaient embrasés par le soleil couchant. On se dirigea sans se concerter vers la rambarde pour admirer la vue.

Kim avait cessé de parler et contemplait la surface de l'eau. C'était l'occasion ou jamais.

— Kim.

— Ne sois pas jalouse. (Elle soupira.) Ça ne se produira pas, de toute façon.

— Je suis sûre qu'il a aimé ton spectacle, affirmai-je.

J'étais en train d'inspirer avant d'ajouter *Mais* quand elle me coupa la parole.

— Ouais. Ça n'a aucune importance, vu qu'il est parti.

— Quoi ?

Je pivotai brusquement pour faire face à Kim, qui plissait les yeux sous l'éclat aveuglant du soleil.

— Neely s'est barré sans préavis. Personne ne sait pourquoi. Une urgence familiale ou un truc du genre. Ou alors il en a juste eu marre d'Austin. Je le comprends.

Elle ôta une feuille de ses cheveux et la lança pardessus le parapet.

J'étais stupéfaite. Neely n'avait pas quitté la ville à cause d'une urgence familiale. J'étais certaine qu'Amanda était derrière son départ précipité. Le soulagement me submergea. Neely n'était plus là. J'étais libérée.

Je remarquai l'expression de Kim et je me ressaisis.

— C'est… Merde, c'est pas de bol, répondis-je d'un ton que j'espérais normal.

Elle se tourna vers moi, toujours abattue.

— Ça craint de savoir qu'on est tout proche de réussir et de voir que ça t'échappe, tu vois ce que je veux dire ?

J'étais tellement étourdie que je dus réprimer un rire. Je me fis violence, pour être exacte.

— Oui, je comprends très bien.

— Mais il m'a filé sa carte. Avec sa ligne directe. Peut-être que je devrais aller à Los Angeles tant qu'il se souvient encore de moi.

Elle émit un rire bref. Je ne me faisais pas confiance pour répondre quoi que ce soit. L'urgence de la mettre en garde et de me libérer de mon fardeau était passée et j'étais à présent consumée par l'envie de voir Amanda. Je raconterais peut-être plus tard à Kim ce qui m'était arrivé avec Neely – mais une fois que j'aurais découvert la raison de son départ. En attendant, elle ne risquait pas d'être piégée dans sa voiture.

Quant à moi, j'allais pouvoir reprendre les festivités.

5

Je n'allai pas assister aux shows ce soir-là. Je restai chez moi devant la télé tout en vérifiant de manière compulsive mon téléphone. J'attendais un message d'Amanda. Vers 1 heure du matin, au moment où je m'assoupissais, un SMS me réveilla.

Viens. Suivi d'une adresse.

Je commençai à répondre avant d'être totalement réveillée. Puis je regardai de nouveau l'adresse et m'interrompis. C'était au centre-ville – pas vraiment le genre de quartier où je m'attendais à ce qu'Amanda me donne rendez-vous à 1 heure du matin un samedi. Je devais me montrer prudente. C'est qui ? tapai-je.

C'est moi. J'ai quelque chose à te montrer

Quoi ?

Le texto suivant contenait uniquement un lien vers une vidéo. Et si c'était un pervers de Tinder ou un abruti qui m'avait vue en spectacle… ? Mais non, j'étais parano. J'examinai la miniature, les yeux plissés, l'écran tout près du visage. L'image était dissimulée par la flèche permettant de lancer la vidéo mais sous l'icône triangulaire, je reconnus un visage familier.

Je cliquai sur le lien.

Au début, j'eus du mal à comprendre ce que je voyais. L'image était floue et granuleuse. Je distinguai des murs beiges mal éclairés. J'entendis un coup frappé à la porte, suivi par des froissements et des bruits sourds, puis le beige se transforma en bleu quand la porte s'ouvrit. La silhouette sombre d'un mec chauve s'encadra dans la porte, éclairée par un plafonnier qui inonda momentanément l'image d'une lumière aveuglante avant de s'estomper derrière la tête du type.

— Entrez, entrez, fit la silhouette d'une voix assourdie mais familière.

Encore des bruissements tandis qu'il reculait dans ce qui était une chambre d'hôtel. Il portait un peignoir.

J'entendis ensuite une voix féminine que j'identifiai aussitôt comme étant celle d'Amanda, beaucoup plus forte, certainement parce qu'elle était tout près du micro.

— Où voulez-vous que je place la table, monsieur Neely ?

La caméra avança dans la suite spacieuse et Neely disparut momentanément du cadre.

— Laissez-moi juste… (Le bruit d'une porte qu'on referme.) Près du lit, je vous prie. Merci. Vous avez besoin d'aide ?

La caméra tressauta jusqu'au lit king size. La voix d'Amanda était essoufflée, comme si elle portait quelque chose de lourd.

— Non, merci, j'ai l'habitude.

— Bien sûr. (La voix de Neely, hors champ, paraissait nerveuse et métallique.) C'est une grande table, ha ha. (L'écran devint noir puis j'entendis un claquement.) Vous êtes sûre que vous n'avez besoin de rien ? demanda la voix de Neely à l'arrière-plan. Un verre d'eau peut-être ?

— Ce serait gentil, répondit Amanda.

L'image revint, tourna brusquement puis s'immobilisa et ne bougea plus. Une bande blanche apparut au bord de l'écran, floue, comme si la caméra était posée sur la table de chevet. Au milieu de l'écran, une femme grande et mince portant un polo rouge était en train d'installer une table de massage. Quand elle se pencha pour ajuster les pieds et installer le drap, elle prit soin de détourner le visage de l'écran, révélant l'arrière d'une casquette de base-ball rouge et des cheveux blonds ondulés.

Neely réapparut dans le cadre, coupé au niveau des épaules, un verre d'eau à la main qu'il tendit à Amanda.

— Merci, dit-elle. Je vais passer dans la pièce à côté, monsieur Neely, pour vous permettre de vous déshabiller et de vous allonger à plat ventre sous le drap. Je frapperai avant d'entrer pour m'assurer que vous êtes prêt.

Tout en parlant, elle s'éloigna, le verre à la main, et sa voix devint de plus en plus faible. Ses derniers mots furent couverts par le cliquètement de la porte qui se refermait sur elle.

— Parfait, répondit Neely d'une voix forte, un peu étranglée.

Il batailla avec son peignoir. Je ne voyais toujours pas sa tête et il était en partie dissimulé par la table de massage. Le peignoir s'ouvrit, dévoilant un torse puissant, poilu et écarlate. Il laissa le vêtement ouvert sans l'ôter et monta sur la table de massage, une cuisse massive après l'autre, un truc facilement reconnaissable se balançant entre elles.

Même moi, qui avait vu de très près le gros ver rouge qui servait de sexe à Neely, je ne pus réprimer un petit cri involontaire devant l'intimité de cette chair nue. Le pan gauche du peignoir remonta lorsqu'il se tortilla pour s'installer, dévoilant une fesse blême écrasée sur la table et un surplus plissé de ventre recouvert de poils rebelles. Il s'allongea sur le dos, s'appuya sur son coude gauche, plia la jambe droite et pivota de quelques degrés face à la caméra, presque comme s'il posait, même s'il était évident qu'il ne s'était pas rendu compte de sa présence. Son visage apparut enfin : une lune géante, mouchetée et rougie, avec une expression à la fois anxieuse, impatiente et horriblement enfantine.

Mon estomac ne fit qu'un tour lorsque ses traits devinrent parfaitement visibles et aisément reconnaissables, comme tous les visages célèbres. De le voir à l'écran, juxtaposé à ce corps – dans un plan serré dramatique et éclairé avec un improbable talent par la lampe de chevet –, je sentis presque l'onde de choc parcourir une foule invisible, comme si la vidéo était déjà devenue virale et que j'étais une spectatrice parmi des millions.

Un petit coup discret me parvint de l'arrière-plan.

— J'entre, monsieur Neely, dit la voix d'Amanda, du ton aimable et bas employé par les masseuses. Vous êtes prêt ?

— Je suis prêt, répondit-il, bite en main.

La vidéo s'arrêtait là. Elle durait moins de trois minutes. Je contemplais l'écran, abasourdie. J'avais presque oublié où je me trouvais et que j'étais seule.

Un SMS me parvint, me rappelant que je n'étais pas seule du tout. Plus maintenant.

Tu te doutes de ce qui se passe ensuite

Puis : Tu me fais confiance à présent ?

Je m'emparai de mes clés.

Le centre-ville un samedi, juste avant la fermeture des bars, n'avait jamais été mon endroit préféré et ce soir ne faisait pas exception. Les soirées passées à trébucher, bourrée, dans la Sixième Rue pleine de pisse en compagnie de Jason et de deux potes humoristes, à se moquer de nanas ivres en minijupe qui trébuchaient dans leurs escarpins à plateforme étaient révolues depuis longtemps. À présent, j'avais l'impression que tous ceux qui choisissaient de se rendre dans la version miniature du quartier français d'Austin se coordonnaient le week-end pour créer un paysage onirique de piétons torchés, de bus touristiques et de prêcheurs agitant leur bible. Après avoir donné de ma personne sur la scène difficile de Fondue Freddy, j'évitais autant que possible les clubs du centre-ville.

Le rêve battait son plein ce soir. Même si les salles de concerts de Red River s'étaient calmées après minuit, par ordre de la municipalité, les bars de la Sixième Rue déversaient toujours une soupe de basses tonitruantes qui s'entendaient de loin. Les taxis, vitres baissées pour aérer leurs clients saouls, faisaient brailler de la world music à tous les feux rouges ; même les cyclo-pousses bondés passaient de la musique jamaïcaine et du glam metal pour permettre à leurs conducteurs défoncés de continuer à appuyer sur les pédales. Je n'eus aucune difficulté à stationner ; à cette heure de la nuit, il n'y avait jamais assez de taxis et toujours plein d'ivrognes qui rentraient chez eux, libérant des places de parking. Bien décidée à les éviter, je me garai dès que j'aperçus un emplacement libre et je gagnai à pied l'adresse qu'Amanda m'avait donnée.

En approchant, je reconnus l'endroit, un quartier résidentiel dont les rues piétonnes étaient flanquées de boutiques d'huile d'olive et de salons de manucure bien trop chers pour ma bourse. Nous n'étions qu'à quelques centaines de mètres du cirque sordide de la Sixième Rue et c'était pourtant un tout autre monde. L'immeuble d'Amanda avait été construit après mon départ, pendant le premier gros boom technologique. Au début, sa façade en cuivre était visible de presque tout le reste de la ville, comme un phare aveuglant de rose doré. Durant les cinq années que j'avais passées à Los Angeles, le revêtement s'était terni et avait pris la respectable teinte auburn d'un penny. Mais pour moi, il avait toujours la couleur de l'argent. Les célibataires que je connaissais vivaient dans des studios miteux – le mien était situé dans un ancien immeuble nudiste des années 1960 dont les murs me paraissaient toujours étrangement humides – ou partageaient des cottages pourris en zone inondable. Je me demandai comment Amanda pouvait se permettre un tel loyer vu qu'elle ne bossait plus depuis un an. Le vigile me fit entrer sans me prêter attention et je pris l'ascenseur jusqu'au huitième étage.

Amanda m'ouvrit. Elle portait un tee-shirt d'un gris marbré, la couleur des lessives qui ont mal tourné et elle n'avait pas juste l'air bien réveillée mais nerveuse. Elle me fit signe d'entrer sans un mot et je contournai une petite cuisine au plan de travail en granit. Le salon, à moitié absorbé par la nuit qui s'étendait au-delà des immenses baies vitrées sans rideaux, était juste assez grand pour abriter une chaîne hi-fi et un canapé d'angle. Tout était parfaitement rangé, des coussins coordonnés aux rangées de Blu-ray sur l'étagère au-dessus de la télévision – à ma grande surprise, surtout des comédies romantiques et des films d'action. Le ciment du balcon filant brillait d'une lueur fantomatique et le calcaire rose pâle du dôme du Capitole luisait au loin.

Elle referma la porte derrière moi.

— Amanda, dis-je, mais elle me coupa la parole.

— On fête ça ? J'ai une bonne bouteille de vin qui attendait une occasion. J'aurais dû acheter du champagne.

— Mais comment…

— Neely est parti pour de bon. (Le dos tourné, elle fouillait dans les placards de sa minuscule cuisine.) Je savais qu'il rentrerait à Los Angeles en rampant mais je voulais en être sûre avant de te contacter.

— Comment peux-tu en être certaine ?

— J'ai mes sources. (Elle sortit deux verres à vin d'un placard, souffla dessus pour les épousseter et les posa sur le bar d'un air triomphant.) De toute manière, une fois qu'il a découvert ce que j'avais sur lui, ce n'était plus qu'une question de temps. Ce que *nous* avions sur lui.

— La vidéo… Mais comment as-tu…

J'étais toujours debout, gênée, au beau milieu du salon. Je ne voulais pas m'asseoir tant qu'elle n'était pas sortie de la cuisine.

— C'était le plan parfait, n'est-ce pas ? Une fois que j'ai découvert qu'il aimait se payer des massages quand il était à l'hôtel, je me suis dit qu'il fallait tenter quelque chose. Je connaissais son *modus operandi*. (Elle attrapa une bouteille de rouge sur l'étagère au-dessus du frigo, examina l'étiquette et la reposa à sa place.) En fait, plein de gens sont au courant. Il suffit de fréquenter les bons forums et de décrypter ce qui s'y dit. Personne n'ose le dénoncer publiquement parce que tout le monde l'adore. (Elle leva les yeux au ciel.) Mais ce mec, crois-moi, il fait ça tout le temps. Dès qu'il le peut. Il se trouve juste que les employées sont plus enclines à le dénoncer que les humoristes.

Après plusieurs essais infructueux, elle finit par localiser la bouteille qu'elle voulait ouvrir et la posa sur le plan de travail à côté des verres.

— Tire-bouchon, où es-tu ? demanda-t-elle en ouvrant et fermant les tiroirs avec la même énergie fébrile.

Elle finit par en trouver un.

— Donne-moi ça, ordonnai-je pour qu'elle sorte plus vite de la cuisine. (J'ouvris la bouteille, remplis les deux verres et m'en emparai d'un geste pour qu'elle me suive jusqu'au canapé.) Assieds-toi et raconte-moi tout depuis le début.

— D'accord. (Elle se jucha sur la partie la plus courte du canapé tandis que je m'installai sur la méridienne.) Mais d'abord... (Elle se pencha en avant en brandissant son verre.) À notre entraide !

— À notre entraide, répondis-je en essayant de ne pas manifester mon impatience, tout en faisant tinter mon verre contre le sien avant de boire. Alors... ce piège ? Je suis plutôt du genre à manier la barre de fer. Enfin, j'essaie.

Je ris nerveusement de ma propre blague.

— Je devrais porter un toast à mes anciens employeurs chez Runnr, répondit-elle sans relever. Ces mecs de la Silicon Valley se targuent d'être des visionnaires, mais leurs talents de manager laissent grandement à désirer. Et ils sont incapables de se concentrer plus de quelques minutes. (Elle pouffa.) Il leur a fallu une éternité avant de penser à changer mes mots de passe et m'interdire tout accès.

— Accès à quoi ?

— À tout. (Elle haussa les sourcils.) Les données des clients, le code – que j'ai créé quasiment à partir de rien d'ailleurs. J'ai fini par devoir rendre mon ordinateur portable et signer des montagnes de clauses de confidentialité et de non-concurrence – les seules choses qui les intéressent, ce sont les brevets technologiques et le vol d'IP. (Elle avala une grande gorgée de vin.) Mais j'ai eu le temps de cracker le code et d'y ouvrir des backdoors me permettant d'y revenir quand je veux – et de laisser quelques bugs. Après mon départ, ils ont été trop occupés à éteindre les feux, sans l'aide de leur meilleure programmeuse, pour vérifier leurs métadonnées. Surtout la base de données clients. Elle contient plein d'infos.

— Neely utilise Runnr ?

La lumière s'était enfin faite dans mon esprit.

— Tout le monde utilise Runnr, répondit-elle avant de me regarder. Enfin, tous ceux dont le temps est plus précieux que les tarifs de Runnr. Qui sont compétitifs parce qu'il est très facile d'y être engagé pour tout et n'importe quoi, même les métiers pour lesquels on est censé posséder un permis.

— Comme les masseuses.

— Exactement. Tu devrais voir toute la merde qui se glisse entre les mailles du filet. Tu sais qu'ils ne vérifient rien ? Ils ne s'en vantent pas mais les journaux en ont parlé. Les gens s'en foutent alors ils continuent à utiliser l'appli. (Elle s'esclaffa.) S'ils savaient que bien peu d'employés parviennent à en vivre, alors ils s'en foutraient moins. Comment peut-on faire confiance à quelqu'un qui sonne chez toi et prétend être masseuse pour vingt dollars les deux heures ?

— Ouais.

Je gagnais mieux ma vie en vendant de la papeterie chez Laurel.

— Bon, pour être honnête, j'ai mis en place un programme d'auto-enchères pour être sûre de remporter la course, ce qui a fait chuter les prix. En général, sur cette appli, les femmes gagnent plus parce qu'elles sont plus demandées. Tu imagines ? (Elle leva les yeux au ciel et haussa les épaules.) Bref, entrer avec une caméra a été un jeu d'enfant. Après ça, Neely s'est chargé du reste.

Je rejouai mentalement la scène : l'intimité affreuse, son expression avide, sa chair poilue qui avait l'air encore plus nue du fait d'être en partie dissimulée par le peignoir.

— C'est parfait, acquiesçai-je. Mais si tu avais dû le masser pour de bon ? Et s'il – s'il avait essayé autre chose ?

Maintenant que j'évoquais la sécurité de quelqu'un d'autre que moi, je me rendais soudain compte que c'était ça qui m'avait paralysée dans sa voiture ce jour-là. C'était la peur inavouable que si j'avais fait le mauvais geste ou même un seul mouvement, la situation aurait empiré et serait passée de la simple humiliation à quelque chose de bien différent.

Amanda secoua la tête.

— Il était trop impatient pour avoir envie qu'on le masse. Tu vois le verre d'eau qu'il m'a donné ? Je suis sûre à quatre-vingt-dix pour cent qu'il contenait quelque chose. Je n'y ai pas goûté, évidemment, mais il avait une drôle d'odeur. Je pense que c'était un somnifère. Pour que la nana soit moins réactive et un peu dans les vapes. Ce mec est un gros lâche.

J'eus soudain la nausée et de la bile se logea dans ma gorge. Le smoothie avec un goût de craie. J'étais persuadée que Jason et moi avions chopé le même virus mais je n'avais jamais vomi, j'étais juste étourdie et j'avais dormi douze heures d'affilée après ça. Amanda ne dit rien mais je compris à sa façon de me regarder qu'elle y avait déjà pensé, certainement quand je lui avais tout raconté. Il me fallut un moment pour reprendre mon souffle. J'avais été droguée en plus d'être… quel que soit le mot qui désignait ce qu'il m'avait fait.

— Quand est-ce qu'on va la poster ? finis-je par demander.

— Poster quoi ?

— La vidéo. On va l'envoyer anonymement à un site d'infos ? Ou la mettre en ligne sur un des forums dont tu as parlé ? Qu'on se foute de lui pour une fois.

— Il est hors de question de montrer cette vidéo à qui que ce soit, Dana.

Je la fixai.

— Mais… ce n'est pas là le but ? Le dénoncer ? Montrer à tout le monde qui il est vraiment ?

— C'est bien mieux de nous en servir comme d'une épée de Damoclès.

— Du chantage ? (Je me redressai et ma voix monta d'un cran, exactement comme le soir où Amanda m'avait suivie devant le club. Je détestais perdre le contrôle et parler de Neely, même simplement penser à lui me déstabilisait trop.) Tu fais ça pour *le fric* ? Parce que je n'en veux pas. Je ne veux rien de lui. Je veux juste qu'il ne fasse plus subir ça à personne.

— Et ce sera le cas. Fais-moi confiance. Neely ignore qui nous sommes mais il sait que nous possédons cette vidéo. On sait tout de lui et on peut l'atteindre quand on veut. C'est pour ça qu'il s'est barré sans demander son reste. Et je peux le suivre à la trace en permanence – et pas seulement grâce à Runnr. (Elle avait l'air très fière d'elle.) Je pense qu'il a bien compris le message. Il aura trop peur pour recommencer avant un bon moment.

— Mais pourquoi ne pas la divulguer ?

Elle me lança un regard apitoyé.

— Une fois publique, la vidéo devient falsifiable. Ses agents inventeront des histoires et transformeront les faits pour la presse. Et en plus, comme on lui aura fait tout le mal possible, il ne nous craindra plus. Il engagera des détectives privés pour nous retrouver. Crois-moi, ce n'est pas ce que tu veux. Tu ne veux pas être la femme qui se retrouve seule face à une célébrité avec ce genre d'accusation.

— Mais il y a une preuve, répondis-je, moins véhémente.

— Si ça va jusqu'au procès, ils trouveront un moyen pour que la vidéo ne soit pas recevable. C'est pour ça que les riches embauchent des avocats hors de prix. (Elle haussa les épaules.) Mais personne n'a envie de dépenser son argent comme ça et personne n'aime ce genre de publicité. Tant qu'on garde le doigt au-dessus du bouton, il fera tout ce qu'il peut pour nous empêcher d'appuyer dessus.

Le silence s'installa, le temps que je digère tout ça.

— Bon, donc on n'appuie pas sur le bouton, déclarai-je. Même si – je ne serais pas seule, n'est-ce pas ? –, si quelque chose tournait mal, je veux dire.

— Non. Si on en arrivait là, je ne te laisserais pas tomber, au tribunal ou ailleurs. Promis.

Je me rassis et avalai une longue gorgée de vin.

— Bon, poursuivit-elle en battant des mains, tout excitée. Tu es prête ?

— Pour quoi faire ?

— C'est ton tour.

— Ha, ha, dis-je après un long silence.

— Je t'ai aidée, répliqua-t-elle d'une voix égale. À toi de me rendre la pareille.

— Très drôle.

Mais je savais qu'elle ne plaisantait pas.

— J'ai un nom pour toi.

Je sentis la panique me gagner.

— Je ne t'ai jamais demandé de me venger de Neely, Amanda.

Elle me lança un regard appuyé et son visage perdit lentement son expression enthousiaste. Quand elle détourna les yeux vers la fenêtre, son regard gris-vert était devenu terne et opaque. Pendant un instant, je crus qu'elle allait se mettre à pleurer.

Mais elle se leva, ouvrit la porte-fenêtre et sortit sur le balcon.

Elle ne me demanda pas de la suivre mais après quelques minutes gênantes, je le fis. Elle sirotait son vin en contemplant le ciel nocturne : les nuages avaient disparu et les étoiles scintillaient. Sur la droite, au loin, je distinguais le Congress Avenue Bridge, guirlande de réverbères au-dessus du fleuve sombre. Je m'avançai vers elle et observai son profil, que l'éclairage du balcon illuminait par en dessous. Pas étonnant qu'elle trouve des auditions sans problème. Ses pommettes auraient mérité un oscar à elles seules.

— Le vin est très bon, dis-je. Très, euh, doux.

J'avalai une gorgée trop enthousiaste et m'étouffai.

— Écoute, tu n'es pas obligée de le faire, déclara-t-elle d'un ton las. Je ne te force à rien. Mais quand on a discuté l'autre soir, j'ai cru… (Elle s'interrompit brusquement. J'ouvris la bouche pour répondre mais elle reprit d'une voix plus assurée.) J'ai cru qu'on se comprenait. Mais si tu crois que ça m'a plu de regarder Aaron Neely se branler dans cette chambre d'hôtel – si tu imagines que j'ai aimé jouer sa victime ne serait-ce qu'une seconde…

Je me sentis sonnée.

— Je ne pense pas ça du tout.

— Il est costaud. Comme tu l'as remarqué toi-même, il aurait pu se jeter sur moi à n'importe quel moment. Ce n'était pas vraiment une partie de plaisir.

— Je sais. Et je ne pourrais jamais te remercier assez.

— Non, rétorqua-t-elle en pivotant vers moi. Mais je n'ai pas fait ça uniquement pour toi, Dana. Tu ne vois pas plus loin que le bout de ton nez, pas vrai ?

Tu ne fréquentes pas les forums et tu n'écoutes pas les histoires, et du coup tu ne comprends pas. Le problème est beaucoup plus vaste que ce qui t'est arrivé. Ces mecs se comportent comme des porcs, encore et encore, jusqu'à ce que quelqu'un se mette enfin en travers de leur chemin. Il faut trouver une façon de leur faire plus de mal qu'ils ne peuvent nous en infliger.

Je digérai l'info en silence. J'avais affirmé que l'important c'était que ça ne se reproduise pas avec quelqu'un d'autre. Mais qu'est-ce qui m'avait amenée chez Amanda ce soir ? Qu'est-ce qui m'avait remplie de joie sur le pont quand j'étais avec Kim un peu plus tôt dans la journée ? Justement l'idée de ne plus avoir à me soucier de Neely.

— Tu as eu ce que tu voulais, conclut Amanda comme si elle pouvait lire mes pensées coupables. Tu n'auras qu'à me payer un verre pour me remercier.

— Mais qu'est-ce que tu veux que je fasse, à la fin ? demandai-je, exaspérée. Te venger de ton ex ? Mais il vit loin d'ici, pas vrai ? Crois-moi, si je pouvais être à Los Angeles, j'y serais déjà.

— S'il habitait à Austin, est-ce que tu m'aiderais ? demanda-t-elle en se tournant vers la ville.

— Probablement. (C'était un mensonge mais je fus saisie par une impulsion soudaine de le conforter.) Oui. Oui, je t'aiderais.

— Doug Branchik, mon ancien patron chez Runnr. (Elle avala une gorgée de vin.) Il vit ici maintenant.

— À Austin ?

Amanda tendit lentement le bras.

— Là. Il vit juste là.

6

— Quoi ? répondis-je en me baissant instinctivement. Où ?

— De l'autre côté de la rue. Le balcon avec les transats orange.

— Amanda…

L'étroite corniche de ciment sur laquelle nous nous tenions me paraissait soudain trop visible.

— Si tu veux savoir si j'étais au courant qu'il vivait ici – évidemment, dit-elle, ignorant mon inconfort. Après mon licenciement, ils l'ont transféré à Austin pour qu'il mette en place la nouvelle annexe. Il était un peu grillé au siège. Ou alors c'était une manière pour la direction de limiter les dégâts. Que ce soit une punition ou non, ce n'est pas moi qui vais pleurer sur le sort de Doug Branchik. (Elle prononça son nom si fort que je tressaillis et jetai un coup d'œil en direction de son balcon.) C'est moi qui suis blacklistée. Lui s'en sort bien.

Sous-entendu : elle savait qu'il s'en sortait bien parce qu'elle pouvait le surveiller depuis sa fenêtre.

— Est-ce que…

— Je suis venue ici à cause de lui ? Non. C'était un heureux hasard. (Je devais avoir l'air sceptique parce qu'elle rit, un peu agacée.) Crois-le ou pas, ça m'est égal. Des tonnes de gens quittent Los Angeles pour Austin. Ça arrive tout le temps. Les habitants d'Austin s'en plaignent comme si on était une invasion de sauterelles. (Elle tourna les talons et rentra dans le salon. Je la suivis, soulagée.) Et puis il ne va pas rester là très longtemps. C'est un appartement qui appartient à Runnr. Il l'occupe en attendant que sa femme ait fini de décorer la baraque à six chambres qu'il a achetée à côté du lac Travis.

Je jetai un coup d'œil à la baie vitrée par-dessus mon épaule.

— Tu n'as pas de rideaux ?

— Écoute-moi juste. J'ai tout prévu. (Elle sourit.) Et la beauté de la chose, c'est que tu n'auras même pas à voir sa tête.

Je n'avais pas accepté mais je n'avais pas refusé non plus.

Le lendemain, c'était la demi-finale du concours mais je ne parvins pas à me concentrer sur les préparatifs. Le souvenir de la vidéo granuleuse et glauque me hanta toute la journée. Le soir venu, je franchis la porte du Bat City pleine d'appréhension. Je me demandai si une ombre de culpabilité planerait au-dessus de ma performance. En attendant mon tour, je gardai mes écouteurs mais sans le son, hochant la tête au rythme d'une musique imaginaire tandis que les humoristes qui m'entouraient discutaient de l'absence de Neely. La rumeur disait que Cynthia Omari le remplaçait, une de mes comiques préférées et la présentatrice d'un podcast très populaire. Quand je montai sur scène, je jetai un coup d'œil en direction de la table des juges, m'attendant – à quoi exactement ? Des particules de poussière là où j'aurais dû distinguer sa silhouette ? Une mélodie menaçante ?

Au lieu de ça, je ne ressentais que l'euphorie du soulagement. Mon passage ne me parut pas particulièrement inspiré. Mais pas non inspiré non plus. Il se déroula presque sans moi.

Je me sentais légère. Libérée.

Cet état d'oubli dura toute la soirée, jusqu'à ce que le présentateur prononce mon nom dans la liste des trois humoristes qui passaient en finale. Tandis que le public rugissait, je posai les yeux sur mes concurrents et les mots *Je suis en finale* me traversèrent l'esprit. Ma vie se ralluma soudain avec un cliquètement.

Je traversai le bar en trébuchant au milieu d'une foule de comiques qui voulaient tous me féliciter et gagnai les toilettes. Je m'enfermai dans une cabine et sortis mon portable. Sur l'écran apparaissait toujours le SMS qu'Amanda m'avait envoyé la veille.

Tu me fais confiance à présent ?

— Crois-moi, ça va être énorme.

Quand nous étions en terminale, Jason avait essayé de m'entraîner pour que je vole la bagnole de Mattie avec lui.

Mattie me faisait vraiment flipper, même si je faisais de mon mieux pour le cacher à Jason. Kenny, le berger allemand, s'était enfui et avait été renversé par une voiture l'année précédente. Au moins, je n'avais plus à m'inquiéter que ce monstre franchisse la porte en bondissant et pose ses pattes gigantesques sur mes épaules en grognant : il avait été dressé pour accueillir tout le monde de cette manière – sauf Mattie. Mais ce dernier était de plus en plus menaçant. Je sentais son regard posé sur moi en permanence.

Comme toutes les blagues, celle-ci me semblait à la fois incroyablement puérile et bien trop gentille pour un connard pareil. Je n'avais jamais su ce que Mattie avait fait pour susciter cette réaction, mais Jason avait pété un plomb. Peut-être qu'il ne supportait plus les blagues de Mattie sur sa virilité et maintenant que Kenny était mort, il n'avait plus d'excuse pour ne pas se venger. Quoi qu'il en soit, Jason avait décidé que ce serait hilarant de voler son pick-up en pleine nuit pendant que son frère cuvait sa paye, de lui faire traverser trois comtés et de l'abandonner au beau milieu d'un champ, tout cabossé comme si un ado l'avait volé pour faire une virée.

— Il faut qu'on croie que c'est un punk défoncé au crack qui l'a chouré, avait-il expliqué en voyant mon expression sceptique. Il le récupérera. Les pneus seront crevés et il faudra repasser un coup de peinture, c'est tout. Et je trafiquerai la colonne de direction pour qu'il croie qu'on l'a démarré sans clé. J'ai trouvé des tutos sur YouTube.

— Pourquoi ne pas démarrer la bagnole sans clé tout court, dans ce cas ?

Ce que je n'osais pas dire tout haut, c'était que s'il trafiquait vraiment la voiture, il n'aurait pas besoin que je vole la clé. Mattie la gardait sur lui en permanence. Les deux seules choses qui l'intéressaient dans la vie étaient Kenny et son pick-up. Quand Jason avait prétendu que j'étais la seule à pouvoir me faufiler dans l'entrée prévue pour le chien, découpée dans la porte du garage, je m'étais montrée flattée mais dubitative ; Jason avait pris des épaules cette année mais je grossissais de manière plus ou moins continue depuis le CE2. De plus, l'idée de ramper à travers la porte d'un chien mort en pleine nuit pour aller voler une clé dans le jean crade d'un mec bourré qui dormait à deux pas de là me donnait envie de gerber. Je tentai de me persuader que ça me ferait le même effet avec n'importe qui d'autre que Mattie.

Mais Jason était sur la défensive.

— Parce que c'est une blague, pas un délit, ricana-t-il. Je ne suis pas un *criminel*.

— C'est vrai. Le vol de bagnole, c'est complètement légal.

Une réplique acerbe lui échappa mais il se ressaisit et éclata de rire.

— D'accord, d'accord. (Il se passa la main dans les cheveux. Ses mains moites laissèrent une traînée humide dans ses boucles.) J'ai peur de ne pas y arriver tout seul. J'ai failli être recalé en techno.

— C'est pour ça que tu as eu la mononucléose l'année dernière.

— Ça a sauvé ma moyenne, admit-il.

Ma propre moyenne était en chute libre. J'avais déjà compris que je ne serais pas admise à l'université du Texas avec Jason l'année prochaine et je voulais passer le plus de temps possible avec lui. Au final, j'acceptai pour la raison qui me poussait toujours à ne jamais refuser ce que Jason me demandait : parce qu'il le voulait.

J'étais censée mettre le réveil à 1 heure du matin et me faufiler hors de chez moi. J'étais allée me coucher tôt, l'adrénaline courant dans mes veines, certaine de tomber du lit à la première sonnerie. Mais au lieu de ça, je fus réveillée par un bruit désespéré contre ma fenêtre aux petites heures du matin, bien après l'heure du rendez-vous. Perdue dans un brouillard épais, j'étais incapable de dire si j'avais vraiment vu Jason derrière ma fenêtre, pâle et frissonnant, ou si je l'avais juste entendu frapper avec vigueur. Mais éveillée ou endormie, je savais avec certitude que je ne ramperais jamais dans l'appartement de Mattie pour lui voler sa clé et que je ne suivrais jamais Jason jusqu'à ce champ pour pouvoir le ramener ensuite. Je me dis que je rêvais et le bruit sourd me poursuivit dans mes rêves.

Le lendemain, je retrouvai Jason à la cafétéria. Il faisait la queue devant le stand de nachos. Il ne pouvait pas m'éviter mais il ne me regarda pas non plus.

— Bon, top 10 des raisons pour lesquelles je n'ai pas suivi le plan hier soir, commençai-je. Numéro dix : c'était un plan complètement débile.

Ce n'était pas la chose à dire. Il contempla résolument les petites boîtes en carton mou sous la lampe, avec leurs tortillas collées par le fromage gras avant d'en poser une sur son plateau.

— Numéro neuf : j'ai rêvé que je t'aidais ; je me suis réveillée dans les chiottes en train d'essayer de faire passer la troisième à la cuvette.

Rien. Je déglutis.

— Numéro huit : je suis une amie merdique. (Je posai la main sur sa manche et changeai de ton.) Je suis désolée, Jason. Vraiment.

Comme s'il ne m'avait pas entendue et qu'il ne sentait pas le poids de ma main sur son bras, il versa la crème fraîche et le guacamole sur ses nachos d'un geste mécanique.

— Bon, je passe directement au numéro un. Je me suis dégonflée, Jase. Je ne voulais pas de te le dire, mais j'ai eu peur.

Les yeux toujours rivés sur son plateau, il sourit lentement avant de glousser.

— Tu aurais dû voir ta tête quand je t'en ai parlé. (Il balança la louche à guacamole dans le pot plein d'eau chaude.) On se serait cru en EPS quand on avait saut de haies.

Je lui adressai un grand sourire, soulagée.

— Pour ma défense, on ne devrait pas avoir à produire un certificat médical quand il est de notoriété publique qu'on est naine.

À la fin de la journée, on se comportait comme s'il ne s'était rien passé. Jason n'avait plus jamais reparlé de jouer un mauvais tour à Mattie – même s'il avait commencé à fumer peu de temps après, ce qui paraissait être lié je ne sais comment – et quand sa petite amie l'a plaqué juste avant le bal de fin d'année, il m'a invitée à sa place. À ses côtés pour la photo devant les ballons argentés, ma robe fourreau rouge mal assortie à son équivalent texan du smoking – jean, bottes de cow-boy et veste de costume –, je m'étais sentie totalement pardonnée.

Mais au fond de moi, je savais que j'avais menti sur les raisons pour lesquelles je ne m'étais pas levée cette nuit-là. Mattie m'effrayait, c'était vrai, mais ça ne m'aurait pas empêché de filer un coup de main à Jason. La raison principale pour laquelle je ne l'avais pas aidé, c'était parce qu'il avait refusé d'admettre qu'il avait trop peur d'agir seul. On prétendait tous les deux qu'il serait allé au bout du plan si on avait eu la clé de la voiture mais c'était faux. Et c'était pour ça que je n'avais pas voulu franchir la ligne avec lui. Il avait trop besoin de moi.

Tu me fais confiance à présent ? La question attendait toujours une réponse dans la petite bulle sur mon écran.

Amanda avait franchi la limite seule et sans hésiter, pour moi.

Oui, tapai-je avant d'appuyer sur ENVOYER.

7

— C'est hors de question. (Je lançai un regard noir au tablier rouge et aux vaporisateurs posés sur le canapé d'Amanda.) Tu avais dit que je serais coursière. Il n'a jamais été question de femme de ménage.

— C'est le seul service de Runnr qu'il utilise régulièrement ! protesta Amanda. Prends ça comme un rôle.

— Je refuse de jouer les bonniches.

L'une des raisons pour lesquelles j'avais arrêté de courir les auditions des années avant de quitter Los Angeles, c'était que j'en avais ras-le-bol de venir pour le rôle de la meilleure amie et de me voir cantonnée à celui de femme de ménage.

— Ce n'est qu'un costume, répondit-elle, sincèrement déroutée. Et tu n'auras pas à le porter longtemps. Une fois à l'intérieur…

— Je sais, je sais. (Je pris une profonde inspiration et me rappelai que j'étais finaliste du concours de la Personne la plus drôle d'Austin.) Ferme-la et donne-le-moi.

Amanda fourra le tablier dans un sac que je calai sous mon bras et je regagnai ma voiture, furieuse.

Une fois chez moi, j'enfilai la tenue le plus vite possible, histoire d'en finir, et m'obligeai à me regarder dans le miroir. Le tablier rouge de Runnr me vieillissait de dix ans et les vaporisateurs à moitié pleins rangés dans les poches de devant me voûtaient les épaules. Je songeai à ma mère, qui se hâtait de partir travailler tous les matins en talons hauts, le dos droit. Même après avoir été licenciée de son emploi de secrétaire à l'usine d'hélium, elle avait refusé de redevenir femme de ménage comme à son arrivée au Texas. « Je ne nettoie plus la merde des autres, avait-elle déclaré. Ni celle de ton père, ni la tienne, ni celle de personne. » Je me redressai et tentai même, vieille astuce de mes cours de théâtre, d'inventer une démarche pour mon personnage. Mais au final, le dandinement s'imposa de lui-même pour essayer de réduire le clapotis des bouteilles qui rebondissaient contre mon ventre. *Idée de pilote*, pensai-je avant de m'interrompre net. Trop déprimant.

Je vérifiai l'appli sur mon téléphone. Amanda m'avait expliqué que pour un job hebdomadaire comme celui-ci, Branchik recevrait une notification approuvant la course avant qu'elle apparaisse sur l'appli. L'une des philosophies de la compagnie était d'interdire que la même tâche soit toujours effectuée par la même personne. Il fallait éviter que l'utilisateur et le travailleur développent une relation personnelle qui leur donnerait envie de se passer des services de l'intermédiaire.

— La philosophie de Runnr est fondée sur l'aspect fongible du travail, précisa Amanda. (Elle trouva bon de me l'expliquer en voyant l'incompréhension se peindre sur mon visage.) Le prix, la vitesse et la qualité sont les seules variables censées intéresser l'algorithme. Pour Runnr, la familiarité entraîne une augmentation de salaire et une tolérance aux erreurs. Si on connaît quelqu'un et les prénoms de ses enfants, ça devient une personne. Le client Runnr est censé pouvoir commander un service comme on commande un amuse-gueule, sous l'impulsion du moment et sans se soucier du reste.

Un tintement m'apprit l'arrivée d'une notification. Nous avons une course pour vous ! surgit sur mon écran avec une nuée de confettis. Je cliquai sur DÉTAILS et vis apparaître l'adresse de Doug Branchik avec le cahier des charges pour le ménage : salle de bains, cuisine, lessive, tout était coché. Au bas de l'écran, le salaire que le programme d'Amanda avait autogénéré pour s'assurer que je remporterais la mise : 16,79 dollars.

Hallucinant. Si c'était un vrai job, le pourcentage qui me revenait couvrirait à peine le prix du ticket de bus pour m'y rendre. Et le bus constituait, hélas, une partie essentielle du plan, afin qu'on ne puisse pas repérer ma voiture au centre-ville. Je cliquai sur l'icône ACCEPTER et me précipitai hors de chez moi.

Le bus arriva avec dix minutes de retard à l'arrêt en bas de chez moi. Je transpirais déjà à grosses gouttes en montant dedans et je me sentais à la fois ridiculement voyante dans mon uniforme et furieuse d'être paradoxalement invisible. Quand je parvins devant chez Branchik et que je tapai le code envoyé via l'application, j'en avais déjà assez de cette mascarade.

Une fois dans l'appartement, cependant, je me sentis brusquement inspirée. Dire que je me croyais bordélique. Le sol était recouvert de fringues et de cartons d'emballage vides. Une bouteille de jus d'orange « EXTRA PULPE » était renversée sur le canapé gris à côté d'une tache verdâtre. Des caleçons gisaient sur le tapis et d'autres étaient enroulés autour du vélo elliptique dans un coin du salon. Et pour seize dollars soixante-dix-neuf, Branchik s'attendait à retrouver son appartement immaculé ? Une bouffée de rage s'empara de moi tandis que j'examinais les lieux. J'allais lui montrer ce qu'était le « travail fongible ». Je traversai le salon pour aller tirer les stores, non sans jeter un coup d'œil en direction du balcon d'Amanda – qui faisait le guet – avant d'ôter mon tablier et de le balancer violemment dans un coin. Puis je me déshabillai entièrement, récupérai la perruque blonde dans la poche du tablier et l'enfilai sur ma résille. Nue à l'exception de la perruque, je mis mon téléphone en mode selfie et commençai à mitrailler.

La perruque appartenait à Ruby. J'avais prétendu en avoir besoin pour mon spectacle. Elle en possédait une tripotée et celle-ci était un vestige d'une lointaine tentative d'imitation de Betty Grable – un essai pitoyable vu que les boucles blondes ne tenaient pas, mais elle était parfaite pour ce que j'avais en tête. Le but n'était pas de paraître naturelle – l'effet de ce blond radioactif contre ma peau mate était totalement artificiel – mais de dissimuler mon visage s'il apparaissait sur l'écran par inadvertance.

La vulgarité était un bonus. Dès que je l'eus enfilée, elle transforma ma nudité en un costume beaucoup plus racoleur que de la lingerie fine ou des escarpins de strip-teaseuse. Comme la plupart des humoristes féminines qui ne faisaient pas une taille 38, j'avais en réserve toute une batterie de plaisanteries sur mon corps pour mes sketches mais en prenant des selfies, je découvris, à ma grande surprise, que mon corps était très photogénique. La fille que je voyais sur l'écran était sexy : mes courbes généreuses formaient des paysages pornographiques et les mèches de la perruque blonde contrastaient avec mes seins bruns. C'était enivrant.

Tellement d'ailleurs que je faillis perdre de vue mon objectif. Il me fallait des clichés compromettants. Le décor de l'appartement de Branchik était banal et le désordre l'était tout autant ; c'était le genre de pagaille anonyme que l'on laisse derrière soi dans une chambre d'hôtel. Espérant capturer quelques caleçons reconnaissables à l'arrière-plan, je me roulai dans les fringues sales – encore une chose qui m'aurait paru absolument dégueulasse habillée mais que la Betty à poil semblait apprécier – mais ça ne suffisait pas. Il me fallait un décor identifiable. Je me levai, époussetai les miettes d'un repas de célibataire de mon dos et me dirigeai vers la chambre.

Bingo.

Sur la table de nuit était posée une photo de mariage encadrée. C'était un cliché pris au soleil couchant sur une plage chatoyante, avec un filtre Instagram vaporeux. La mariée portait une robe moulante en dentelle dans un style hippie chic, avec un voile tenu par une couronne de fleurs ; elle avait les dents les plus blanches que j'aie jamais vues. Elle riait aux éclats et même si son rire avait l'air naturel, elle paraissait un peu raide et un éclat angoissé brillait dans son regard. Vu ce que je savais sur son mari, j'aurais été un peu émue par sa détresse mais sous la perruque vulgaire de Betty, je trouvais ça hilarant. Et puis c'était le détail idéal. Je m'affalai sur le lit et fis des selfies sous des angles virtuoses, photographiant mes seins énormes en gros plan avant de me contorsionner pour prendre mon cul emmêlé dans les draps. Je me tortillai pour parvenir à saisir mon entrejambe, expérimentant des angles de plus en plus explicites en prenant toujours soin d'avoir le sourire désespérément large de Mme Branchik dans un coin.

J'étais tellement absorbée par ma tâche que lorsque je reçus le premier SMS, il me fallut une seconde ou deux pour détourner mon attention de ma photo et le lire.

La voiture de DB est dans le garage, barre-toi

Je sautai à bas du lit, paniquée. Les textos me parvinrent en rafale.

Il entre dans le hall dégage TOUTDESUITE

Il est dans l'ascenseur SORSDELATOUTDESUITE VITEVITEVITE

Je me précipitai vers les vêtements que j'avais laissés dans le salon et attrapai vivement mon jean. Je venais d'enfiler une jambe quand j'entendis un petit *ding* en provenance du couloir extérieur. L'ascenseur. Je trébuchai en enfilant l'autre jambe et terminai d'enfiler mon pantalon allongée sur le dos, les jambes en l'air. J'entendis un bruit de pas derrière la porte d'entrée tandis que je mettais frénétiquement mon tee-shirt sans soutien-gorge et passai à toute allure mon tablier plein de vaporisateurs. Un bruit métallique de porte-clés me parvint, suivi par le cliquètement de la carte magnétique au moment où je nouais le tablier dans mon dos et enfouissais mon soutif entre deux vapos. Un instant avant que la porte ne s'ouvre, je me rappelai que j'avais toujours la perruque sur la tête et je l'arrachai. Il n'y avait plus de place dans les poches de mon tablier, aussi je la fourrai dans mon tee-shirt.

Je n'attendis pas que Branchik soit entièrement dans mon champ de vision pour me mettre à hurler, outrée, avec les quelques mots d'espagnol que ma mère utilisait quand j'étais gamine et que je n'avais pas rangé ma chambre : « *¡Sucio, sucio!* » J'arpentai le salon en agitant les bras en direction des ordures sur le sol, des emballages sur la table et de l'état de crasse général de la pièce. Il tenta de protester, mais je criai « *¡No hablo inglés!* » et « *¡Sucio!* » en boucle jusqu'à ce qu'il franchisse la porte, libérant le passage. Je le dépassai en courant et me ruai hors de l'appartement sans un regard en arrière, les bouteilles frappant mes cuisses. Les portes de l'ascenseur étaient encore ouvertes, heureusement ; je m'y engouffrai et appuyai sur le bouton en priant pour que Branchik ne me coure pas après. J'avais épuisé tout mon vocabulaire espagnol.

Amanda hurlait de rire.

— Ça n'a rien de drôle ! protestai-je, à peine capable d'articuler deux mots tellement j'étais essoufflée.

J'étais chez elle, les mains tremblantes, les cheveux collés par la sueur – j'avais arraché la résille et le tablier aussitôt la porte de l'immeuble de Branchik franchie –, les cuisses frissonnantes à cause de l'effort que j'avais fourni pour traverser la rue et me rendre chez Amanda sans attirer l'attention. Adossée à la porte soigneusement verrouillée, délibérément loin de la fenêtre, je tentai de contrôler les battements erratiques de mon cœur.

— Ça n'a rien…, répétai-je mais je ne pus soudain m'empêcher d'éclater de rire malgré moi.

Une seconde plus tard, mes jambes cédèrent sous mon poids et je me laissai glisser le long du mur, toujours hilare.

— Ce n'est pas marrant ! m'étouffai-je, les larmes aux yeux. J'ai failli me faire prendre !

— Tu as raison, ce n'est pas drôle du tout, répondit Amanda en se ressaisissant un instant avant de s'esclaffer de nouveau. Je te jure que je t'ai entendue d'ici t'écrier « *¡No hablo inglés!* », ajouta-t-elle.

— Dis donc, rétorquai-je en m'essuyant les yeux, c'était une improvisation de premier ordre. Probablement mon meilleur rôle. Apparemment, le secret c'est de mettre sa vie en danger.

Je gagnai le canapé à quatre pattes. Je m'assis sur le tapis, adossée au divan, juste à côté des jambes d'Amanda.

— Il s'en est fallu d'un cheveu, admit-elle. Qu'est-ce qui s'est passé ?

— Je me suis laissée emporter. Tiens.

Je lui tendis mon téléphone, ouvert sur mes photos. Amanda les fit défiler en couinant.

— Bon sang, elles sont fabuleuses ! Tu es super douée. (Elle abaissa l'écran pour me regarder.) Tu as un don pour les sextos, à ce que je vois.

— J'ai appris sur le tas.

— Tu devrais envisager l'éventualité d'une carrière sur Pornhub. (Elle reporta son attention sur les clichés.) Comment tu as fait pour que la photo en arrière-plan soit aussi nette ? La profondeur de la mise au point est digne d'un film d'Ozu. (Elle plissa les yeux.) Il y a beaucoup de détails au, euh, premier plan, aussi.

— Regarde de plus près. Je pense qu'on voit mes amygdales. (À présent que l'adrénaline refluait, une vague de fatigue me submergea.) Y a intérêt que ton plan fonctionne parce j'ai laissé mon ADN partout.

— Ça va marcher, affirma Amanda. Après ça, il n'appellera personne. Ni un détective privé ni la police. Et certainement pas, ajouta-t-elle avec un sourire moqueur, une autre femme de ménage.

— Et s'il se plaint auprès de Runnr ? Je ne lui ai pas fourni un service cinq étoiles, loin de là. Et c'est sa boîte.

— C'est exactement pour ça qu'il ne dira rien. Le système est censé éliminer les pommes pourries tout seul. Si l'appli dit que tu es une femme de ménage cinq étoiles, tu es une femme de ménage cinq étoiles, point. Et Branchik est un de ceux qui a le plus milité contre la vérification des antécédents. (Elle fronça les sourcils.) Il va peut-être essayer de mener l'enquête de son côté, mais il est trop con pour trouver quoi que ce soit. De toute façon, crois-moi, le ménage sera bientôt le cadet de ses soucis. Ce soir, c'est lui qui sera à genoux pour frotter partout et se débarrasser des preuves.

Je ricanai.

— S'il nettoie quoi que ce soit dans cet appart, ce sera une grande première.

— Tu vas révolutionner sa vie. Brenna devrait t'offrir un panier de fruits.

— Qui ça ?

Mais Amanda s'était déjà emparée de son ordinateur portable posé sur la table basse. Elle le relia à mon téléphone par un câble USB et se mit à taper. Je me penchai vers l'écran : elle téléchargeait quelques-unes des meilleures photos dans les commentaires d'un blog intitulé « De la Californie à Austin : du célibat à la maternité ». La bannière était la photo d'un test de grossesse à côté d'un bocal rempli de fleurs des champs texanes.

— Brenna Branchik, répondit-elle sans cesser de marteler le clavier. Tu as vu sa photo de mariage.

— La maternité ? Elle est…

— Enceinte, oui, acheva Amanda. Et elle s'ennuie comme un rat mort. Choisir les meubles pour leur maison sur le lac Travis ne lui prend pas assez de temps pour l'occuper vraiment. Elle passe ses journées au spa, elle se fait faire des brushings hors de prix et elle prend des cours de yoga. (Amanda était toujours concentrée sur les clichés.) Elle est très bavarde après les cours de Bikram. C'est là qu'elle m'a parlé de son blog.

— Tu lui as *parlé* ? demandai-je, alarmée. C'est quoi le plan, prétendre être son amie ?

— Tout le monde peut s'inscrire à un cours de yoga, répondit-elle sur un ton léger. Je ne lui ai pas menti. La plupart des gens ont tellement envie de parler d'eux qu'ils te révèlent ce que tu veux savoir avant même que tu leur poses la question. Surtout quelqu'un d'aussi isolé que Brenna Branchik. Son blog a onze followers, conclut-elle en souriant.

— Dont toi.

J'étais très mal à l'aise. Je lus ce qu'Amanda écrivait sous les photos, sous le nom d'utilisateur Briseuse de ménage : « Ton mari m'a montré la sienne alors je lui ai montré la mienne. »

— Un peu trop direct, non ?

— Ne t'inquiète pas, j'utilise une fausse adresse IP, déclara-t-elle gaiement. De toute façon, je suis certaine que Brenna est déjà au courant des sales habitudes de son époux. Elle achète des tas de compléments alimentaires naturels et des pierres de guérison. Elle s'automédique.

— Si elle sait déjà tout, alors pourquoi on… appuie sur le bouton ?

J'agitai la main en direction de l'écran. Et puis surtout, pourquoi Amanda ne m'avait-elle pas révélé avant cette partie du plan ?

— Brenna est très investie dans l'avenir du bébé. (Elle acheva de taper avec un geste théâtral.) C'est là qu'on va pouvoir faire pression.

— Pression ? On ne va pas la blesser, au moins ?

— Non, Dana. (Elle poussa un soupir impatient et se détourna de l'écran pour la première fois.) Ça n'aurait aucun intérêt. Les hommes sont comme des chiens – quand ils se comportent mal, tu roules un journal pour leur donner un coup sur le museau. Ils ne comprennent que ça et ne réagissent qu'à ça. Mais les femmes apprennent très jeunes à vivre avec la violence. Elles passent toute leur vie à apprendre à *ne pas* réagir. Tu devrais le savoir. (Je tressaillis.) Atteindre une femme comme Brenna demande un peu plus de talent qu'un simple coup sur le nez. Il faut trouver ce qui compte pour elle.

— Mais… elle n'a rien fait !

— Exactement. (Elle leva les mains, exaspérée.) Elle ne fait rien. Elle sait que son mari harcèle des femmes. Ça se voit qu'elle sait. Mais elle s'en fout. Elle ne divorce pas, elle ne le dénonce pas. Elle se contente d'aller au spa et de se payer une heure de rajeunissement vaginal. (Elle me jeta un coup d'œil et leva les yeux au ciel.) D'accord, d'accord, calme-toi. Oui, on va se servir d'elle pour se venger de son mari. Mais on ne touchera pas un seul de ses cheveux parfaitement lissés, je te le promets. Et encore moins son fœtus.

— Comment on va s'y prendre ?

— Primo, on va s'assurer qu'elle flippe vraiment, expliqua Amanda en repoussant une mèche rebelle de son visage. Elle doit sortir de son cours de vélo collectif maintenant et elle va vouloir raconter ça sur son blog. Quand elle verra ça, elle va péter un plomb et lui envoyer un ultimatum. Il vérifiera l'adresse IP, que j'ai trafiquée pour qu'elle le renvoie vers une deuxième adresse, tout aussi fausse – à Sainte-Catherine.

Je me contentai de la regarder.

— Sainte-Catherine, alias l'Exeter de Westlake, alias le groupe scolaire le plus sélect d'Austin, expliqua-t-elle avec jubilation. Brenna Branchik a déjà inscrit sa petite chérie sur la liste d'attente. La fausse adresse IP est celle du dortoir des filles. Où dorment les pensionnaires. Toutes mineures.

Je commençai à comprendre où elle voulait en venir. Un sourire étira mes lèvres malgré moi.

— Et donc, maintenant Branchik a une écolière catholique qui envoie du porno pédophile à sa femme depuis l'enceinte sacrée dans laquelle il espère inscrire sa fille. Et si Brenna le découvre (Elle sourit, narquoise.), disons qu'il sera prêt à tout pour régler le problème. Il lui promettra la lune. On lui rend service, en fait.

— Il le saurait s'il envoyait des sextos à des ados.

— Comment pourrait-il en être sûr ? Ce genre de mec ratisse large sur Tinder et sur Snapchat. Et s'il avait swipé à droite une gamine de dix-sept ans – ou, encore mieux, une ado de quatorze ans – et qu'elle ait envie de lui envoyer à son tour des photos de nu ?

— Je n'ai pas l'air d'avoir quatorze ans, protestai-je, soudain moins inquiète pour Brenna Branchik.

Elle haussa les épaules.

— Les gamines grandissent vite de nos jours.

Il y avait encore quelque chose qui me dérangeait.

— Si le plus important, c'est cette adresse IP, pourquoi ne pas lui avoir juste envoyé ses photos de bite ?

— Je suis certaine qu'il les reconnaîtrait puisqu'elles ont fait l'objet d'une plainte en bonne et due forme. (Elle désigna l'écran.) Et puis c'est beaucoup plus efficace, pas vrai ? La photo de mariage ! C'est la preuve que tu étais dans son appartement. *Récemment.* Il va falloir qu'il se creuse les méninges pour se tirer de ce guêpier.

Moi aussi d'ailleurs, si la situation nous échappait. Mais l'ivresse que j'avais ressentie à être chez Branchik et à transgresser une limite, – l'excitation née des photos coquines sans visage – et même la terreur d'avoir failli être prise la main dans le sac, ne s'étaient pas tout à fait estompées.

Amanda exultait toujours.

— Sans parler du fait qu'il sait que tu peux rentrer chez lui comme tu veux. Tu l'as fait une fois. Tu peux recommencer. Je ne suis pas naïve au point de croire qu'il va arrêter d'envoyer des photos de sa bite à des nanas. Mais je veux qu'il ait très peur chaque fois qu'il appuiera sur ENVOYER. Je veux qu'il soit terrifié par ses propres désirs.

8

La semaine qui précéda la finale du concours de la Personne la plus drôle d'Austin fut relativement calme. J'avais été trop prise dans l'histoire avec Branchik pour prêter attention aux autres demi-finales mais je fus heureuse de découvrir que Kim avait été sélectionnée. Sans surprise, Fash aussi.

Je savais que j'aurais dû être stressée, ne serait-ce que parce que je m'apprêtais à dérouler le même spectacle pour la troisième fois d'affilée. C'était monnaie courante chez les humoristes mais reproduire les mêmes cinq minutes devant les juges était démoralisant – surtout quand l'une d'entre eux était Cynthia Omari. *The Bestie Cast* avait cinq cent mille followers sur Twitter et mettait régulièrement en ligne des interviews de comiques qui sans ça se retrouveraient réduits à de petits rôles avec des accents incompréhensibles dans des comédies de deuxième zone ; son podcast avait lancé quelques carrières. J'aurais aimé montrer à Omari quelque chose de plus excitant que mes sketches habituels. Mais je manquais de matériau et je ne voyais aucun intérêt à polir pour la finale des blagues que j'avais jugées indignes du premier tour.

Je me sentais cependant étonnamment zen et je savais que c'était à cause du coup que nous avions porté à Branchik. Une fois que l'adrénaline et la fatigue s'étaient dissipées, je m'étais réveillée en pleine forme, comme si j'avais fait une bonne séance de sport suivie d'un repas gargantuesque mais healthy.

Je m'étais attendue à des conséquences, même si Amanda avait immédiatement effacé mon compte Runnr et fait disparaître toutes les métadonnées afin qu'il ne reste aucune trace de moi. Elle m'avait aussi convaincue que Branchik ne pouvait pas voir son appartement depuis le sien, chose dont j'avais eu confirmation de mes propres yeux quand j'y étais mais qui n'allégeait pas ma gêne quand on buvait un verre sur son balcon.

Cependant, quelques jours plus tard, Branchik avait vidé les lieux.

— On dirait bien que quelqu'un va emménager dans les collines, là où sa femme peut le surveiller, constata Amanda, satisfaite. Je pense qu'on peut s'attendre à ce qu'elle jette un froid sur ses habitudes photographiques pendant un moment.

Ça m'avait fait du bien de le voir décamper – et pas seulement parce que j'appréciais davantage le balcon. Exactement comme lorsque Neely avait regagné Los Angeles, j'avais le sentiment palpable d'avoir viré un être nuisible de notre territoire. Je me demandai de nouveau si Amanda avait délibérément choisi d'habiter à Austin pour être près de Branchik, mais même si c'était le cas, ça ne me paraissait plus aussi bizarre. Après tout, pourquoi pourrait-il se déplacer à sa guise alors qu'elle faisait de son mieux pour l'éviter ? Elle avait tout à fait le droit de s'installer ici et le fait qu'il y soit déjà ne changeait rien. Elle ne pouvait pas se contenter de survivre, elle devait vivre.

J'avais ressenti une certaine excitation en enfilant la perruque de Betty, en pénétrant chez Branchik et en me frottant partout comme une chienne en chaleur. Je me souvenais des paroles de Ruby quand elle avait expliqué que les perruques lui permettaient de changer de personnalité. J'avais cru que c'était une lubie mais c'était pourtant exactement ce que la perruque blonde avait fait – elle m'avait transformée en quelqu'un d'autre. Ou du moins m'avait donné la permission d'explorer une nouvelle facette de ma personnalité.

Un soir de cette semaine-là, après être rentrée de chez Amanda un peu ivre, j'avais essayé la perruque avant d'aller me coucher, juste pour voir à quoi je ressemblais dans le miroir. Quand elle n'était pas nue, Betty était une fille ordinaire aux cheveux blond platine – petite, bronzée et pas vraiment sophistiquée, mais plutôt cool. Elle avait l'air facile à vivre, drôle et pas très maligne. Pas du genre menaçant. Une fille qui n'avait pas besoin de se forcer pour sourire, qui ne pensait pas que les autres la prendraient pour une pimbêche si elle ne souriait pas, ou la trouveraient agressive si elle parlait trop fort. Elle pouvait consulter son téléphone quand elle faisait la queue au Starbucks : le barista penserait qu'elle était sur Instagram et pas qu'elle était mal élevée. Elle pouvait hurler autant qu'elle le voulait devant un match de football américain, voire se bourrer la gueule et balancer une canette de bière dans la rue : les gens penseraient juste que c'était une Blanche qui avait bu un verre de trop et que c'était trop mignon. Le genre de nana dynamique et adorable que les hommes traitaient comme un chiot, soulevaient sur leur épaule pour blaguer et encourageaient quand elle avait bu en criant : « Tu peux le faire, bébé ! »

Il ne fallait pas que j'oublie de mettre la perruque dans mon sac à main pour la rapporter au boulot. J'avais promis à Ruby de la lui rendre mais pour une raison inexplicable, j'oubliais sans cesse. L'idée de m'en débarrasser me déprimait légèrement, comme si j'étais obligée de rendre un peu de l'espace que j'avais gagné. Je commençais à me demander quand Amanda et moi allions recommencer. Elle avait affirmé que sa liste était longue. La mienne aussi.

— Tu peux le faire, bébé, dis-je à Betty.

Le soir de la finale, je regardai Kim sur l'écran, debout au bar du Bat City.

— Déchire tout, lui avais-je ordonné en la serrant brièvement contre moi avant qu'elle s'éloigne.

Elle était excellente, son accent du sud ensommeillé plus animé que d'habitude. Le public lui était totalement acquis et appréciait toutes les nuances de son spectacle un peu déprimant. Son imitation pince-sans-rire de l'orgasme masculin remporta un franc succès.

Une odeur de cigarette froide me chatouilla les narines. Je pivotai : Fash se tenait à mes côtés, les yeux rivés sur l'écran.

— Regarde bien, dis-je. C'est à elle qu'il faut mettre une branlée ce soir.

— J'aimerais mieux me branler tout court sur elle, répondit-il avec un regard lubrique.

Je fis semblant de vomir.

— Tu ne crois pas que tu pourrais éviter de tenir ce genre de propos en public ?

— Désolé, je ne t'avais pas vue, rétorqua-t-il tandis qu'un sourire se dessinait sous sa moustache. Tu es tellement petite.

— Aussi petite que tes chevilles sont grosses. Tu veux pas aller voir là-bas si j'y suis, j'en ai marre de t'entendre.

— Quelle fougue ! constata-t-il, ce qui me fit lever les yeux au ciel. T'es jalouse ? Pas de panique, je peux vous mettre une branlée à toutes les deux en même temps. (Il fit un bruit désagréable avec la langue.) Je t'assure que tu vas adorer.

Le public applaudissait Kim qui quittait la scène, ce qui signifiait que c'était au tour de Fash. L'éclairage rouge du bar lui donnait un teint légèrement verdâtre et je lui adressai un grand sourire.

— Tant qu'on s'amuse, hein… ?

Il s'éloigna dans le couloir qui menait à la scène et Kim fit son apparition de l'autre côté de la pièce. Je tapai dans sa main levée mais nous regardâmes la prestation de Fash avec une certaine morosité. Il était au taquet ce soir. Et je devrais assurer juste derrière lui.

Me sentant un peu verte moi-même, je fis un tour aux toilettes pour retoucher mon maquillage. Sous le néon, j'aperçus un éclat de blond dans mon sac à main. Je trimballais la perruque depuis plusieurs jours et je ne l'avais toujours pas rendue à Ruby. Elle était encore là et ses boucles dépassaient de mon sac comme les tentacules d'une pieuvre qui tente de s'échapper de son aquarium.

J'attrapai ma trousse à maquillage et tendis la main pour fermer la glissière de mon sac. Mais j'en étais incapable. J'avais le sentiment que la perruque était vivante et qu'elle avait besoin de respirer, ce qui était complètement absurde. Je l'extirpai de mon sac et la secouait. Le blond chatoya devant le miroir. Je la lissai avant d'attraper les épingles à cheveux rangées dans la poche intérieure de mon sac. Je fixai la calotte élastique sur ma tête et fis cascader les cheveux synthétiques comme je l'avais fait chez moi. À la lumière, elle avait l'air encore plus artificielle mais ça n'avait aucune importance : sur scène, tout est faux, même ce qui est réel.

Je sortis des toilettes, la perruque Betty vissée sur la tête, et Kim ne me prêta aucune attention quand je passai près d'elle ; j'étais bien évidemment méconnaissable. La démarche guillerette de Betty me propulsa dans le couloir, où je saluai de la tête les photos des précédents gagnants, jusqu'à la salle de réception dont l'arrière avait été ouvert pour l'occasion. La porte battante s'ouvrit et je me frayai un chemin dans une salle comble jusqu'à la scène tandis que le présentateur dévidait son introduction. Je montai sur scène : je n'avais jamais affronté un public aussi nombreux.

Je levai machinalement la main vers la perruque. Qu'est-ce que je fichais ? Je ne pouvais pas dérouler mon sketch sur Amarillo avec cet opossum blond scotché sur la tête mais je n'avais rien préparé d'autre. Je m'éclaircis la voix.

— Je m'appelle Betty, déclarai-je d'une voix flûtée. Je suis tellement contente d'être ici. (Je respirai lentement et bruyamment dans le micro, les yeux écarquillés.) Il faut absolument que je vous parle de ce mec génial à qui je viens de foutre mon poing dans la gueule.

Il y eut un silence troublé et un rire bref dans le public.

— Je sais ce que vous pensez. Chaque fois que Betty frappe un nouveau type, elle pense que c'est le « bon ». Mais qu'est-ce que vous voulez que je vous dise ? (Je m'interrompis et inspirai lentement à travers mes dents, provoquant un bruit liquide dans le micro.) Il y avait une vraie connexion entre nous.

Le public était silencieux. Il avait compris que quelque chose d'étrange et de gênant était en train de se dérouler sur scène. D'ordinaire, ce genre de réaction m'aurait poussée à parler plus fort, à exagérer mes gestes pour remplir l'espace et peut-être à abréger mon spectacle. Mais ce n'était pas un show. C'était une histoire. Et je savais que je n'en retirerais pas une phrase. Une fois que Betty avait ouvert la bouche, elle ne la refermerait que quand elle aurait dit tout ce qu'elle avait à dire. Et l'assistance le savait. Les chaises craquèrent sous le poids des gens tentés de se lever et de partir, mais ça ne fit que renforcer mon envie d'aller au fond des choses. Les yeux toujours écarquillés, je laissai le silence devenir profond comme une piscine vide. J'avais un peu de mal à respirer mais je gardai les yeux ouverts comme des soucoupes. Lentement, sans quitter le public des yeux, je tournai la tête vers la droite et tins la pose pendant dix longues secondes silencieuses.

Un homme au premier rang éclata d'un rire contagieux. Je restai raide et les yeux me sortirent de la tête lorsque je regardai le plus loin possible sur ma gauche en laissant pendre ma tête sur la droite. Un autre homme gloussa, suivi de quelques femmes. L'atmosphère changea. Je détendis mes yeux sans ciller, me contentant d'agiter très légèrement les paupières pour montrer que je contrôlais la situation. Une vague de soulagement parcourut la foule. Il y eut même quelques personnes pour applaudir.

— Vous voulez que je vous raconte cette histoire ? demandai-je, le visage aussi impassible que possible.

Des cris et des applaudissements me répondirent.

Ce qui suivit n'était pas réellement du stand-up, du moins pas comme je le pratiquais. C'était plutôt une performance artistique. Ça ne venait pas de moi ; ça m'arrivait. Mon visage était un masque et j'ignorais ce que j'allais dire ensuite. Les mots qui sortaient du masque, accompagnés de contorsions grotesques, ne requéraient ni effort ni réflexion. Betty était déconcertante et bizarre et elle me fascinait autant que le public. Blonde, belle et laide à la fois, elle était le « ça » pur et terrifiant, amoral et bestial, une demi-humaine attardée. Elle fabriquait des boucles d'oreilles avec de vraies oreilles. Elle buvait l'eau des toilettes. Elle croyait qu'une manucure était une cure pour les hommes et une pédicure un avortement. Elle était tour à tour acerbe et effrontée, vulgaire et mignonne, Baby Jane et la Mauvaise Graine.

Lorsque la lumière bleue annonça qu'il ne me restait plus qu'une minute, je ramenai son histoire à la partie où elle avait frappé le type et j'eus l'impression de tirer à moi un énorme molosse dangereux. Tant qu'elle avait un public, Betty ne cesserait jamais de parler. Il me fallut réunir la discipline acquise après toutes ces années de scène pour monter crescendo vers la chute et elle finit par débiter ce que je reconnus tout de suite comme sa formule, accompagnée de ce qu'on appelle en impro le « mime » ; avec un couteau invisible, je fis semblant d'attraper l'entrejambe de l'autre.

— Alors, j'ai pris les choses en main !

Le public applaudit à tout rompre. J'ôtai la perruque, dit « merci » dans le micro et quittai la scène, soulagée d'être redevenue moi-même.

J'avais toujours détesté la méchanceté gratuite. Les humoristes qui incarnaient des fumiers en maniant l'insulte et même la brutalité excessive me gênaient. Sur le papier, j'aurais détesté Betty. Mais ça importait peu. Quand on est bon, on est bon. Et Betty était bonne.

— La troisième place est décernée à… Kim Rinski !

Sur ma gauche, Kim poussa un cri de joie en sautillant. Je pressai sa main et lui donnai une tape sur le dos lorsqu'elle sortit de la file d'humoristes et gravit les marches menant à la scène, ses talons carrés martelant le sol, pour recevoir sa médaille et son chèque de cinq cents dollars.

Je retins mon souffle. Je savais déjà que j'étais dans le top 3. Et je venais de découvrir que je n'étais pas troisième.

Derrière le présentateur, une femme qui portait des escarpins et une courte robe à paillettes, probablement une employée du Bat City exploitée qui espérait percer sur la scène comique, brandissait le peignoir rouge et la couronne du vainqueur. De ma place en bas de l'estrade, coincée dans la rangée des douze humoristes qui s'étaient produits ce soir-là, je vis que l'ourlet du peignoir était coincé sous une de ses chaussures. Je me sentais coupable par avance de ce qui ne manquerait pas de se produire quand on proclamerait le nom du vainqueur, comme si c'était ma faute si elle s'étalait et donnait un aperçu de ses mystères gynécologiques au public.

— Reste avec moi, Kim, ordonna le présentateur en lui faisant signe de se placer à ses côtés. La deuxième personne la plus drôle d'Austin et la première dauphine est, et je pense que vous serez tous d'accord avec moi pour dire que c'est plus que mérité cette année… Dana Diaz !

Je me dirigeai vers la scène, abasourdie, parvins jusqu'au micro et laissai le présentateur me glisser une médaille autour du cou, médaille qui se nicha immédiatement dans mon décolleté. Je l'en extirpai et faillis oublier de récupérer le chèque qui allait avec : il fallut qu'on me fasse signe de me tourner vers le présentateur.

— N'oublie pas ta récompense, Dana ! C'est génial de voir les femmes aussi bien placées cette année, hein ? Et maintenant, le moment que vous attendez tous…

Hébétée par la déception, je n'avais pas besoin d'écouter la suite. Je baissai les yeux sur le chèque. Mille cinq cents dollars. Tandis que le présentateur annonçait l'inévitable vainqueur et que l'assistance se déchaînait, je tentai d'attirer le regard de la jeune femme qui tenait le peignoir. Quand elle me prêta enfin attention, je tendis le doigt vers son pied ; elle baissa les yeux et dégagea le tissu. Quand elle lèverait les bras pour draper le peignoir de la Personne la plus drôle d'Austin sur le dos de Fash, elle ne serait pas ridicule. Je pouvais au moins contrôler ça.

Mais une fois sortie de scène, je réalisai enfin que j'avais fini deuxième alors que c'était ma première participation. Plusieurs personnes me glissèrent leur carte de visite en me disant « Vous avez un agent ? » ou « Vous avez un manager ? ». Je souris bêtement et les remerciai. Ils s'écartèrent pour laisser passer une grande femme noire aux cheveux tressés et réunis en un épais chignon sur la nuque. Son visage rayonnait de la même célébrité irréelle qu'Aaron Neely. Un sourire étincelant aux lèvres, elle se pencha vers moi et s'empara de ma main.

— Bonsoir Dana, je suis Cynthia Omari, dit-elle comme si je l'ignorais. Vous avez été fabuleuse ce soir. (Je bégayai des remerciements et elle poursuivit sans s'interrompre.) Je suis toujours à la recherche d'invités pour *The Bestie Cast*. C'est mon producteur, Larry, qui gère le planning, mais j'aimerais beaucoup vous recevoir.

— Je… j'adore *The Bestie Cast*, fut tout ce que je parvins à articuler.

— C'est gentil ! s'exclama-t-elle en jetant un coup d'œil à la salle qui se vidait rapidement. Je me suis tellement amusée que je ne sais pas si je dois envoyer à Aaron mes vœux de prompt rétablissement ou mes remerciements. (Elle se pencha pour me murmurer à l'oreille.) Je tiens à dire que s'il n'avait tenu qu'à moi, vous auriez gagné le premier prix. Mais je suis ravie de vous avoir rencontrée.

— Moi aussi, répondis-je bêtement. Je veux dire que je suis contente d'avoir fait votre connaissance aussi.

Puis, merveille des merveilles, elle me tendit, non pas sa carte, mais son téléphone ouvert sur un nouveau contact et me demanda d'entrer mon numéro et mon mail.

— Super, fit-elle quand je le lui rendis. On va vous inviter rapidement. Allez faire la fête à présent !

Elle tourna les talons et fut rapidement avalée par la foule qui entourait Fash. Kim s'approcha de moi, un grand sourire aux lèvres. Ses joues étaient striées de mascara, ce qui accentuait encore davantage sa ressemblance avec Courtney Love.

— On fête la victoire chez Chacha, tout le monde vient, ça te dit ?

Étant donné l'ordre que venait de me donner Cynthia, je ne pouvais pas refuser.

C'était toujours Noël chez Chacha, un rade à quelques centaines de mètres du Bat City qui était décoré toute l'année de guirlandes argentées, de clochettes en papier et d'illuminations vintage. Assise dans la lueur dépaysante, j'enchaînai les verres offerts par les supporters et les parasites qui nous avaient suivis et je me sentis rapidement pompette. Fash tenait sa cour dans un coin, près du sapin de Noël : sous sa grosse couronne dorée et dans son manteau de roi rouge bordé de fausse fourrure, il ressemblait à ces figurines de Père Noël du vieux continent dont on voyait la pub dans *Parade* pendant les fêtes. Entouré de ses amis et des finalistes qui voulaient à tout prix montrer leur fair-play, il brandissait son sceptre, un bâton de majorette rempli de paillettes au bout duquel avait été scotchée une boule à neige représentant Austin, boule dans laquelle la neige avait été remplacée par de minuscules chauves-souris. Un flash illumina la pièce ; un journaliste du *Chronicle* nous avait suivis, peut-être dans l'espoir d'un papier alcoolisé qui changerait de l'article sempiternel qu'il était obligé de pondre chaque année.

Ruby et Becca m'avaient surprise en surgissant au bar pour représenter l'équipe de chez Laurel. C'était la première fois que des collègues venaient me voir jouer. Dans sa robe verte et cintrée, Ruby exultait en disant à qui voulait l'entendre : « C'était ma perruque. »

— Je savais que cette perruque blonde portait bonheur, affirma-t-elle en remuant son chocolat chaud parfaitement hors saison avec un sucre d'orge.

En réalité, elle m'avait prêté cette perruque avec réticence, accompagnée d'une liste d'instructions que j'avais délibérément ignorées mais elle se sentait apparemment dédommagée par la gloire qui lui revenait un peu. Je la remerciai abondamment à travers mon brouillard alcoolisé.

— Je n'en reviens pas que tu sois venue, dis-je, sincèrement touchée.

— Bien sûr ! Il n'était pas question de rater les débuts de ma perruque. Tu peux la garder aussi longtemps que tu veux. Mais n'oublie pas de me remercier quand tu gagneras un oscar avec.

— Je pense que l'oscar de la meilleure perruque est attribué à Travolta pour l'éternité mais merci quand même, répondis-je, ce qui me valut un hochement de tête approbateur. Et maintenant tu sais ce que j'écris dans mon carnet.

— Oh, mais je le savais déjà. Je le lis chaque fois que tu vas aux toilettes. (Mon sourire se figea : j'avais griffonné beaucoup de notes sur Ruby.) Ne te donne pas la peine de dire au revoir à Becca, elle ne te répondra pas, poursuivit-elle. Henry l'a harcelée toute la soirée en exigeant de savoir avec qui elle était. Tu as vu ?

Elle haussa les sourcils d'un air entendu en désignant ses avant-bras. Je remarquai alors que Becca portait un chemisier sans manches pour une fois.

— Je ne vois aucun…, commençai-je mais Ruby me coupa la parole.

— Maquillage, chuchota-t-elle derrière sa main. Autobronzant.

Elle attrapa par le coude Becca qui ne prêtait attention à personne, penchée sur son téléphone, et l'entraîna vers la porte.

Je les saluai de la main. J'étais à présent coincée entre les adorateurs de Fash et les amis barmans de Kim. Maintenant que Ruby et Becca étaient parties, je ressentis soudain l'absence d'amis venus me voir exprès. Je terminai mon verre plus vite que je n'en avais l'intention, en commandai un autre et comme je n'avais personne à qui parler, je le descendis rapidement. Je m'attendais à moitié à voir surgir Amanda comme elle l'avait fait pour le premier tour mais depuis notre échange, elle avait insisté pour qu'on garde nos distances, au moins en public. Elle avait raison mais l'ironie de la chose était douloureuse : la personne qui était prête à prendre le plus de risques pour moi et pour qui j'avais fait la même chose ne pouvait pas être vue en ma compagnie. Je commençais à être dépendante d'elle, mais quand elle n'était pas avec moi, elle prenait des allures d'amie imaginaire.

Le journaliste, qui s'était peut-être rendu compte que j'étais seule, saisit cette opportunité pour s'approcher.

— Dana, vous êtes arrivée deuxième alors que c'était votre première participation. D'après vous, qu'est-ce qui a fait la différence ?

— C'est un honneur de participer à ce concours, répondis-je, irritée de constater que j'avais la voix pâteuse. Austin possède une excellente scène comique. Tout le monde a été excellent ce soir.

— J'ai assisté aux demi-finales. Votre sketch de ce soir était différent et provocateur. N'est-ce pas risqué de tester quelque chose de nouveau lors de la finale ?

Alors que je m'apprêtais à lui sortir une autre réponse toute faite, il brandit son appareil photo et commença à me mitrailler. Le flash me donna le vertige et j'eus l'impression qu'il n'écoutait pas vraiment mes réponses.

— Que pensez-vous du fait que c'est encore un homme blanc qui a remporté le premier prix ? demanda-t-il entre deux clics. Est-il temps que les choses changent à Austin ?

Ce connard était toujours à l'abri derrière son appareil. Je venais juste de répondre avec une diplomatie rancunière « Austin est en train de changer, c'est sûr » lorsque Fash surgit à mes côtés, attiré loin de son trône par les flashes : il voulait voir qui lui avait volé l'attention de la presse.

— Pourquoi vous ne lui posez pas la question directement ? lançai-je. Qu'est-ce que tu en penses, Fash ? Est-ce qu'il est temps que le premier prix revienne enfin à quelqu'un qui ne soit pas un homme blanc ?

— Le plus important, c'est de s'amuser sur scène, répondit-il en m'enlaçant et en me serrant contre lui.

— Et si on faisait une photo avec vous trois ? proposa le journaliste. Ne bougez pas.

Il se dirigea vers la table de Kim. Fash resta collé contre mon épaule.

— Kim ! Kim ! cria le reporter.

Fash se pencha vers moi : il était si près que je sentais l'odeur de la cire sur sa moustache. Ses yeux étaient humides, remarquai-je, dégoûtée. Je me recroquevillai et il marmonna avec tristesse :

— Tu ne m'aimes pas, Dana. Personne ne m'aime.

Consciente du spectacle que nous formions au beau milieu du bar, je répondis :

— Tout le monde t'aime, Fash. C'est pour ça que tu as gagné.

— Oui, c'est vrai, hein ? (Il se dérida momentanément avant de se rembrunir aussi sec en secouant la tête.) Mais maintenant que j'ai gagné, tout le monde va me détester. (À ma grande horreur, ses yeux rougirent davantage et je sentis les miens picoter.) Je voudrais que tu m'apprécies, Dana. Pourquoi tu ne m'aimes pas ?

Le journaliste revint à ce moment-là, accompagné de Kim. À la vue de l'appareil photo, Fash redressa brusquement la tête comme si elle était attachée par des ficelles et son humeur larmoyante disparut totalement, à tel point que je me demandais si j'avais rêvé.

— Kim ! Troisième place ! s'écria-t-il. L'année dernière, j'étais troisième. Ça veut dire que tu gagneras l'année prochaine.

— Tu me l'as déjà dit. Plusieurs fois.

— L'année dernière, j'ai fini troisième et regarde où j'en suis !

— Bravo, Fash. (Kim soupira et se glissa à côté de moi, un bras autour de mes épaules.) Vous voulez bien prendre la photo ? supplia-t-elle.

— Le vainqueur au milieu ! s'exclama Fash. Le roi de la comédie au milieu !

— Je vais prendre plusieurs clichés, répondit le journaliste avec tact.

Le flash crépita à plusieurs reprises puis il tapota l'épaule de Kim et la conduisit gentiment à la gauche de Fash. Elle grimaça mais se laissa faire et Fash, à présent entre nous, l'enlaça. Elle garda les bras le long du corps.

— Bien, bien, commenta le journaliste en reculant, l'appareil photo devant le visage. Ne bougez plus.

— C'est cool d'être le roi, constata Fash en nous serrant brutalement contre lui.

Il fit glisser plusieurs fois sa main de mon épaule à mon dos puis la passa rapidement contre l'élastique de mon soutien-gorge avant de s'arrêter sous mon aisselle et d'enfoncer les doigts contre mon sein. Je me raidis.

— Ne bougez pas, répéta le journaliste. Souriez !

Je plaquai un rictus sur mon visage, les doigts de Fash toujours collés contre mon sein. Le flash crépita cinq ou six fois et il me caressa légèrement.

— Ça suffit, déclara soudain Kim en se dégageant. J'ai envie de pisser.

Je me dégageai aussi mais Fash ne sembla pas le remarquer.

— Hé, Kim, attends ! s'écria-t-il, l'air de nouveau désolé.

Je la suivis vers les toilettes mais Fash ne quitta pas le journaliste. En m'éloignant, je l'entendis dire « Ça craint d'être troisième » et je sus que son air désolé avait disparu aussi vite qu'il était apparu.

Dans les toilettes, Kim s'aspergeait le visage, penchée sur le lavabo. Elle leva les yeux et aperçut mon reflet dans le miroir.

— Fash est un gros porc.

— J'en déduis qu'il t'a tripoté les seins à toi aussi ? devinai-je.

— C'est pathétique, répondit-elle en arrachant une poignée de serviettes en papier du distributeur avant de se frotter le visage avec vigoureusement. Mais bon, ce n'est pas vraiment surprenant. Il se comporte comme un pervers depuis son arrivée à Austin.

— C'était quand ?

— Oh, je ne sais pas vraiment, environ deux ans après moi. (Elle balança le papier humide dans la poubelle.) On a passé le niveau un ensemble, aussi incroyable que ça puisse paraître.

Pour les artistes comiques, « niveau un » ne signifie qu'une chose.

— Vous avez fait de l'impro ? Je n'aurais pas cru que c'était ton truc.

— Si, ça m'a vraiment plu pendant un temps. (Elle fouillait dans son sac à la recherche de quelque chose.) Mais tu sais comment c'est. Les gens sont super sympas dans l'impro et quand Fash est arrivé, tout le monde l'a trouvé génial. Et je me disais que comme les gens faisaient comme s'ils le connaissaient, c'était qu'ils le connaissaient vraiment. Qu'ils répondaient de lui en quelque sorte. Du coup, moi aussi j'ai été sympa. Ah !

Elle sortit de son sac à main le crayon noir qu'elle cherchait et en ôta le capuchon d'un geste triomphal.

— Comment ça, sympa ?

Penchée en avant, Kim tirait sur sa paupière inférieure pour appliquer généreusement du crayon sous ses yeux.

— Apparemment il a fait ça à plusieurs femmes, pas juste à moi.

— Ça ?

Les toilettes étaient exiguës et j'avais un peu le vertige. Je m'adossai contre la cabine et sentis toute la structure trembler dans mon dos.

— Tu sais bien. Après un spectacle, tu vas chez lui avec d'autres gens et puis tout le monde s'en va. Il n'arrête pas de répéter : « Hé, tu peux dormir ici. » Et tu sais que ce n'est pas une bonne idée et que tu ferais mieux de rentrer chez toi mais tu es complètement bourrée. Et ici, les taxis, c'est la merde. (Elle acheva un œil et passa au suivant.) Il insiste pour que tu prennes son lit et lui le canapé *parce qu'il est un putain de gentleman* et tu finis par être trop fatiguée pour protester. Et puis tu te réveilles et il est à côté de toi sous la couette…

Elle referma son crayon d'un geste sec et agita les hanches de manière obscène.

— Oh putain. Sérieux ? (Pendant un instant, je sentis l'odeur de la tequila et l'horrible poids brutal peser sur moi et le contour sombre autour de l'écran statique du téléviseur. Je repoussai cette image.) Qu'est-ce que tu as fait ?

— Ne déforme pas l'histoire. C'était pas très difficile de le repousser. Comme je disais, ce mec est pathétique. (Elle laissa tomber son crayon dans son sac.) Il s'est mis à pleurer comme un gosse. (Elle battit des cils devant le miroir et essuya d'une chiquenaude l'eyeliner qui était tombé sur ses joues.) Quelqu'un a fini par comprendre ce qui se passait et a donné le mot : il a été interdit de passage dans deux salles. C'est pour ça qu'il a abandonné l'impro.

— Toi aussi, fis-je remarquer.

— Je suppose que ce n'était pas vraiment mon truc, au final, rétorqua-t-elle sur un ton qui signifiait clairement que la conversation était terminée. (Elle désigna les chiottes.) Tu dois aller pisser ?

— Oui. Tu m'attends ?

— Oui, meuf. Vas-y.

En réalité je n'en avais pas envie, mais j'éprouvais soudain le besoin urgent de parler à Amanda et je ne voulais pas lui envoyer un texto devant Kim. Cette envie m'avait accompagnée toute la soirée, grandissante, comme une démangeaison qui aurait été momentanément apaisée par mon incarnation de Betty avant de reprendre de plus belle. J'avais fini par comprendre au fur et à mesure que le temps passait ce qui – ou plutôt qui – en était la cause.

Je refermai la porte derrière moi. J'avais déjà sorti mon téléphone lorsque Kim me dit, depuis l'autre côté :

— Dana ?

Je cessai d'écrire.

— Oui ?

— Tu es pote avec Jason Murphy, non ?

Cette question était tellement inattendue que je me contentai de répondre : « Oui. » Je le dis à toute allure avant de me donner le temps de réfléchir pour savoir si c'était vrai ou non.

— Vous étiez colocs à Los Angeles, je crois ?

— Oui.

Elle avait une drôle de voix mais comme je ne voyais pas son visage, j'étais incapable de comprendre pourquoi.

— Tu ne m'en veux pas, dis ? (Elle poursuivit avant de me laisser le temps de répondre.) Juste après ton retour, j'ai cru pendant un moment que tu avais quelque chose contre moi. Je ne sais pas ce qu'il t'a raconté…

— Rien du tout, répondis-je avec sincérité, tout en me demandant soudain pourquoi je ne m'étais jamais rendu compte que Jason et Kim étaient sortis ensemble.

Jason avait franchi le niveau supérieur avec les femmes à Austin et quand je l'avais rejoint, j'avais souvent été intimidée par l'improbable beauté des blondes avec qui il sortait. Mais ça ne durait jamais longtemps. Elles étaient obligées de composer avec moi, la meilleure amie qui le connaissait depuis toujours. Katie, Jenna ou Rose finissaient par quitter la scène côté jardin et je restais en pleine lumière avec Jason. Je n'avais été que vaguement consciente de la présence de Kim à Austin cinq ans auparavant – comme elle l'avait dit, elle faisait surtout de l'impro –, mais je n'étais pas particulièrement surprise qu'elle ait fait partie du défilé des blondes maigres au nez retroussé.

— Oh. Tant mieux, constata Kim et je me rendis compte que j'avais gardé longtemps le silence. C'était il y a longtemps.

— Je ne t'en veux pas du tout. (Je tirai la chasse pour faire semblant et ouvris la porte. Elle était adossée au mur d'en face.) Je suis contente qu'on soit devenues copines.

— Moi aussi. Mais une de nous méritait vraiment la première place ce soir. Voyons le bon côté des choses : peut-être que Fash va partir vivre à Los Angeles et qu'il se fera renverser par un taxi.

— Ou bouffer par un requin. Il paraît qu'ils en ont là-bas. (Une fois sorties des toilettes, je me rendis compte que les questions de Kim m'avaient distraite au point que j'avais oublié d'envoyer un message à Amanda.) Je pense que je vais rentrer, dis-je en jetant un rapide coup d'œil à mon portable.

Kim le remarqua.

— Tu as un petit copain secret ?

Pour la deuxième fois, je fus surprise.

— Non !

— Tu es très mystérieuse depuis quelque temps, constata-t-elle avec un clin d'œil. Je me suis demandé si tu n'étais pas en train d'envoyer des textos dans les chiottes.

— Je regardais juste l'heure, fut ma réponse naze. Je n'avais pas vu qu'il était si tard. Je bosse tôt demain.

— OK.

Elle avait l'air amusée. Je rangeai mon téléphone dans mon sac et la serrai contre moi.

— Et encore bravo.

— Toi aussi. J'ai aimé ton nouveau personnage, au fait, dit-elle d'un ton un peu bourru. Sois prudente en conduisant.

Je hochai la tête. Je ne voulais pas prendre le risque d'envoyer le nom par texto à Amanda et lui demandai plutôt si je pouvais passer chez elle. Durant le trajet, je nous imaginai en train de boire du vin sur son balcon tout en cherchant un moyen de débarrasser la scène comique d'Austin du fléau qu'était Fash.

9

— Hmm. Fash Banner, c'est compliqué.

— Pourquoi ça ?

Je faisais les cent pas devant l'immense baie vitrée d'Amanda, mettant au défi quiconque de me voir. Je savais que je n'avais pas les idées claires mais je ne voulais pas perdre mon élan. Ce que Kim m'avait révélé dans les toilettes avait marqué mon esprit au fer rouge.

Amanda était assise en tailleur sur le canapé, son ordinateur ouvert sur ses genoux, et elle sirotait son habituel verre de vin rouge.

— Comme il vient juste de gagner, il va être sous les feux des projecteurs…

— Plus qu'Aaron Neely ? demandai-je, incrédule.

— Non, non, bien sûr que non. (Amanda avait l'air un peu agacée.) Mais beaucoup plus *proche de toi*. Personne ne savait que tu avais rencontré Neely.

— Uniquement Jason. Et Branchik, alors ?

— Les employés de Runnr savent que je connais Branchik mais ils ignorent que je suis dans la même ville que lui. Et lui aussi. (Elle s'interrompit et fronça les sourcils, pensive.) Je ne dis pas que c'est impossible, juste qu'il faut redoubler de prudence. Et peut-être tenter une approche différente.

— Tu ne peux pas pénétrer chez lui par effraction et casser sa collection de disques ?

— Écoute, tu veux qu'il disparaisse ? demanda-t-elle, et j'acquiesçai. Le problème, c'est qu'il vient de gagner cinq mille dollars dans un concours, sans parler des propositions pour le représenter. Il va avoir des opportunités. (Je grimaçai.) Je ne crois pas que perdre quelques vinyles collector l'arrêtera. Et puis tu ne veux pas uniquement qu'il quitte la ville, pas vrai ? Parce qu'il recommencera ailleurs. Il ira à New York ou à Los Angeles et il parviendra à ses fins – ne serait-ce que parce qu'il rencontrera des gens qui ne le connaissent pas et qui ignorent que c'est un prédateur. Et au final, il aura été récompensé pour son comportement au lieu d'être puni.

Je comprenais son raisonnement mais ce n'était pas le moment de louvoyer.

— D'accord. Ça ne va pas être facile de le prendre en flag'. Et on ne peut pas le faire chanter ; pour autant que je sache, il n'a pas de petite amie ni personne qui s'intéresse à ce qu'il fait.

C'était une des choses qui suscitaient chez lui de la pitié, si on n'y prenait pas garde. Jusqu'à ce qu'on l'entende sur scène utiliser sa solitude comme une excuse pour justifier sa façon d'objectifier les femmes de son entourage et, comme je venais d'en faire l'expérience, de les peloter.

— Et puis je pense qu'il a arrêté, enfin le plus grave.

— Tu veux parler des agressions sexuelles ? (Elle plissa les yeux.) Ton amie Kim ne vient pas de te dire que ça lui est arrivé juste après son arrivée à Austin, il y a quatre ou cinq ans ?

Je hochai la tête.

— Si. Il a été viré du milieu de l'impro à cause de ça. (Je me permis avec réticence d'envisager une possibilité que j'avais repoussée la veille.) Peut-être qu'il a appris la leçon.

Amanda se gratta le nez.

— Ce mec ? J'en doute. Oh, je parie que ça fait un bail qu'il ne s'est pas faufilé dans le lit d'une nana bourrée. À mon avis, il déconne davantage quand il est dans un nouvel environnement, quand il se sent peu rassuré ou stressé. Ce qui lui arrivera sans aucun doute à Los Angeles. Le succès peut être aussi stressant que l'échec. (Elle se mordilla la lèvre tout en enroulant distraitement une mèche de cheveux sur son doigt.) Je me demande si on lui a diagnostiqué une pathologie.

— Pendant que tu te poses la question, il est certainement en train de charger sa voiture et de chercher quelqu'un à qui sous-louer son appartement, protestai-je. C'est ça ! m'écriai-je en claquant des doigts. Tu pourrais aller visiter son appart en prétendant vouloir le sous-louer et ensuite… je ne sais pas…

— Calme-toi, Dana. J'ai déjà quelques idées. Il faut juste que je fasse des recherches. Je ne pourrai pas opérer aussi vite que la dernière fois, mais promis je vais faire quelque chose. (Elle leva les yeux vers moi.) Est-ce que je t'ai déjà laissée tomber ?

Je m'immobilisai en secouant la tête. Amanda avait beau être un peu étrange, elle tenait parole, même si elle faisait les choses à sa manière. Elle était secrète, parfois trop, et se délectait de ses théories du complot. J'avais l'impression que, tout en ayant complètement rejeté le monde de la Silicon Valley, elle avait gardé la même mentalité. Pour autant, je lui faisais une confiance absolue. Sa façon de voir les choses comme elles sont était aussi courageuse qu'admirable. Elle m'avait ouvert les yeux en peu de temps. Était-elle paranoïaque ou était-ce moi qui étais naïve ? Après tout, j'avais supposé que ce qui s'était passé avec Neely était un incident isolé, dégueulasse mais isolé. Amanda, avec son esprit scientifique, avait immédiatement deviné qu'il y avait là un schéma et, en outre, elle avait su trouver des preuves. Cette révélation avait déjà transformé ma façon d'appréhender le monde. L'histoire de Kim concernant Fash, si elle me l'avait racontée deux semaines plus tôt, l'aurais-je écoutée ? Elle avait elle-même minimisé les faits. Je songeai à la femme de Branchik. Pourquoi étions-nous aussi enclines à nous mentir à nous-mêmes ? La vérité – que nous étions tellement encerclées par les Branchik et les Neely qui peuplaient la terre que nous nous laissions attirer hors d'une case pour mieux se faire enfermer dans une autre – était-elle trop horrible pour être regardée en face ?

— Tu vas le faire, répondis-je. Je le sais. Je suis juste… (Je cherchais les mots pour décrire mon sentiment d'impuissance.) Impatiente.

— Bon, dit-elle en souriant comme si elle avait un cadeau pour moi. Qu'est-ce que tu dirais si je te donnais quelque chose à faire en attendant ?

Amanda ne plaisantait pas en affirmant que sa liste était longue. Elle me montra le tableau Excel contenant les pseudos des hommes qui l'avaient harcelée sur Internet, accompagnés de leurs noms et de leurs adresses quand elle les avait dénichés. Ils vivaient partout dans le monde. Il y en avait trois au Texas, dont un à Houston et un à El Paso. RadioMackative666 était le petit veinard qui habitait à Austin.

Le plus gros du harcèlement avait eu lieu deux ans plus tôt, juste après le journal télévisé dans lequel elle était aisément identifiable, même si son anonymat avait été respecté. La plupart des gens l'avaient oubliée rapidement, mais quelques obstinés l'avaient poursuivie jusqu'à ce qu'elle efface complètement son identité numérique. Elle ouvrit un fichier contenant des captures d'écran de commentaires et de mails, tous sauvegardés avec des remarques sur les trolls qui les avaient envoyés. C'étaient pour la plupart des menaces de viol à l'obscénité variée, mais RadioMackative666 s'était montré particulièrement inventif et lui avait envoyé des GIF horribles pour montrer à Amanda ce qu'il comptait lui faire. Je détournai les yeux.

— Quel est ton plan ? demandai-je, dégoûtée.

— Il utilise Runnr, évidemment. Il aime payer des gens – des femmes si possible – pour lui livrer de la bouffe thaï mais parfois il fait chauffer sa carte bleue et commande un burger à quinze dollars avec un œuf à cheval dessus. Son nom d'utilisateur est Carl M. Je ne te donne pas son vrai nom parce que moins tu en sais, moins tu seras tentée de le googler et de laisser une trace sur Internet. Ce mec est beaucoup plus malin que Branchik. Il pourrait te retrouver en une seconde.

Je me penchai par-dessus son épaule : des numéros s'affichaient sur l'écran. Dans la colonne presque à gauche, je lus six chiffres suivis d'un espace et de quatre autres chiffres. Des dates et des heures.

— Ce sont ses livraisons ?

— Oui, répondit-elle en souriant. Voyons si tu comprends quel est le schéma.

Ça me paraissait assez évident.

— Une fois par semaine ?

— Oui, mais pourquoi ces décalages ? Ces trous ici ? Ou là, alors qu'il y en a eu deux fois par mois pendant un moment ?

J'examinai les chiffres de plus près en essayant de deviner la logique qui les sous-tendait, comme Amanda.

— Pendant trois mois, c'est le même jour de la semaine, puis ça change. (Je sortis mon téléphone pour consulter le calendrier.) Les dates récentes sont des mardis. Et il a commandé dix dimanches d'affilée l'année dernière… attends un peu. (J'observai de nouveau les horaires.) 19 h 30, 19 h 45… Juste avant 20 heures. Ce sont des émissions télévisées. (Je me mis à glousser.) Et ça doit être…

— *Game of Thrones*, acheva-t-elle. La nouvelle saison commence dimanche.

— Dimanche, répétai-je. Déjà ?

— Si on veut profiter de l'occasion, oui, répondit-elle sur un ton nonchalant. Il ne manquera pas ça. Et il aura la dalle.

Je tentai de me faire à cette idée.

— Qu'est-ce que je suis censée faire une fois chez lui ?

— Installer un malware, répondit-elle en brandissant une clé USB. Je suis particulièrement fière de ce logiciel. La première chose qu'il fera, c'est envoyer des captures d'écran de ses activités en ligne les plus douteuses à tout son carnet d'adresses, y compris son patron, ses collègues, et je suppose, sa mère. (Elle sourit.) Il est trop futé pour cliquer sur un lien mais si tu parviens à télécharger ça sur son ordi, on peut provoquer pas mal de dégâts.

— Il faut que je rentre chez lui, alors, répondis-je, perplexe. Mais il sera là, non ?

— C'est plus dangereux que chez Branchik, c'est sûr, déclara-t-elle en posant sur moi un regard impassible. Je me charge du logiciel, à toi d'apporter le matériel.

Je ne comprenais pas.

— Tu es petite, Dana. Souviens-toi ce qui a failli se produire la dernière fois. Tu dois pouvoir te défendre. (Elle ouvrit un onglet et commença à faire défiler l'écran.) Penses-y comme à un outil, rien de plus.

Je jetai un coup d'œil à l'écran et blêmis. Des revolvers, des rangées et des rangées de flingues, petits angles de destruction obliques.

— Heureusement qu'on vit au Texas, constata-t-elle. Ça va être du gâteau.

Je cherchai une vanne, mais pour une fois, rien ne me vint. Je me contentai de répondre :

— Je ne peux pas.

Les armes à feu grouillaient à Amarillo mais j'avais grandi sans et on m'avait appris à m'en tenir le plus éloigné possible. Le père de Jason possédait des fusils parce qu'il chassait mais c'était différent. Et ça me faisait quand même flipper à l'époque. C'était une limite que je refusais de franchir.

Amanda et moi nous disputâmes un bon moment à propos de self-defence. Je finis par résoudre le problème en googlant *self-defence livreur Runnr* et tombai sur une collection bouleversante d'histoires de femmes qui avaient été agressées en faisant une livraison. En parcourant des articles aux titres comme « Les cinq choses qui peuvent vous sauver la vie si votre course dégénère » et « Comment deviner si une course est un piège », je me rendis compte que le discours d'Amanda concernant l'absence de vérification des antécédents sur les utilisateurs de Runnr m'avait aveuglée sur les dangers auxquels les coursiers étaient confrontés. Un danger supplémentaire de l'économie de la précarité. Pas étonnant que les femmes soient moins nombreuses sur l'appli que les hommes.

Quelques livreurs expérimentés suggéraient de ne pas se déplacer sans une arme à feu, mais les pistolets paralysants étaient leur mode de self-defence préféré et de loin, vu qu'ils permettaient d'éviter l'escalade de la violence. De plus, et c'est ce qui emporta l'adhésion d'Amanda, je pouvais m'en procurer un sans avoir besoin de m'enregistrer, ce qui évitait d'avoir à effacer mes traces ensuite. Soulagée, j'acceptai d'en acheter un avant dimanche et je quittai l'appartement d'Amanda dans un état un peu second.

— N'oublie pas de mettre ton horrible perruque. Il aime les blondes, me conseilla-t-elle au moment où je franchissais la porte.

Ce n'est qu'une fois sur le trottoir que je me rendis compte que j'étais allée chez Amanda pour lui parler de Fash et que j'en repartais avec l'intention d'acheter une arme.

J'étais toujours au lit le lendemain matin lorsque mon téléphone sonna.

— Bonjour, Dana. Ici Larry Green. (Je cherchai qui pouvait bien être cet homme mais il poursuivit avant que j'aie le temps de répondre.) Je sais que je vous contacte au dernier moment mais un invité a décommandé pour l'enregistrement de ce matin. Cynthia m'a donné votre nom pour le remplacer.

Cynthia. Larry. J'étais en train de parler au producteur de *The Bestie Cast.*

— Waouh, dis-je lorsque j'eus enfin compris. Merci d'avoir pensé à moi, Larry. Quand est-ce que…

— On aimerait que vous soyez prête le plus vite possible pour pouvoir enregistrer le podcast à l'heure habituelle. On est déjà à la bourre. Que pensez-vous de maintenant ? (Je bafouillai mon assentiment.) Génial, je vous rappelle dans un quart d'heure. Soyez prête.

Il raccrocha sans dire au revoir.

Trois minutes plus tard, j'étais habillée et assise sur le bord de mon canapé, le téléphone à la main. Je n'osais même pas le regarder de peur de vider sa batterie, qui était pourtant à 91 %. Il sonna à 10 h 05 et je décrochai tout de suite.

— Dana Diaz ? demanda Larry comme si c'était la première fois qu'on se parlait. (Il poursuivit d'une voix policée, comme une version usée du ton bourru qui était le sien quinze minutes plus tôt.) Ici Larry, le producteur de *The Bestie Cast*. Nous sommes vraiment ravis que vous participiez à l'émission. Je vais vous mettre en relation avec Cyndi. Vous l'entendrez parler pendant quelques minutes avant qu'on puisse vous entendre, puis elle vous dira bonjour et ensuite la balle sera dans votre camp, comme on dit.

Il gloussa.

— Oh, mon Dieu, dis-je sans pouvoir m'en empêcher. C'est vraiment vrai.

— Détendez-vous, ordonna-t-il avant d'ajouter avec une profonde cruauté : Contentez-vous d'être drôle.

La voix snob et mélodieuse de Cynthia me parvint soudain en plein milieu d'une phrase.

— Avec des tacos pour le petit déjeuner ! C'est le paradis sur terre, non ? J'y étais il y a peu en tant que jurée pour le concours de la Personne la plus drôle d'Austin, une compétition de stand-up de six semaines avec plusieurs tours. C'est comme ça que j'ai rencontré notre prochaine invitée, Dana Diaz, qui a terminé deuxième avec un spectacle que je ne peux qualifier autrement que de fascinant. Dana, tu es avec nous ?

Je passai quelques secondes épouvantables à essayer de déterminer si je devais l'appeler Cynthia ou Cyndi et au final je me contentai de répondre :

— Oui, bonjour.

— Cette émission s'appelle *The Bestie Cast*. Tu n'as pourtant pas l'air d'être ma meilleure amie, Dana, fit-elle remarquer sur un ton faussement moqueur.

— Oh, pardon, m'excusai-je avec un petit rire. Salut, meuf, quoi de neuf ?

Je me sentais terriblement guindée, même si elle me parlait avec gentillesse. Pendant les premières minutes, elle essaya de me mettre à l'aise – sans que l'effort s'entende dans sa voix – et je tentai désespérément de me détendre. On bavarda de nos parents ; je racontai une histoire sur Amarillo qui, sans une salle pleine, me parut tellement plate que je fus certaine qu'elle ne ferait plus jamais rire personne. Elle me tendit perche sur perche pour que j'utilise les anecdotes autobiographiques dont je ne me servais pas dans mes sketches, du matériel un peu moins bon qui me permettrait de mettre en valeur ma personnalité. Mais sans l'énergie du public, je me sentais glisser sur la corde raide de l'humour, mal à l'aise avec le trapèze que Cynthia ne cessait de m'envoyer tandis que je me débattais au-dessus du vide.

Au bout de quelques minutes de ce manège, la voix assurée de Cynthia commença à montrer des signes d'agacement.

— Parle-moi de Betty, le personnage que tu incarnes sur scène.

— Betty m'est venue d'un coup, bafouillai-je. J'ai emprunté la perruque à une collègue…

— Super, super, m'interrompit-elle avant que je puisse me mettre à radoter sur mon job alimentaire. Et si tu entrais dans la peau de ton personnage un instant ? J'aimerais bien que Betty réponde aux questions que j'ai envie de lui poser.

— Avec plaisir.

J'avais tellement envie de lui plaire que je compris trop tard ce dans quoi je m'étais embarquée.

— Ma première question est la suivante : comment fais-tu pour être aussi *banale*, Betty ?

Une seconde. Deux. Trois. Le bruit insoutenable du temps mort qui s'écoulait tandis que je me précipitai dans ma chambre sans lâcher mon téléphone, attrapai la perruque posée sur ma commode et la plaquai de travers sur mes cheveux.

— Banale ? répondis-je en couinant d'une voix haut perchée, la voix de Betty, tout en contemplant mon reflet dans le miroir. Je suis le putain de soleil, le monde tourne autour de moi, merde.

Cynthia éclata d'un rire soulagé.

— Betty ! Je suis tellement contente que tu sois avec nous aujourd'hui. Mais ne jure plus d'accord ? Larry serait obligé de te censurer.

J'égrenai un long chapelet de jurons qui s'acheva dans un croassement.

— Tu veux dire comme ça ?

Je me laissai emporter par la personnalité de Betty et cessai d'essayer de créer un lien avec Cynthia au profit d'un public invisible. Je devinai instinctivement que ses auditeurs seraient ravis d'entendre leur présentatrice bien-aimée se faire houspiller – tant que c'était par un personnage imaginaire qui disparaîtrait à la fin de l'épisode.

Cynthia récompensa mon instinct par un rire franc.

— C'est top, Betty. Tu sais, Larry a passé une très mauvaise nuit, pendant un moment il a eu peur que tu ne viennes pas.

— Et rater le *Betty Cast* ? Impossible.

— C'est le *Bestie Cast.*

— C'est ce que j'ai dit.

Betty pouvait enchaîner les jeux de mots les plus pourris avec une assurance folle. Si la devise de Dana était *Pas de sang dans l'eau*, celle de Betty était *Enlève ton tampon et fous-en partout.*

— Dis-moi la vérité, Betty. Tu portes ta perruque, pas vrai ? Chers auditeurs, sachez que vous avez affaire à une véritable artiste. Elle nous enterrera tous.

— Je ne tousse pas, je suis juste à bout de souffle parce que j'ai couru, lançai-je malicieusement. Et tant qu'on parle de perruques, j'en ai une bonne sur Cynthia…

— Attention à toi ! m'avertit Cynthia sur un ton faussement sévère. Tu sais quoi, Betty ? Tu as vraiment de mauvaises manières.

— C'est exactement ce qu'a dit mon psy, mais avec plus de mots. Voyons, combien de mots y a-t-il dans « personnalité antisociale avec des tendances meurtrières » ? (Je fis semblant de compter mais abandonnai à trois.) Beaucoup, mais à l'époque il pouvait encore parler. Parce qu'il avait des lèvres. Et une langue.

— Qu'est-ce qui lui est arrivé ?

Je m'assis sur mon canapé, allongeai les jambes et coinçai mon portable contre mon épaule tout en me curant les ongles.

— Je suis ravie que tu poses la question, Cynthia. Tout a commencé quand j'ai fait enregistrer mon chien Blister comme chien thérapeutique pour pouvoir me faufiler dans les cuisines des maisons de retraite et me baigner dans les cuves de riz au lait. (Je reniflai, indignée.) Qui aurait cru qu'on pouvait être virée pour avoir mordu un vieux ?

— Attends un peu, intervint Cynthia, jouant mon faire-valoir. Pourquoi tu voulais te baigner dans du riz au lait ?

— D'après toi, pourquoi les vieux ont la peau aussi douce ? Mais laisse tomber, ça n'a pas aussi bon goût que ça en a l'air.

— Le riz au lait ?

— La peau des vieux.

— C'est toi qui as mordu un vieux ? demanda-t-elle, incrédule. Et Blister ?

— Blister est mort il y a six ans. Maintenant, tais-toi et écoute, salope, Betty a des choses à dire.

Pendant l'heure qui suivit, tandis que Betty délirait et que Cynthia feignait l'indignation, je vécus dans deux univers parallèles. Mon appartement était devenu à moitié transparent ; je voyais un monde au-delà de ses murs, un monde qui sentait les piscines chlorées, les nu-pieds en cuir et le succès. Quand je finis par faire entrer Betty dans le cabinet du psychiatre et que je lui eus fourni un arsenal d'armes tout droit sorti d'un vieux dessin animé de la Warner, elle éructa sa chute : « Alors, j'ai pris les choses en main ! » C'était terminé.

Cynthia me remercia de lui avoir fait passer la pire heure de sa vie, ce qui était un compliment.

— Il faut que tu viennes à Los Angeles, Dana. Tu as prévu de venir nous rendre visite ?

— Absolument. (Les mille cinq cents dollars que j'avais gagnés au concours me permettraient d'aller y passer au moins quelques jours. Les piscines étaient si près que je pouvais presque y piquer une tête.) Merci de m'avoir reçue au *Bestie Cast*, Cynthia.

— C'était le *Betty Cast*, aujourd'hui. Et merci d'avoir été ma meilleure amie pendant une heure. À bientôt !

Sur ce, elle raccrocha et Larry reprit le micro.

— Merci beaucoup, Dana. Tu as été géniale. L'épisode sera diffusé ce soir et mis en ligne sur le site juste après. Surveille les réseaux sociaux.

Je le remerciai une fois de plus et il raccrocha à son tour. Mon lien avec le monde au-delà des murs de mon appartement disparut aussitôt. Mes meubles, mon téléviseur, tout redevint opaque. Même la lumière du jour à travers les rideaux tirés me parut terne. Dans le silence revenu, la clim cliqueta avant de se mettre à ronronner.

Il était trop tôt pour aller bosser. Je sortis la pile de cartes de visite qu'on m'avait distribuées après la finale et je m'assis devant mon ordinateur portable. Il était temps d'envoyer des mails avec un lien vers le *Bestie Cast*. Si je comptais me rendre à Los Angeles dans les jours à venir, j'avais besoin d'un agent.

Le soir, l'épisode fut diffusé tandis que je terminais ma journée de travail chez Laurel. Quand je me couchai, il n'avait été partagé que quelques fois sur Twitter. À mon réveil, je n'étais pas préparée au déluge de mails d'agents et de managers qui m'étaient parvenus dans la nuit. Submergée, je passai la matinée au téléphone à répondre à des offres de représentations et fis croire à une poignée d'agents que je m'apprêtais à déménager à Los Angeles. Le sentiment d'être désirée était trop enivrant pour que je m'embarrasse de détails. Je n'irais pas loin avec mille cinq cents dollars mais ça me donnerait peut-être le temps de trouver un taf sur place.

Ce qui me rappelait que j'étais en retard au travail. Tandis que je me faufilais dans la circulation de midi, je songeai aux boulots alimentaires, le déguisement par excellence des humoristes, notre façon de prétendre à la normalité. Nous nous permettions rarement de rêver de nous en dispenser mais nous ne passions pas plus d'une année, deux maximum dans ces emplois mal payés. Puis on s'agitait, on décidait que ces petits boulots nous retenaient et on démissionnait en annonçant sur les réseaux sociaux qu'on voulait avoir plus de temps pour notre art et pour mener à bien nos ambitions. Et puis un jour, on enfilait de nouveau un tablier à l'autre bout de la ville et tout le monde comprenait qu'on avait échoué une fois de plus.

Comme j'avais passé les dernières vingt-quatre heures à rêvasser à une carrière de comique qui me permettrait de vivre dans le luxe, je consacrai davantage de temps à observer la boutique de Laurel que d'habitude. Quelque chose me frappa soudain.

— Comment se fait-il qu'on ne voie jamais de mecs ici ? demandai-je à Ruby qui redressait les étiquettes des colliers. On est une boutique de cadeaux. Les hommes achètent bien des cadeaux pour leurs femmes ou leurs petites amies, non ?

— Les hommes ne savent jamais quoi offrir aux femmes, expliqua Ruby. C'est à ça que servent les fleurs.

J'étais en train de le noter – je ne prenais plus la peine de dissimuler mon carnet – lorsqu'un texto s'afficha sur l'écran de mon téléphone. En voyant le nom de son émetteur, mon cœur s'emballa.

T'ai entendue chez Omari !! Faudrait qu'on se parle un de ces quatre

Rien de plus. Deux phrases de la part de la personne qui comptait le plus au monde pour moi, le meilleur ami qui ne m'avait pas contactée une seule fois depuis que j'avais disparu de son existence. Les deux points d'exclamation enjoués, l'absence de « Je » dans la première phrase, comme s'il avait pris dix secondes pour m'écrire entre deux rendez-vous, et le point final manquant, tout ça m'obligeait à répondre sans aucun indice de sa part quant à son état d'esprit. S'il avait utilisé un point, un point d'exclamation ou même des points de suspension à la fin – ou s'il avait écrit « bientôt » au lieu de « un de ces quatre » –, j'aurais sûrement pris ma pause plus tôt pour l'appeler tout de suite.

Mais ce n'était pas le cas. Ce qui signifiait que je devrais me contenter d'une réponse un peu laconique. Quelque chose de détaché et de préférence drôle. Quelque chose qui ne soit pas *Jason, tu m'as manqué. Sans toi je ne suis que la moitié de moi-même.*

Je contemplai mon téléphone et ne répondis pas.

Ce soir-là, je n'allais pas voir les autres jouer et me couchai tôt, épuisée d'avoir fait semblant de m'intéresser aux bébés cactus dans leurs cache-pots en céramique et autres conneries imposées par Henry. Plutôt que de rapprocher Los Angeles, le SMS de Jason l'avait fait un peu reculer. Et le coup à porter à Carl M. se profilait. Il fallait que je me repose.

10

Carl M. habitait dans un immeuble à un étage composé de rangées jumelles de portes et de fenêtres face à face, comme dans un motel, de part et d'autre d'un parking plein d'ornières. Les fenêtres jaunes ou bleues cachaient des mondes derrière leurs stores vénitiens lépreux.

Je me garai un peu plus loin dans la rue. Je me repassai le plan dans ma tête en marchant vers le parking, tout en tripotant nerveusement les éléments clés que j'avais glissés dans la poche de mon sweat à capuche : des gants, une clé USB contenant le malware et bien sûr, le pistolet paralysant. Même si j'étais soulagée d'avoir convaincu Amanda de ne pas acheter une arme à feu, notre conversation m'avait prouvé qu'il était très facile de s'en procurer une. Maintenant qu'il faisait nuit, je ne pouvais m'empêcher de me demander à quoi pourrait bien me servir un pistolet paralysant si mon client était armé. Je tentai de le transformer en vanne – *Tu savais qu'à Austin, les food trucks sont soumis à une réglementation plus stricte que les fusils d'assaut ? Au moins, les meurtres par taco vegan sont en nette diminution cette année* – mais ça ne m'aida en rien. En remontant entre les rangées d'appartements, le sachet de nourriture thaï battant contre ma cuisse, je scrutai toutes les fenêtres en essayant d'imaginer les armes qui s'y cachaient peut-être, comme des œufs de Pâques malveillants. Était-ce comme ça qu'Amanda percevait le monde – le mal qui affleurait sous la surface, caché par l'obscurité ? Je me sentis soudain exposée dans le parking et je me faufilai entre les voitures pour gagner l'auvent qui surplombait la rangée d'appartements de gauche, avant de grimper quatre à quatre l'escalier de ciment qui menait au premier étage.

L'appartement de Carl était tout au bout et sa fenêtre noire derrière le store affaissé. Était-il chez lui ? J'eus honte d'éprouver une brusque bouffée d'espoir à l'idée qu'il n'était pas là. Peut-être qu'il avait fait un saut à la supérette pour aller chercher un pack de bières. Ou, mieux, qu'il avait décidé de regarder l'épisode avec d'autres amateurs, à échafauder des théories coincé sur un canapé entre cinq ou six Jon Snow rondouillards et une seule Daenerys Targaryen. Bien sûr, il avait passé commande comme d'habitude – j'affermis ma prise moite sur le sac Runnr en plastique qui contenait sa bouffe –, mais il l'avait peut-être oubliée. Alors que j'étais prête à laisser le sac sur le paillasson et à fuir en courant, une lumière transperça l'obscurité en même temps que de la musique si forte que le sol trembla sous mes pieds. J'hésitai un instant dans la lueur tremblotante qui se faufilait à travers le store, puis je levai le poing.

Toc, toc.

La porte s'ouvrit plus vite que je m'y attendais et je faillis reculer d'un pas. Carl, au mépris de mes préjugés concernant les trolls, avait l'air relativement normal. Un mec un peu voûté, de taille moyenne, plutôt maigre, avec des cheveux roux et un menton fuyant. Une tache de gras s'étalait sur son tee-shirt bordeaux juste au-dessus de son téton gauche. Était-ce vraiment le même homme qui avait envoyé des GIF de décapitation à Amanda – entre autres choses dégueulasses ? De près, il avait l'air étonnamment humain. La seule chose un peu louche chez lui était la façon dont il ne cessait de jeter des coups d'œil furtifs à l'écran du téléviseur qui diffusait super fort un montage de pubs pour les séries HBO. Il était presque 20 heures et il parvenait à peine à détacher les yeux de l'écran.

— Carl ? Je suis votre livreuse, Betty, dis-je en lui tendant le sac isotherme. Thai Kitchen ?

— Oui, répondit-il en tendant machinalement le bras vers le sac. (Son pouce effleura le bout de mon majeur et je sentis une décharge électrique me parcourir.) Merci, ajouta-t-il en refermant la porte.

— Attendez ! Euh… C'est pas grave, passez une bonne soirée.

La porte se figea avec un couinement. Carl me scruta à travers l'ouverture et m'accorda son attention pour la première fois.

— Pardon, mais… j'ai déjà payé, non ?

— Oui, oui, bien sûr. Je voulais juste…

On y était. Mon grand moment. C'était pour ça que j'avais fait la route jusqu'à Buda la veille et dépensé une partie de mes gains dans une immense quincaillerie, pour ça que j'avais fait glisser la queue de cheval de la perruque de Betty à travers l'ouverture arrière de la casquette de Runnr, pour ressembler le plus possible à une petite jeune femme bronzée aux cheveux blonds, le genre de nana capable d'obtenir n'importe quoi d'un inconnu. Je pris une profonde inspiration.

— Est-ce que par hasard je pourrais utiliser vos toilettes ? Je n'en ai pas pour longtemps. Je n'en peux plus. (Carl hésita.) J'ai un trajet de vingt minutes jusqu'à ma prochaine livraison, ajoutai-je.

Dans la pièce derrière lui, une voix sinistre entonna les mots « Dans les épisodes précédents de *Game of Thrones* ». Carl tressaillit et reporta son attention sur l'écran.

— Je ferai super vite, promis, affirmai-je en me dandinant d'un pied sur l'autre pour essayer de lui prouver que mon urgence était égale à celle d'une armée de morts vivants déferlant sur Westeros.

Le rugissement d'un dragon sembla faciliter sa décision. Il était prêt à tout pour se débarrasser de moi et revenir à son épisode.

— Ouais, pas de problème, répondit-il en s'éloignant de la porte tout en faisant un signe de tête pour m'indiquer le chemin.

— Oh, merci infiniment !

J'avançai, passant du lino de l'entrée à la moquette miteuse du couloir. Carl était debout devant son canapé, fasciné par quelque chose sur l'écran qui produisait un bruit d'os broyés suivi d'un hurlement de douleur.

J'enfilai mes gants tout en remontant le couloir. Juste au cas où il tendrait l'oreille, j'ouvris la porte de la minuscule salle de bains – suffisamment pour apercevoir la moisissure sur le rideau de douche. Je frissonnai et battis en retraite dans le couloir après avoir refermé la porte avec bruit. Je poursuivis mon chemin. Une fois dans la chambre, je vis deux grands écrans posés sur un bureau. Je sortis la clé USB de ma poche avec tant de précipitation que je faillis la faire tomber. Je la rattrapai de justesse, juste au moment où une femme hurlait « Non ! » dans la pièce d'à côté.

Amanda m'avait expliqué où chercher le port USB mais la pièce était sombre et j'étais pressée. Je jetai un coup d'œil par-dessus mon épaule en direction du salon et distinguai la tête de Carl adossée au canapé – il n'avait pas pu résister à l'envie de s'asseoir, ce qui prouvait qu'il était très concentré. Je passai la main le long de l'écran mais mes gants m'empêchaient de différencier les ports. Je fis un mouvement brusque et, à ma grande horreur, l'écran revint à la vie.

Il s'illumina et le navigateur tremblota. Je tendis la main vers le clavier pour éteindre l'écran mais m'interrompis. La lueur de l'écran me permettrait de trouver le port USB, certes, mais lorsque je reconnus ce qui s'affichait sur l'écran, je ne pus détourner les yeux.

C'était un clip vidéo de cinq secondes en boucle – un GIF, la spécialité de RadioMackative666. Le visage de l'homme n'était pas visible ; la caméra était fixée derrière son épaule pour donner au spectateur l'impression de participer. On ne voyait de lui que son dos et son bras qui maintenait une femme par l'épaule. Je finis par la reconnaître. Le visage déformé par la peur et la souffrance était celui d'une actrice célèbre qui avait récemment prononcé un discours sur les droits des femmes lors d'un sommet international. Luttant pour garder mon calme, je compris que son visage hurlant avait été découpé dans un de ses films – un film d'horreur, certainement – et transposé dans un autre film, un clip à l'image granuleuse.

Je fixai la vidéo en boucle. Ce qui arrivait à la femme du GIF m'était arrivé. Ça s'était produit il y avait longtemps, dans le noir, sur le canapé de la salle de jeux, l'ancienne chambre de Mattie, dans la maison de Jason. Et d'une certaine façon, ce souvenir tournait en boucle dans ma mémoire depuis dix ans, exactement comme le GIF.

Je remarquai ce qui était inscrit dans la barre d'adresse : nsfw_gifsound.

Not safe for work – inapproprié pour le travail – était un euphémisme. Mais ce qui retint mon attention était le mot *sound* – son. Un casque était posé sur le bureau, branché à l'écran, et je le posai sur ma tête, en transe. Il était lourd mais confortable, encore tiède. L'immersion sonore était plus vraie que nature. Les cris de protestation synchronisés aux mouvements de la bouche de la femme paraissaient bien réels.

Étrangement détachée, je laissai mon regard errer sur les commentaires qui complimentaient la technique de Carl. « J'adorerais faire ça », avait écrit un mec. « Faire ce genre de GIF ET me la faire ! «

Je sentis une vague de nausée pointer sous ma torpeur mais la repoussai. Je me persuadai que cette vidéo était un porno amateur et pas une agression réelle. Mais si une vidéo pouvait avoir l'air aussi vraie… Si elle pouvait me renvoyer brusquement à la pièce obscure chez Jason l'année de ma terminale et me terrifier de nouveau, m'empêchant de bouger, impuissante – la silhouette de Mattie se détachant contre l'écran neigeux du téléviseur, son emprise alcoolisée me clouant sur le sofa – même si c'était un fantasme, un faux, je savais qu'il était aussi réel que moi.

Je n'avais jamais raconté à Jason ce que son frère m'avait fait. Je m'étais persuadée que c'était pour le protéger ; j'avais bâti tout un tas de scénarios dans ma tête dans lesquels il défendait mon honneur et se faisait rouer de coups. Mais la vérité c'était que je ne pouvais pas le lui raconter parce que pendant que ça se produisait, j'avais fait en sorte que ça ne m'arrive pas *à moi.* Je m'étais détachée de mon corps et avais assisté à la scène de loin, exactement comme ce GIF que je regardais. Et après, j'avais vécu dans le moi qui n'avais pas subi l'agression, ce qui signifiait vivre dans un monde où ça ne s'était pas produit. Je pensais que j'étais forte. Que j'avais tourné la page. Neely, Fash et même Amanda n'avaient pas réussi à me ramener dans mon corps. Mais le clip, avec sa violence répétitive, venait d'y parvenir là où ils avaient échoué.

La journée en question se déroula dans ma tête au ralenti. Jason et moi étions allés chez lui après les cours, comme d'habitude, et on s'était installés devant la télé. Mattie était rentré alors qu'on regardait un DVD – *Strangers with Candy.* Il s'était adossé contre l'encadrement de la porte et nous avait dévisagés en silence, une bouteille de tequila ouverte à la main, et avait attendu que Jason trouve le courage de l'envoyer se faire foutre.

— Si tu le dis Gay-son, avait-il répondu. (Puis il avait pointé le doigt vers moi.) Quant à toi, Diaz, on se voit tout à l'heure.

— C'est ça, Mattie, avais-je dit en faisant semblant d'être absorbée par la série télé.

On avait terminé de bingewatcher une saison avant d'enchaîner sur une autre, laissant chaque épisode se fondre dans le suivant pour éviter d'évoquer la troisième présence dans la pièce, invisible mais étouffante. Il se fit de plus en plus tard, l'obscurité tomba dehors et dans la pièce. Il m'arrivait souvent de rentrer si tard de chez Jason que ma mère dormait déjà, mais je n'avais jamais passé la nuit chez lui. Ce soir-là, l'inertie était écrasante. Pendant le générique de fin d'un épisode, mes paupières s'alourdirent et j'étais déjà à moitié endormie lorsque Jason posa une couverture sur mes jambes et quitta la pièce sur la pointe des pieds.

Je me réveillai dans le noir, une main puissante pressée contre ma bouche, suffoquant sous la pression, une odeur d'alcool me faisant tourner la tête. La lueur floue du téléviseur à l'arrière-plan me permettait de distinguer la silhouette de Mattie mais pas ses traits, ce qui m'empêchait de voir s'il souriait ou s'il grognait. Je fermai les yeux et le reste se déroula dans les ténèbres.

Une main empoigna mon épaule.

Si j'avais été figée la dernière fois, cette fois-ci mon corps réagit immédiatement à la scène passée qui s'était surimposée à la vidéo du présent. En sentant de nouveau les mains de Mattie sur moi, j'attrapai ce qui se trouvait devant moi – le clavier –, pivotai et *bam*, le balançai au visage de Carl. Je sentis son nez céder mais ça ne suffisait pas. Il revenait déjà à la charge en hurlant quelque chose que le casque m'empêchait d'entendre. On aurait dit que sa bouche bougeait au rythme des cris de protestation du GIF. C'était grotesque.

J'arrachai le casque et les bruits me submergèrent tous ensemble.

— C'est quoi ce bordel ? cria Carl entre deux quintes de toux mais la musique de *Game of Thrones* était beaucoup plus forte – *ta* ta ta-ta *ta* ta – et je fracassai à nouveau le clavier sur son crâne au dernier *ta* avant de le balancer de côté : il n'était pas assez lourd pour le blesser vraiment.

Je tendis la main derrière moi et tâtonnai sur le bureau jusqu'à ce que je sente un truc haut et pointu avec une base lourde, un trophée peut-être, et je lui pulvérisai le visage avec. Il se recroquevilla. Je retournai la statuette et lui frappai l'entrejambe avec la base. Il s'effondra sur le sol. Incapable d'articuler, il émit une espèce de gargouillis. Le temps avait ralenti, son visage était ensanglanté et je ne comprenais même plus qui était ce mec et encore moins ce qu'il essayait de dire.

Je m'accroupis à côté de lui et lui parlai avec la voix de Betty.

— Quoi ? dit-elle. Je n'entends rien. Il y a trop de bruit. (La musique du générique enfla, rugissante, et du coin de l'œil, j'aperçus des flammes sur l'écran du téléviseur.) Tu devrais vraiment baisser le son. Tes voisins doivent te détester.

— Qu'est-ce que vous voulez ?

J'y réfléchis pendant un instant mais ses mains tenaient sa bite, cachée par un pantalon en velours. Betty abattit le trophée sur ses reins. Il sursauta en articulant un cri silencieux, comme un poisson, et je me souvins m'être réveillée, incapable de respirer sous le poids de Mattie. J'affermis ma prise.

— Chut, tout va bien, le rassura Betty, exactement comme l'avait fait Mattie cette nuit-là.

Depuis ce jour, l'odeur de la tequila me donnait envie de vomir.

Mais même distraite par ce souvenir, je remarquai tout de suite qu'il ne s'agitait plus de la même manière et que sa main droite se dirigeait lentement vers la poche gauche de son pantalon. Ça me rappela ce que j'avais dans ma poche. Betty sortit le pistolet paralysant, se pencha sur lui et lui envoya une décharge. Il se raidit en s'étouffant.

— Pas moyen d'appeler les secours. Désolée.

Je repoussai sa main, à présent raide et tremblante. Je glissai mes doigts gantés dans sa poche et les agitai avec une efficacité toute professionnelle, sur l'os iliaque qui s'était imprimé si fortement contre moi qu'il m'avait laissé un bleu. J'avais ignoré la raideur dans mes hanches le lendemain tandis que je faisais le trajet d'une heure et demie vers Lubbock, à la recherche d'une pharmacie prête à vendre une pilule du lendemain à une mineure. Je refermai les doigts sur le téléphone de Carl, le sortis de sa poche et le fourrai dans la mienne.

— Tu vois, moi je n'ai pas pu appeler les secours. Alors, toi non plus.

— Qui êtes-vous ? bafouilla péniblement Carl.

— Batman, répondit Betty d'une voix basse et grave avant d'éclater de rire.

Carl roula sur le ventre et se mit à ramper sur la moquette du couloir.

Betty pivota en hurlant vers la vidéo qui continuait à passer sur l'écran et fracassa tout ce qui était sur le bureau avec le trophée. Caché derrière les écrans comme un animal apeuré, il y avait un disque dur externe.

— Mais que voilà ?

Betty arracha les câbles du disque dur et le fourra dans la poche de son sweat-shirt. Elle avait de la place à présent qu'elle avait sorti le pistolet paralysant.

Je suivis Carl dans son salon. Il se déplaçait à un rythme atrocement lent. Il n'était pas vraiment au top de sa forme.

— S'il vous plaît, ne me faites pas de mal, supplia-t-il en essayant maladroitement de se redresser sur ses pieds nus et en s'appuyant contre le canapé. Qu'est-ce que vous voulez ? Je vous donnerai ce que vous voulez.

— J'ai déjà tout ce dont j'ai besoin ! s'exclama Betty en attrapant le disque dur et en l'agitant de manière obscène. Mais merci quand même.

— Je ne vous ai rien fait, se plaignit-il en toussant. Je ne vous connais même pas.

— Ce n'est pas grave, je ne connaissais pas bien mon agresseur, moi non plus. Et je ne lui avais rien fait du tout. Mais j'ai l'intuition que tu as déjà fait quelque chose à quelqu'un. Ou alors tu es juste une grande gueule – tu fabriques des GIF marrants pour terrifier les femmes et tu regardes d'autres violeurs agir comme tu aimerais le faire. Quoi qu'il en soit, je trouverai. (Je tapotai tendrement le disque dur comme si c'était mon enfant mort.) Peut-être que la police n'en aura rien à cirer. Peut-être que tu n'as rien fait d'illégal. Mais je parie que ta mère, elle, sera très intéressée. De même que ton patron. Et ta petite amie – enfin, si tu en as une, espèce de pitoyable raté.

Betty balança la statuette sur son épaule à la manière d'une batte de base-ball.

— Tu peux appeler les flics, si tu veux. Mais tu devras leur dire qu'une femme t'a foutu une raclée. (Je m'accroupis en prenant soin de me tenir à distance de ses bras agités.) Et ensuite tu devras leur expliquer pourquoi. À cause de ça, expliquai-je en tapotant de nouveau le disque dur. À ta place, je me tiendrais à carreau. Parce que si ce que contient ce disque dur est rendu public, ta vie sera gâchée à jamais.

Betty se redressa de nouveau et fracassa le trophée sur ses côtes. Il s'effondra. La pièce sentait le pad thaï. Je me penchai pour ramasser le sac Runnr qui était tombé pendant la lutte.

— J'ai vraiment envie de te pourrir la vie, Carl, poursuivit Betty. Mais je ne veux pas le faire *comme ça.* Je veux que ton existence soit détruite – comment le formuler ? –, un peu comme la mienne l'a été. Je ne veux pas que tu finisses en taule ni que tu sois viré ou qu'on te harcèle sur Internet. Je veux que tu aies le *sentiment* d'être en prison parce que quelqu'un pourrait t'infliger ça. Je veux que tu sois obligé de démissionner à cause d'un syndrome de stress post-traumatique, que tu perdes tes amis parce que tu auras peur de leur raconter ce qui t'est arrivé, que tu quittes Internet parce que tu pourrais tomber sur moi sur le fil Facebook d'un ami commun et que tu fasses de nouveau une crise d'angoisse. Je veux que tu saches que je te surveille. Ne me demande pas comment mais je t'assure que ce sera le cas. Je veux que tu aies peur d'être seul avec des femmes inconnues, comme j'ai peur d'être seule avec des hommes.

Je me penchai vers lui et il roula sur le ventre en gémissant, les mains derrière la tête.

— Sauf toi, Carl. Je n'ai plus peur de toi.

Mais ce n'était pas à lui que je parlais.

Je glissai la statuette sous mon bras, sortis son téléphone de ma poche, m'emparai de sa main – il poussa un cri de douleur mais ne tenta pas de se dégager – et posai doucement son pouce sur le bouton permettant de déverrouiller l'écran. Puis je fis un pas en arrière, me redressai et ouvris l'appli Runnr. Je trouvai mon nom – Betty B. pour Betty Brute, Betty Badass, Betty Batman – et laissai mon pouce en suspens sur le petit cercle.

— Hmm, comment noter cette course, Carl M. ? La bouffe a été livrée très vite. (Je haussai les épaules.) D'un autre côté, je me suis peut-être montrée un peu violente. Alors quatre étoiles pour Betty B. ?

Étendu à plat ventre, immobile à l'exception de ses épaules qui se haussaient et s'abaissaient lentement, il avait l'air endormi.

— Tu sais quoi, Carl ? Je pense que tu devrais arrondir à cinq. (J'appuyai sur cinq puis éteignis son portable et le glissai gentiment dans sa poche.) C'est le genre de mec que tu es.

Quand j'ouvris la porte d'entrée, je me rendis compte que la statuette était toujours sous mon bras. Je l'attrapai pour la regarder. Ce n'était pas du tout un trophée, découvris-je, mais une figurine de Black Widow, le personnage Marvel, d'une cinquantaine de centimètres, en costume moulant et avec une pose qui mettait en valeur à la fois ses seins et son cul. « Bravo, meuf », lui dis-je avant de la balancer sur le canapé. Puis je sortis et refermai la porte derrière moi.

Je descendis l'escalier presque en volant et traversai le parking comme dans un rêve, l'esprit en sécurité dans un nuage doux et tiède. Derrière moi, la fenêtre qui séparait l'appartement de Carl du reste du monde vacillait comme un feu de forêt.

11

Sans lâcher le disque dur, toujours dans ma poche, j'ôtai la capuche de mon sweat-shirt rouge tout en regagnant ma voiture. J'enlevai aussi la casquette Runnr et la perruque de Betty et j'en formai une boule que je coinçai sous mon bras. Puis j'ôtai mes gants en plastique et les roulai de manière à ce que le sang soit à l'intérieur. Le trajet jusqu'à chez moi se déroula dans le brouillard. Je me retrouvai soudain dans le parking devant mon appartement à brandir les gants sous un réverbère : ils ressemblaient à un œuf de reptile et le sang au centre était atténué par les couches de plastique transparent.

Je les balançai dans la poubelle et refermai le couvercle.

Dans une résidence comme la mienne, on pouvait faire sa lessive à toute heure sans attirer l'attention. Je rentrai chez moi et rassemblai un panier de fringues assez important pour dissimuler le sweat-shirt et la casquette rouges. C'était facile : les vêtements sales se déversaient du portant jusque sur le sol. Je n'en étais pas encore au stade de Doug Branchik mais je n'avais pas vraiment fait le ménage dans mon appartement ces derniers jours. J'avais passé trop de temps dans celui d'Amanda, moderne et propre, qui donnait l'impression de ne pas être habité, et je commençais à avoir l'impression d'y vivre. Mon appartement, lui, était sombre – pas d'une obscurité pailletée comme la nuit qui s'étalait au-delà des baies vitrées, mais du noir miteux des rideaux poussiéreux et des plafonniers aux ampoules grillées.

Après avoir ramassé une brassée de linge sale, je restai devant le plan de travail de la cuisine pendant un bon moment, les yeux rivés sur le linoléum. Je n'avais jamais remarqué qu'il imitait les lames du parquet pour qu'on évite de voir en lui un plastique recouvert d'un millimètre de copeaux de bois agglomérés. Il formait un réseau de minuscules fissures et nœuds en plastique censés reproduire les irrégularités naturelles du bois. Mais comparé au plancher d'Amanda, son artificialité sautait aux yeux. Comment avais-je pu me laisser flouer aussi longtemps ?

Je sortis le disque dur et le posai sur le comptoir où il semblait sommeiller. Un grand presse-papiers rectangulaire qui contenait tant de choses, même si son petit œil vert s'était éteint.

Il me fallut quelques minutes pour rassembler assez de monnaie pour une lessive puis je gagnai la laverie au bout du couloir.

Qu'est-ce que vous voulez ?

J'avais eu l'intention d'aller tout de suite chez Amanda mais voilà que je me retrouvais coincée avec ma lessive. Je m'allongeai sur mon lit en contemplant le squelette d'une plante que j'avais achetée quelques mois auparavant dans un accès d'optimisme et que j'avais oublié d'arroser depuis. Je posai les pieds sur le mur, les orteils pointés vers ses feuilles mortes en pensant *Je devrais me vernir les ongles.*

Qui êtes-vous ?

La clarté, qui avait été si paisible et nuageuse, blanchit et tourbillonna autour de ma tête et je sentis quelque chose monter. Je fermai les yeux et les frottai. D'immenses taches rouges fleurirent dans l'obscurité comme des fleurs malades. Lorsque je rouvris les yeux, elles refusèrent de disparaître.

S'il vous plaît, ne me faites pas de mal.

Je ne vous connais même pas.

Je roulais sur le côté au moment où le tremblement s'empara de mon corps. Un froid glacial s'abattit sur moi et je vomis tout ce que contenait mon estomac. Je restai étendue sur le flanc, roulée en boule et frissonnante.

Lorsque je cessai de trembler, je rabattis le couvre-lit sur mon vomi et le transportai à la laverie pour le nettoyer lui aussi.

Qu'est-ce que je venais de faire ?

J'avais franchi une limite dont j'ignorais l'existence. Ce n'était pas juste parce que j'avais fait saigner quelqu'un en le frappant de manière répétée. Ce n'était pas non plus parce que j'avais visé sa tête, comme si je voulais effacer son identité et faire de lui l'homme sans visage qui m'avait agressée cette nuit-là. Le problème n'était pas que j'ignorais qui était Carl M. et ce qu'il avait fait, si tant est qu'il ait fait quelque chose pour mériter ça.

Non. J'avais aimé ça et je voulais recommencer.

Je saisis le disque dur. Il fallait que je l'apporte chez Amanda ce soir, que je lui raconte ce qui s'était passé et que je lui demande quelle était la suite. Je reviendrais pour m'occuper de ma lessive plus tard. En me dirigeant vers la porte, j'aperçus la perruque de Betty gisant sur le sol, là où je l'avais laissée tomber, ses boucles blond platine voluptueusement enroulées sur elles-mêmes, sa calotte élastique ressemblant à une culotte sale. Je l'envoyai sous le canapé d'un coup de pied et quittai mon appartement.

Comme d'habitude, Amanda était chez elle, et debout. Elle tapotait sur le clavier de son ordinateur portable posé sur le comptoir de la cuisine. Je déposai brutalement le disque dur devant elle, comme un chat qui balance un rat à moitié mort aux pieds de son maître.

— Tiens. Fais-toi plaisir.

Elle écarquilla les yeux en comprenant de quoi il s'agissait.

— Bon sang, dit-elle. Ce n'est pas ce qui était prévu.

— Ouais. Plein de choses n'étaient pas prévues. Et tu sais quoi ? Je commence à penser que ton plan était foireux.

J'ouvris le réfrigérateur sans lui demander la permission, localisai une bouteille de vin blanc, dévissai le bouchon métallique et en avalai une longue gorgée. Le vin froid et sucré atterrit dans mon estomac vide avec une embardée puis répandit une chaleur bienvenue dans mon œsophage.

Mais Amanda ne m'écoutait pas. Elle avait déjà attrapé le disque dur et faisait courir avidement ses doigts sur sa surface lisse et métallique.

— C'est fabuleux, Dana. Je vais pouvoir en tirer tellement de choses ! Comment tu as fait pour…

Elle s'interrompit net et gratta de l'ongle une tache rouge foncé qu'elle examina de près avant de lever les yeux vers moi.

— Dana.

Je vis à son regard qu'elle avait compris.

— Il m'a surprise par-derrière. J'étais en train de chercher le port USB et j'ai juste… (Je ravalai un sanglot paniqué.) J'ai pété un plomb.

Son expression abasourdie se transforma lentement et un grand sourire incrédule étira ses lèvres.

— Tu es incroyable, Dana. Une vraie super-héroïne.

Je songeai à la figurine de Black Widow et éclatai soudain de rire. Mon hilarité silencieuse devint incontrôlable et des larmes me brouillèrent la vue.

Amanda se rendit compte que je pleurais : elle me prit dans ses bras et me serra contre elle. C'était la première fois que nous nous touchions depuis qu'elle m'avait attrapée par la main chez Nomad. Ses bras étaient fins comme un garde-fou mais forts autour de mes épaules et je me laissai maîtriser par elle. C'était la seule chose qui m'empêchait de voler en éclats.

Amanda recula un peu sans me lâcher, une expression inquiète sur le visage.

— Dana, est-ce que tu vas bien ? Il t'a fait du mal ?

— Non, murmurai-je.

— Dieu merci.

— C'est moi qui lui ai fait du mal.

— Tant mieux.

— Non, non, tu ne comprends pas. J'ai perdu les pédales. Je… je ne sais pas ce qui s'est passé. Je…

Je revis son visage ensanglanté devant moi, ses bras enroulés autour de son torse tandis qu'il était affalé contre le canapé.

Amanda me conduisit jusqu'au sofa et me fit asseoir. Puis elle retourna à la cuisine pour aller me chercher un verre d'eau. Elle me regarda le boire.

— Je comprends ce qui s'est passé.

Je gardai les yeux rivés sur mon jean et tirai sur un fil imaginaire.

— Tu en as un autre, pas vrai ? demanda-t-elle.

Je n'avais pas besoin de poser de question mais je le fis quand même.

— Un autre quoi ?

— Un autre nom.

Je baissai le regard dans le fond du verre et hochai la tête, hébétée.

— Quelqu'un t'a fait quelque chose, affirma-t-elle tout en s'asseyant à côté de moi. Il y a longtemps.

J'opinai de nouveau.

— C'est pire que Neely. Pire que Fash. Et ça t'est revenu, pas vrai ? Ça t'est revenu et tu étais là. Comme si ça se reproduisait.

Je pouvais à peine acquiescer. À présent que les sanglots avaient cessé, une larme solitaire roula sur ma joue.

— J'en étais sûre. Je savais qu'il y avait quelqu'un d'autre.

Je m'attendais à ce qu'elle m'enlace de nouveau pour me réconforter, qu'elle me demande qui c'était et ce qui s'était passé. Je voulais le raconter à quelqu'un. J'avais essayé d'oublier les détails pendant tellement longtemps. Maintenant je brûlais de les déverser, exactement comme quand j'avais déballé l'histoire avec

Neely dans le parking du Bat City. À quoi ressemblerait ma vie une fois tout révélé ?

Il y eut un long silence. Quand je finis par lever la tête pour plonger mon regard dans le sien, je m'aperçus qu'elle me dévisageait. Ses yeux verts étaient brûlants.

— Tant mieux, dit-elle. Parce que moi aussi j'ai un autre nom.

Je me levai si brusquement que je répandis de l'eau à mes pieds.

— Tu te fous de moi ? Tu veux que je recommence ? C'est… Mais est-ce que tu as compris ce qui s'est passé ce soir ? Ce qui aurait pu se produire ?

Je fis dérouler les événements de la soirée en essayant de mettre les pièces dans l'ordre et de comprendre l'étendue de mes actes. Ce que j'aurais pu commettre accidentellement, si j'avais été un peu plus enragée et que l'arme avait été un peu plus dangereuse. C'est alors que la réalité me heurta.

— Mon Dieu. La police.

— Il ne l'appellera pas, affirma-t-elle. Il est en vie, pas vrai ? Et tu ne l'as pas blessé sérieusement, n'est-ce pas ? Laisse-moi deviner… surtout le visage ? (Elle parut prendre mon regard écœuré pour un assentiment et hocha la tête comme si elle savait quelque chose que j'ignorais.) Il ne préviendra pas les flics.

— Comment peux-tu dire une chose pareille ? postillonnai-je. Qu'est-ce que… est-ce que tu as de l'expérience en la matière ?

Elle garda le silence.

— Bon sang, répondis-je en comprenant. Ça t'est déjà arrivé.

Au lieu de répondre, elle pivota lentement vers son ordinateur, ouvrit un fichier protégé et entra une série de mots de passe. Une vidéo surgit sur l'écran.

Je l'avais déjà vue mais pas jusqu'au bout. Elle avança au-delà des trois minutes, au-delà du spectacle ridiculement comique d'Aaron Neely en train de se branler en accéléré jusqu'au moment où la femme élancée qui portait l'uniforme de Runnr sortit un long verrou de volant de son sac de massage. Elle le brandit au-dessus de sa tête. Je fermai les yeux et pressai les mains sur mes oreilles pour bloquer les bruits atroces.

— Éteins ça ! Éteins ça !

Les vapeurs d'alcool me remontèrent dans la gorge. J'avais de nouveau envie de vomir.

Le son fut interrompu mais quand je rouvris les yeux, je me rendis compte qu'elle l'avait juste coupé. Je détournai brusquement la tête pour ne plus voir le visage de Neely, qui était devenu un amas écarlate sur l'écran granuleux, mais je me retrouvai nez à nez avec son reflet dans la grande baie vitrée sombre.

— Ne fais pas ta chochotte, Dana. (Amanda me regardait dans le reflet.) C'est comme ça qu'on fabrique les saucisses.

— Il va bien ? demandai-je sur un ton pleurnichard.

— Oui… aussi bien qu'il a besoin d'aller. (Son reflet me sourit, narquois.) J'ai entendu dire qu'il n'était pas sorti de chez lui depuis l'incident et que tous ses projets étaient suspendus indéfiniment. Ça devrait le tenir éloigné pendant un bon moment.

— Je n'arrive pas à y croire.

— Tu viens juste de faire exactement la même chose, ma chère. Ça ne peut pas être plus crédible que ça.

— Mais je ne voulais pas ! Je n'en avais pas l'intention.

— Mais je parie que ça t'a plu, rétorqua-t-elle, et mon estomac fit un looping. Tu te rappelles ce que j'avais dit sur le journal roulé ? Tu lui as juste donné un petit coup sur le nez, c'est tout. Il n'oubliera pas sa leçon de sitôt.

Il fallait que je mette les voiles. Je déglutis.

— Je vais quitter la ville pendant quelques jours.

Elle ne parut pas alarmée mais je distinguai un reflet froid dans ses yeux.

— Tu comptes aller où ?

— Je n'en sais rien. Je dirai à ma patronne que j'ai une urgence familiale. (Je me souvins soudain que c'était exactement ce que Kim avait prétendu au sujet de Neely et je tressaillis.) Je trouverai un truc.

— Bien sûr, pas de problème, affirma-t-elle d'un ton juste assez aigu pour que je devine qu'elle faisait un effort pour se maîtriser. Mais tu ne pourras pas fuir éternellement. Il y a un autre nom sur ta liste, Dana. Et sur la mienne.

— J'ai juste besoin d'un peu de temps pour réfléchir.

Je me demandai ce qu'elle avait fait du verrou à volant et quels autres outils de ce genre elle planquait dans son appartement. J'aperçus soudain mon reflet dans le miroir. Des outils. J'en avais un sous les yeux.

— Il faudra bien que tu affrontes la vérité un jour, Dana.

— C'est exactement ce que je fais.

Sur ces mots, je m'en allai.

12

Les huit heures de trajet en voiture jusqu'à Amarillo me faisaient toujours l'effet d'un voyage dans le passé. En roulant vers le nord en direction du *panhandle*, on abandonnait derrière soi toutes les villes connues par les habitants des autres États et les collines ondoyantes du centre du Texas pour longer le vide majestueux des montagnes et du désert qui s'étendaient à l'est et se diriger droit vers les étendues brunes. En remontant la I-27, j'aperçus des plaines brunes qui s'étendaient à perte de vue, des cités brunes construites en carré autour de vieilles banques – prospères au moment de l'exploitation pétrolière mais à présent abandonnées –, et du bétail brun et puant qui piétinait l'herbe rase. Même le ciel était brun sur les bords : l'horizon était obscurci par un nuage bas de poussière et de pollution ovine qui ne se dissipait jamais.

J'adorais ce paysage.

Cette couleur faisait surgir des souvenirs d'enfance. Des dessins au crayon à papier qui s'effaçait mal sur du papier kraft qu'on achetait en immenses rouleaux. Des cages à écureuil sur des terrains de jeux bruns. Un jour, j'étais tombée de la plus haute barre sur un tas de copeaux de bois et j'avais contemplé le ciel brun, étendue sur le dos. Des retours de week-end, le coffre de ma voiture plein de vêtements pour économiser l'argent de la lessive, quand je sentais la corde fine qui me reliait à Austin s'amenuiser de plus en plus, le monde des étudiants maigrichons qui buvaient trop et passaient des nuits blanches à étudier dans des restaus, jusqu'à ce que la corde rompe, avalée par le paysage brun. Comme toujours, le moment de la coupure – appelons-le Lubbock – fut suivi par un profond sentiment de soulagement tandis que je lâchais tout ce que je voulais avec acharnement et me laissai emporter dans le passé.

Ce qui, après tout, n'était rien d'autre que la maison de ma mère, brune elle aussi. Quand je m'engageai dans l'allée, ma mère m'attendait déjà devant la porte de derrière : elle avait dû entendre le moteur ou deviner mon arrivée. Je me garai, bondis à terre et me précipitai vers elle. Je n'avais pas pu m'en empêcher.

— Mama.

Je fermai les yeux et la serrai contre moi. Elle me rendit mon étreinte.

— Tu as faim ? Tu veux dîner ? Tu t'es arrêtée en chemin ?

Je secouai la tête.

— J'ai roulé d'une traite.

Je crus sentir l'odeur du poulet braisé qu'elle cuisinait parfois quand je rentrais le week-end.

— Je vais mettre les lasagnes au four.

Surgelées, achetées à Costco. Comme d'habitude. On était en semaine et elle portait encore sa tenue de travail. En réalité, des lasagnes, c'était déjà beaucoup pour elle. J'étais certaine que sans moi elle se serait fait réchauffer un plateau-télé. Je lui pressai l'épaule.

— C'est parfait. Merci, maman.

Elle tenta de m'aider à sortir ma valise du coffre mais je refusai. Je n'avais pris qu'un sac. Mon congé ne durait que quelques jours.

— Je suis désolée que ça soit si court.

— Pas de problème. Tu es très occupée.

Je la suivis dans la maison. Elle portait toujours des escarpins au travail, caracolant avec grâce et rapidité toute la journée, mais quand elle s'en débarrassait en rentrant, ôtait ses collants et enfilait ses pantoufles, elle marchait en boitant un peu, comme si ses hanches étaient inégales. Elle se dandina jusqu'au plan de travail où une barquette jetable en aluminium surmontée d'un couvercle recouvert de givre était posée, attendant d'être enfournée. Elle régla le minuteur puis me dit :

— Viens bavarder avec moi pendant que je me change.

Et, comme tous les soirs que j'avais passés ici depuis le départ de mon père, je la suivis jusqu'à sa chambre.

La maison était toujours la même. Le fauteuil confortable près du téléviseur. Un canapé au tissu recouvert d'énormes roses à moitié ouvertes, objet de sévères interdictions quand j'étais enfant. Sa housse de protection avait disparu une fois mon père et moi partis, et ma mère pouvait enfin jouir en paix du fait de ne pas s'asseoir dessus. Deux ficus et une demi-douzaine de plantes en pot aux feuilles luisantes étaient disséminées dans le salon. Elles étaient toutes assez vieilles pour que je me rappelle d'où elles venaient

– elle les avait sauvées dans une ruelle, derrière l'usine d'hélium où quelqu'un les avait jetées parce qu'elles étaient infestées de petits insectes sombres.

— Hors de question de mettre ces plantes à la poubelle à cause de quelques pucerons, avait-elle déclaré quand j'avais eu un mouvement de recul en voyant la terre grouiller.

Et effectivement, elle s'était rapidement débarrassée de l'invasion et avait guéri les plantes. Une fois que l'usine fut privatisée, ces rebuts devinrent pour moi un présage de son destin. Mais encore une fois, elle s'attaqua au problème avec méthode et parvint à décrocher un job de réceptionniste dans l'agence de location d'hélicoptères qui ouvrit l'année suivante. C'était une femme pleine de ressources.

Dans sa chambre, il planait une forte odeur de crème pour les mains. Elle était déjà en train de déboutonner son chemisier : son caftan attendait, posé sur le lit.

— Comment ça va, Mama ?

— Bien.

— Tu ne voudrais pas venir habiter à Austin ?

Ce n'était pas la première fois que je lui posais la question mais je n'avais jamais eu le courage d'évoquer Los Angeles. Je connaissais déjà la réponse.

— Pourquoi ferais-je une chose pareille ? répondit-elle avec brusquerie. Ma vie est ici.

— Mais c'est tellement tranquille, ici. Tu dois te sentir seule, parfois, non ?

— Tu me manques, *mija.* Mais ça ne veut pas dire pour autant que je me sens seule. Je suis très occupée. (Elle me lança un regard perspicace.) J'ai l'impression que c'est toi qui te sens seule.

J'attendis un long moment avant de répondre.

— Tu as raison.

Elle ricana.

— Tu ne te sentais jamais seule avant. C'est la faute de ce garçon.

Jason avait toujours été un problème. Quand j'étais au lycée, elle ne comprenait pas pourquoi je traînais avec un garçon sans que ce soit mon petit ami. Sa méfiance semblait être aiguisée à la fois par la possibilité que nous ne soyons pas en couple comme par celle que nous l'étions peut-être en secret. J'avais beau affirmer qu'on aimait juste bosser ensemble sur des projets, ça ne lui faisait ni chaud ni froid ; elle avait été la secrétaire de mon père à l'usine, c'était comme ça qu'ils s'étaient rencontrés. Si on pouvait tomber amoureux de quelqu'un en lui transmettant ses messages téléphoniques, on pouvait bien développer des sentiments pour un garçon en l'observant regarder la télé et dessiner des BD, enfin, si c'était bien ce qu'on faisait. Lorsque j'avais emménagé avec Jason à Los Angeles, ça avait été la goutte d'eau. Pour ma mère, vivre avec un homme sans être marié revenait à vivre dans le péché. Elle ne voulait pas entendre parler de chambres séparées, de ses petites amies et de mes copains et elle se moquait qu'on couche ensemble ou pas. « Il n'est pas gay, n'est-ce pas ? » avait-elle demandé une fois d'un air entendu et, alors que je gémissais « Mama », elle avait continué par « Alors, ce n'est pas bien ». Et quand j'avais quitté notre domicile commun, elle ne s'était pas adoucie pour autant à son égard.

— Qu'est-ce qui est arrivé à ce garçon ? demanda-t-elle, et je perçus une note d'inquiétude soigneusement contrôlée dans sa voix.

— Il est toujours à Los Angeles. Enfin, je crois, ajoutai-je exprès pour cacher le fait que je m'intéressais encore à lui.

— À écrire ta série télé sans toi ?

Elle avait l'air irritée, mais comme elle était en train de se pencher pour ramasser la jupe qu'elle venait d'enlever, je ne pouvais pas discerner son expression.

— Non, maman. Il doit probablement bosser sur autre chose. Je n'en sais rien, on ne se parle plus.

— Tu as des petits copains à Austin ?

— Les seuls gars qui me draguent sont des humoristes et ce sont vraiment les derniers mecs avec qui j'ai envie de sortir.

— Jason était bien un humoriste.

— Combien de fois je dois te dire qu'on était juste amis ! explosai-je tout en étant perversement ravie de l'avoir forcée à prononcer son nom. Pourquoi tu ne l'as jamais aimé ?

— Je n'ai rien contre lui, répondit-elle sur un ton qui suggérait le contraire. (Sa voix me parvenait des profondeurs du caftan qui lui enveloppait la tête d'un nuage de soie. Lorsque son visage réapparut, elle reprit :) C'est juste que je n'aimais pas que tu traînes chez lui. (Pour la centième fois je me demandais si elle avait deviné, d'une manière ou d'une autre, ce qui m'était arrivé chez Jason.) Tu croyais que je ne savais pas que sa mère n'était jamais là et que son père était tout le temps en train de se saouler au bar. Mais je savais. Je voulais juste que tu sois heureuse, *mija*. (Elle secoua la tête.) Et maintenant, son bon à rien de frère est à Clements. Cette famille…

Il me fallut un instant pour comprendre qu'elle parlait de Clements Unit.

— Quoi ? Mattie est en prison ?

Elle acquiesça, les yeux écarquillés.

— Cambriolage à main armée. Une histoire de drogue, peut-être, je ne me souviens pas bien. Ça faisait des années qu'il trempait dans des histoires louches. (Elle fit un geste vague en direction de la fenêtre comme si la prison d'État se dressait juste de l'autre côté de la haie.) Tu ne peux pas m'en vouloir de m'être fait du souci…

Tout ce que j'entendais, c'était que, dix ans après, mon violeur était en taule. Ma mère ignorait ce que Mattie m'avait fait et je ne pouvais donc pas exprimer ce que je ressentais à l'idée que je ne risquais plus de le croiser chez Jason, à la supérette ou chez Sears, le supermarché où j'avais bossé pendant un an après le bac. Cette nuit avait anéanti mon année de terminale ; je dormais en marchant dans les couloirs, m'effondrais sur mon bureau au beau milieu de l'après-midi, parfois pendant un contrôle. Quand mes notes tombèrent si bas que je ne fus plus parmi les meilleurs de l'école et donc ne pouvais plus entrer à l'université du Texas, il était trop tard pour que je dépose un dossier ailleurs. J'avais pris ça pour le signe que je n'étais pas destinée à quitter la région pour aller à la fac. J'étais faite pour vivre au milieu des Mattie, pas des Jason.

Je ne blâmais pas Mattie parce qu'un brouillard s'était abattu sur ce qu'il avait fait et je ressentais le vague sentiment d'avoir mal agi, d'avoir attiré une attention déplacée de la part d'un homme mauvais. Ce n'était que maintenant que j'apprenais son incarcération que je comprenais que j'étais emprisonnée depuis dix ans. La porte venait de s'entrebâiller et un rayon de lumière passait à travers.

— Tu veux savoir pourquoi tu n'as jamais eu de petit ami, *mija* ?

Ma mère n'avait pas cessé de parler, et je reportai mon attention sur elle, me préparant au pire. Elle arborait l'expression résolue de celle qui a décidé de sortir de sa réserve habituelle pour dire enfin ce qu'elle pense depuis des années.

— Ce Jason les a tous fait fuir. Ils voyaient bien qu'ils n'avaient aucune chance avec lui dans les parages. (Elle s'apprêtait à en dire davantage mais elle s'interrompit et la tristesse envahit soudain son visage.) Et il adorait ça.

— J'ai eu plein de petits copains à Los Angeles, rétorquai-je sèchement sans lui expliquer la différence avec des *dates* Tinder : elle n'avait pas besoin de connaître les détails. Et je ne comprends pas pourquoi tu veux à tout prix que je sorte avec quelqu'un. Quand j'étais au lycée, tu me disais de ne surtout pas m'approcher des garçons.

— C'est parce que je voulais que tu ailles à l'université. Je ne voulais pas que tu sois distraite. Mais maintenant, tu as plein de temps libre. Beaucoup trop. Il est temps que tu te maries.

— Pourquoi tu ne te maries pas, toi, si tu trouves ça aussi génial ?

Elle rajusta son caftan avec fermeté.

— J'ai été mariée, répondit-elle. Et je n'ai pas aimé ça.

Ce que tu n'as pas aimé, c'est que papa te trompe, songeai-je, mais je n'étais pas assez cruelle pour le dire.

— Je n'aimerais pas non plus, je pense.

— N'importe quoi. Tu ne me ressembles pas, Dana. Tu es en manque d'affection, comme ton père. Tu devrais toujours être en couple.

Je faillis éclater de rire mais quelque chose me retint. L'image du visage de Carl, le nez ensanglanté, les cheveux collés sur le front par le sang qui coulait aussi d'une entaille sur sa pommette. J'étais bien en manque de quelque chose, elle avait raison.

— Ça va, *mija* ? Tu n'as pas l'air bien.

Elle n'avait plus l'air vexée et me maternait de nouveau en posant sa main fraîche sur mon front.

— Ça va. Le trajet m'a fatiguée, c'est tout.

Elle fit *tss-tss* d'un air distrait et je la laissai me conduire dans la salle de bains peinte en vert menthe. Je pris un bain pendant que les lasagnes finissaient de cuire. Tandis que j'étais étendue dans l'eau chaude en train de contempler le mur carrelé au-dessus du robinet chromé, j'imaginai que la crasse de ces dernières semaines coulait de ma peau pour se perdre sur la surface savonneuse avant de s'évaporer. Vengeance. C'était à ce jeu que j'avais joué avec Amanda. Ça n'avait rien à voir avec la justice et encore moins avec l'idée d'empêcher des coupables pathétiques de se livrer à de futurs méfaits. C'était de la vengeance pure et simple. Ce n'était bien sûr pas uniquement Mattie que je voulais anéantir, mais le moindre rappel de ce qui l'avait poussé à penser qu'il avait le droit d'agir ainsi. Les mains baladeuses, les sifflets, ce que Neely m'avait fait, ce que l'ex d'Amanda lui avait infligé. La seule façon de supporter tout ça était de l'ignorer : une fois qu'on avait commencé à faire payer quelqu'un pour tout ce qui vous rappelait qu'un homme pouvait vous maintenir de force et vous violer s'il le voulait, c'était comme jouer au jeu de la taupe. Plus on frappait, plus il en sortait et on avait beau taper de plus en plus fort, de plus en plus vite, ça ne servait qu'à s'épuiser.

Et voilà que Mattie était en prison. Et pas n'importe laquelle, Clements – qui était réputée pour sa dureté et où les mauvais traitements étaient monnaie courante. S'il y avait un endroit où j'étais certaine que mon agresseur serait roué de coups régulièrement, avec plus de cruauté que je n'en serais jamais capable, c'était bien Clements.

Je me fichais royalement qu'il soit incarcéré là-bas. J'étais en revanche navrée de ne pas l'avoir su des mois plus tôt, avant qu'Amanda n'entre dans ma vie en me donnant le pouvoir de châtier, pouvoir que je désirais sans le savoir. Si je l'avais su, je n'aurais peut-être jamais découvert mon goût pour la violence. Le visage de Carl – ma propre figure dans le miroir juste après – encore des choses que je ne pourrai jamais oublier.

Mais au moins j'étais libre.

Amanda m'avait accusée de fuir la vérité mais en réalité j'avais plongé au cœur de mon problème pour découvrir qu'il avait été miraculeusement résolu sans intervention de ma part. À présent, Amarillo ressemblait moins à une capsule temporelle qu'à un carrefour. Je pouvais y rester quelques jours puis revenir à Austin, retrouver mon job alimentaire, Amanda et ma place de deuxième meilleure humoriste de la ville. Ou je pouvais rouler vers l'est. Tourner la page. Je pouvais signer avec un agent ou un manager. Déjeuner avec Cynthia.

Le plus dur serait d'avouer à ma mère que je ne comptais rester qu'une nuit.

Je me réveillai à 4 heures du matin et à 4 h 30, j'étais sur la route. J'avais demandé à ma mère de ne pas se lever pour me dire au revoir mais elle n'avait manifestement accédé qu'à une partie de ma requête ; sur le plan de travail, recouverte par un bol retourné dissimulé par une serviette, je trouvai une assiette contenant deux petits pâtés à la viande et des œufs brouillés au chorizo. À côté se tenait une Thermos de café sur lequel était fixé un Post-it : « Garde la Thermos. Sois prudente sur la route, *mija.* » J'en bus une gorgée ; elle avait rajouté du lait concentré, comme je l'aimais.

L'assiette était à peine plus tiède que la température ambiante. Elle s'était certainement levée pour cuisiner au milieu de la nuit avant de se recoucher. Je restai un moment derrière sa porte mais la lumière était éteinte et sa respiration était régulière, ponctuée des gémissements profonds que l'on pousse parfois dans son sommeil. Je déjeunai aussi silencieusement que possible et me maudis de m'être garée dans l'allée et non dans la rue. J'espérais que le moteur de ma voiture ne la réveillerait pas.

En approchant de la bretelle d'accès qui menait à l'I-40 en direction de l'ouest, je passai non loin de la rue qui menait à la maison du père de Jason et à mon ancien lycée. J'éprouvai un besoin impérieux de m'y rendre pour sentir le poids de la présence menaçante de Mattie disparaître en direct. Mais quel était l'intérêt ? Il faisait trop sombre pour distinguer quoi que ce soit. Je m'éloignai donc du réconfort particulier et à demi présent que représentait ma mère, avec ses canapés sur lesquels on avait interdiction de s'asseoir, ses conversations silencieuses et ses assiettes pleines de nourriture qu'elle se tracassait à préparer mais que je mangeais sans elle. C'était sa façon de m'apprendre l'indépendance, avais-je jadis songé, mais je soupçonnais à présent qu'elle opérait simplement dans les limites de sa capacité à vivre avec quelqu'un. Elle m'avait transmis un désir insatiable d'intimité couplé à un besoin d'espace infini.

Et au fond, n'était-ce pas la définition même de l'humour ? Une espèce de distance intime, une façon d'obtenir une réponse prévisible, voire, dans le meilleur des cas, contrôlable ? Quand ça fonctionnait, on avait l'impression de recevoir une embrassade chaleureuse tout en restant éloigné de tout contact physique, la lueur des projecteurs aussi douillette qu'une cloche transparente. Je supposais que c'était cet amour des demi-silences et des pauses pleines de sous-entendus qui rendait la vie avec Jason aussi facile.

En tant qu'adolescente qui n'était jamais sortie avec un garçon, j'en avais pincé pour Jason, bien sûr. Toutes ces soirées que nous avions passées côte à côte sur le pouf en forme de poire devant la télé ; comment ne pas développer des sentiments pour lui ? Mais après Mattie, le sentiment avait pris de l'ampleur, comme une forme de rébellion perverse. Hors de question de laisser Mattie gâcher ma relation avec Jason. Cette idée me permettait de repousser une terreur qui aurait facilement pu me paralyser. D'une certaine manière, j'étais tombée amoureuse de Jason exprès, pour prouver que j'en étais encore capable. Je savais que nous ne sortirions jamais ensemble. Je savais qu'il ne m'aimait pas, pas comme ça, du moins. Et si le fait qu'il n'ait jamais rien tenté ne le prouvait pas, son défilé de petites amies blondes le clamait haut et fort : *Tu n'es pas mon genre. On est juste amis.*

J'appuyai sur l'accélérateur et me glissai sur l'autoroute déserte qui menait vers l'ouest. Mes phalanges me picotaient. Je raidis les cuisses. L'aube était encore loin mais je sentais le soleil dans mon dos, qui attendait juste sous l'horizon pour se lever et incendier le monde.

Durant le trajet, je m'occupai en passant des coups de fil. Je commençai par l'une des agentes que j'avais eues au téléphone. Je lui annonçai que je voulais signer avec elle et que je ne tarderais pas à débarquer à Los Angeles. Puis je rassemblai tout mon courage et composai le numéro de Larry Green, qui, bien que grincheux à l'idée de servir de secrétaire, accepta de dire à Cynthia que j'étais en ville pour quelques jours et que j'aimerais déjeuner avec elle.

Je franchis la frontière de l'État de Californie à 15 h 30, une heure plus tôt que prévu et le champ magnétique qui entourait Los Angeles m'aimanta. Je me forçai à vérifier ma vitesse mais, malgré mes efforts, l'aiguille sur le tableau de bord ne cessait de pencher vers la droite comme si elle aussi était euphorique à l'idée de se trouver enfin dans le bon État avec un but, une mission à remplir.

Une mission. Je faillis rougir. Là, suspendue dans l'air aveuglant du désert entre Austin et Los Angeles, je ressentis un pincement de culpabilité à l'idée d'avoir laissé les choses aller aussi loin avec Amanda. C'était puéril de notre part de penser que nous pouvions punir ces hommes plus qu'ils ne pouvaient se punir eux-mêmes, une surcompensation pour une existence de déni. Ce qui s'était produit avec Mattie avait violé mon sentiment d'ordre de l'univers. Je savais que si je me penchais de trop près sur le traumatisme, si j'acceptais ce qui m'était arrivé, je deviendrais grotesque, comme Ruby avec ses névroses ou Becca avec ses airs de proie facile. Amanda n'avait été qu'une manière supplémentaire d'éviter la réalité. Je pensais qu'en échangeant nos agresseurs, je pourrais enfin tourner la page sans jamais avoir besoin de sonder la profondeur de ma blessure.

Mais l'infection m'avait quand même contaminée. La soirée chez Carl en était la preuve.

Les heures suivantes passèrent à toute vitesse, puis j'aperçus enfin au loin le panneau que j'attendais. Je mis mon clignotant et pris la direction de l'I-15.

Il me restait encore quelqu'un à contacter. J'attendis d'être coincée dans les embouteillages à l'entrée de Los Angeles, puis je sortis mon téléphone et envoyai par SMS deux mots au dernier numéro appelé.

J'arrête

Elle me répondit presque instantanément.

Il nous reste un dernier X

Je ne te dois rien, répondis-je.

Ne dis pas de bêtises, D. Il te reste encore un nom et moi aussi

Mais je n'avais plus de nom à lui donner, à présent. Les choses auraient peut-être dû se dérouler autrement – peut-être que Matt aurait dû être puni pour ce qu'il m'avait fait et non pour un cambriolage à main armée. Mais il était incarcéré dans une prison qui avait une sale réputation : c'était pire que tout ce qu'Amanda et moi aurions pu lui infliger, et, je devais bien l'admettre, c'était aussi plus juste. J'étais bien contente que ce soit un procureur qui se soit chargé de lui et non pas Amanda. Je n'aurais pas voulu avoir une dette aussi importante envers elle.

Mon téléphone se mit à sonner. Inutile de regarder pour savoir qui m'appelait. Je l'éteignis.

Je n'avais pas prévu de voir Jason, mais je n'avais pas prévu de ne pas le voir non plus. Au final, je pris le chemin familier qui menait à notre ancienne maison parce que je savais y aller et que c'était le dernier endroit où je m'étais rendue. J'avais l'impression d'exhumer de vieux souvenirs : ceux qui concernaient notre ancien domicile étaient les plus près de la surface, juste sous la terre. Je m'immobilisai devant le bungalow familier de Palm Springs et aperçut sa voiture dans l'allée. Rien ne me parut plus naturel que de me garer dans la rue, remonter l'allée en ciment fendillée sans même prendre le temps de me dégourdir les jambes et de sonner.

La porte s'ouvrit et il apparut. Jason – plus grand que dans mon souvenir, les cheveux plus courts et les traces de quelque chose qui germait sur son menton, une barbe ou un laisser-aller, difficile à dire. Jason, qui portait le même tee-shirt et le même jean effiloché, avec ses grands pieds puants en tongs. Jason, les mains dans les poches, qui se dandinait d'un pied sur l'autre et ouvrait la bouche pour dire quelque chose.

— Dana ? Qu'est-ce que tu fais là ?

— Tu as dit qu'il faudrait qu'on se parle un de ces quatre. C'est aujourd'hui.

Il se pencha pour m'enlacer et je fus submergée par une odeur indescriptible qui était celle de la maison.

— Putain, mais tellement. Tu m'as manqué.

— Toi aussi, tu m'as manqué.

Comme ma bouche était pressée contre son épaule, j'espérais que le tremblement de ma voix était inaudible. Un instant plus tard, nous nous séparâmes, chacun faisant l'effort d'être celui qui reculerait le premier.

— Tu veux manger quelque chose ?

La faim m'envahit soudain et j'acquiesçai. Et, comme nous l'avions fait un million de fois auparavant, on prit sa voiture pour aller au R&R Diner. Il n'était qu'à cinq minutes de là mais à Los Angeles, personne ne marche.

13

Le R&R Diner à Culver City avait été l'un de nos restaus favoris, à Jason et moi, jusqu'à ce que je fasse l'erreur classique de décider que ce serait sympa d'y bosser. Jason venait de temps en temps tard le soir ; il s'asseyait dans ma section et prenait un café. Il improvisait chaque fois que je le resservais mais je ne pouvais pas écrire une ligne dans ces conditions. Nous avions donc changé d'endroit pour travailler. En franchissant les portes, j'ordonnai à l'odeur d'œufs frits et de sandwichs à la choucroute de me rappeler nos sessions d'écriture tardives, mais elle fit resurgir les seaux de glace que je devais poser sur le buffet et la vaisselle que je nettoyais dans la chaleur chimique de la salle de plonge. Tandis qu'on attendait une place, je cherchai du regard les gens avec qui j'avais bossé mais en un an, les employés avaient tous changé. C'était un soulagement. C'était déjà assez perturbant comme ça de me retrouver aux côtés de Jason.

Ce dernier surprit mon regard.

— Ça te manque de bosser ici, je vois. Demande un formulaire à la serveuse, je suis certaine qu'ils te reprendraient.

— Haha, répondis-je avec un regard faussement noir. J'étais justement en train de me dire que ce serait sympa qu'on remplisse *ma* tasse, pour changer.

— Je suppose que si tu revenais ici, tu n'aurais pas besoin d'un job alimentaire. (Il me jeta un regard en coin.) Après tout, tu es super pote avec Cynthia Omari, non ?

Pour toute réponse, je haussai les yeux au ciel et il poursuivit, me donnant des nouvelles de nos connaissances communes – qui bossait où, qui était rentré à Détroit s'occuper d'un parent malade, qui s'était converti à la scientologie et avait disparu pendant un moment avant de réapparaître avec des dents droites dans un rôle de rêve. Mais une fois qu'on fut installés et servis, il revint au sujet qui le préoccupait.

— Et donc ? demanda-t-il sans quitter des yeux le sirop qu'il versait sur ses pancakes. Tu reviens ?

Je trempai un toast au fromage dans un bol de soupe à la tomate.

— Je n'en sais rien. (Tout en mâchant, je m'émerveillai de ma capacité à faire semblant de considérer cette éventualité pour la première fois.) Disons que c'est du domaine du possible.

— Tu es venue pour quoi, une audition ?

Une fois Amanda disparue de mon esprit, toutes les raisons de ma présence avaient pris sens. L'assistante de Cynthia m'avait rappelée pendant que j'étais sur la route et, à ma grande surprise, nous avions un déjeuner prévu ensemble demain.

— Un rendez-vous, avouai-je avant d'ajouter : Je ne veux pas en parler tant que rien n'est fait.

— Oh oh, un gros bonnet ! exulta-t-il. Quand j'ai appris que tu avais participé à *The Bestie Cast*, je dois admettre que j'ai été jaloux. Mon agent essaie de me placer dans ce show depuis des mois. (Il fit un geste en direction de son visage.) Je suppose que j'ai la maladie de l'homme blanc hétéro.

— Pauvre de toi, rétorquai-je.

— Oh, allez, tu ne veux pas être un peu compatissante avec un mec démodé ?

— Chaque fois que tu penses que c'est plus facile pour moi, répète-toi en boucle : *Même J.Lo a dû jouer les bonniches.*

— Mais elle a couché avec George Clooney dans *Hors d'atteinte.*

— Et Ben Affleck dans *Amours troubles.*

Il siffla.

— Ouch. Tu as gagné. Mais évoquer Ben Affleck dans une conversation sur les privilèges des hommes blancs, c'est mesquin.

Je haussai les épaules et attrapai une frite. Jason avait l'habitude de dire ce genre de trucs pour m'emmerder et me voir perdre mon calme. J'avais l'impression que la blague se retournait contre lui. Face à son visage souriant, baignée dans l'odeur de notre restaurant préféré, c'était facile pour moi de croire à mon propre succès.

— Dis-moi pour quoi tu auditionnes. Ou alors c'est un job d'auteur ? Je suis certain que quelqu'un de Los Angeles t'a appelée après le podcast. C'était qui ?

— Pas toi en tout cas, répondis-je. Mais tu m'as quand même envoyé un texto, ce qui était plutôt sympa si on considère que tu m'as royalement ignorée pendant un an.

J'étais stupéfaite de la facilité avec laquelle cette conversation se déroulait. C'était donc ce qu'on ressentait quand on avait l'avantage.

— Écoute… Je voulais t'en parler. Je sais que je me suis comporté comme un connard avant ton départ et je te demande pardon. (Il avala un morceau de pancake.) J'ai du mal à l'admettre mais… j'étais toujours furieux à cause de Neely.

Le nom tomba entre nous comme une brique. C'était la première fois qu'un de nous deux le prononçait depuis le rendez-vous. Le fantôme du visage ensanglanté de Neely flotta entre nous mais je le repoussai et essayai de me concentrer sur les paroles de Jason. Il ne s'était jamais excusé avant, du moins pour rien de plus important qu'avoir oublié de me rappeler ou m'avoir emprunté ma voiture et ne pas avoir remis d'essence. Je ne voulais pas être distraite de cette conversation par quelque chose que j'étais censée ignorer et dont je n'avais eu connaissance que récemment. Et j'étais redevable à Amanda d'une chose : je n'avais plus peur de Neely, alors même que je me retrouvais dans la même ville que lui. Rien que ça, c'était énorme.

Jason poussa un soupir.

— Je n'arrivais juste pas à croire que tu te sois rendue au rendez-vous sans moi.

— Je sais. Je n'aurais pas dû.

S'il y avait bien une chose dont j'étais sûre, c'était ça.

— Non, j'y ai beaucoup réfléchi depuis et je ne t'en veux pas.

— Vraiment ?

— Si je suis honnête avec moi-même, j'aurais probablement fait la même chose, admit-il et je ne pus m'empêcher de penser que si ça avait été le cas, les conséquences auraient été bien différentes. Mais quand tu es rentrée à la maison malade et qu'il n'a pas rappelé, j'ai pensé…

— Que j'avais tout gâché. (Il avait l'air malheureux.) C'est bon, tu peux le dire. Et puis, c'est vrai, n'est-ce pas ? Il n'a jamais rappelé.

Jason avait l'air de plus en plus gêné.

— Eh bien, en fait, répondit-il en cessant de couper ses pancakes, il a téléphoné.

— Quoi ?

— Ouais, j'aurais dû te prévenir mais… tu étais déjà rentrée à Austin. Et l'appel était pour moi. (Il porta un autre morceau de pancake à sa bouche.) Que pour moi.

Je n'en croyais pas mes oreilles. Pendant un an, je m'étais sentie coupable d'avoir anéanti toute possibilité pour Jason de bosser avec Neely. Et je découvrais que tout ce qu'il avait fallu pour que Jason perce enfin, c'était que je me barre.

Il vit l'expression de mon visage et faillit s'étouffer en avalant sa bouchée plus vite.

— Attends, attends, fit-il en agitant la main devant sa bouche. Avant de te mettre en colère. Il m'a juste servi de mentor et il ne m'a jamais donné de job stable. Il m'a fait récrire des scènes pour des séries qu'il produit. Rien d'important et rien qui t'aurait intéressée. Ils ont coupé la moitié de mes vannes. Je traînais surtout avec lui dans sa baraque.

— Je parie que ça n'a pas du tout aidé ta carrière, rétorquai-je avec un rire amer en songeant *Oh, être un homme parmi les hommes.* Il t'a emmené dans sa retraite bouddhiste ?

C'était une blague entre nous, on disait qu'on aurait réussi quand il nous inviterait dans son ranch reconverti dans le Montana.

— Une fois, répondit-il d'un air embarrassé.

— Vous avez médité ensemble ?

Imaginer le torse gras de Neely en train de se contorsionner comme un bretzel zélé et contemplatif était un matériau idéal pour une blague tordue.

— Allez, Dana, calme-toi. Mets-toi un peu à ma place.

Me mettre à *sa* place ? Je songeai à ce qui m'était arrivé dans le 4 × 4 et croisai les bras.

— Après toutes ces années à éviter la lumière, il m'a dit qu'il était en train de préparer sa propre série. Produite et jouée par Aaron Neely. Il cherchait des endroits pour tourner et tout le tralala. C'était vraiment censé se faire. (Il se pencha en avant, l'air soudain intense, et pointa sa fourchette en direction de son torse.) Et j'aurais été un des auteurs de la série. Tu sais l'effet que ça m'aurait fait d'être au point de départ d'une série de Neely ? Écrire avec lui, le voir balancer mes blagues… ça aurait été comme écrire pour le *Larry Sanders Show* ou *Curb Your Enthousiasm.* J'aurais marqué l'histoire.

— Ça a l'air affreux, rétorquai-je en haussant un sourcil.

Il se rencogna sur sa banquette et reposa sa fourchette.

— Ouais, eh bien… il y a environ un mois, il a tout annulé. Comme ça, sans préavis. Plus intéressé. Et depuis, plus personne n'a de ses nouvelles. J'ai essayé de l'appeler mais mes appels sont transférés à son agent à présent. Ou plutôt à l'assistante de son agent. L'assistante de son assistante. (Il s'empara de sa fourchette et se mit à rassembler les petits morceaux flasques de pancakes au milieu de l'assiette.) Maintenant, tu comprends pourquoi ça m'aurait aidé de passer à *The Bestie Cast.* Je fais du stand-up, je bosse sur mes sketches, je fais circuler des scripts, mais ça ne se bouscule pas au portillon. Son nom ne m'ouvre aucune porte. J'ai l'impression que Neely a fait chier quelqu'un ou un truc du genre. J'en sais rien.

Moi, je savais et je faillis éclater de rire devant l'ironie de la situation. Un mois plus tôt, Neely s'était branlé devant une masseuse qui lui avait fracassé la figure et il savait que toute la scène avait été filmée et pouvait atterrir entre les mains de la police à n'importe quel moment. C'était donc *moi* qui avais anéanti les chances de Jason de bosser avec Neely. Mais si Neely se terrait, pourquoi sa réputation en pâtissait ? Des rumeurs circulaient-elles ? La vidéo avait-elle fait surface ? Est-ce qu'Amanda le faisait chanter ?

— N'aie pas l'air aussi contrariée, me conseilla Jason. On a tous connu des hauts et des bas. Ça fait partie du job. Les peut-être, les presque. Les ça-aurait-pu-le-faire-mais… (Il soupira.) Je suppose que c'est pour ça que tu es rentrée à la maison.

Je me contentai de le regarder en essayant de me ressaisir.

— Je suppose que oui, finis-je par répondre.

— Je suis content que ta carrière se porte mieux. Vraiment. (Il reporta son attention sur sa pile de pancakes qui formait à présent un amas collant.) Il m'arrive de souhaiter qu'on ne se soit pas séparés.

— Moi aussi.

— Et tu as l'air en forme, ajouta-t-il en me lançant un regard taquin sous la mèche de cheveux qui balayait ses yeux chaque fois qu'il baissait la tête. Je suis sincère. Le succès te va bien. Tu es magnifique.

Un frisson d'inquiétude me parcourut et je décidai de changer de sujet.

— Tu n'arrêtes pas de parler de ma réussite mais il ne s'est encore rien passé.

— Mais ça ne saurait tarder, affirma-t-il sans dissimuler sa jalousie. Parce que… eh bien, tu es là.

— Je suis là.

J'agitai mon toast au fromage dans un geste englobant tout Los Angeles, restaurant y compris. Pendant quelques secondes, on écouta le bourdonnement des conversations et le cliquètement de la vaisselle.

— Quand a lieu ton rendez-vous super secret dont tu ne veux pas parler ?

— Demain midi, répondis-je en souriant.

— Tu sais où dormir ? demanda-t-il en rajoutant du sirop sur ses pancakes.

— J'ai réservé une chambre dans un motel. Mais je n'ai pas encore fait le check-in.

C'était une concession que je lui faisais, après cette conversation sur mon succès, de lui dire que j'étais venue directement chez lui sans poser ma valise au motel.

— Ça te dirait de te balader dans le quartier ? Si tu n'es pas trop crevée par la route.

Il n'était même pas 21 heures et, malgré mon épuisement, j'étais surexcitée.

— Bonne idée.

Il sourit de toutes ses dents, comme s'il était sincèrement soulagé que j'accepte.

— Super. Comme ça je pourrai continuer à t'espionner, plaisanta-t-il en désignant mon sac à main. Et découvrir qui te harcèle au téléphone.

Je baissai tout de suite les yeux. J'avais mis mon portable sur vibreur pour ne pas rater d'appels de Cynthia ou de son assistante et l'écran était illuminé comme si de nouveaux messages arrivaient en rafale. Je ressentis un léger embarras. Amanda n'était pas contente d'être abandonnée.

— Un instant, dis-je avec un sourire d'excuse.

Je fis apparaître la fiche contact d'Amanda et bloquai son numéro.

La serveuse posa l'addition sur la table et je fis de mon mieux pour chasser Amanda de mes pensées.

— C'est pour moi, dis-je. (Après tout, il fallait bien que je dépense mes gains.) Puisque je suis un gros bonnet, à présent.

La végétation de Los Angeles m'émouvait chaque fois, la jungle de cactus, de palmiers et de fleurs tropicales et les plantes grimpantes qui s'accrochaient aux buissons et aux portails métalliques. On dépassa de grosses agaves épineuses, du jasmin, des hibiscus aux pétales roses veinés et refermés pour la nuit et des yuccas filiformes agités par la brise. Le printemps à Austin ne durait que quelques semaines avant que l'été torride ne réduise tout à un brun craquelé. Par contraste, les nuits de Los Angeles étaient fraîches et les plantes étaient luxuriantes toute l'année, nourries par d'énormes quantités d'eau artificiellement détournées vers le désert. J'adorais ça.

— On aurait dû rester en contact, répéta Jason pour la centième fois.

Il avait allumé une clope dès qu'on était sortis du restaurant et même si j'avais envie de désapprouver, et que j'avais protesté contre cette habitude un million de fois, j'appréciais secrètement la senteur familière.

— Comment va ta mère ? demanda-t-il en soulevant poliment une branche qui retombait sur la chaussée.

— Je l'ai vue hier, répondis-je en me courbant pour passer sous la branche avec un hochement de tête pour le remercier. J'ai dormi chez elle pour couper la route. Elle va bien. Comme d'habitude. Et toi, ta famille ?

J'évitai de prononcer le nom de Mattie et gardai les yeux baissés sur les fissures inégales du trottoir déformé.

— Mon père s'est remarié il y a peu. (Il me lança un regard à la dérobée pour jauger ma réaction.) Oui, je sais. Ça m'a surpris aussi. Et ce n'est même pas le plus étonnant. (Il prit une profonde inspiration.) Mattie est en prison.

Je gardai une expression soigneusement impassible et n'exprimai que le degré d'intérêt attendu.

— Ma mère me l'a dit.

— Toute la ville ne parle que de ça, poursuivit-il, les sourcils froncés. Il a braqué une supérette. Quel gros nul. Il avait un flingue uniquement pour épater la galerie, il n'avait pas l'intention de s'en servir – le caissier était déjà en train de lui filer l'argent quand le coup est parti et a égratigné un client qui sortait des toilettes. Mattie n'a pas eu de bol, le mec était pompier. Tu savais qu'on peut prendre jusqu'à douze ans pour agression sur un flic ou sur un pompier ? (Je secouai la tête.) Et puis il avait déjà un casier. (Une petite fleur pourpre effleura son épaule et il s'en empara.) Parfois, je me dis que tout le monde en avait juste marre de son attitude. Il s'est toujours comporté comme un connard.

— Je… je suis désolée, Jason.

— Pas la peine. C'est avec moi qu'il était le plus connard.

Je hochai la tête. Je comprenais ce qu'il voulait dire, même après ce que Mattie m'avait fait. Au fond, ce n'était pas personnel. J'avais été une occasion, un corps tiède auquel il avait eu accès. Il m'avait adressé la parole à peine deux fois dans toute mon existence, avant ou après l'incident. Alors qu'il avait toujours fait en sorte que Jason comprenne bien à quel point il le haïssait et pourquoi. Selon les critères déformés de Mattie, Jason n'était pas un homme et ne méritait donc aucun respect. Il était évident que ce nuage noir qui avait suivi Jason toute son enfance avait modelé sa personnalité ; il rôdait toujours sous les radars, évitait les conflits à tout prix et repoussait toute forme d'intimité par l'humour.

— Comment le prend ton père ? demandai-je, histoire de m'aventurer sur un terrain moins douloureux.

— Sincèrement ? Je pense qu'il est soulagé que Mattie ait enfin quitté la maison. Il s'est marié très vite après. (Il s'interrompit. Il jouait avec la fleur comme s'il hésitait à poursuivre.) J'ai l'impression qu'il sortait avec cette femme depuis longtemps et qu'il nous cachait cette relation exprès pour que…

Il n'acheva pas sa phrase et jeta la fleur sur le sol. Je la regardai voleter dans la rue.

— Pour que Mattie ne la découvre pas ?

— Oui, répondit-il sèchement. Pour qu'elle ne le rencontre jamais.

Je frissonnai. Jason savait-il, sinon ce que Mattie m'avait fait, au moins ce dont il était capable ? Quel soupçon épouvantable à nourrir à l'égard de son propre frère ! Un soupçon aussi toxique, à sa manière, que les sarcasmes empoisonnés de Mattie.

Sans réfléchir, je pris la main de Jason et la pressai. Il pressa la mienne en retour et on accomplit en silence les dix minutes du trajet pour rentrer chez nous – chez lui – en se tenant la main. Une fois devant sa porte, il me lâcha pour sortir ses clés de sa poche et je pris une profonde inspiration. L'air du désert s'était considérablement refroidi pendant notre balade et je claquai presque des dents sous l'effet du froid et de la fatigue.

— Entre, proposa-t-il et je me retrouvai de nouveau entre les murs en stuc beige décorés de portraits kitsch encadrés de velours noir, dénichés dans des boutiques d'occasion, le tapis élimé, le canapé qu'on avait acheté ensemble chez IKEA le jour de notre arrivée à Los Angeles et dont il avait racheté ma part, malgré mes objections, quand j'étais revenue à Austin avec une voiture vide.

Je m'assis sur un coussin, à présent usé jusqu'à la corde et affaissé au centre tandis que Jason mettait la bouilloire à chauffer dans la minuscule cuisine carrelée de rose.

— Rien n'a changé, dit-il comme s'il lisait dans mes pensées.

— La télé est neuve, non ?

— Oui. Comme je te l'ai dit, j'ai eu cinq minutes de gloire. (Il revint avec deux mugs à la main.) J'ai trouvé que c'était une bonne idée d'investir dans une télé. Mets quelque chose si tu veux. Ça nous rappellera le bon vieux temps.

— D'accord. Qu'est-ce que tu veux regarder ?

— Aucune idée. Voyons voir.

Il s'installa sur le canapé, posa les tasses sur la table basse abîmée et s'empara de la télécommande. Puis il la reposa sans allumer le téléviseur, se rapprocha de moi jusqu'à ce que nos cuisses se touchent et posa la tête sur le sommet de mon crâne.

Comme avant.

On resta assis ainsi quelques minutes. Puis je m'écartai.

— Qu'est-ce qui ne va pas ? demanda-t-il.

— Rien. (Je bâillai ostensiblement.) Je suis juste crevée.

— Hé. (Il ôta une poussière sur son genou.) Il est tard. Tu veux dormir ici ce soir ? Il y a toujours un lit dans ton ancienne chambre. (Il imita la voix d'un vieillard.) Ta mère et moi n'avons touché à rien, tous tes vieux trophées de rhétorique sont encore là.

J'entrai dans son jeu, reconnaissante qu'il change de ton.

— Des trophées de rhétorique ? Punaise, j'étais une vraie geek.

— C'est pour ça qu'on t'a mis aussi souvent la tête dans les chiottes, gamine !

— D'accord. Je vais passer la nuit ici.

On remonta le couloir et Jason toussota, embarrassé, quand je jetai un coup d'œil dans la pièce. Je savais qu'il plaisantait en disant qu'il n'avait touché à rien mais je ne m'attendais pas à des changements aussi radicaux. La chambre était entièrement noire, les murs étaient recouverts de lambris noir, les fenêtres masquées par du plastique et des instruments d'électronique entassés dans les coins.

— Je croyais que j'étais une geek, pas une gothique.

— Après ton départ, j'ai décidé de transformer la pièce en studio d'enregistrement, expliqua-t-il, penaud. Je veux réaliser mon propre podcast. Enfin, tant que je ne parviens pas à décrocher de contrat. J'ai entendu dire que ça marche pour *certains.* (Il me jeta un regard en coin.) Mais ne t'inquiète pas, le matelas est toujours dans le placard.

— Ça veut dire que je suis la première invitée de ton podcast ?

Jason, qui avait déjà disparu dans l'armoire, émergea en grommelant tout en tirant le matelas derrière lui.

— Si tu paies la moitié du loyer, tu pourras être ma co-animatrice, répondit-il en laissant tomber le matelas sur le sol. Bon, où j'ai mis les draps ?

Quelques minutes plus tard, j'étais étendue sur le matelas, les yeux rivés sur le plafonnier que je pensais ne jamais revoir et je laissai le sommeil me submerger.

Je ne me réveillai qu'une fois pendant la nuit, lorsque je rêvai que je ratais une marche et que je tombais. L'angoisse logée au creux de mon ventre se mêla à l'impression de ne pas être à la bonne époque, comme si j'avais basculé dans le passé en tombant dans un trou de ver. Une haute silhouette sombre me dominait et pendant un instant je crus qu'il s'agissait de Jason. Puis le visage ensanglanté de Carl se pencha sur moi ; il claquait des dents avec une espèce de gémissement épouvantable et cadencé.

J'achevai de me réveiller d'un coup et m'obligeai à ouvrir complètement les yeux. La forme sombre se transforma en un amas de pupitres et je pressai la main sur mon cœur, en me sentant idiote.

Mais le claquement de dents n'avait pas cessé. Je finis par voir que l'écran de mon téléphone était allumé et qu'il vibrait en rythme là où je l'avais posé, sur le sol près du matelas. Je le ramassai et aperçus une flopée de SMS émanant de numéros inconnus, tous différents mais tous envoyés sans l'ombre d'un doute par la même personne.

Faut qu'on parle. C'est urgent !!

Ne me ghoste pas, D

Je croyais qu'on était amies

— Merde.

J'éteignis mon téléphone. Je croyais être bien réveillée mais ça ne devait pas être le cas parce que je me rendormis immédiatement. Je fis des rêves dans lesquels passé et présent se mélangèrent dans des endroits qui me semblaient à la fois familiers et étranges : un musée pour enfants, une croisière, un magasin de meubles où Henry radotait sur les tables basses sincères et les futons déterminés. Après ça, je dormis profondément jusqu'au matin.

Trop profondément. Comme j'avais éteint mon portable, l'alarme ne sonna pas et quand j'ouvris un œil, les rayons du soleil qui transperçaient les rideaux étaient trop courts sur le sol. Mon corps se souvint avant mon cerveau de ce que ça signifiait : il était au moins 10 heures. Je gémis et roulai hors du lit.

Jason était déjà debout. Il terminait son café, assis à la table du petit déjeuner, tout en lisant les nouvelles sur son ordinateur portable.

— J'étais justement en train de me demander si je devais te réveiller. Tu avais l'air épuisée, c'est pour ça que je t'ai laissée dormir, expliqua-t-il sans me regarder en face.

— Merci. Je vais prendre une douche avant d'y aller.

Il acquiesça et je me dépêchai de me préparer pour ne pas être en retard. J'enfilai ma tenue spéciale entretiens qui, depuis la perte tragicomique de ma robe portefeuille, était composée d'un jean noir, d'escarpins, d'un haut ample et d'un collier destiné à couvrir une deuxième fois mon décolleté. Je me dirigeai vers la porte d'entrée, les talons martelant le lino de l'entrée, lorsque Jason me souhaita brièvement bonne chance ; il devait sans doute songer au dernier rendez-vous auquel je m'étais rendue sans lui.

En me garant dans le parking de la *cantina* du studio où je devais retrouver Cynthia, je comparai moi aussi ma situation actuelle à celle d'il y avait un an. À l'époque, comme maintenant, j'étais seule et je me préparais à rencontrer quelqu'un de beaucoup plus important que moi, parfaitement consciente que ma carrière était en jeu. Mais cette fois-ci, je n'avais pas volé sa chance à Jason. Je l'avais méritée toute seule – même si je n'avais pas envie de m'appesantir sur les circonstances.

Je pris une profonde inspiration et entrai dans la *cantina*. Cynthia m'aperçut depuis le fond de la salle et me fit signe de la rejoindre. Quand j'atteignis sa table, elle se leva et me prit dans ses bras. Malgré mes escarpins, je ne lui arrivai qu'au nez.

— Dana ! (Elle avait l'air sincèrement ravie de me voir, comme si nous étions vraiment amies.) Assieds-toi, assieds-toi. J'ai déjà commandé des trucs à grignoter, ça va arriver. Tu veux boire quelque chose ? Ils font de super smoothies ici.

Mon estomac s'agita mais je parvins à sourire tout en secouant la tête.

— Non, merci, je n'aime pas trop ça. Merci infiniment d'avoir pris le temps de me rencontrer au dernier moment. Tu dois être très prise.

— Oh, arrête, je suis très contente que tu sois venue jusqu'ici. (Elle se rassit.) Mais tu as raison, je suis une femme très occupée et j'irai donc droit au but, Dana. Qu'est-ce que tu es en premier, une autrice ou une actrice ?

J'ouvris la bouche puis la refermai. Je ne m'attendais pas à cette question. Mais avant que je puisse dire quoi que ce soit, elle poursuivit.

— Je sais, je sais, tu vas me dire « les deux ». Tu veux faire rire les gens, n'est-ce pas ? Mais dans ce milieu, tu dois savoir ce que tu vends. Tu dois avoir ton étiquette.

Quelle était mon étiquette ? Je hochai la tête avec enthousiasme pour lui montrer que j'étais sur le point de lui répondre. Mais elle m'évita de devoir décider tout de suite parce qu'elle n'en avait pas terminé.

— Je suis en train d'écrire un pitch de sitcom. (J'abandonnai ma recherche d'étiquette aussi vite que je l'avais entamée.) Je vais être honnête avec toi, je n'ai pas encore de script pour le pilote. Le projet n'en est qu'à ses prémices. Mais je cherche des talents dans ton genre.

Dans mon genre. J'ignorais ce qu'elle entendait par là mais comme elle s'était enfin arrêtée de parler, je lui fis la meilleure réponse possible.

— Vraiment ? Dans mon genre ?

— Brillante, motivée, pas trop attachée au passé. Tu vois ce que je veux dire ? Qui n'a pas d'idées préconçues sur ce à quoi une série doit ressembler. (Elle n'avait toujours pas expliqué en quoi consistait sa sitcom mais il était hors de question de l'interrompre pour le lui demander.) Je travaille sur le pilote avec des gens top. Et on se disait que si tu acceptais de nous rejoindre, voire de jouer un personnage dans la série…

— Un personnage ? (J'étais vraiment abasourdie, sinon je ne l'aurais jamais interrompue avant d'avoir découvert qui était ce « on ».) Dans ta…

— On commence par te donner un petit rôle dans le pilote. La réceptionniste, par exemple, si on se décide au final pour le cabinet d'un dermato. Ou la stagiaire si on opte pour le journal. Juste pour te laisser jouer avec le personnage, voir comment tu te débrouilles avec les autres auteurs et si l'alchimie prend et ensuite on avisera.

— Waouh. Je ne peux même pas… waouh. (Mon étiquette était apparemment l'idiote qui bafouille. Je tentai de me ressaisir suffisamment pour poser une question intelligente.) Est-ce que je serais…

— Ne dis ni oui ni non, me coupa-t-elle. Je sais que tu n'as pas ton agent avec toi. Il faut que tu discutes avec les gens qui gèrent tes finances.

Techniquement, je n'avais pas encore d'agent mais je résolus de signer le contrat qu'elle m'avait envoyé par mail et de le lui renvoyer dans la journée. Quant aux gens qui géraient mes finances, personne dans ma vie n'avait mérité cette distinction jusqu'à présent.

— Mais voici le marché, Dana. (Elle baissa le ton et je me penchai le plus possible sur la table.) Je dois savoir si tu es aussi investie en tant qu'actrice qu'en tant qu'autrice.

Pour lui donner l'impression que j'accordais à son ton grave tout le sérieux nécessaire, je plissai le front en hochant lentement la tête.

— Et si la série marche bien, je t'interdis de profiter du succès et de nous planter en plein milieu pour partir en tournée de stand-up, comme l'autre enculé de *My Peeps* l'a fait l'année dernière.

J'ouvris la bouche pour protester mais elle me fit taire d'un geste de la main.

— Ne me promets rien. Tout ça est encore hypothétique. Je voudrais juste jauger ton niveau d'intérêt.

— Mon niveau d'intérêt ?

La serveuse s'approcha, des petites assiettes à la main, et son baratin sur les cornichons maison et le pâté de foie de bœuf fermier me donna le temps de réfléchir.

Cynthia enfourna un cornichon et le mâcha en attendant ma réponse.

— Mon niveau d'intérêt est élevé.

J'avais fourni un effort surhumain pour prononcer ces mots calmement.

— Dès que j'ai vu Betty sur scène, j'ai compris que tu étais du genre super investie. Et j'ai su que c'était exactement ce que je voulais pour ma série.

— Investie ?

— Betty, répondit-elle en étalant du pâté sur une tranche de pain grillé maison. Je veux Betty.

Elle voulait Betty.

La perruque de Betty était toujours roulée en boule sous mon canapé, là où je l'avais envoyée d'un coup de pied après l'incident avec Carl et, depuis, j'avais fait de mon mieux pour éviter d'y penser. J'aurais dû la jeter à la poubelle avec les gants ce soir-là. Je ne savais pas vraiment pourquoi je ne l'avais pas fait. Si j'y avais pensé, je pourrais affirmer avec sincérité que Betty, ou du moins cette version d'elle, était morte et enterrée.

Il fallait bien que je dise quelque chose. Cynthia me dévisageait avec un silence inhabituel. J'avais peut-être mal compris ou l'avais prise trop au pied de la lettre.

— Tu veux uniquement Betty ?

— Tu as d'autres personnages ? (Elle leva un index pour m'interrompre avant même que j'aie eu le temps d'ouvrir la bouche.) Des bons, je veux dire. (Je secouai lentement la tête et elle s'esclaffa.) Tu n'en as pas besoin, crois-moi. Betty est parfaite pour jouer une voisine tarée ou une réceptionniste nulle à chier. Mais elle serait aussi géniale en serveuse bizarre ou, si je décide finalement de jouer mon propre rôle, en fan obsédée. On peut lui filer n'importe quel rôle.

— Je peux écrire ce genre de personnage sans problème, affirmai-je prudemment. Quelque chose dans le goût de Betty.

Cynthia fronça les sourcils.

— J'imagine qu'on peut changer son nom. Tant qu'elle garde la perruque, l'attitude, la violence… mais pas la grossièreté, enfin ça dépendra de la chaîne…

— Pourquoi pas quelque chose de nouveau ? demandai-je. Si j'en avais, disons, un peu marre de Betty ? Je pourrais essayer autre chose ?

— Bien sûr. (Elle acheva de mordre dans un cornichon, l'avala et s'empara d'une fine tranche de radis.) Dans une autre série.

Je pris une bouchée d'un truc au vinaigre – quoi ? aucune idée – et mâchai machinalement durant les secondes interminables qui suivirent.

Puis le regard de Cynthia s'illumina.

— Irina ! Irina, par ici ! (Elle reporta brièvement son attention sur moi.) J'en ai pour une minute, Dana, ne bouge pas. Je vais *dire bonjour à ma meilleure amie, Iriiiina !*

Elle se leva en disant ça et sa voix passa du ton d'excuse sans conviction à un couinement excité adressé à la femme qui s'approchait rapidement. Cynthia s'éloigna un peu de la table pour l'embrasser. Puis les deux femmes restèrent près de ma chaise et entamèrent une conversation endiablée concernant un projet dont je ne saisis pas le nom, conversation qui dura presque une demi-heure.

Il me fallut vingt minutes, à coups de minuscules bouchées, pour venir à bout de tous les légumes marinés et du pâté, cinq minutes supplémentaires pour croquer tous les glaçons qui s'entrechoquaient dans mon verre d'eau et le vider entièrement et cinq autres pour entortiller ma serviette en papier et la transformer en un tas inutilisable. J'avais envie de faire pipi.

Au moment où je m'agitais sur ma chaise en me demandant si je pouvais aller ou non aux toilettes, Cynthia dit, toujours au-dessus de ma tête :

— Oh, mince. Tu as vu l'heure ?

— Il faut que j'y aille, répondit Irina.

Cynthia baissa les yeux et sembla se rappeler soudain ma présence.

— Merde, Dana, je suis terriblement désolée. J'ai été très impolie. Et je dois filer, j'ai un autre rendez-vous. Mais je le sens bien, pas toi ? Je suis sûre que c'est le début d'un super partenariat. (Elle me regarda bien en face et je me sentis enveloppée dans la chaleur de son regard.) Tu es prête, Dana. Je sais que tu n'en as pas conscience, mais tu es plus que prête.

Parfaitement consciente de la présence de la serviette en papier martyrisée à côté des miettes du déjeuner que j'avais mangé quasiment toute seule, je me levai pour être à sa hauteur – mais elle me dominait toujours.

— Merci beaucoup de m'avoir accordé ton temps, déclarai-je d'une voix un peu faible.

— Irina, attends-moi, je te raccompagne, claironna-t-elle. (Puis elle se tourna vers moi, posa la main sur mon épaule et la tapota avec un sourire compréhensif.) Tu m'as eue pour toi toute seule pendant un quart d'heure. C'est une prouesse pour ton premier déjeuner à Los Angeles !

Elle me fit la bise et s'éloigna.

Toujours debout, gênée, devant la table, je sortis mon téléphone portable et le rallumai. Il vibra aussitôt et de nombreux messages d'Amanda s'affichèrent sur l'écran. J'appelai Jason.

— Dis, tu vas bosser bientôt ?

En ce moment, il était serveur dans un restaurant de fruits de mer.

— J'embauche à 17 heures. (Il ne poursuivit pas tout de suite, comme s'il avait remarqué le ton de ma voix.) Mais je me disais que je pouvais me faire porter pâle, si tu avais envie de passer du temps avec moi.

Je m'obligeai à me rendre d'abord au Days Inn où j'avais réservé une chambre, pour faire le check-in. Hors de question de tenir quoi que ce soit pour acquis. J'imprimai le contrat de l'agente dans la partie « business » du motel, qui consistait en un placard à balais contenant un ordinateur hors d'âge et une imprimante Epson, puis je pris une photo du document signé avec mon téléphone et l'envoyai par mail. En regagnant la maison de Jason, je me repassai en boucle la dernière phrase de Cynthia. Ce n'était pas mon premier déjeuner à Los Angeles, loin de là. Mais je devais bien admettre que ce n'était pas le pire.

14

Jason m'attendait, un grand sourire aux lèvres.

— C'est l'heure de l'*happy hour.*

— On va où ?

— Surprise.

Je baissai les yeux vers ma tenue.

— Il faut que je me change ?

— Pas la peine.

— Attends, j'ai apporté une robe.

Je me précipitai vers la chambre dans laquelle j'avais dormi, fouillai dans mon sac de gym et en sortis la robe noire à bretelles que j'avais emportée sans raison.

Jason sourit en me voyant.

— Tu es parfaite.

Il était tellement excité que je le laissai m'embarquer dans sa voiture et nous conduire au centre-ville sans lui demander où nous allions. À mon grand soulagement, il ne m'avait posé aucune question concernant mon rendez-vous avec Cynthia. Il n'avait pas besoin de demander. Il savait que je ne souhaitais pas en discuter et il avait donc décidé de me distraire.

C'était comme si tout était redevenu comme avant : nous n'avions même pas besoin de nous parler pour savoir ce que ressentait l'autre. Il se gara sur un emplacement voiturier et Jason tendit les clés à un de ces employés anormalement beaux qu'on voit partout à Los Angeles, tandis qu'un autre ouvrait ma portière et m'aidait à descendre.

Je haussai un sourcil à l'intention de Jason.

— Très chic.

— Chut, je sais que tu aimes ça. (Il me fit franchir une porte vitrée et pénétrer dans le hall d'un hôtel.) Lève les yeux.

J'obéis et poussai un petit cri. Des centaines de lampes vintage étaient suspendues à l'envers et à des hauteurs différentes sur le plafond recouvert de miroirs.

— On va prendre l'ascenseur jusqu'au premier, déclara Jason. Il y en a un autre spécial pour le toit.

— Quelle surprise.

Mais la ruse fonctionnait ; je commençai à m'amuser et à oublier un peu l'humiliation du déjeuner avec Cynthia. Tandis que la cabine s'élevait en diagonale à travers une nuée d'oiseaux empaillés en plein vol, je me mis à considérer le rendez-vous avec Cynthia pour ce qu'il avait été : un succès incroyable. Elle m'avait offert une place dans son équipe de scénaristes. Elle voulait que je figure dans sa série. Il me serait impossible d'expliquer à Jason que cette rencontre ait été autre chose qu'une réussite. S'il avait écouté le podcast, il connaissait l'existence de Betty mais il ne pourrait pas deviner pourquoi je voulais l'enterrer. Personne ne le pouvait – à l'exception d'une seule personne, celle qui m'avait laissé des dizaines de messages que je ne comptais pas écouter. Et comme je n'avais plus besoin de laisser mon portable allumé pour garder le contact avec Cynthia ou Jason, je n'avais plus besoin de me soucier d'elle.

Nous attendîmes quelques minutes près d'un ascenseur spécial devant lequel officiait un employé de l'hôtel qui faisait monter les gens par petits groupes. Je levai les yeux au ciel dans son dos. Je m'amusai comme une folle.

— Fais-moi confiance, dit Jason.

— Toujours.

Le groom nous fit signe et nous pénétrâmes dans la cabine moquettée. Je fis attention à ne pas coincer mes talons aiguilles dans la rainure entre l'ascenseur et la porte. Quatre jeunes femmes plus ou moins bronzées entrèrent derrière nous : elles portaient toutes des vêtements qui, au vu de leur forme et de la quantité de tissu, avaient tout du maillot de bain.

— J'espère qu'on aura un canapé à eau, commenta Jason.

— J'espère qu'ils sont chauffés.

Il pouvait faire froid sur les rooftops de Los Angeles, même en été.

— Chochotte.

Jason me donna un coup de coude puis fit un geste vers les mannequins très légèrement vêtus.

— Où est ton dos-nu ?

— Je le garde pour une occasion spéciale.

L'ascenseur se mit en route et un bruit sourd, au début très lointain, se rapprocha progressivement. La cabine s'arrêta et les portes coulissèrent : un mélange de musique électronique et de basse à faire claquer des dents nous accueillit, étrangement incongru à la lueur du jour. Les filles s'éloignèrent en ondulant sur un tapis rouge et j'aperçus des buissons taillés en forme d'animaux se détacher contre la ligne des immeubles sur laquelle se répandait l'éclat tendre et rosé d'un coucher de soleil précoce. C'était du brouillard, pas un coucher de soleil, et les animaux étaient faux, mais on se serait quand même cru dans un film. Je fis un pas en avant.

— Impressionnant, hurlai-je dans l'oreille de Jason pour qu'il m'entende malgré la musique.

— J'essaie de te persuader de revenir ici, cria-t-il à son tour. Depuis que je suis seul à Los Angeles, c'est la cata.

On se fraya un chemin vers le bar entre les cubes blancs qui servaient de sièges et sur lesquels une flopée de jeunes gens sublimes s'étaient perchés pour bavarder en s'égosillant. Au milieu des parasites venus profiter de l'*happy hour*, il y avait des gens en maillot de bain et Jason désigna une piscine au fond de la terrasse. Je distinguai le ruban jaune autour d'une partie des sièges et lui adressai un regard interrogateur.

— Pas de canapés à eau ce soir. Je suppose qu'ils sont souvent troués par…

Je n'entendis pas la fin de sa phrase et Jason posa une main sur mon épaule pour garder l'équilibre tout en montrant son pied levé.

La musique devint plus forte. Je n'entendais pas ce qu'il disait, je sentais seulement sa peau contre la mienne.

— Par quoi ?

— Les talons aiguilles.

Je m'esclaffai nerveusement et Jason utilisa la main qu'il avait posée sur mon épaule pour me conduire vers un bar envahi par la foule. En observant la compétition brutale qui y faisait rage, je compris que commander deux cocktails à vingt dollars pièce risquait de prendre un temps fou.

— Je vais essayer de nous trouver un siège, criai-je dans l'oreille de Jason en me mettant sur la pointe des pieds.

Il acquiesça et je me dirigeai vers deux chaises à côté d'une immense cheminée en briques blanches, mais deux types surgis de nulle part, un verre à la main, me grillèrent la politesse. Je circulai en essayant de prendre un air détaché, flânai près des buissons et passai près de tables de ping-pong où j'évitai de justesse une balle sifflante. Le soleil commençait à sombrer ; l'angle de son éclat devint plus tranchant et la lueur, qui se réverbérait sur les immeubles environnants, aveuglante. Comme j'avais quasiment fait le tour de la terrasse sans apercevoir de sièges vides, je m'aventurai dans un coin qui paraissait plus tranquille et m'adossai au mur tiède pour reprendre mon souffle. Je n'étais là que depuis quelques instants lorsqu'un haut-parleur près de ma tête se mit à déverser sans prévenir de la musique tonitruante ponctuée de glapissements suraigus ; un nouveau DJ venait de commencer son set, pas du tout ébranlé par la musique déjà trop forte. Le chaos sonore me ramena vers le bar où Jason attendait toujours, les mains vides. Il m'aperçut et grimaça.

— C'est nul, pas vrai ?

Je haussai les épaules d'un air détaché : je ne voulais pas le peiner et j'étais trop fatiguée pour me remettre à crier.

— Allons-y.

Je hochai la tête, soulagée, et on regagna l'ascenseur, qui vomissait des hordes de chair fraîche. Nous étions seuls dans la cabine, mais après le vacarme de la terrasse, je n'avais aucune envie de rompre ce silence agréable. J'eus le temps de me demander quelles étaient devenues les habitudes de Jason tandis que je testais de nouvelles blagues dans les cafés d'Austin. Fréquentait-il les rooftops avec Aaron Neely et des femmes qui portaient un bikini pour un déjeuner professionnel avant d'aller piquer une tête ?

Je posai la question au moment où les portes s'ouvrirent.

— Tu viens souvent ici, alors ?

— C'était la première fois, répondit-il, l'air penaud. Je voulais t'impressionner. (Je ricanai et il se mit à rire à son tour.) Puisque tu es connue, maintenant.

Je m'interrompis pour lui lancer un regard noir avant de m'esclaffer de nouveau.

— C'est assez moche, non ? demanda-t-il en désignant le plafond et sa forêt de lampes vintage alors que nous quittions l'hôtel.

— Je pense que « banal » serait un mot plus approprié. Mais la vue était somptueuse.

— Il paraît que l'*happy hour* est génial au R&R.

On traversa les jardins très ombragés de la bibliothèque publique pour regagner la voiture et on s'arrêta un peu pour traîner sous ses fabuleuses frondaisons. Jason passa le bras autour de mes épaules sans avoir l'air d'y toucher, comme si c'était un geste anodin.

— Tu restes encore une nuit ?

Cette fois-ci, Jason avait commandé une omelette avec des galettes de pommes de terre. Tout en mangeant mon burger, je songeai que Jason serait toujours le genre de mec à commander un petit déjeuner en guise de dîner. Je le connaissais peut-être trop bien.

— Quelques jours, au moins.

— Tu cherches un appart ?

Il secoua la bouteille de ketchup sur ses galettes à plusieurs reprises.

— Je ne suis pas encore prête pour ça. Et puis je ne roule pas sur l'or. Il faut que je signe un contrat avant de…

— C'est de ça que je voulais te parler. (Un tas de ketchup atterrit sur son assiette mais il ne le remarqua pas.) Je plaisantais à moitié hier quand je t'ai proposé de partager le loyer. Je n'ai pas eu de chance avec les colocs depuis ton départ et je n'ai plus les moyens de vivre seul. Si tu as besoin d'un appart…

Il n'acheva pas sa phrase, reposa la bouteille de ketchup et reporta son attention sur le bazar dans son assiette.

Je n'en croyais pas mes oreilles. Il me proposait de m'installer avec lui. Sans une seule allusion à ce qui se passait entre nous – sa façon de me toucher, de me tenir par la main, le bar qui ressemblait à un *date* –, il me demandait de resurgir dans sa vie comme si je n'en étais jamais partie. Et sans aucune idée de ce que nous étions l'un pour l'autre.

— Qu'est-ce que tu me proposes exactement, Jason ?

J'avais compris mais j'avais besoin qu'il le formule à haute voix. Ou du moins qu'il admette qu'il avait besoin de moi.

Mais il fit immédiatement machine arrière.

— Ou pas. Si l'idée ne te plaît pas.

Je continuai à manger mon burger et gardai la bouche pleine le reste du repas, me contentant de hocher ou secouer la tête.

Une fois rentrés chez lui, il choisit un stand-up dont on avait tous les deux entendu parler et je me détendis un peu en retrouvant notre ancien mode de fonctionnement : les gloussements par intermittence, la critique des blagues, la liste de ce qui marchait et ne marchait pas.

Et puis, au bout d'une demi-heure, il se colla de nouveau contre moi.

— Arrête, ordonnai-je en repoussant son bras.

— Quoi ? Ça ?

Il ébouriffa mes cheveux.

— Je ne plaisante pas. Ça suffit. (Je fis un bond en arrière.) Qu'est-ce qui se passe, Jason ? À quoi tu joues exactement ? J'ai besoin de savoir.

Il prit une profonde inspiration et repoussa la mèche qui lui tombait sur les yeux, comme toujours quand il était agacé.

— Dana, quand j'ai dit que je n'avais pas eu de chance avec mes colocs, en fait, je voulais dire… ma dernière coloc était en réalité ma copine. Mon ex, maintenant. (Il secoua la tête, les mains sur les genoux.) J'ai fini par découvrir qu'elle m'utilisait pour mes contacts. Ça a complètement détruit ma capacité à faire confiance aux autres.

J'attendais, impassible, qu'il termine.

Il me lança un regard suppliant.

— Je sais que je t'envoie des signaux contradictoires. Mais je ne suis pas prêt à m'engager de nouveau. Tu comprends ?

Je me levai.

— Je vais y aller.

La surprise se peignit sur son visage.

Je cherchai mes chaussures tout en parlant.

— Si tu t'attends à ce que je t'écoute encore te plaindre de tes problèmes avec les femmes, tu te fourres le doigt dans l'œil jusqu'au coude. (J'éclatai de rire.) Bon sang, combien de fois tu m'as pris la tête à déblatérer sur une blondasse maigre comme un clou qui t'a maltraité ? Pauvre Jason. Pauvre, pauvre Jason. (Le sang me montait au visage. Où étaient mes escarpins ?) Et dire que je craignais que tu me demandes de revenir parce que je pourrais te servir maintenant que j'ai plus de succès que toi.

Il voulut protester, en colère, mais je l'arrêtai avant qu'il puisse prononcer un seul mot.

— Mais non, ce n'est même pas aussi abject. Je me flattais. Tu es juste en période de transition sentimentale. Comme d'habitude. Et tu veux que quelqu'un t'écoute, te tapote la tête et règle tes problèmes à ta place. J'en ai rien à cirer que cette connasse t'ait utilisé ou trompé ou que sais-je encore. (Les propos de ma mère concernant Jason me revinrent soudain en mémoire et je redressai les épaules.) Je ne nettoie plus la merde des gens.

— Dana…

Il tendit la main vers moi et je reculai, nerveuse.

— « Détruit ta capacité à faire confiance aux autres », raillai-je. Quelle connerie. Si tu ne me fais pas confiance depuis le temps, tu ne le feras jamais.

— Attends une seconde. Qui ne fait pas confiance à qui ici ? (Il se leva à son tour et je me déplaçai pour mettre le canapé entre nous.) Tu ne m'as même pas dit ce que tu faisais à Los Angeles. Tu as un truc énorme sur le feu, j'en suis sûr. Et tu agis comme si c'était un secret d'État. Ton téléphone n'arrête pas de sonner – ça ne peut pas être uniquement des appels d'agents ou de Cynthia Omari, sinon tu décrocherais. Tu es bien décidée à cacher de qui il s'agit, pas vrai ? (Je détournai le regard.) Qu'est-ce que tu fais ici, alors ? Tu t'es pointée sans prévenir, sans même répondre à mon texto – et vas-y que je te tiens la main, que je te fais des câlins et que je dors dans la chambre d'amis. (Son indignation montait.) Pour ce que j'en sais, c'est peut-être ton mec qui cherche à te joindre.

— Je n'ai pas de mec, rétorquai-je sèchement en apercevant enfin mes chaussures sous la table de la cuisine et en me penchant pour les ramasser.

— Un ex, alors ? (Il se plaça devant la porte, peut-être sans se rendre compte de son geste.) Ou quelqu'un d'autre dont tu ne veux pas me parler.

— Peut-être que c'est pas tes oignons.

Puisqu'il m'empêchait de sortir, je pivotai et remontai le couloir au pas de charge vers mon ancienne chambre. Le sac de gym était ouvert sur le matelas. J'attrapai mon jean, que j'avais jeté par terre quand je m'étais changée un peu plus tôt, et le fourrai dedans.

— C'est exactement ce dont je parle, affirma-t-il en me suivant. Ça. Depuis le temps qu'on se connaît, tu ne me racontes jamais rien. (Il fit quelques pas vers moi. Je me redressai et glissai la bandoulière du sac sur mon épaule.) Et je suis censé entamer une relation avec une femme qui ne m'explique jamais ce qui la ronge ?

— Ce qui me ronge…

Je le repoussai et remontai de nouveau le couloir, Jason sur les talons.

— Commençons par ton rendez-vous d'aujourd'hui. Il s'est mal passé. Est-ce que tu me diras un jour pourquoi ?

— Tu pourrais commencer par poser la question.

— Et tu prendrais la tangente, exactement comme maintenant.

— Et comment, répondis-je en me précipitant vers la porte, récupérant mon sac à main au passage. (Je m'immobilisai et me retournai, la main sur la poignée.) Puisqu'on en est à se balancer nos quatre vérités, ne prétends pas vouloir savoir ce que je ressens, Jason. Tu as fait de ton mieux pour l'éviter, et ça depuis le début de notre amitié. Parce que si tu avais posé la question – et que je t'avais répondu – alors tu aurais été obligé d'admettre…

Je m'étranglai en pensant à toutes ces après-midi passées avec lui, à tous ces sentiments que j'avais refoulés et fait semblant de ne pas éprouver. L'adolescente naïve et maladroite que j'étais, qui avait passé la nuit chez un garçon dans l'espoir qu'un jour ils seraient plus qu'amis. Mais au lieu du happy end de cinéma que j'espérais, le baiser, le bouquet et la bande-son cool, j'avais été si profondément violée que je n'avais jamais réussi à le dire à personne, même si je l'avais voulu. *Ça.* C'était ça que signifiait réellement détruire la capacité à faire confiance de quelqu'un.

Mais il restait planté là à jouer au con. Il allait m'obliger à le dire.

— Tu savais très bien ce que je ressentais. Et tu t'es quand même servi de moi pendant des années. Tu t'es servi de moi pour flatter ton ego chaque fois que tu te faisais larguer. Et tu t'es servi de mon talent parce que le tien ne te menait nulle part. (On aurait dit que je l'avais giflé, mais ça ne m'empêcha pas de poursuivre.) Je refuse de jouer à ce petit jeu. C'est insultant pour nous deux. C'est fini.

Je laissai la porte claquer derrière moi.

Mon portable, rangé dans le sac de gym posé sur le siège du passager, vibra non-stop durant tout le trajet jusqu'au motel. J'espérais très fort que ce soit Jason qui m'appelle pour s'excuser et me supplier de revenir mais je savais sans avoir besoin de vérifier que ce n'était pas lui. Une fois dans ma chambre, je balançai mon sac sur le lit et le téléphone glissa sur le couvre-lit à motif cachemire, vibrant et affichant les mots appel inconnu.

Quelque chose en moi vrilla. Je l'attrapai, appuyai sur le bouton ACCEPTER et hurlai à pleins poumons : « Fous-moi la paix ! » Puis je l'éteignis et le lançai violemment à travers la pièce. Il rebondit contre la plinthe et disparut sous le lit.

Je gagnai la salle de bains pour me préparer à aller me coucher. Heureusement, les motels mettaient toujours à la disposition de leurs clients des articles de toilette miniatures, sans marque et jetables. Je déballai un savon de la taille d'un cracker, parvins à lui faire produire une mousse peu abondante et me savonnai le visage. Je m'aspergeai la figure d'une main tout en cherchant à tâtons une serviette de l'autre. Au moment où j'enfouis le visage dans le tissu éponge, un bruit me parvint de la chambre, un gargouillement aigu qui me fit lâcher la serviette dans le lavabo mouillé.

Le téléphone du motel sonnait.

Il s'arrêta quand je sortis de la salle de bains. Après une pause anormalement longue, la sonnerie retentit de nouveau, accompagnée par une lumière rouge qui brillait par intermittence à la base de l'engin. Je me dirigeai lentement vers la table de nuit, en espérant malgré tout qu'il cesse de brailler avant que j'aie eu le temps de l'atteindre. Je m'assis sur le lit et attendis trois autres sonneries avant de m'emparer du combiné en plastique et de tirer sur le cordon court et emmêlé.

— Allô ?

— Dana, dit Amanda. Écoute-moi.

Je raccrochai brutalement. Je tentai de le débrancher mais le cordon était solidement encastré dans le téléphone et la prise murale était hors d'atteinte sous le lit. Les touches étaient très abîmées et les dessins qui les ornaient indiscernables : je les frappai au hasard en priant pour que l'une d'entre elles mette le téléphone sur silencieux.

Au lieu de ça, j'obtins la réception.

— Je vous en prie, ne me passez plus aucun appel, suppliai-je, au bord des larmes.

La réponse de l'employé me parvint dans un grésillement indéchiffrable et je finis par raccrocher sans savoir s'il m'avait comprise.

Toujours habillée, j'éteignis la lumière et m'allongeai, attendant que le téléphone sonne de nouveau. Puis je m'endormis.

15

Scritch. Scritch.

J'ouvris les yeux. Le bruit venait de la porte. J'aperçus derrière la fente sous la porte un faible éclat de lumière, aussitôt suivi par une ombre.

Scritch.

Je m'assis, ce qui fit gémir le matelas, et le crissement cessa. L'ombre se déplaça sur le côté et s'immobilisa.

Le réveil posé sur la table de nuit indiquait 3 h 05. Le cœur battant à tout rompre, je me rallongeai le plus doucement possible.

Elle était là. Elle avait dû me voir prendre une chambre au motel la veille et elle avait appelé ma chambre pour confirmer le numéro. Et à présent, elle essayait d'entrer.

Dans le silence, ma respiration me paraissait anormalement bruyante. Je restai immobile pour éviter de faire de nouveau grincer les ressorts du matelas et l'imaginai en train d'attendre de l'autre côté de la porte. Nous restâmes ainsi pendant une éternité. Le silence dura si longtemps que je sentis le sommeil me submerger de nouveau et je luttai pour garder les yeux ouverts. Le temps sembla ralentir et enfler, s'étirer comme une corde élastique et sombre entre nous. Amanda ne me lâcherait jamais. Elle ne le pouvait pas parce que les ténèbres qui nous reliaient l'une à l'autre venaient de mes entrailles. Elle ne partirait que lorsque je m'en serais débarrassée. Mais je ne pouvais pas le faire sans elle.

On frappa un coup léger à ma porte.

Comme en état de somnambulisme, je passai les jambes sur le bord du lit puis posai les pieds par terre. L'ombre n'avait pas bougé. J'avançai sur la moquette élimée, un pas après l'autre.

Un autre coup, plus fort cette fois-ci.

— Dana ? Tu es réveillée ?

La voix grave et familière se déversa en moi comme une lampée de bourbon, réchauffant tout ce qu'elle touchait. Je franchis la distance qui me séparait de la porte en courant, ôtai la chaîne de sécurité, tournai la poignée et ouvris la porte à la volée. Jason, le teint cireux à la lueur jaunâtre de l'éclairage du motel, se dandinait d'un pied sur l'autre, gêné, l'air malheureux. J'éclatai en sanglots.

— Oh, bon sang, je t'ai fait peur. Pardon. (Il posa les yeux sur mon visage écarlate d'avoir pleuré puis les baissa.) Je n'arrivais pas à dormir. J'ai réfléchi à ce que tu m'as dit.

Mon cœur n'avait toujours pas repris son rythme normal.

— Comment tu as fait pour me retrouver ?

Il brandit un stylo en plastique sur lequel était écrit le nom du motel.

— Tu as laissé ça chez moi. J'ai reconnu ta voiture sur le parking et c'est comme ça que j'ai découvert le numéro de ta chambre. (Il tenait dans l'autre main une feuille arrachée à un carnet à spirale sur laquelle il avait griffonné quelques mots.) Je te jure que je voulais juste te laisser un mot sous la porte, mais… je ne suis pas arrivé à formuler correctement ce que je voulais dire. (Il froissa le papier et le fourra dans sa poche avec le stylo.) Maintenant que je t'ai réveillée, comme le con que je suis, est-ce que tu veux bien qu'on discute cinq minutes ?

J'hésitai et m'essuyai les yeux. Puis je reculai et le laissai entrer.

— Je ne risque pas de me rendormir de toute façon.

— Je sais. Je n'ai pas le meilleur timing du monde.

Il se dirigea vers le lit et je refermai la porte derrière lui. Je m'assis près de la table devant la fenêtre et le regardai faire les cent pas.

— J'aimerais tellement te ressembler, Dana.

— Tu voudrais être petite, latina et avec de gros nichons ? C'est pas près de t'arriver.

— Tu peux me vanner si ça t'amuse. Je n'ai aucun droit d'exiger que tu sois franche avec moi. Je ne le mérite pas. Mais je vais être honnête avec toi. (Il prit une profonde inspiration.) Ce que je veux dire c'est que… tu es forte. Tu ne laisses rien te mettre à terre ou te donner l'impression que tu es… nulle. (Il fronça les sourcils.) C'est intimidant. Tu n'as pas *besoin* des autres comme moi.

— Tu te racontes des histoires, Jason, répliquai-je en pianotant impatiemment sur ma chaise. C'est des conneries tout ça. Et tu le sais.

Il pivota pour me faire face.

— Tu te rappelles après le bac ? On avait plein de grandes idées. Quitter Amarillo, s'installer à Austin. Affronter le monde ensemble.

— Ouais et c'est exactement ce que tu as fait. Sans moi.

— Pas pendant longtemps. (Il se remit à aller et venir.) Je ne pouvais pas y arriver tout seul. Et puis c'est toi qui as changé de plan, Dana. Comme d'habitude.

— Qu'est-ce que tu veux, je n'ai pas pu résister au glamour du bureau des retours chez Sears.

— Oh, laisse tomber l'auto-apitoiement, rétorqua-t-il sèchement. Tu as changé pendant l'année de terminale et je n'ai jamais compris pourquoi. Mes blagues ne te faisaient plus rire. La fac ne t'intéressait plus. J'ai cru que tu avais besoin que je te fiche la paix. (Il soupira.) Je ne savais pas quoi penser.

Il avait bien remarqué quelque chose, finalement.

— Parce que tu crois que je *ne voulais pas* conquérir le monde avec toi ? Il m'est arrivé quelque chose, Jason. Et j'avais plus que jamais besoin de toi. (En y repensant, j'étais incapable de me souvenir de quoi j'avais vraiment besoin. Seule la torpeur brumeuse dans laquelle je me mouvais me revenait, mais j'insistai quand même.) Et tu t'es barré.

— Ouais, et j'ai été très malheureux sans toi. Pourquoi tu crois que je t'ai convaincue de me suivre ? (Il eut soudain l'air épuisé.) Pour les mêmes raisons que celles qui m'ont poussé à te demander de venir ici… et j'essaie de nouveau de te persuader depuis que tu as sonné à ma porte. (Il me lança le regard qui me tuait chaque fois, ses sourcils bruns froncés, ses cheveux retombant sur son front.) Sans toi, je ne vaux rien, Dana.

Pour dissimuler l'élancement que ses paroles provoquaient, je détournai les yeux et poussai un soupir théâtral.

— Tout ça est très touchant, Jason. Mais de mon point de vue, tu t'en sors très bien tout seul. Tu trouves des boulots, tu te pavanes avec Aaron Neely, tu sors avec des actrices…

À la mention de sa vie amoureuse, il me fusilla du regard. Il n'était pas encore totalement abattu.

— Je t'interdis de parler de ça. Cette relation a failli me tuer. J'ai perdu qui j'étais.

— Et ça aussi c'est ma faute ? (Je me levai, furieuse.) Parce que je n'étais pas là pour te materner pendant que tu sortais encore avec une nana qui n'était pas moi ? Je ne suis plus tes petites roues, Jason. Si tu ne peux pas gérer une relation d'adultes sans ton…

— Sans ma meilleure amie ?

— Sans ton doudou, achevai-je. C'est tout ce que je suis pour toi. On n'a jamais été meilleurs amis. J'étais amoureuse de toi. Tu le savais et tu t'es servi de moi.

— Je…, commença-t-il à répliquer avant de s'interrompre et de s'asseoir brusquement sur le lit comme si ses jambes avaient cédé. Oui, je le savais. (Il leva les yeux, plus petit que moi pour une fois.) Pour ma défense, ce n'est pas évident de deviner ce qui se passe dans ta tête. Tu es très secrète. (Je le fixai jusqu'à ce qu'il baisse le regard.) Mais, oui, je le savais, au fond de moi. Je n'étais pas prêt à prendre une décision. Je pensais que…

— Que quand tu n'aurais plus envie de t'amuser, je serais toujours là ? Est-ce que tu as fini, Jason ?

Il secoua la tête et ouvrit la bouche mais aucun son n'en sortit. Il continua à secouer la tête d'avant en arrière. Il me fallut un instant pour comprendre qu'il pleurait parce que je ne l'avais jamais vu faire avant. Ses larmes ne coulaient pas, mais ses yeux étaient rouges et deux taches cramoisies s'élargissaient sur ses tempes.

— Je ne sais pas quoi dire, Dana. J'ai besoin de toi, c'est tout. J'ai toujours eu besoin de toi mais je ne savais pas à quel point avant l'année dernière. Je suis désolé qu'il ait fallu en arriver là… (Il leva brièvement les yeux.) Mais je n'ai pas l'impression d'avoir fini. Je me sens… prêt.

Il enfouit le visage dans ses mains. Je m'approchai du lit et glissai la main dans ses cheveux pour les repousser de son front. Il laissa reposer ses mains sur ses genoux et je me positionnai entre ses jambes, sa tête contre ma poitrine. Il agrippa mes cuisses et je sentis la tiédeur de ses mains sous le tissu de la robe que je portais toujours. Je posai la joue sur le sommet de son crâne, comme il avait l'habitude de le faire quand on regardait la télé, juste pour voir quel effet ça produisait. Puis je me redressai, encadrai sa figure entre mes mains et fis basculer son visage vers le mien.

— Je suis prête, moi aussi, dis-je en me penchant vers lui.

Nous nous embrassâmes. L'étreinte de ses mains sur mes cuisses devint plus ferme. Puis il fit glisser une main sur ma hanche pour m'attirer plus étroitement contre lui tandis que de l'autre, il caressait ma taille avant de s'aventurer plus haut. La chaleur m'enveloppa à chaque point de contact – sa bouche humide, sa barbe égratignant mes lèvres, ses cuisses contre mes hanches, ses mains qui se déplaçaient avec une lente avidité. Lorsqu'il posa le pouce sur mon téton, je poussai un petit cri et fermai les yeux. Mais au centre de l'obscurité rouge et tiède qui avait pris place derrière mes paupières, un point glacé refusait de fondre.

Le vertige me submergea. Je ne sentais plus les mains chaudes de Jason mais un trou noir prêt à m'avaler et une voix dans ma tête qui était exactement celle d'Amanda murmura :

Je suis toujours là.

Je rouvris les yeux et reculai d'un pas.

Jason rouvrit les yeux à son tour.

— Qu'est-ce qu'il y a ?

— Rien. Je suis juste… il est tard.

Histoire d'occuper mes mains, je fis un geste en direction du réveil. Il était 4 h 17.

— C'est vrai, répondit-il sans ôter les mains de mes hanches.

— On discutera de tout ça demain. (Je lui caressai les cheveux.) Je suis contente que tu sois venu.

Il se leva, me dominant de nouveau de toute sa taille.

— Merci de m'avoir laissé entrer.

— Je serai là demain. Je ne te mets pas vraiment dehors.

— Et je ne pars pas vraiment.

Une fois sur le seuil, il se pencha pour m'embrasser. C'était un petit bisou mais il ressemblait à une promesse. Puis il partit.

16

Lorsque je me réveillai quelques heures plus tard, le soleil se faufilait sous les rideaux. Les bruits du motel qui me parvenaient de l'extérieur bannissaient les spectres de la nuit précédente ; les moteurs vrombissaient sur le parking, des portières claquaient. Une femme qui passait devant ma porte brailla à quelqu'un de vérifier encore une fois sous le lit et, pendant un instant, je songeai aux dernières vacances en famille avant que mon père nous abandonne, au Big Bend National Park quand j'avais six ans. Pendant une randonnée dans un canyon, j'avais attrapé un cactus qui avait l'air pelucheux et j'avais pleuré durant tout le chemin qui nous ramenait au motel, où, pour me calmer, mes parents avaient téléchargé *Matilda* en VOD. On s'était entassés tous les trois sur le lit pour regarder le film, eux côte à côte contre la tête de lit, moi à plat ventre, le menton entre les mains. Je pense que c'est la dernière fois que mes parents ont été heureux ensemble. Je regrettais de ne pas m'être retournée pour voir leurs visages et m'en assurer.

Après un moment d'atermoiements, je me penchai sur le côté du lit et tendis la main jusqu'à ce que mes doigts effleurent mon téléphone. Après quelques essais, je parvins à en saisir le bord et à l'attirer à moi. Je pris une profonde inspiration et le rallumai.

Pour la première fois depuis quarante-huit heures, Amanda ne m'avait ni appelée ni écrit.

Avait-elle enfin compris le message ? Ou, maintenant qu'elle savait où me trouver, avait-elle changé de stratégie ? Cette idée était perturbante mais, à la lumière du jour, facile à repousser. J'ignorais comment elle m'avait retrouvée – grâce à ses talents de hacker, je supposais – mais le plus important, c'était qu'après avoir entendu ma voix au téléphone, elle n'avait pas tenté de me recontacter.

Comme j'étais un peu superstitieuse, j'avais tendance à relier son silence soudain à Jason. Plus Jason reprenait de place dans ma vie, plus la présence d'Amanda semblait s'estomper. Son apparition dans ma chambre la veille – notre dispute, le baiser – semblait l'avoir chassée pour de bon. Au grand jour, le pacte qui nous liait n'avait plus rien d'un secret inavouable ; il était aussi fragile et irréel qu'un défi lancé lors d'une soirée pyjama. Après tout, Jason et moi avions grandi ensemble, nous aimions les mêmes émissions télévisées, détestions tous les deux notre ville natale et cherchions à la quitter par tous les moyens. Nul autre que lui, à l'exception de ma mère, ne me connaissait depuis aussi longtemps – pas même mon père qui ne m'avait pas souhaité une seule fois mon anniversaire à partir de mes douze ans. Amanda, quant à elle, avait surgi de nulle part quelques semaines auparavant et rien ne nous liait. Nous n'avions ni amis en commun ni intérêts partagés, rien d'autre de similaire que nos séjours ratés à Los Angeles – et quoi de plus banal que ça ? Jason et moi partagions une chose beaucoup plus rare, une combinaison magique d'amour et de réussite.

Un texto s'afficha à point nommé sur mon écran, non d'Amanda, mais de ma toute nouvelle agente qui m'avait décroché une audition dans la journée, pour mon troisième jour à Los Angeles… dans quelques heures.

J'avais envie d'exulter à haute voix. Cynthia, qui m'avait pratiquement proposé un job sur-le-champ, n'était pas le seul fer que j'avais au feu. Je n'étais là que depuis trois jours et je me débrouillais déjà mieux que pendant les quatre années que j'avais passées ici. Peut-être qu'être la deuxième personne la plus drôle d'Austin n'était pas aussi prestigieux qu'être la première mais ça m'avait ouvert des portes. Ou peut-être que quelqu'un m'avait aperçue au café avec Cynthia et avait décidé que j'étais une étoile montante ? Quoi qu'il en soit, si je voulais liquider Betty et laisser tout ce qu'elle me rappelait derrière moi, je n'avais pas de raison de penser que ça nuirait à ma carrière. Je survivrais, plus forte que jamais sans elle.

J'examinai les détails de l'audition. Il s'agissait d'un pilote pour une sitcom mettant en scène une agence de pub dans les années 1980, *Mad Men* mâtiné de *WKRP*, si on en croyait le résumé sommaire. Ce qui signifiait, j'en étais sûre, que j'étais invitée à endosser le rôle de la brune un peu ringarde qui servirait de faire-valoir à une secrétaire blonde et écervelée. Pas de problème. Le producteur enchaînait les succès : j'étais prête à jouer les faire-valoir rien que pour voir mon nom associé au sien. J'extirpai de mon sac ma tenue d'audition, l'enfilai et ajoutai une paire de lunettes à verres neutres que j'avais toujours sur moi pour ce genre d'occasion. Puis je glissai la chemise contenant mon CV et mon portrait dans mon sac à main. J'étais prête.

Sur un coup de tête, j'envoyai un SMS à Jason pour lui apprendre la bonne nouvelle. Si on essayait de sortir ensemble, il fallait que je m'habitue à partager ce genre de choses avec lui. Ce n'était pas vraiment une façon de mettre mon cœur à nu, mais c'était quand même un début.

Alors que je me dirigeai vers la porte, mon regard fut attiré par le téléphone posé sur la table de nuit et j'eus un instant l'impression que le voyant rouge clignotait. Je me forçai à le contempler jusqu'à ce que je sois certaine que c'était un effet de lumière, puis je quittai la chambre.

Dès que je pénétrai dans la salle d'attente, je compris qu'il s'agissait en réalité d'une audition ouverte. J'essayai de ne pas me laisser abattre par le nombre de personnes présentes dans la pièce. En revanche, je ne m'étais pas trompée sur le casting : je dénombrai une bonne dizaine de blondes maigres et élancées que j'imaginais dans le rôle de Loni Anderson, certaines avec des chignons imitant les coiffures des années 1980. Les brunes avaient un physique un peu plus varié, mais pas tant que ça. J'étais sans conteste la plus petite et la plus gironde du lot. Et la plus drôle, me dis-je pour me remonter le moral en remarquant avec soulagement que Jessie, la chef de pub junior pour laquelle j'auditionnais, n'était pas un faire-valoir ennuyeux mais un personnage comique. J'étais prête à parier que dans cette salle d'attente pleine d'actrices, j'étais la seule humoriste.

Apparemment, les brunes passaient en premier. Mais le temps qu'une assistante berçant un iPad me fasse signe d'entrer, j'avais eu le temps de lire en entier quatre vieux numéros de *People* et un numéro corné d'*Entertainment Weekly*. Je tendis mon CV et mon portrait à l'assistante qui les passa à la directrice de casting, une rousse à l'air épuisé de celle qui a fait la guerre, caractéristique de toutes les directrices de casting du monde, assise devant une table pliante. Elle reprit un peu du poil de la bête en voyant mon CV.

— Une comique, hein ? dit-elle. Bien, Dana, faites-moi rire.

Je fis de mon mieux, interprétant Jessie avec le plus d'entrain possible, face à la directrice de casting qui me donnait la réplique de manière impassible. Elle me coupa au milieu de la deuxième page et je tentai d'avoir l'air attentive et ravie, comme si elle s'apprêtait à me donner des conseils ou des instructions précieuses.

Sans lever les yeux du script, comme si elle était en train de lire le journal en prenant son petit déjeuner, elle dit :

— J'ai du mal à l'imaginer dans le service publicitaire d'une grosse entreprise.

Les lunettes étaient-elles de trop ? Je les ôtai d'un geste nonchalant, juste pour montrer qu'elles étaient fausses.

— On est censés être dans les années 1980. (Elle leva les yeux du script mais regarda son assistante, pas moi.) Tu as l'autre rôle ? (L'assistante me tendit d'autres feuillets et la directrice de casting me regarda enfin.) Il est plus drôle, de toute façon.

Je jetai un coup d'œil aux pages, mais je savais déjà de quel rôle il s'agissait. La femme de ménage, uniforme et accent outré compris. Le rôle que j'avais joué par hasard dans l'appartement de Branchik après m'être laissé persuader par Amanda que c'était la seule solution possible. Le rôle que je m'étais jurée de ne jamais jouer m'était venu avec tant de naturel et de drôlerie que nous en avions ri aux larmes ensuite.

Je lus le texte. Chaque fois que j'avais une audition, je me pliais à ce qu'on me demandait. Il paraît que si on arrive à se mettre dix directeurs de casting télé dans la poche, on est sûr de lancer sa carrière. Du coup, je ne me mettais jamais personne à dos. Je me contentais de lire le rôle. *Même J.Lo a dû jouer les bonniches.*

La directrice de casting et son assistante ne comprirent pas que je prenais le rôle par-dessus la jambe. Elles rirent tout du long, beaucoup plus que pour mon interprétation de la jeune chef de pub. Comme les spectateurs dans les années 1980, elles adoraient voir une Latina glapir, la main sur le cœur, en disant : « *Dios mio*, monchieur Kendall ! » *Note à moi-même*, pensai-je en mon for intérieur, *plus de sitcoms nostalgiques.* Je les remerciai d'avoir pris le temps de me recevoir et je regagnai la salle d'attente.

La réceptionniste se redressa en me voyant franchir la porte.

— Dana Diaz ?

Je hochai la tête, abattue. Une vieille pensée, une pensée amère, m'assaillit soudain. Elle me venait parfois après des auditions de ce genre, mais elle me dégoûtait tant que j'essayais de la repousser le plus vite possible. Je me demandais si je subirais le même traitement si j'avais gardé le nom de famille de mon père.

— On a livré quelque chose pour vous.

Elle se pencha pour attraper un vase rempli de tournesols derrière elle et le posa lourdement sur son bureau.

Je jetai un bref coup d'œil à la carte qui l'accompagnait et lus le nom de Jason écrit à la main par la fleuriste ; un petit frisson d'excitation chassa mon amertume. Jason les avait certainement envoyées après avoir reçu mon texto. C'était un peu embarrassant, comme si c'était ma première audition, mais après ce qui s'était passé cette nuit, tout avait un goût de première fois. Les fleurs me rappelaient que même cette audition, avec sa déception familière, pouvait être un nouveau départ. Les autres femmes me considéraient avec un soupçon d'envie et je m'emparai du bouquet.

— Je suis désolée de ne pas vous les avoir données avant l'audition, dit la réceptionniste. La livreuse est passée au moment où vous veniez d'entrer.

— Ce n'est pas grave.

Je gagnai le parking et, tout en marchant vers ma voiture, je tirai sur la carte pour examiner de plus près l'écriture désordonnée. Le vase m'échappa des mains et se brisa, répandant les tournesols sur le sol. Sur la carte que je tenais entre le pouce et l'index, à laquelle pendait une fleur accrochée à sa ficelle, était écrit :

« Bonne chance, Dana !

Le troisième nom sur ma liste est :

Jason Murphy »

17

J'arrachai la carte de la ficelle, laissai la fleur criarde, avec son centre globuleux et noir comme l'œil d'un insecte, tomber sur le sol, et trébuchai jusqu'à ma voiture avec le nom de Jason écrasé dans la paume de ma main. Une fois derrière le volant, je balançai l'atroce papier dans la boîte à gants et posai les mains sur le volant pour les empêcher de trembler, incapable de mettre le contact.

La livreuse est passée au moment où vous veniez d'entrer. Était-ce Amanda dans son uniforme volé ? Est-ce qu'elle me suivait, comme elle voulait me le faire croire ?

Les coups de fil, les SMS – même le fait qu'elle m'avait retrouvée au motel –, tout ça n'était rien en comparaison de la violation d'intimité que je ressentais en voyant le nom de Jason inscrit sur ce bout de papier. Elle l'avait entraîné dans son petit manège, un plan qu'elle avait échafaudé pour me piéger. C'était une menace à peine voilée – elle ne s'attendait certainement pas à ce que je fasse quoi que ce soit parce qu'elle avait écrit le nom de Jason sur une carte de visite. Elle n'était probablement pas en ville ; elle devait se contenter d'utiliser les algorithmes de Runnr pour me tourmenter de loin, menacer de me dénoncer comme elle l'avait fait avec Neely et Branchik. Rejetée, ignorée, elle chercherait par tous les moyens à détruire mon bonheur. Et la façon la plus efficace était de tout révéler à Jason.

Je reconnaissais bien là la froide logique d'Amanda. J'avais vu sa stratégie à l'œuvre. Qu'avait-elle dit à propos de Brenna Branchik – de la vengeance contre les femmes ? *Les femmes apprennent très tôt à vivre avec la violence. Atteindre une femme n'est pas aussi simple qu'une tape sur le museau. Il faut trouver ce qui lui tient à cœur.* Et elle venait justement de le faire.

Mais comment ? J'essayai de me rappeler si j'avais mentionné Jason devant Amanda. Je ne voulais pas lui parler de lui, ce qui me paraissait à présent à la fois important et prémonitoire, comme si je n'avais pas voulu contaminer son souvenir. Mais même si j'avais évoqué le nom de mon ancien coauteur et qu'elle avait fouillé dans les dossiers en ligne de mon ancien lycée pour le suivre à la trace depuis l'université du Texas jusqu'à Los Angeles… combien de Jason Murphy y avait-il à L.A. ? Comment était-elle parvenue à retrouver *mon* Jason, à moins de me suivre ?

Je démarrai. Il fallait que je sorte de ce parking. Qu'elle soit là ou pas, je sentais son regard qui m'espionnait. Alors que j'étais en train de me diriger vers l'autoroute, mon téléphone sonna et je décrochai aussitôt.

— Qu'est-ce que tu me veux ?

— Dana ? demanda une voix féminine qui donnait l'impression d'avoir pleuré. C'est Kim.

— Kim ! (Je changeai de ton, rougissante.) Pardon, je croyais que c'était quelqu'un d'autre. Qu'est-ce qui se passe ?

À en juger par sa voix, ce n'était pas le moment de lui réserver un accueil désobligeant.

— C'est Fash.

Je clignai des yeux, déroutée, et tentai de balayer Amanda de mes pensées.

— Fash ? Qu'est-ce qu'il a fait ?

Kim répondit d'une voix monocorde, comme si elle luttait pour se maîtriser.

— Ça a commencé il y a deux semaines. Il se comportait bizarrement… plus bizarrement que d'habitude je veux dire. (Elle ravala un rire nerveux.) Mais là c'était différent. Il envoyait des messages aux gens en pleine nuit – surtout à des femmes – pour les supplier de lui pardonner ou pour les insulter. Il était même carrément menaçant. Il m'a écrit deux fois mais je l'ai ignoré. Je l'ai ignoré. (Elle suffoqua.) Et puis hier soir, il s'est pointé chez moi, tard, et il a frappé à la porte comme un dingue. (Elle se remit à pleurer.) Je regrette, j'aurais dû le laisser entrer.

— Kim, qu'est-ce qui s'est passé ?

— Il a fait ça ce matin, chez lui, murmura-t-elle.

— Fait quoi ?

La question était idiote, je me rappelais ses sautes d'humeur au bar et une part de moi connaissait déjà la réponse.

— Il y avait tellement de sang, dit-elle sans cesser de pleurer. C'est moi qui ai trouvé le corps. Personne ne sait comment il s'est procuré le flingue.

Je compris lentement : Fash, le site Internet, les revolvers en forme de L maléfique. La voix d'Amanda : *Est-ce que je t'ai déjà laissée tomber ?*

— Oh mon Dieu.

— Il était bipolaire. Je pense qu'il a dû arrêter de prendre ses médocs il y a quinze jours. (Kim se ressaisissait et récitait les détails de manière machinale comme pour se calmer.) Il s'est peut-être dit qu'il n'en avait plus besoin maintenant qu'il était la Personne la plus drôle d'Austin.

Ce n'était peut-être pas lui qui avait pris cette décision, mais quelqu'un qui pensait que Fash devait disparaître. Je me mis à tousser pour m'empêcher de m'étrangler.

— Dana, ce qui est affreux, c'est que… je savais qu'il avait besoin d'aide mais j'en avais rien à foutre. Je ne lui ai jamais pardonné ce qu'il nous a fait, à moi et aux autres femmes. Il n'a jamais rien admis. Et quand il a gagné le concours, je me suis dit *Maintenant, il n'aura jamais besoin d'avouer.* Et j'ai prié pour qu'il soit puni. Juste pour qu'on soit quittes, tu comprends ? (Son ton morne était plus effrayant que ses larmes.) Est-ce que c'est ma faute, Dana ? Est-ce que c'est arrivé à cause de moi ?

— Non, Kim, je te jure que tu n'y es pour rien.

— Il y avait du sang partout.

Je fermai les yeux et vis du rouge : Fash dans son peignoir rouge, devant les murs rouges du Chacha's, le flash d'un appareil photo aveuglant les sourires figés de Kim et de moi-même, de part et d'autre de lui.

Et puis soudain, quelque chose me frappa.

— Je suis désolée, Kim, mais je dois te laisser, déclarai-je en suffoquant, assaillie par les ricanements hystériques qui se frayaient un chemin dans ma gorge comme de la bile.

Ça n'avait rien d'amusant mais je ne pouvais pas m'arrêter. Maintenant que Fash était mort, j'étais officiellement la personne la plus drôle d'Austin.

Une fois de retour au motel, je m'assis sur le lit, les yeux rivés sur les rideaux fermés, d'un rouge brun sombre moucheté de minuscules fleurs bleues tous les trente centimètres environ.

Quelques heures plus tôt, j'étais prête à repartir de zéro. Tout me paraissait possible. Los Angeles. Le succès. Jason redevenu mon partenaire d'écriture – et plus que ça, mon partenaire tout court.

À présent, mon monde s'était contracté pour ne plus avoir que la taille de cette chambre. Elle était censée me servir de base pour planifier ma nouvelle vie. C'était devenu une cellule dans laquelle j'attendais patiemment la directrice de prison.

Le téléphone du motel sonna. Je décrochai immédiatement.

— Amanda.

— Dana, répondit-elle aimablement.

— Où es-tu ? Ici ?

Elle éclata de rire.

— À Los Angeles ? Non. Je suis à Austin.

— Je ne te crois pas.

— Je suis même dans ton appartement.

— Quoi ? Pourquoi ?

— Oh, je suis juste passée chercher quelque chose, répondit-elle sur un ton léger. Et puis j'ai songé qu'avec tout ce qui se passe en ce moment – tu as appris ce qui était arrivé à Fash, n'est-ce pas ? –, ce serait une bonne idée de faire profil bas pendant un moment. Au cas où il y aurait un informaticien de génie dans la police d'Austin.

Je ne pouvais plus respirer. Je sentais ses mains autour de mon cou, m'étouffant.

— Et comme on s'est toujours soutenues mutuellement, je savais que tu serais d'accord. Je te garde ta maison, en fait. J'ai essayé d'arroser tes plantes mais je crois que personne ne peut plus rien pour elles.

— Qu'est-ce qui est arrivé à… (J'étais incapable de prononcer le nom de Fash.) Ça n'a rien à voir avec moi.

— Ah bon, vraiment ? Rien du tout ? (Elle s'esclaffa de nouveau.) Je me demande pourquoi les flics ont frappé à ta porte il y a quelques minutes, alors. Si ce qui est arrivé à Fash n'a aucun rapport avec toi.

— Les flics ?

— Ne t'inquiète pas, ils sont repartis. Ils n'en sont pas encore à entrer de force ; ils veulent juste interroger quelques personnes. C'est la procédure normale. Apparemment, il y avait un problème avec ses médicaments. (Elle s'interrompit. Kim avait dit que Fash avait cessé de prendre son traitement. Je sentis la nausée monter.) Et puis, bon, il y a le flingue.

— Amanda.

Elle poursuivit comme si elle n'avait pas entendu.

— Le décès de Fash est un beau bordel. Surtout si vite après qu'il a fait la une des journaux locaux.

— Est-ce que c'est toi qui l'as tué ?

Elle rit.

— Tu veux dire, est-ce que j'ai appuyé sur la détente ? Allons, Dana. Tu me crois vraiment capable de meurtre ?

— J'ignore de quoi tu es capable.

— Je lui ai juste dit la vérité, Dana. (Elle poussa un profond soupir.) Certaines personnes passent leur vie à essayer d'échapper à ce qu'elles sont. Elles ne devraient pas s'en tirer comme ça. Si je suis la seule disposée à être honnête, est-ce que ça fait de moi une criminelle ?

— Est-ce que… est-ce que tu as trafiqué ses médicaments ?

— Les médicaments aident les gens à se mentir. Tu aurais dû entendre Fash parler – enfin, on a surtout échangé des messages – de ce que le traitement lui faisait. Il l'anesthésiait et tenait ses émotions à distance. Il voulait arrêter de les prendre. Comme la plupart des gens. Mais les gens ont besoin d'aide. (Le téléphone fit un bruit, comme si elle l'avait coincé entre sa joue et son épaule.) Et si ces gens utilisent les services de Runnr pour qu'on leur livre leurs médicaments…

Elle n'acheva pas sa phrase.

— C'est répugnant.

— Ce qui est répugnant, c'est le nombre de personnes qui n'ont même pas besoin de médicaments pour se mentir, répliqua-t-elle gaiement. Pas vrai, Dana ?

J'ignorai sa raillerie.

— Tu dois te livrer à la police, Amanda. Ça va trop loin. Tu t'en rends compte, non ? C'était une mauvaise idée dès le départ et maintenant… il faut arrêter. C'est fini.

— C'est pratique que ce soit toi qui décides quand c'est fini, rétorqua-t-elle sèchement. Je suis censée me rendre alors ? Ou me cacher ?

— Exactement, oui.

Elle ricana.

— Lequel des deux ? Celui qui est la meilleure solution pour toi, n'est-ce pas ? Non, je ne pense pas. Écoute. Accomplis notre dernière mission et tu pourras continuer à faire rire le monde sans problème.

— Ma *mission*, crachai-je. Comment oses-tu, putain ?

— Comment s'est passée l'audition, au fait ? Pas bien sans *ça*, je parie.

— Sans quoi ?

Je devinais soudain ce qu'elle tenait. Je posai la main devant mes yeux.

— C'est bizarre que tu sois partie sans ta perruque, vu qu'elle est super importante pour ton rôle. Sans parler du fait qu'elle contient ton ADN. Et celui de Carl, sans aucun doute. Tu as dû laisser quelques cheveux chez lui et chez Branchik.

— Amanda.

Je repoussai une mèche de cheveux de mon front.

— Ça te relierait à au moins deux scènes de crime.

— Amanda, ne fais pas ça.

— Ça quoi ? Laisser une mèche ou deux chez Fash ?

— Oh mon Dieu.

— Ce ne sera peut-être pas utile. Vous étiez très proches au bar après la finale. Je suis certaine qu'il y a des cheveux à toi sur son peignoir.

Je sentis les larmes me monter aux yeux à l'idée qu'elle n'avait cessé de m'espionner. Elle m'avait vue finir deuxième. Et elle avait attendu de pouvoir en tirer profit.

— Qu'est-ce que tu veux ? demandai-je, impuissante.

— L'enjeu a considérablement augmenté ces derniers jours, Dana. Je t'ai donné mon troisième nom. Tu dois agir. Tu seras contente de l'avoir fait. Crois-moi.

Elle raccrocha et je contemplai les quatre murs de la chambre du motel, ma nouvelle vie.

Jason ouvrit la porte avec un sourire comateux.

— Je me demandais quand je te reverrais. Tu es une femme très occupée.

— Il faut qu'on parle. Pas de ce qui s'est passé cette nuit, ajoutai-je avant qu'il ait eu le temps de dire quoi que ce soit.

— D'accord.

Il recula et me fit signe d'entrer. Le salon ressemblait à un utérus encombré derrière les rideaux tirés. Quand il était seul, Jason ne les ouvrait jamais, ce qui me rendait dingue quand on habitait ensemble. Mais là, j'étais contente de cette obscurité qui sentait le renfermé. Tandis que Jason allait nous servir du café – il venait juste de se lever, j'en étais sûre –, je repoussai légèrement un des rideaux pour jeter un coup d'œil dehors. Ce n'était pas parce qu'elle avait prétendu se trouver chez moi que c'était vrai.

Jason revint et me tendit une tasse, que je reposai sans y toucher. Mon cœur battait déjà la chamade. Il y avait une question que je devais poser tout de suite, avant de ne plus en avoir le cran, même si c'était totalement farfelu. Quand j'ouvris la bouche, je me rendis compte, ahurie, que je ne connaissais même pas son nom de famille.

— Est-ce que tu connais une Amanda ? Grande, maigre, cheveux bouclés blond platine ?

J'agitai la main autour de ma tête pour imiter une crinière invisible.

Il fronça les sourcils.

— Amanda Dorn ? Tu la connais ?

Le nom de famille banal la rendait plus humaine qu'elle ne l'était dans ma tête et la façon dont Jason le prononça – décontracté et à l'aise – me fit comprendre qu'une partie de moi s'attendait à le voir blêmir, horrifié. Si, au début, je songeais à elle comme à une amie imaginaire, ces derniers jours, elle était devenue mon bourreau spectral. Mais Jason avait l'air un peu mal à l'aise, voire ennuyé.

— Oui. Amanda Dorn, répondis-je. Est-ce que… est-il possible qu'elle ait une dent contre toi ?

— Je suis certain qu'elle me déteste. Ça compte ?

Il s'apprêtait à ajouter quelque chose mais il hésita, perplexe.

Je pris une profonde inspiration.

— Jason, il faut absolument que tu me dises tout ce que tu sais sur elle et pourquoi elle t'en veut.

Il se gratta la nuque, sous son col.

— Tu veux vraiment savoir, Dana ? Hier soir, tu as dit que tu en avais marre d'entendre parler de mes ex et voilà que tu débarques et que tu veux tout savoir.

— Ex, répétai-je, hébétée.

— Oui. C'est elle dont j'ai essayé de te parler hier.

— Tu es l'ex-petit ami d'Amanda Dorn à Los Angeles.

Le regard vide, au bar, le soir où nous nous étions rencontrées : *Il ne m'a jamais frappée, si c'est ce à quoi vous pensez.* Moi : *Un vrai prince.*

— Ça n'a pas duré longtemps. (Il fourragea nerveusement dans ses cheveux.) Je me suis très vite rendu compte qu'elle était complètement barrée. (Il me jeta un coup d'œil.) Ce n'est pas… ce n'est pas une amie à toi, hein ?

Je secouai la tête, les yeux rivés sur le sol.

— Ouf. (Il avala une rasade de café et reposa son mug.) Je l'ai rencontrée à une audition et on a commencé à bavarder. J'aurais dû me méfier. Une actrice en herbe. Je fréquentais Aaron Neely à l'époque et plein de gens voulaient être mon ami. J'aimerais revenir en arrière et… (Il rougit.) Écoute, j'ai pris la grosse tête, je suis le premier à l'admettre. Mais j'en ai payé le prix. Amanda Dorn était une tarée de première et une sacrée opportuniste. Quand j'ai compris que ce qui l'intéressait, c'était rencontrer Neely, et pas sortir avec moi… j'ai pété un plomb.

— Elle voulait rencontrer *Neely* ?

— Oh oui. Elle parlait sans arrêt de lui, répondit-il, amer. Je suppose qu'elle avait remarqué quel genre de nanas il traînait toujours à son bras et qu'elle s'était dit qu'elle était parfaite pour le rôle. Il me semble qu'elle a auditionné pour lui mais son talent ne l'a pas menée bien loin. (Il plissa le nez.) C'était une actrice exécrable.

Elle m'avait pourtant bien bernée. Amanda éprouvait donc de la rancune envers Neely, elle aussi – mais elle avait négligé de le mentionner. L'avait-il agressée ? Ou uniquement rejetée ? Peut-être qu'elle se servait de moi comme d'une excuse pour se venger de lui, comme elle voulait le faire aussi avec Jason. Qu'avait-elle raconté sur son maléfique ex-petit ami ? Qu'il lui interdisait de parler avec d'autres hommes pendant les soirées ? Et j'avais écouté, compatissante, en hochant la tête. J'avais avalé sa version de l'histoire sans réfléchir et sans preuves. Flattée par ses louanges et impatiente d'avoir enfin une amie, même si c'était une inconnue dans un bar. Si son ex n'avait pas été Jason, j'aurais cru que c'était un psychopathe qui l'avait maltraitée. Mon estomac ne fit qu'un tour en pensant à Branchik et à Carl. Je m'en étais prise à des êtres humains pour le compte de quelqu'un dont je ne connaissais même pas le nom de famille.

Était-il possible que mon expérience avec Neely – encore fraîche, à ce moment-là, même si maintenant elle me semblait incroyablement lointaine – ait déformé mes perceptions de manière aussi radicale ? Ou avais-je toujours été prête à croire le pire sur les hommes, même avant Neely ? Si c'était le cas, était-ce à cause de Mattie ou y avait-il quelque chose qui clochait chez moi ? Quelque chose de plus profond encore ?

— Ça va ? demanda Jason et je me rendis compte que j'étais silencieuse depuis un moment. On n'est pas obligés de parler de ça. J'ai promis de ne plus t'emmerder avec ce genre de trucs et j'étais sincère.

— Tu as dit qu'elle était folle, déclarai-je sur un ton prudent. À quel point ?

— Eh bien, pour te donner une idée… après notre rupture, j'ai découvert qu'elle avait téléchargé un logiciel espion dans mon téléphone. Et on se disputait, les hurlements…

Il continuait à parler mais mon oreille avait bugué sur le terme « logiciel espion ». Je ne l'avais jamais entendu auparavant mais je me rappelais qu'Amanda voulait implanter un logiciel malveillant dans l'ordinateur de Carl. *Je suis spécialisée en logiciels informatiques.*

Logiciel, logiciel malveillant. Logiciel *espion.*

Je posai brusquement une main sur ma bouche et une autre sur celle de Jason.

— Que..., commença-t-il d'une voix assourdie.

Je secouai violemment la tête, lui fis signe de garder le silence, un doigt contre ma bouche et pressai la main plus fermement contre ses lèvres. Puis je désignai mon sac à main avec une expression suppliante.

Il leva lentement la main, l'enroula autour de mon poignet et écarta mes doigts.

J'ouvris mon sac, attrapai mon portable entre le pouce et l'index comme s'il pouvait me mordre d'une minute à l'autre. De l'autre main, je fis un geste impuissant. *Qu'est-ce que je fais ?* articulai-je en silence.

Jason montra du doigt ma voiture, à l'extérieur. Je hochai la tête et sortis mes clés le plus silencieusement possible de mon sac.

Dis quelque chose, articula-t-il.

Je haussai les épaules, paniquée.

— Pour en revenir à ces disputes, dit Jason à haute voix et je faillis sursauter. On se donnait à fond. On se hurlait dessus pendant des heures. C'était horrible. Je tenais à elle mais elle était super égoïste.

— Tu sais quoi ? (J'avais compris où il voulait en venir.) Je me souviens pourquoi je ne voulais pas entendre parler de ça. On dirait bien que tu as toujours des sentiments pour elle, Jason. Peut-être que tout ce qu'elle m'a raconté sur toi est vrai, finalement.

— Dana, ne pars pas !

Jason bondit à bas du canapé et désigna frénétiquement la porte, agitant la tête et haussant les sourcils.

Je m'emparai de mes clés en m'assurant de faire le plus de bruit possible.

— Je vais dans ma bagnole. J'ai besoin de réfléchir une minute. (J'ouvris la porte et sortis.) Je reviendrai peut-être quand je serai calmée. Laisse-moi tranquille.

Je remontai l'allée d'un pas rapide, le cœur battant, parfaitement consciente d'être seule avec Amanda. Je déverrouillai la portière, balançai le téléphone sur le siège avant et claquai la porte. Puis je revins à toute allure vers la maison.

Une fois la porte fermée, je m'y adossai.

— Toi aussi, hein ? demanda Jason.

J'éclatai d'un rire faible. Je ne pouvais pas m'en empêcher, c'était nerveux.

— C'est quoi exactement un logiciel espion ?

— Exactement ce que ça veut dire. Il transforme ton téléphone en outil de localisation. La personne qui te traque peut voir qui tu appelles, à qui tu écris. Où tu es.

Où tu es. Un motel. Un studio de cinéma. La maison de Jason. Je luttai contre la panique.

— Comment il a pu se retrouver dans mon portable ?

— De plusieurs manières. Je suis certain qu'elle l'a installé sur mon téléphone un jour où j'ai eu le dos tourné. Mais certaines personnes l'envoient en pièce jointe par mail, comme un virus. Ou ils envoient un lien par texto en espérant qu'on va l'ouvrir.

Un lien. Comme celui qui menait à la vidéo d'Aaron Neely.

— Et elle nous a vraiment écoutés pendant tout ce temps ?

— Les mouchards tout prêts qu'on trouve sur Internet lui donneraient accès aux mails, aux textos, à ton historique de navigation, ce genre de trucs. Mais ce qu'elle avait installé sur mon téléphone était beaucoup plus sophistiqué. L'enregistreur était paramétré pour être activé par la voix et elle entendait tout ce que je disais. Le mec à qui j'ai apporté mon téléphone était super impressionné. Et comme il n'était pas certain d'avoir pu tout enlever, j'ai fini par acheter un autre portable. (Jason me regarda.) Dana, explique-moi ce qui se passe. Comment connais-tu Amanda ?

Je poussai un gémissement.

— Elle vit à Austin maintenant. Elle est venue me voir jouer. Elle prétendait... je croyais qu'on était amies. Elle n'a jamais parlé de toi. Enfin, elle n'a jamais prononcé ton nom.

— Elle connaissait le tien, en revanche.

Une inconnue dans un bar, tu parles. C'était encore pire que ce que j'imaginais. Et j'étais encore plus idiote que ce que je croyais.

— Tu lui as parlé de moi ?

— Oui. Bien sûr. Tu es dans toutes mes histoires. (Il me pressa brièvement la main.) Quand elle a découvert que mon ancien partenaire d'écriture était une femme, ma meilleure amie par-dessus le marché, elle a refusé de croire que notre relation était strictement platonique. Elle était folle de jalousie. (Il m'adressa un sourire taquin.) Elle avait raison, au final.

— Ce n'est pas mignon, Jason, rétorquai-je en désignant ma voiture de l'autre côté de la fenêtre. Elle sait que je suis ici avec toi. Elle m'envoie des messages flippants. Aujourd'hui, elle m'a fait livrer des fleurs. (Je frissonnai en songeant à la carte qui les accompagnait. Je ne pouvais pas lui révéler ce qu'elle voulait exactement mais je pouvais lui en dire assez.) Je pense qu'elle veut te faire du mal.

— Ce ne serait pas la première.

— Jason ! Je suis sérieuse. (Je revis Carl, le visage ensanglanté, me suppliant de l'épargner. Fash et le flingue.) Si elle te veut du mal, elle trouvera un moyen de parvenir à ses fins. Je sais de quoi elle est capable. (Et pas seulement elle. Je m'effondrai soudain et me mis à pleurer.) Tout ça, c'est ma faute.

— Waouh, hé, attends, calme-toi. Personne ne me fera de mal. Et encore moins cette salope hystéro.

Je levai les yeux. J'avais employé les mêmes mots pour la qualifier quand je m'étais disputée au sujet de son ex avec Jason, mais maintenant que je savais de qui on parlait, ils résonnaient différemment. Ils étaient plus dangereux, plus puissants.

— Elle m'a appelée hier soir, dis-je. Elle a découvert où je logeais.

— Si elle a placé un mouchard dans ton portable, c'était facile. Mais c'est aussi facile à régler. On va le faire nettoyer. Tu peux rester ici.

— Pourquoi ? Pourquoi fait-elle ça ? demandai-je entre deux sanglots. Pourquoi elle me déteste autant ?

Il enserra mes mains entre les siennes.

— C'est moi qu'elle hait. Elle ne supporte pas l'idée que je sois heureux. Je suis sûr que c'est juste un coup de malchance qu'elle soit tombée sur toi, mais bon je ne vais pas me plaindre vu qu'elle t'a envoyée jusqu'à moi. (À ces mots, je reniflai et hoquetai.) Il ne t'arrivera rien, Dana. Pas tant que je serai avec toi.

Mais il ignorait tout de ce qu'Amanda possédait contre moi : la perruque et les preuves de ma présence sur trois scènes de crime.

— Qu'est-ce qu'on va faire ?

— On va retourner la situation. (Je lui lançai un regard interrogateur.) Soyons malins. Elle ne sait pas que nous avons découvert l'existence du mouchard. Ça nous donne un avantage. Si tu nettoies ton portable, elle comprendra qu'on est au courant. Tant qu'elle croit contrôler la situation, on a un atout. Et elle sera incapable de résister à l'envie de te contacter, ce qui nous permettra de juger à quel degré elle se trouve sur l'échelle de la folie.

— Et des enregistrements pour la police.

— Oui, si on en arrive là.

J'espérais que ce ne serait pas le cas.

— Pendant ce temps, on peut utiliser mon téléphone comme un leurre.

— Exactement. On va te procurer un téléphone prépayé avant de commencer.

— Commencer quoi ?

Je savais déjà ce qu'il s'apprêtait à suggérer.

18

On commença par Runnr.

Jason voulait laisser mon portable dans la boîte à gants de ma voiture mais ma paranoïa avait enflé comme une réaction à une piqûre d'abeille durant l'heure qui venait de s'écouler et j'étais certaine que le mouchard implanté par Amanda était capable de faire la différence entre la maison et la rue. Tandis que Jason se rendait chez Best Buy pour m'acheter un téléphone à carte, je fouillai la maison et dénichai un reste d'isolant phonique dans le placard du studio d'enregistrement. J'essayai de le couper mais les ciseaux ordinaires se révélèrent inutiles. J'enroulai donc le morceau aux formes irrégulières autour du portable et le fermai avec du câble électrique. On aurait dit un coussin énorme et spongieux recouvert de noir. Je le rangeai dans le placard du studio et fermai la porte, soulagée, juste au moment où Jason revenait avec le portable prépayé.

— Il est paramétré, il ne manque plus que ton empreinte digitale.

— Waouh, m'exclamai-je en examinant le smartphone. (Je m'attendais à un vieux mobile à clapet.) J'ignorais que ça existait.

— C'était un peu plus cher mais je voulais que tu te sentes en sécurité, répondit-il en rougissant.

— Combien je te dois ? demandai-je en tendant la main vers mon sac, même si je n'avais que deux billets de vingt dollars.

Ce téléphone valait certainement plus que ça.

— Juste ton premier-né. Et un rein, si jamais j'en ai besoin.

— Jason.

— Rien du tout, affirma-t-il. Appelons-les.

Je pris ma plus belle voix de journaliste pour contacter la personne en charge des relations presse chez Runnr, mais elle n'eut l'air nullement impressionnée par mes références imaginaires ni ravie de répondre à une énième interview concernant le sexisme dans la Silicon Valley.

— Les plaintes pour harcèlement sexuel sont prises très au sérieux chez Runnr, récita-t-elle d'un ton sec et mécanique, et traitées par les ressources humaines conformément aux plus hauts critères de protection des employés.

— Je n'en doute pas. Je me demandais si vous seriez d'accord pour discuter d'un cas en particulier.

— Nous ne sommes légalement pas autorisés à…

— Elle s'appelle Amanda Dorn.

Il y eut un silence.

Je tentai de rétropédaler.

— Vous pourriez peut-être commencer par confirmer qu'elle a bien travaillé pour vous ?

— Il faudrait que je vérifie auprès des ressources humaines.

— Est-ce qu'Amanda Dorn a porté plainte pour harcèlement sexuel quand elle était employée chez vous ?

— Encore une fois, c'est à vérifier avec les ressources humaines. En attendant, merci de bien vouloir remplir le formulaire réservé aux journalistes disponible sur notre site Internet.

Elle raccrocha.

Jason avait tout écouté, penché en avant.

— On devrait contacter les ressources humaines avant qu'elle ne le fasse.

— Oui, bonne idée.

Je me tournai vers l'ordinateur portable de Jason et cherchai le numéro sur leur site.

— À moi, cette fois-ci, dit-il tout excité, comme un gamin qui fait des farces aux voisins.

Je le considérai. Il me vint soudain à l'idée que Jason ignorait les enjeux réels du petit jeu auquel nous étions en train de nous livrer. Amanda avait soif de sang cette fois-ci, j'en étais sûre, mais lui voyait uniquement l'opportunité de se venger d'une ex à qui il n'avait jamais pardonné. Je me rendis compte avec un petit pincement de cœur qu'il était un peu trop enthousiaste à l'idée de déterrer le passé d'Amanda. Je le connaissais depuis trop longtemps pour confondre le mépris qui s'affichait sur son visage quand il prononçait son nom avec de l'indifférence. Il attendait peut-être l'occasion d'en apprendre davantage sur elle depuis qu'il l'avait rencontrée – avec son blouson de motarde, sa crinière échevelée et ses yeux creusés, elle avait dû lui paraître aussi mystérieuse qu'à moi.

Je balayai fermement cette pensée. Jason ne pouvait pas savoir qu'il était en danger. Et à moins que je ne lui parle de Fash, du revolver et de l'horrible pacte qu'Amanda et moi avions conclu, il ne croirait jamais que cette dernière était capable de tuer. Et pour qu'il le comprenne, il faudrait que je lui avoue mon implication dans les manigances d'Amanda, et je m'y refusais. Sans compter que cette conversation risquait d'ouvrir une ribambelle de sujets que je ne savais comment aborder avec Jason – ce que son pote Neely m'avait fait, ainsi que son frère. Je ne savais pas vraiment pourquoi je voulais le protéger en ne lui racontant rien, sauf que ça me paraissait injuste de provoquer sa colère pour des événements passés sur lesquels il n'avait jamais eu aucun contrôle. Il valait mieux qu'il croie que ce n'était qu'un jeu mesquin.

J'espérais juste qu'il ne découvrirait pas comment ce genre de jeu pouvait finir.

— Pas de problème, répondis-je en lui tendant le téléphone. Fais-toi plaisir.

Il monta le son à fond pour que je puisse entendre la conversation avant de composer le numéro.

Une voix féminine haut perchée répondit.

— Département des ressources humaines de Runnr, Callie à l'appareil.

— Bonjour Callie, ici Jason Murphy. (Il était plus assuré en utilisant son vrai nom que moi avec un pseudo.) Je travaille pour le site Pro-Publica. Vous en avez entendu parler ?

— Bien sûr. Avez-vous essayé de joindre notre attachée de pr…

— Je viens juste de discuter avec Renée. C'est elle qui m'a dit de vous contacter pour confirmer certains détails, répliqua-t-il avec un sérieux ostentatoire. Je suis en train d'écrire un papier sur l'épidémie coûteuse de procès pour harcèlement sexuel imaginaire dans la Silicon Valley. (Il me fit un clin d'œil.) On nous a parlé d'Amanda Dorn, qui a travaillé chez vous. Tout d'abord, pouvez-vous confirmer qu'elle a fait partie de vos employés ?

La voix de Callie devint chaleureuse et respectueuse.

— Bien sûr. Oui, Amanda Dorna a travaillé ici. Attendez, je sors son dossier. (Après une brève pause, elle lut les dates d'embauche et de licenciement d'Amanda, espacées de deux ans.) Son licenciement s'est déroulé dans des circonstances extrêmement fâcheuses pour tout le monde. Je ne peux pas vous révéler le nom de l'employé qu'elle a accusé – de manière injustifiée, comme l'a révélé l'enquête. Mais je peux affirmer que son licenciement n'a rien à voir avec ça. La société a porté plainte à son tour pour harcèlement et utilisation illégale d'un logiciel appartenant à la compagnie.

— Je vois, répondit Jason en me regardant, sourcils haussés de manière théâtrale. Pouvez-vous m'en dire plus sur cette plainte ?

— Eh bien, déclara-t-elle en baissant la voix, comme si c'était un secret, Mlle Dorn s'est révélée être une mauvaise employée dès le départ. Après une courte période de productivité en tant que programmeuse débutante, son supérieur, dont je ne peux pas révéler le nom (*Branchik*, articulai-je en silence à l'attention de Jason), lui a donné une mauvaise note lors de son évaluation et c'est pour ça qu'elle l'a accusé de harcèlement. Pour preuves, elle avait volé des photos personnelles sur son téléphone. L'enquête a révélé que Mlle Dorn avait utilisé le code breveté par Runnr pour développer sa propre application, ce qui constituait une utilisation inappropriée de la propriété de l'entreprise, une violation de la propriété intellectuelle et du règlement intérieur.

— C'est pour ça qu'elle a été licenciée ? demanda Jason.

— Un arrangement a été trouvé, répondit Callie, amère. Elle était bien obligée de partir une fois son délit découvert et son accès révoqué mais elle a refusé de signer avant d'avoir obtenu une belle somme de la part de Runnr en échange d'une clause de confidentialité. Clause qu'elle n'a pas respectée, conclut-elle d'une voix glaciale, puisque je suis en train de parler à un journaliste.

— Je vous suis infiniment reconnaissant d'avoir répondu à mes questions. Ce sujet nous tient vraiment à cœur.

Jason savait toujours quand il fallait en rajouter.

— Et nous sommes ravis de pouvoir remettre les pendules à l'heure, déclara Callie. Runnr est une entreprise où les femmes sont traitées comme les hommes. J'en sais quelque chose.

Elle énuméra, sur un ton un peu plus aimable, les avantages et les arrangements variés dont elle avait personnellement bénéficié de la part de Runnr durant ses deux grossesses et sa crainte d'avoir un cancer. Puis elle dressa la liste des initiatives prises par le P-DG pour améliorer l'embauche et les performances des femmes dans l'informatique. Jason leva les yeux au ciel et attendit qu'elle ait fini.

— Merci infiniment, glissa-t-il quand elle s'arrêta pour respirer. Vous avez été d'une aide précieuse et je ne manquerai pas de vous rappeler si j'ai d'autres questions.

Devinant qu'il était sur le point de raccrocher, j'articulai silencieusement une question que je voulais qu'il pose à Callie. Il plissa les yeux et secoua la tête, perplexe. J'attrapai une enveloppe qui traînait sur la table, la retournai et écrivis cinq lettres que je surlignai.

— Api ? demanda-t-il à haute voix. Oh, appli. Pardon, j'écris très mal… Sur quelle application travaillait Amanda ?

La question parut attiser la colère de Callie : elle répondit d'une voix si précipitée et véhémente que je ne parvins à saisir que quelques mots. Jason la laissa discourir sans l'interrompre, l'air surpris.

— Je vois, je vois, commenta-t-il en levant le pouce à mon intention.

Quand elle eut épuisé le sujet, il la remercia de nouveau, raccrocha et m'adressa un sourire radieux.

— Cette question l'a vraiment inspirée. Apparemment, en plus d'avoir piraté le code et la base de données de Runnr pour se livrer à sa petite arnaque, Amanda a implanté un mouchard dans quatre des ordinateurs de la direction et a récupéré tout un tas de mails confidentiels qu'elle a menacé de rendre publics. (Il gloussa, incrédule.) On ne peut qu'admirer son cran. Quoi qu'il en soit, ces mails devaient contenir des infos compromettantes parce qu'ils ont abandonné les poursuites contre elle pour trouver un arrangement.

— Quel genre d'infos compromettantes ? demandai-je, intriguée. Comme les photos de bite de Doug Branchik, tu veux dire ?

Il haussa les sourcils.

— Notre amie Callie m'a appris que des rumeurs sur son comportement circulaient dans la boîte. On peut en déduire qu'elles sont parvenues aux oreilles d'Amanda, qui a décelé là un maillon faible et a porté plainte pour harcèlement contre lui de manière préventive. (Je lui lançai un regard interrogateur.) Pour s'en servir d'un bouclier pour l'appli. Comme ça, quand ils ont découvert qu'elle avait volé les codes de la compagnie, ils n'ont pas pu la virer : ce serait passé pour des représailles, expliqua-t-il. Sincèrement, je pense qu'elle n'a jamais intéressé Branchik.

Je songeai à l'explication élaborée que m'avait fournie Amanda quand je lui avais demandé pourquoi on n'utilisait pas les photos de bite de Branchik. Elles n'avaient peut-être jamais existé.

— Tu penses qu'il n'y a jamais eu de photos ?

— Même s'il y en a eues, on n'a que sa parole quant au fait qu'elles n'étaient pas consensuelles. C'est assez facile de convaincre ce genre de mec d'envoyer une photo de sa bite.

Ce genre de mec. L'expression éveillait un souvenir et j'entendis de nouveau la voix d'Amanda dans ma tête. C'était exactement comme ça qu'elle avait qualifié Branchik le soir où on s'était rencontrées. Jason aussi. Je noyai cette pensée sous une autre question.

— D'après toi, pourquoi Callie s'est mise en colère quand tu lui as parlé de l'application ?

— C'est un sujet épineux. Cette application était très agressive, répondit-il en grimaçant. Et pas très originale. Une espèce d'appli de rencontres mais sans rencontres. (Je lui jetai un regard intrigué.) Pour que les femmes enregistrent et notent toutes les fois qu'un homme s'est soi-disant mal comporté avec elles dans leur vie – leurs patrons, leurs camarades de classe, les amis de leurs amis, et même l'éboueur du coin, je suppose. L'application utilisait un GPS pour partager les notes de tous les hommes d'un même quartier. C'est assez dégueu comme ça, pas vrai ? (Il se pencha vers moi.) Mais le plus flippant, c'est qu'au lieu de te matcher avec quelqu'un qui partage ton amour pour les sushis et *Star Trek*, ça te matche avec quelqu'un qui est qualifié pour – tiens-toi bien – « se venger à distance ».

— « Se venger à distance », répétai-je en sentant mes cheveux se hérisser sur ma nuque.

— Ouais. C'est carrément tordu. C'est comme mettre un contrat sur la tête de quelqu'un. L'appli avait un nom du genre Gratte-moi le coude… ou Balance le tien… c'était quoi déjà ?

— On se serre les coudes ? proposai-je en détournant soigneusement la tête.

— C'est ça ! (Il claqua des doigts.) C'est un nom débile pour une appli, si tu veux mon avis. Je suppose que c'était écrit en un seul mot ou avec des points à la place des voyelles ou des majuscules bizarres ou un truc du genre. (Je gardai le silence.) Bref, aucune importance, poursuivit-il. C'est plutôt croustillant, non ? Et totalement illégal. Une appli pour embaucher un tueur à gages ?

— Une tueuse, rectifiai-je machinalement. Et il ne s'agirait pas de l'embaucher. Elle inventerait un système d'échange ou de points. Pour que toutes les parties soient gagnantes.

Il m'adressa un regard curieux.

— Elle t'en a parlé ?

— Pas exactement, répondis-je en tirant sur un fil de ma manche pour éviter son regard. Mais c'est le genre de choses qui lui plairait. La responsabilité mutuelle, le sentiment d'appartenance à une communauté. Comme une milice de quartier.

Je bafouillais un peu.

— Vous avez parlé de faire justice vous-mêmes ? demanda Jason. Elle devait être très à l'aise avec toi.

— Ouais, on était les meilleures amies du monde, rétorquai-je sèchement. On s'était même fabriqué des bracelets assortis. Écoute, je ne dis pas que ce n'est pas complètement taré.

— Dingue, même, répondit-il avec emphase. Et, pire encore, illégal. Combien tu veux parier qu'elle bosse encore sur une version de ce truc ? Si on arrivait à mettre la main sur son ordinateur et à le filer au FBI…

— On n'a pas son ordi, fis-je remarquer. Il est à Austin avec elle. Et puis tant que l'appli n'est pas terminée et qu'elle ne l'a pas rendue publique, elle pourrait toujours prétendre qu'il s'agit d'une plaisanterie.

— C'est vraiment hilarant, dit Jason en détournant les yeux. Gâcher la vie des hommes comme ça.

— On peut présumer que ces hommes-là auraient gâché la vie des femmes en premier, ne pus-je m'empêcher d'ajouter.

— Sur de simples ouï-dire. (Il me lança un regard incrédule.) Ne me dis pas que tu es de son côté ?

— Je ne suis pas de son côté, me hâtai-je d'affirmer. Je veux juste dire que… réfléchis-y deux secondes, Jason. Pourquoi est-ce qu'Amanda a pu piéger aussi facilement Branchik ?

— À cause des rumeurs qui couraient sur lui.

— Exactement. Les rumeurs, c'est comme ça qu'on appelle les avertissements que se passent les femmes en privé.

— Mais la plupart de ces rumeurs sont inventées de toutes pièces. Ce ne sont que des ragots.

— Quelques-unes, peut-être. Mais pour chaque femme qui invente une rumeur sur *ce genre de mecs*, je parie qu'il y en a dix qui n'ont même pas raconté à leur meilleure amie ce qui leur est arrivé. Elles étaient gênées et honteuses, alors elles se sont contentées de baisser la tête et de garder le silence.

Ou elles ont été recalées, elles ont déménagé, elles se sont cachées dans la lumière. Et elles ont raconté leurs secrets à un micro.

Il me dévisageait, interdit. Son expression était indéchiffrable.

— Je ne dis pas que je suis d'accord avec elle. (Ma voix était devenue plus aiguë et je pris le temps de réfléchir à ce que je voulais vraiment dire.) Je dis juste que je comprends que ça fasse… fantasmer.

— Fantasmer ? Sur quoi ? (Il m'observait avec une horreur qui était presque du dégoût.) Sur quoi, Dana ?

Je pensai à Fash. À Aaron Neely. À Mattie. À ce que j'avais vu sur l'écran de l'ordinateur de Carl. Sur le pouvoir qui excite les fantasmes masculins. Les hommes fantasment sur le pouvoir qu'ils ont sur les femmes, des femmes comme moi, comme Amanda. Pour certains, c'est davantage qu'un fantasme. C'est une chose qu'ils accomplissent dans le noir, dans des sous-sols, sur des banquettes arrière et même dans des bureaux en plein jour parce qu'ils sont persuadés que personne ne viendra les inquiéter.

Personne d'important, en tout cas.

— Je ne suis pas de son côté, répétai-je, impuissante.

— Laisse tomber. Je dois aller bosser. Je suis déjà en retard. (Jason s'empara de ses clés posées sur le comptoir et se dirigea vers la porte. Puis il pivota.) Rends-moi service, tu veux ? Si cette appli et le plan d'Amanda pour orchestrer un gigantesque réseau de représailles ne sont pas si terribles, alors trouve un truc pire d'ici mon retour. Un truc qu'on peut utiliser contre elle.

Il quitta la maison en claquant la porte derrière lui.

Je me retins de rire. Il ne pouvait pas imaginer à quel point c'était pire. Il fallait juste que je trouve une façon de ne pas me laisser entraîner dans la chute d'Amanda.

19

— Salut, Kim, c'est Dana, dis-je tout de suite, sachant que le numéro de mon téléphone prépayé lui paraîtrait bizarre sur son écran. (J'avais attendu le départ de Jason pour lui téléphoner ; j'espérais qu'elle pourrait me donner de nouveaux détails, quelque chose permettant de relier le suicide de Fash à Amanda.) J'appelais pour avoir de tes nouvelles. Je suis désolée d'avoir raccroché aussi brutalement l'autre jour. J'ai vraiment accusé le coup.

— Je comprends, répondit-elle sèchement et je grimaçai : après tout, c'était elle qui avait découvert le corps. Les flics sont revenus m'interroger hier. Ils ont de plus en plus de questions. Y a un truc qui cloche.

— Vraiment ?

Mon ton était sarcastique mais je savais que Kim ne m'en voudrait pas. Après avoir dû cacher à Jason ce qui était arrivé à Fash, c'était un soulagement de pouvoir en parler à quelqu'un.

— Qui cloche encore plus que ce qu'on croyait, reprit Kim. Fash ne s'est peut-être pas suicidé.

— Ce serait un meurtre ?

Je n'étais pas aussi choquée que je l'aurais dû. Amanda s'était perversement offusquée quand j'avais suggéré qu'elle avait appuyé sur la gâchette elle-même, comme si c'était trop grossier pour elle. Mais d'après ce que j'avais vu sur la vidéo de Neely, elle ne faisait pas vraiment dans la subtilité.

— Qui aurait voulu la mort de Fash ? demandai-je.

Pas moi. Ce n'était pas ce que je voulais, plaidai-je *in petto*.

— Je n'en sais rien, répondit Kim, et je massai ma nuque raide pour essayer de faire disparaître la tension. Mais il se passe des trucs bizarres dans le milieu comique d'Austin. Des rumeurs courent aussi sur Aaron Neely. Tu te rappelles comment il a disparu du jury du concours ? Un des juges qui dormait dans le même hôtel l'a vu partir et il dit qu'il s'appuyait sur son assistant pour marcher parce qu'il boitait, qu'il portait des lunettes de soleil et qu'il était couvert de bleus. On aurait dit qu'il avait été renversé par un camion. (Comme j'avais vu la vidéo, je savais très bien à quoi il ressemblait.) Les forums ne parlent que de ça. Un mec qui a bossé avec lui jure que c'est un deal qui a mal tourné.

Je réprimai un rire en pensant à Aaron, ses smoothies et son style de vie tellement healthy.

— On dirait bien qu'il cachait quelque chose, acquiesçai-je en des termes que j'espérais vagues.

— Mais ça fait deux personnes directement liées au concours qui se retrouvent hors-jeu à quelques semaines d'intervalle.

Je poussai un sifflement, comme si cette idée était toute neuve pour moi.

— Est-ce que Fash se droguait ? La police pense que le concours servait de couverture ?

Je m'en voulais d'essayer d'égarer Kim mais tous les actes violents commis par Amanda pouvaient plus facilement mener la police à moi qu'à elle. Il fallait que j'en découvre le plus possible sans laisser Kim s'approcher de la vérité.

— C'est suspect. Je pense que c'est pour ça que les flics fouinent autour de nous.

— Nous ? (Je sentis mon cou se raidir de nouveau.) Toi et moi ?

— Ils n'arrêtent pas de m'appeler pour me demander où tu es. (Je réprimai l'envie de la couper pour lui demander des détails.) On était les deux dauphines de la compétition. Soit ils s'inquiètent pour notre sécurité, soit…

— Ils se demandent si on a un mobile, achevai-je pour elle. (Un truc qu'elle avait dit la dernière fois me revint en mémoire. *Il y avait du sang partout.*) Ils pensent vraiment qu'on serait prêtes à tuer notre pote pour finir premières dans un concours local ?

— « Pote » est un terme exagéré, répondit-elle avec l'ironie de la Kim que je connaissais. (Mais le rire qui suivit sonna creux.) Quoi qu'il en soit, je t'ai dit que j'étais prête à me flinguer si je n'étais pas bien classée cette année. Je suppose que de là à tuer quelqu'un, il n'y a qu'un pas.

Je réfléchis à ce qu'elle venait de dire. Les mecs comme Fash chassaient les femmes de la scène à longueur de temps. Tout ce j'avais fait, c'était trouver le moyen d'en chasser un à mon tour. Si j'en tirais un bénéfice – si j'étais techniquement l'humoriste de stand-up la plus drôle d'Austin maintenant qu'il n'était plus là –, cela constituait-il pour autant un mobile suffisant ? Je secouai la tête. Je ne pouvais pas posséder de mobile pour un crime que je n'avais pas commis.

Quelque chose me frappa soudain.

— Kim, tu l'as trouvé chez lui, n'est-ce pas ? (Un silence.) Comment es-tu entrée ?

— La porte était ouverte. Ses copains s'inquiétaient pour lui à cause de trucs qu'il a postés sur les forums et comme j'étais la dernière à l'avoir vu, j'ai proposé de passer à son appartement. J'ai frappé longtemps avant d'essayer d'ouvrir la porte. (Sa voix se brisa et elle prit une profonde inspiration.) C'est la dernière fois que j'entre chez quelqu'un comme ça.

Je commençai à me dire que tout ça ressemblait à s'y méprendre à un piège. Kim avait été la dernière à voir Fash et la première à découvrir son corps, pénétrant sans le savoir sur une scène de crime. Amanda n'avait pas eu besoin d'être chez Chacha le soir de la finale ; elle pouvait très bien avoir surpris notre conversation dans les toilettes grâce au mouchard implanté dans mon téléphone. Et si elle avait aussi installé un logiciel espion dans le portable de Fash ? Peut-être qu'elle savait qu'il était venu frapper à la porte de Kim ce soir-là et qu'il l'avait suppliée de la laisser entrer. Amanda avait peut-être décidé de les punir tous les deux : Fash pour avoir agressé Kim et Kim pour avoir gardé le silence.

Cette idée me rendait malade. C'était la règle Brenna Branchik : pour punir une femme, il faut comprendre comment elle fonctionne et susciter suffisamment de culpabilité pour qu'elle franchisse une porte déverrouillée et se retrouve en plein milieu d'une scène de crime. Voire, au final, qu'elle soit impliquée dans un meurtre.

— Qui ? demanda Kim.

— Quoi ? répondis-je, ramenée brutalement à la conversation.

— Tu as dit : « Elle a laissé la porte ouverte. » De qui tu parles ?

— Fash. Je voulais dire que Fash avait laissé la porte ouverte, bafouillai-je. (Il fallait absolument que j'éloigne Kim du danger.) Est-ce que les flics t'ont interdit de quitter la ville ?

— Pas encore.

Je poussai un soupir de soulagement.

— Tu crois que tu pourrais t'absenter quelques jours ?

— Peut-être. Mon patron au bar m'a donné ma semaine. Il y a encore des gens sympas sur cette planète. (Sa voix se mit à trembler.) Pour être honnête, j'adorerais me barrer. Pas pour fuir la police mais mes amis, enfin, les amis de Fash. Tout le monde sait que je suis la dernière à l'avoir vu en vie. (Elle hésita un peu avant de poursuivre.) Une autre rumeur court sur les forums… qu'il s'est suicidé parce que j'ai refusé de sortir avec lui et que j'ai ordonné aux autres femmes de ne pas l'approcher. (Elle émit un rire faible.) J'ai l'impression que tous les mecs me regardent de travers maintenant. Et les femmes ne prennent pas ma défense, même celles qui savent. On ne dit pas de mal des morts, je suppose. (Elle se mit à pleurer.) Mais ce n'est pas parce qu'il lui est arrivé un truc horrible que ça efface ce qu'il m'a fait. À moi et à plein d'autres.

— Bien sûr que non. Moi je te crois. Et ce n'est pas ta faute s'il est mort.

Elle renifla à plusieurs reprises, inspira profondément et continua d'une voix normale.

— Je suis *persona non grata* par ici. J'aimerais bien laisser toute cette merde derrière moi mais je ne sais pas où aller.

La solution m'apparut tout d'un coup.

— Que penses-tu d'Amarillo ? Si tu peux t'y rendre, ma mère t'hébergera sans problème. Et elle ne t'emmerdera pas, elle insistera juste pour te nourrir. (Ma mère savait très bien se montrer discrète. C'était l'une des qualités que je préférais chez elle.) Ce n'est pas une station balnéaire mais c'est une ville tranquille.

— Merci, Dana. C'est gentil de proposer. (Elle soupira.) Mais je doute que ta mère ait envie de loger une inconnue.

— Je vais lui dire qu'il se peut que tu viennes pour qu'elle te laisse une clé sous le paillasson. Comme ça, tu n'as pas besoin de te décider tout de suite. Tu pourras y aller à l'improviste. (Un silence.) Réfléchis-y.

— D'accord. Je vais y penser. Et merci. Je l'ai déjà dit mais je le répète : c'est très important pour moi que tu sois de mon côté après tout ce qui s'est passé.

— Pas de problème. On doit se serrer les coudes, répondis-je, puis je grimaçai en entendant cette expression sortir de ma bouche. J'aimerais être à Austin pour te soutenir.

— Tu es où, d'ailleurs ? Je n'ai pas l'impression que tu sois à Amarillo. Tout le monde pense que tu es chez ta mère.

— Non, je suis à Los Angeles. (Il me fallut réfléchir un instant pour me rappeler ce que je faisais là. J'avais presque oublié que c'étaient de bonnes nouvelles pour une personne normale.) J'ai décroché des auditions après le podcast que j'ai enregistré l'autre jour.

— Oh, c'est génial. Bonne chance. (Elle avait l'air soulagée par le changement de sujet.) Tu loges où ?

— Dans mon ancienne baraque. Avec Jason.

Il y eut un silence glacial et quand Kim reprit la parole, sa voix était froide.

— Ne t'inquiète pas, je ne dirai à personne où tu es. Pas même à la police.

— Merci. C'est cool de ta part. Je ne veux pas que les autres pensent…

Elle m'interrompit.

— Pas de problème. Après tout, on se serre les coudes, non ?

Elle dit ça avec ironie mais après tout, Kim maniait le sarcasme comme personne. On se dit au revoir et je lui envoyai l'adresse de ma mère par texto. Puis j'écrivis un mail à maman pour lui expliquer que Kim débarquerait peut-être dans la semaine.

Ce n'était pas grand-chose mais je ne pouvais guère en faire davantage. Je priai pour qu'Amanda n'ait pas semé de preuves contre Kim dans l'appartement de Fash – même si une petite voix que je ne parvenais pas à faire taire me susurrait : *Mieux vaut Kim que moi.*

Seule dans la maison, je commençai à fureter. En l'absence de Jason, le fait qu'Amanda ait vécu ici, même peu de temps, devint tangible pour la première fois. Amanda avait été exorcisée, mon portable emmailloté dans de la mousse isolante et confiné dans le studio, mais cette maison avait été la sienne. J'essayai de l'imaginer assise sur le canapé à côté de Jason, se servant un verre de vin devant le comptoir de la cuisine ou se blottissant dans son lit. Aussi perturbant que ce soit, c'était un bon début. Lentement, pour préserver l'image d'elle, je me levai et parcourus la maison, le pas léger comme pour ne pas déranger son fantôme. Je songeai aux objets d'Henry et aux histoires qu'ils racontaient sur eux-mêmes. Amanda en avait peut-être laissés ici qui racontaient quelque chose sur elle.

J'examinai toutes les pièces mais rien ne me rappela Amanda ; tout était le reflet de la négligence de Jason ou de mes anciennes contributions. Les tapis que j'avais achetés chez IKEA pour recouvrir le carrelage qui était nu quand j'avais emménagé. Les rideaux m'appartenaient aussi, des lés bon marché dénichés chez Target, à présent fanés sur les côtés et sales en bas. La paire de fauteuils dépareillés trouvée chez Goodwill, et les tableaux, des portraits sur velours noir et des paysages de mauvaise facture. J'empruntai le couloir, passai devant le chat aux yeux énormes aux couleurs pastel qui faisait flipper Jason et je me forçai à scruter sa chambre. Près du lit défait se tenait le chevet que j'avais trouvé pour lui à l'Armée du Salut pour remplacer le carton qu'il utilisait. Sa surface était à présent recouverte d'une année de cercles de café poisseux. Le placard était hérissé de cintres vides et de quelques chemises à carreaux qui ressemblaient à des drapeaux froissés : la plupart de ses fringues étaient entassées sur le sol.

Si le fantôme d'Amanda était là, il était bien silencieux.

J'ouvris la porte du studio d'enregistrement. Cette pièce avait jadis été ma chambre, songeai-je avec un pincement au cœur, mais il n'en restait rien. J'avais été effacée aussi soigneusement qu'Amanda. J'aperçus des balafres à l'extérieur de la porte, à hauteur d'yeux, comme si on avait raclé la peinture, peut-être pour décaper le bois. J'observai la pièce, déplaçai les micros, les pupitres et la table de mixage pour être sûre de ne passer à côté de rien. J'ouvris le placard et essayai de ne pas tressaillir lorsque mes yeux se posèrent sur le coussin noir contenant mon portable infecté. Une boîte à archives posée dans un coin contenait un tas de câbles et une table de mixage plus petite. Je continuai de fouiner dans le reste de la maison, ouvrant tous les placards et les portes fermées, à la recherche d'une trace d'Amanda.

Dans le couloir, mon regard se posa sur la porte du grenier, un rectangle dessiné dans le plafond d'où pendait une courte corde. Après avoir cherché en vain une échelle, je traînai un fauteuil du salon pour monter dessus. Mes doigts atteignaient à peine le bout de la corde et je dus sautiller péniblement sur l'assise pendant plusieurs minutes avant de parvenir à m'en emparer. La porte émit un grincement désagréable en s'ouvrant et une pluie de petits graviers se déversa sur mon visage. Je perdis quelques minutes à m'essuyer les yeux en toussant avant de pouvoir dérouler l'échelle. Les barreaux métalliques protestèrent tout au long de mon ascension. Une fois la tête et les épaules dans le grenier poussiéreux, je regardai autour de moi.

Des tuyaux en plastique, une pile de planches et de la fibre de verre rose sous une épaisse couche de poussière et de toiles d'araignée. C'était tout. Pas de cartons en vue.

Je descendis, roulai de nouveau l'échelle avec peine et fermai la porte avec un claquement vindicatif. Puis je rapportai le fauteuil au salon et m'affalai dessus, en nage et couverte de poussière jusqu'à la taille. Tout en frottant une trace qui maculait mon tee-shirt, je songeai à l'appartement d'Amanda à Austin – tout en lignes pures et en couleurs vibrantes, impersonnel, ascétique et impeccable. Aucune preuve qu'une femme qui aimait ce genre de décor ait jamais vécu ici. Je commençai à désespérer.

Une ombre derrière les rideaux du salon, suivie par un cliquètement, me fit sursauter. Ce n'était que le facteur, compris-je, le cœur encore battant. Jason et moi avions l'habitude de dire que nous habitions dans le triangle des Bermudes de la Poste parce que le courrier arrivait toujours dans notre rue en dernier et quand il nous parvenait enfin, la moitié était mal adressée ou mal distribuée. En souvenir du bon vieux temps, j'ouvris la boîte aux lettres. Pas grand-chose de neuf ; en dehors d'une carte reprochant à Jason d'avoir manqué son rendez-vous chez le dentiste, la petite pile d'enveloppes était entièrement adressée aux anciens locataires. Je la parcourus machinalement tout en refermant la porte du pied : Julie Moore, Rebeccah Farrell, Keith Ho, Mr J. Soriano…

Les anciens locataires.

Avant que je ne m'installe ici, Jason avait pris l'habitude de jeter tous les courriers adressés aux précédents locataires, mais j'avais insisté pour qu'on leur consacre plutôt un tiroir dans la cuisine ; j'avais l'intention de tout renvoyer quand j'en aurais le temps.

Ça ne s'était jamais produit, évidemment, et nous avions fini par appeler ce tiroir « le gouffre ». Quand j'habitais ici, je vidai son contenu à la poubelle tous les deux mois mais j'étais certaine que Jason n'y avait jamais touché.

Je gagnai la cuisine, le courrier toujours en main et m'agenouillai pour ouvrir le tiroir du bas. Il était tellement plein que j'eus du mal à le faire coulisser ; je dus glisser la main à l'intérieur pour décoincer le loquet. Quand il finit par céder d'un coup, un courrier de la banque jaillit, vola dans les airs et atterrit sur le sol près de mon genou. Il était adressé à Mlle Dana Diaz.

— Merci beaucoup, Jason, marmonnai-je.

Je m'assis par terre pour dépiauter le tas de courrier. Lorsque j'aperçus un A majuscule derrière un catalogue de fringues, mon cœur s'emballa. Ce n'était qu'une offre spéciale de Sephora mais elle était adressée à Amanda Dorn. J'avais enfin trouvé une trace d'elle.

Je me mis à vider de grosses poignées de factures tamponnées en rouge, des offres de cartes de crédit, des catalogues, des prospectus pour des élections spéciales et des pétitions, des bons de réduction pour des sandwichs à présent expirés, des invitations à des mariages, des cartes de vœux, des enveloppes banales avec ou sans fenêtre, et les posai sur le sol devant moi. Je m'obligeai à vérifier tous les noms de destinataire, même si le courrier paraissait inintéressant, avant de les jeter. Toutes les lettres adressées à Mlle Amanda Dorn provoquaient un moi un petit sursaut d'adrénaline suivi d'une minuscule déception en découvrant qu'il s'agissait uniquement de pubs. Mais je persistai à les ouvrir toutes, juste au cas où je tomberais sur quelque chose de plus important qu'une offre spéciale pour un abonnement d'un an au magazine *Bon appétit*.

Quand j'eus fini d'explorer le contenu du tiroir, j'avais ouvert quinze lettres destinées à Amanda mais aucune ne présentait le moindre intérêt. Même pas un magazine d'anciens élèves qui m'aurait fourni un indice sur son passé avant Runnr, encore moins un courrier de sa famille qui, comme je l'avais espéré, se serait dissimulé dans une enveloppe banale, l'implorant de rendre visite à une mère souffrante ou de pardonner à un père maltraitant. Assise en tailleur sur le carrelage de la cuisine, une pile de lettres à mes côtés, je me sentis abattue.

Un papillon de nuit heurta la fenêtre près du néon au-dessus de l'évier et je sursautai. Il faisait nuit et la vitre dessinait un carré sombre.

Il était tard. Je m'agenouillai sans prêter attention aux fourmis qui signalaient que le sang recommençait à circuler dans mes pieds et jetai un coup d'œil à l'horloge du four à micro-ondes. J'avais passé deux heures à éplucher le courrier. Jason n'allait pas tarder à rentrer. Je soupirai et rouvris le tiroir, cette fois-ci avec tant de violence qu'il sortit entièrement de ses glissières.

Là, en bas du placard, je découvris un tas d'enveloppes qui avaient glissé au fond. La première était adressée à Amanda.

Je déchirai le rabat. La lettre était datée du 30 mars.

« Chère Amanda DORN,

Merci d'être une fidèle cliente de Saf-Stor, Amanda ! Pour que nous puissions continuer à vous offrir le meilleur garde-meubles possible, le tarif préférentiel pour votre box nº 302 sera ajusté à partir du 1er mai 2017 à cent quarante-cinq dollars. Ce courrier représente votre préavis de trente jours… »

Je posai le courrier, abasourdie. Les affaires d'Amanda n'étaient ni chez Jason ni dans son nouvel appartement à Austin. Je songeai de nouveau à son appart dans lequel on avait passé tant de temps à conspirer. Les meubles flambant neufs, les rangées parfaites de Blu-ray – *Les Dents de la mer*, *Quand Harry rencontre Sally*, *Clueless* – des films choisis pour plaire au plus grand nombre. Je me souvins de la façon dont Amanda avait fouillé dans les placards presque vides pour trouver un tire-bouchon ; elle avait sorti les bouteilles les unes après les autres de l'étagère au-dessus du réfrigérateur pour lire les étiquettes avant de les reposer. Amanda n'avait ni un goût parfait en déco ni des goûts ennuyeux en films ni la capacité d'entretenir son intérieur pour qu'il reste neuf comme au premier jour. Elle louait un Airbnb. Elle avait mis ses affaires au garde-meubles avant d'emménager avec Jason et elles y étaient toujours. À – je parcourus le courrier – Glendale.

Je me précipitai vers l'ordinateur de Jason pour vérifier les horaires d'ouverture mais l'entrepôt était déjà fermé. Il rouvrirait le lendemain matin à 6 h 30. Jason et moi y serions.

20

Jason rentra du boulot penaud de s'être disputé avec moi et d'être parti en claquant la porte. La lettre d'Amanda lui remonta considérablement le moral.

— Bien joué ! Je me demande ce qu'on va trouver dans ce box. (Il fit mine de me donner un petit coup de poing sur l'épaule mais je l'esquivai.) Tu as toujours été la plus intelligente de nous deux, Dana.

— Et toi le négligent qui ne fait pas suivre le courrier, rétorquai-je en brandissant un bon de réduction périmé pour un bar à ongles. Heureusement que je n'avais pas oublié l'existence du gouffre.

— Ahhh, désolé. Je te promets que je t'aurais envoyé tout ce qui aurait eu l'air important. (Je hochai la tête d'un air sceptique.) Je suppose que tu veux qu'on y soit à la première heure ? Alors, allons nous coucher. À moins que…

Il n'acheva pas sa phrase.

— Oui. Allons dormir. Bonne idée.

Savoir où j'allais passer la nuit était un sujet gênant. D'un côté, c'était idiot de parcourir tout le trajet jusqu'au motel tous les soirs, d'autant plus que je n'avais pas envie de dormir dans un endroit où le seul rempart entre les appels d'Amanda et moi était un réceptionniste. De l'autre, ma relation avec Jason était toujours ambiguë et je n'avais aucune envie de dormir dans sa chambre. À l'exception du baiser échangé à 4 heures du matin, notre intimité physique avait toujours consisté en quelques tapes sur l'épaule. Nous nous étions endormis côte à côte un nombre incalculable de fois, parfois l'un contre l'autre mais jamais dans un lit. Je voyais bien que Jason était prêt à passer la vitesse supérieure mais, dans un renversement de situation pour le moins ironique, pas moi.

Je me disais que c'était certainement à cause de la situation désespérée dans laquelle nous nous trouvions et parce que je voulais protéger Jason. Notre enquête d'amateurs l'amusait, voire l'excitait. De mon côté, faire semblant me demandait tellement d'efforts que je ne possédais plus aucune énergie pour une histoire d'amour. Une fois qu'on se serait débarrassés d'Amanda, tout reprendrait son cours normal. Mais le langage corporel de Jason était subtilement dragueur, alors que le mien le rejetait. Le matelas sur le sol du studio résolvait le problème temporairement, même si mon dos morflait.

Pour gagner du temps, je lui posai la question qui me tracassait depuis que j'avais trouvé le courrier.

— Tu sais comment pénétrer dans le box d'Amanda ?

— Eh bien, oui. On en discutera demain. D'ici là, que ta jolie tête ne s'inquiète pas.

Je frissonnai. Son attitude désinvolte me rappelait l'incident du pick-up de Mattie. C'était peut-être pour ça que j'avais du mal à éprouver des sentiments romantiques à son égard. Tout ce qui me rappelait

Mattie éveillait en moi une envie de vomir difficile à surmonter.

Je balayai cette pensée de mon mieux et tentai d'entrer dans son jeu alors que nous marchions dans le couloir qui menait au studio.

— Il y a une seconde, j'étais le cerveau. Et maintenant je suis la plus jolie de nous deux ?

J'atteignis la porte et me retournai : il était juste derrière moi.

— Tu es les deux, répondit-il en se penchant pour m'embrasser.

Je me laissai faire en silence. Quand il recula, il m'examina un instant.

— D'accord, finit-il par dire. À demain.

— Bonne nuit, Jason.

Et je fermai la porte derrière moi.

— C'est là qu'on a décidé d'emménager ensemble.

Jason n'avait pas lâché ma main durant toute la conversation avec l'employé de Saf-Stor, dont le nom, à en croire son badge, était Delrick. Jason posa ma main sur son genou, la pressa et ajouta :

— Pas vrai, ma puce ?

J'adressai un sourire contrit à Delrick qui faisait manifestement de son mieux pour paraître plus intéressé par ses premiers clients de la journée que par la tasse de café à moitié pleine posée sur son bureau.

Le plan de Jason était le suivant : louer un box au même étage que celui d'Amanda, puis couper son cadenas et le remplacer par un nouveau. Il avait lu un article sur des crimes de ce genre à Los Angeles ; non seulement c'était facile, mais si les employés découvraient le cambriolage, ils penseraient qu'il s'agissait d'un simple larcin et n'enquêteraient pas plus avant. La quincaillerie ouvrait encore plus tôt que le garde-meubles et nous avions entassé un cadenas, un coupe-boulons et des couteaux X-Acto pour ouvrir les cartons une fois dans le box. Mais le plan était trop simple au goût de Jason, qui l'avait pimenté en concoctant une histoire compliquée pour expliquer pourquoi nous avions besoin de louer un box, histoire dans laquelle figuraient des colocataires absents, une augmentation de loyer et, bien sûr, notre histoire d'amour, écrite dans les astres.

Je le laissai achever son baratin. Puis, pour réveiller l'employé et lui permettre de nous répondre, j'ajoutai :

— Pour être honnête, c'est la promotion à un dollar qui nous a convaincus.

Jason me lança un regard noir mais l'employé acquiesça.

— C'est une super promo, renchérit-il en adoptant le débit rapide de celui qui est payé à la commission. Laissez-moi vous expliquer les termes et les conditions…

Les termes et les conditions incluaient de payer le dernier mois mais j'étais trop impatiente pour me plaindre. Vingt minutes et cent vingt dollars plus tard, l'employé prit le monte-charge avec nous jusqu'au troisième étage et nous montra notre box. On remonta ensemble un long couloir blanc contenant des portes grises numérotées.

— Ça fait très *Alice au pays des merveilles*, constata Jason.

— Je pensais plutôt aux *Contes de la crypte*. « Derrière une de ces portes, il y a un million de dollars. Derrière une autre, une goule dévoreuse de chair. »

— Quel épisode se passe dans un asile de fous ?

Nous étions tous les deux en pleine forme, comme si nous n'étions plus très loin de la ligne d'arrivée d'une chasse au trésor. L'employé ouvrait la marche en faisant de son mieux pour nous ignorer et Jason me donna un coup de coude quand on passa devant la porte 302.

— Plus que quelques-unes… et voilà, annonça l'employé en s'arrêtant devant notre box et en tournant la poignée. (La lumière s'alluma automatiquement lorsque la porte s'ouvrit, révélant l'intérieur blanc et miteux.) Vous voulez jeter un œil ?

— Absolument, répondit Jason avec un enthousiasme feint. (Il pénétra dans le box dont il fit semblant d'admirer les murs éraflés.) Chérie, viens voir. C'est spacieux.

— Vous pouvez commencer à entreposer vos affaires tout de suite.

— Nous n'y manquerons pas, déclarai-je.

J'enlaçai Jason par la taille et il passa un bras autour de mes épaules.

— Super. (L'employé avait l'air soulagé de se débarrasser de nous.) Je vous montre comment fonctionne le digicode et je vous laisse.

— Quel digicode ?

Jason me lâcha. Son ton était devenu extrêmement sérieux tout d'un coup.

— Chaque box est verrouillé par une alarme qui réagit au mouvement, contrôlée par le digicode sur la poignée, et vous êtes les seuls à posséder le code permettant d'ouvrir le box, expliqua-t-il, tout fier, et je me rendis soudain compte que je n'avais pas vu un seul cadenas sur les portes. Nous prenons votre sécurité très au sérieux. Les autres garde-meubles, ceux où on demande aux clients de fournir leurs propres cadenas, sont cambriolés tout le temps. Les gens coupent les chaînes avec des coupe-boulons.

Les trente-cinq centimètres d'acier dans mon sac à main me parurent soudain très, très lourds.

Jason écouta poliment l'employé lui expliquer comment rentrer son code tout en me lançant un regard proche de la panique.

— Comment on va entrer dans son box ? murmurai-je une fois l'employé redescendu.

— Laisse-moi réfléchir un instant, répondit-il en se frottant les yeux.

— Entre à l'intérieur, il y a des caméras dans le couloir.

Jason me suivit dans le box. Il leva soudain la tête.

— Des caméras ! Tu crois qu'on pourrait mettre la main sur les bandes de surveillance ? On pourrait la voir taper son code.

— Même s'ils gardent les bandes suffisamment longtemps, on ne sait pas comment trouver la bonne, fis-je remarquer.

Il fronça les sourcils.

— Il doit y avoir un code permettant de tous les ouvrir. Il faut bien que le gérant puisse entrer en cas de problème, pas vrai ?

— Oui. Mais comment trouver ce code ?

— Tu peux draguer Delrick, suggéra Jason. Et le distraire le temps que je fouille son bureau.

— Peut-être qu'il est gay et que *tu* peux le séduire, rétorquai-je sèchement. De toute façon, après l'histoire d'amour que tu viens de lui asséner, on va avoir du mal à lui faire avaler ça.

— OK, OK, je réfléchis juste à haute voix. (Il examina les portes.) Notre box est du même côté que le sien. Et si on passait à travers les murs ?

— Tu veux vraiment creuser un tunnel à travers dix-sept box ? (Je voyais l'irritation de Jason monter mais je poursuivis.) Et je te rappelle qu'il a expliqué que l'alarme était déclenchée par le mouvement. Ça veut aussi dire les mouvements à l'intérieur du box et pas seulement quand la porte s'ouvre.

— On devrait laisser tomber, alors ! explosa Jason. À moins que tu aies une idée brillante ?

— Peut-être. Attends. (J'ouvris mon sac, lui tendis le coupe-boulons qui me gênait et sortis ma trousse à maquillage.) Allons jeter un coup d'œil.

On remonta le couloir jusqu'à la porte 302. Jason tendit la main pour toucher les boutons du digicode.

— Non ! glapis-je en repoussant sa main. Ne t'approche pas.

J'ouvris ma trousse pour en sortir une palette de blush : il y avait longtemps de ça, je l'avais fait tomber sur le sol des toilettes quelque part et elle s'était cassée en mille morceaux. Comme elle m'avait coûté cher, j'avais entassé la poudre rose dans son poudrier noir et je transportais toujours avec moi un pinceau super doux qui n'en ramassait pas trop à la fois. Je plongeai doucement le pinceau dans le poudrier, le secouai pour ôter l'excès de blush puis l'appliquai légèrement sur le clavier. Je me penchai ensuite pour souffler dessus.

— Regarde.

Le blush avait presque disparu, laissant quelques grains derrière lui. Seuls trois boutons étaient différents :

le 2, le 6 et le 8 étaient recouverts d'une couche rose sombre, preuve qu'ils avaient été enfoncés de manière répétée, laissant des couches d'empreintes dont on discernait à peine les spires sur les côtés.

— Super, commenta Jason. Mais il y a un problème. C'est un code à quatre chiffres.

— Un des chiffres est répété deux fois.

— Lequel ?

J'observai attentivement le digicode. Une des empreintes était beaucoup plus sombre que les deux autres.

— Je dirais le 8.

— Deux – six – huit – huit.

— Ou deux – huit – six – huit. Ou huit – deux – six – huit ou…

— Comment trouver le bon ? On ne peut pas tous les essayer, ça déclencherait l'alarme. Et va savoir combien de combinaisons on peut constituer avec ces quatre…

— Douze, répondis-je.

Je les avais griffonnées au dos d'un ticket de caisse pioché au fond de mon sac.

— Tu fais quoi ? Une équation ? demanda Jason en se penchant par-dessus mon épaule. C'est du niveau troisième. Tu te souviens des cours de Mme Faber ?

— Non, idiot. J'ai juste fait la liste de toutes les combinaisons possibles.

Je les considérai, pensive. Je me souvenais avoir examiné les données Runnr de Carl avec Amanda pour chercher une logique et avoir deviné que ça avait un rapport avec *Game of Thrones*. Quelle était la logique, ici ? Laquelle de ces combinaisons Amanda avait-elle choisie et pourquoi ?

— Je parie que c'est un mot.

— Ou c'est une combinaison entièrement aléatoire fournie par une appli qui protège tes mots de passe, rétorqua Jason.

Je me rappelais avoir écrit mon numéro sur une serviette le soir où on s'était rencontrées.

— Tu connais Amanda. Elle n'utilise même pas les réseaux sociaux. Elle ne ferait pas confiance à ce type de programme. Je suis sûre qu'elle a choisi un mot facile à mémoriser.

— Les chiffres correspondraient à des lettres ? (Jason fixa le plafond, sourcils froncés.) Si le 2 est B… et 6, F… alors 8 est… H ? B, F, H, H ? Qu'est-ce qu'on peut écrire avec ces lettres ?

— Rien. Sors ton téléphone.

Il obéit. Je fis apparaître le clavier et pointai les lettres minuscules sous chaque nombre.

— Le clavier téléphonique ? Ça va nous prendre une éternité, protesta-t-il. Avec douze combinaisons de chiffres, qui peuvent chacun correspondre à trois lettres… ça fait combien de possibilités ?

Je haussai les épaules.

— Je ne me souviens pas suffisamment des cours de Mme Faber pour hasarder une réponse. On ferait mieux de s'y mettre.

On regagna notre box et je dénichai un morceau de papier pour Jason : ça avait parfois du bon d'être une petite femme avec un énorme sac plein de bordel. Je divisai la liste des douze combinaisons en deux et en donnai la moitié à Jason.

— On en a pour la journée, se plaignit-il.

Je lui tendis un stylo et ôtai le capuchon de mon eyeliner pour écrire.

— La bonne nouvelle, c'est que la plupart des combinaisons ne correspondront pas à un mot.

Il y avait encore moins de solutions que ce que je pensais, mais Jason avait raison, le processus était super lent. Au bout d'une heure, nous avions trouvé les mots suivants : AOUT, NOUA, AUTO, TAON, BOUC, PUTE.

— Tu as compris pour lequel je penche, dit Jason.

— Très drôle.

— Lequel, sinon ? Elle est née en août ? Elle est allergique aux taons ? Attends un instant, est-ce qu'elle joue du tuba ?

— Ça ne peut pas être T-U-B-A parce que le B et le A sont tous les deux des 2 et qu'il n'y en a qu'un. (Je relus la liste, persuadée que nous avions oublié des combinaisons. Je fixai le clavier du téléphone.) B-O-T-T ? C'est un mot, ça ? Et N-A-T-T ?

— Non et non.

Je cillai. Le froid prit naissance au creux de mon ventre. C'était impossible et pourtant j'avais trouvé la réponse.

— Essaie six-deux-huit-huit.

— C'est quel mot ?

— J'ai une intuition. Tape-le.

— Donne-moi le mot d'abord.

— Écoute, soit c'est juste, soit c'est faux. Mais il n'y a rien qui ait du sens dans cette liste. Tape ce code. Sinon on va y passer la journée.

— Tape-le, toi.

Je pris une profonde inspiration, m'approchai du digicode et laissai planer les doigts un instant au-dessus des trois chiffres maculés, m'attendant presque à ce qu'ils émettent une certaine chaleur, quelque chose qui confirme que j'avais raison. Puis j'entrai rapidement le code et reculai.

La lumière rouge sur la poignée devint verte et un clic discret mais satisfaisant se fit entendre. Je tournai la poignée et la lumière du box d'Amanda s'alluma.

Jason et moi restâmes silencieux un instant, puis nous nous mîmes à crier en sautillant. Il se pencha, me prit dans ses bras, me souleva et me reposa.

— Quel est son mot de passe, alors ?

— Matt, répondis-je, soudain dégrisée. C'est pour ça que je ne voulais pas te le dire.

— Pourquoi, à cause de mon frère ? (Il eut l'air perplexe une seconde.) Il y a des tas de Matt dans le monde, Dana.

C'était vrai. Il y avait des tas de Matt dans le monde. Mais un seul était le troisième nom de ma liste, l'ombre qui planait sur ma relation avec Jason et la clé du lien que j'avais un jour partagé avec Amanda. Je balayai la coïncidence.

— On en découvrira peut-être davantage sur le Matt d'Amanda à l'intérieur. Voyons ce qu'il y a là-dedans.

On se faufila entre deux rangées de cartons et la porte se referma derrière nous. La serrure cliqueta. La lumière s'éteignit. L'obscurité était complète.

21

— Attends.

Une faible lueur bleutée illuminait le visage de Jason par en dessous, de même que sa main, et je le vis dessiner un motif du bout de l'index sur l'écran de son téléphone. Il trouva l'icône de la lampe torche et un épais triangle de lumière se déversa soudain, illuminant le plafond et projetant des ombres heurtées sur les murs derrière les cartons. Jason se déplaça et les ombres se balancèrent follement. Chaque fois que je clignais des yeux, le rectangle lumineux du téléphone restait gravé au fer rouge sur ma rétine.

Le box avait la même taille que le nôtre mais les affaires d'Amanda donnaient l'impression étrange qu'il était plus grand. Les cartons étaient entassés presque jusqu'au plafond et quelques meubles se devinaient à la lueur de la lampe – je distinguai le tissu pelucheux d'un canapé renversé et l'arrière d'une commode. Deux ailes étroites et de guingois traversaient le mur de ses possessions pour permettre d'accéder aux cartons du fond. Peut-être était-ce la faute des ombres bondissant sur les murs, mais il était facile d'imaginer les formes massives avançant dans toutes les directions, les chemins tordus sinuant entre elles comme dans un labyrinthe. Un endroit où se perdre. Je me sentis soudain oppressée et j'eus du mal à respirer.

— Est-ce que la porte… ?

— Elle ne se ferme pas de l'intérieur, répondit Jason, agacé. Sinon, les gens se retrouveraient tout le temps coincés.

Sa réponse ne me rassurait pas autant qu'elle l'aurait dû mais je me forçais à ne pas m'appesantir dessus.

— OK. On commence par où ?

— Cherche le carton étiqueté « Les plus noirs secrets d'Amanda ». Il ne devrait pas être trop difficile à trouver.

Le ton de Jason était sarcastique mais je le connaissais assez bien pour deviner que lui non plus n'était pas dans son assiette. Dans la nuit artificielle du garde-meubles, il était facile d'oublier qu'il n'était que 8 heures du matin dehors. Et le couloir lumineux et aseptisé n'en rendait le box que plus sombre et solitaire, comme l'intérieur d'une bouche.

— Ouvrons les cartons au hasard, suggérai-je. Commençons par ceux-ci.

Je sortis les couteaux X-Acto et en tendis un à Jason.

— D'acc.

Il s'en empara et s'agenouilla devant une grande boîte. Je l'imitai, utilisant la lumière de mon portable pour éclairer les coins que la torche de Jason laissait dans l'ombre.

Sur mon premier carton était écrit CUISINE au feutre noir et effectivement, les journaux froissés que je trouvais à l'intérieur semblaient protéger uniquement des casseroles et des poêles. Histoire de ne rien laisser au hasard, je soulevai quelques couvercles et fut récompensée par d'autres journaux.

— Qu'est-ce que tu as trouvé ?

— Des plats. Et une essoreuse à salade.

Curieuse, je rapprochai mon téléphone des journaux.

— Deux janvier, l'année dernière. Tu as rencontré Amanda quand déjà ?

— Au moment où on diffuse les pilotes à la télévision, répondit-il un peu sèchement. Mars de l'année dernière, peut-être ? Et elle a été virée de chez Runnr en décembre.

— Ah. Donc elle s'est installée à Los Angeles et elle a tout de suite mis ses affaires au garde-meubles. Qu'est-ce qu'elle a fait entre janvier et mars ?

— Elle a mangé des salades pleines de terre et pas essorées, répliqua Jason en balançant le saladier en plastique dans un carton. Allez, il faut qu'on accélère le mouvement.

Après ça, nous gardâmes le silence. Quelques cartons de cuisine plus tard, je décidai de ne pas ouvrir toutes les boîtes et de faire confiance aux étiquettes. Amanda était très organisée ; elle avait certainement déménagé rapidement après son licenciement mais ce n'était pas pour autant qu'elle avait entassé ses affaires n'importe comment. Je ne pus quand même pas réprimer une pointe de déception en découvrant ses biens rangés de manière aussi pragmatique et ordonnée. Non seulement une collection d'ustensiles de cuisine ne permet pas de découvrir pourquoi une femme a décidé de vous harceler, vous et votre petit ami, mais en plus ses ustensiles étaient inintéressants au possible. Amanda gagnait certainement très bien sa vie et elle avait dû toucher un gros pactole après le procès. Je me piquai soudain le doigt sur une lame mal emballée appartenant à un robot Cuisinart ; je devais bien admettre que je m'attendais à quelque chose de plus chic. Même moi je possédais un robot Cuisinart.

J'avais imaginé une descente aux enfers pour Amanda – une femme que la débâcle Runnr avait arrachée à son style de vie fabuleusement riche, ce qui avait provoqué son courroux. Mais quand j'eus déterré trois paires de bottines noires élimées identiques dans un carton étiqueté PLACARD, je commençai à comprendre que ses affaires racontaient l'histoire d'une femme qui n'aimait pas le luxe. Elle n'était pas extravagante : le blouson de motarde qu'elle arborait même dans la chaleur étouffante d'Austin était probablement sa possession la plus chère.

Où étaient les albums de lycée, les photos, les vieux journaux intimes ? Où étaient les trucs qui la rendraient humaine ? On était là pour se venger d'Amanda et c'était elle-même qui m'avait donné la marche à suivre : *Trouve quelque chose qui compte pour elle.* Qu'est-ce qui comptait pour Amanda ?

De son côté, Jason n'avait pas plus de chance.

— Aucun intérêt, dit-il. Il n'y a rien là-dedans. Je viens de me taper trois cartons du placard de l'entrée. À moins qu'elle étrangle ses victimes avec des rallonges avant de les faire fondre grâce à l'acide contenu dans les piles AAA, on n'a rien à se mettre sous la dent.

— On continue. C'est le seul moyen de découvrir ce qu'elle cache.

— Comme tu veux. (Il se leva et poussa un gémissement quand ses genoux craquèrent.) Mais je vais explorer les cartons du fond. (Il épousseta ses mains sur son jean.) Je parie que tous les trucs intéressants sont là-bas. J'espère au moins tomber sur un vibro.

— Attends ! m'exclamai-je mais il avait déjà ramassé son téléphone et se dirigeait vers le fond du box.

Les ombres de mon côté bondirent sur le mur puis tout disparut quand Jason se glissa derrière la plus haute pile.

— On se retrouve au milieu, s'écria-t-il.

— Merci bien, marmonnai-je en attendant que mes yeux s'accoutument à la faible lueur de mon portable prépayé.

Pendant quelques minutes, les seuls bruits furent ceux des cartons que Jason effleurait, ponctués parfois par un cri de frustration quand il se cognait le genou.

— Il y a tellement de boîtes que je ne suis pas sûr d'accéder au fond, dit-il avant d'ajouter : Oh. Bon sang.

— Quoi ?

— Dana, viens. Il faut que tu voies ça.

Je m'agenouillai avec difficulté et utilisai la lumière faiblarde de mon téléphone pour me frayer un chemin entre les cartons. Il avait raison : les piles devenaient plus hautes et plus denses, puis le chemin rétrécissait. Je ne compris pas tout de suite comment continuer à avancer, puis j'aperçus une minuscule ouverture sur ma gauche. Je distinguai la lueur de la torche de Jason dans le triangle dessiné par un tapis roulé adossé à une pile de cartons. Je m'immobilisai pour éviter de me cogner la tête et je compris que le tapis formait une espèce de porte. Jason se tenait de l'autre côté, le portable en l'air.

Nous nous tenions dans un espace dégagé d'un mètre vingt de profondeur et de la longueur du box. Grâce à la lueur de son téléphone, je vis un futon posé contre le mur, soigneusement fait, avec un oreiller, un couvre-lit et une couverture supplémentaire ; un petit bureau et une chaise se dressaient contre l'autre mur. Quatre lampes torches très puissantes étaient alignées sur le sol, d'où on pouvait les atteindre et les faire pivoter facilement. Un minuscule réfrigérateur fonctionnant sur batterie servait aussi de table de nuit. La scène était incroyablement flippante, comme si on était tombés sur le repaire d'un prédateur dans les bois. Si tout avait été crade et bordélique, ça aurait juste été pitoyable. Mais quelque chose dans l'insupportable propreté de la petite tanière donnait l'impression d'être face à une étape parfaitement exécutée dans un plan élaboré.

— Elle vivait dans un garde-meubles, constatai-je, trop sidérée pour ne pas sous-titrer l'évidence. Pourquoi diable... (Je posai la main sur le lit avec précaution et la retirai en frissonnant.) Je veux dire... Runnr a dû lui filer plein de thunes.

Qu'est-ce qui comptait pour Amanda ? Apparemment, ni le confort ni l'hygiène élémentaires.

Mais Jason s'était approché du lit, le portable toujours en l'air et il poussa un petit cri. Une rangée de photos étaient soigneusement punaisées sur le mur au-dessus du futon, formant un réseau : des clichés de femmes, pour la plupart des selfies volés sur les réseaux sociaux. Jason les examina.

— Des ex, dit-il. (Il avait l'air sur le point de vomir.) Les miennes. Putain, elle est obsédée. Et ça remonte jusqu'au lycée. Tu te souviens de Lizzie

Reynolds ? Celle qui m'a largué juste avant le bal de promo ? (Il se tourna vers moi.) Elle se comporte comme un serial killer, Dana.

— C'est bien pire que l'appli. (Mais au moins, maintenant on savait ce qui comptait pour elle. Je m'approchai pour observer les photos de plus près.) Oh non, c'est Kim.

Découvrir un visage familier dans la rangée de clichés rendait cette découverte encore plus perturbante.

— Rinski ? Oui, on est sortis ensemble pendant un moment, répondit Jason un peu froidement. Il y a longtemps.

— Elle me l'a dit. On est devenus copines récemment.

Amanda l'avait prise pour cible, elle aussi. J'espérais qu'elle avait écouté mes conseils et qu'elle s'était réfugiée chez ma mère à Amarillo. Je me jurai de lui téléphoner pour la supplier de le faire dès qu'on serait sortis de là.

Tandis que Jason continuait d'examiner le mur, je sortis une boîte à archives contenant des classeurs de sous le lit et les parcourus rapidement. La plupart contenaient des lignes de code que j'étais incapable de déchiffrer mais l'un d'entre eux était réservé à des sorties imprimantes similaires à la liste de ses harceleurs en ligne qu'elle m'avait montrée. Cette fois-ci, il s'agissait de noms exclusivement féminins. Je donnai un coup de coude à Jason.

— Ça te dit quelque chose ?

Des noms, des dates de naissance et des adresses étaient alignés à côté de numéros de téléphone, des noms des membres de la famille et des jobs passés et présents.

Il fit un geste du menton en direction du mur.

— Elle a des dossiers sur tout le monde. Depuis combien de temps elle m'espionne ?

Je lus de la peur dans ses yeux. Mais la liste me rendait perplexe. Pourquoi garder une trace écrite ?

— Elle les aime pour ses propres secrets, dis-je pour moi-même. Elle ne met les choses en ligne que quand elle veut qu'on les découvre.

— Génial. Prenons des photos et barrons-nous de là.

Il commença à prendre les clichés en photo tandis que je scrutais le mur, cherchant quelque chose des yeux. Jason se rendit compte de ce que j'étais en train de faire.

— Laisse tomber. Elle cherchait mes anciennes petites amies. Ce n'était pas ton cas à l'époque.

On garda le silence tous les deux. C'était absurde de me sentir blessée de ne pas avoir mérité de figurer dans la galerie photo d'une timbrée mais ça me rappelait qu'il avait toujours eu beaucoup plus d'importance pour moi que l'inverse. J'avais toujours su que Jason avait un faible pour les blondes maigres : avec toutes ces photos alignées, il m'était impossible de ne pas remarquer les ressemblances frappantes entre toutes ses ex. Pas étonnant qu'Amanda m'ait paru vaguement familière la première fois que je l'avais vue ; elle représentait un type physique que je ne connaissais que trop bien. Maintenant que nous étions enfin ensemble, la pensée de toutes ces femmes avec qui il était brièvement sorti avant de les larguer me donnait la nausée. Je n'étais pas son ex. Mais le deviendrais-je un jour ?

— C'est de la folie furieuse, parvins-je à articuler. Et ce sont des preuves. Je suis certaine qu'il y en a davantage dans la boîte à archives. (Je songeai à Kim, inquiète. J'espérais vraiment qu'elle avait foutu le camp d'Austin.) Tu crois qu'elle a contacté toutes ces femmes ?

— Peut-être. Si quelqu'un cherche des gens qui me détestent, ces photos constituent un bon départ.

— Tu es du genre à couper les ponts, je suppose, ne pus-je m'empêcher de dire, toujours piquée au vif par son commentaire sur ma photo.

Je ne m'étais jamais demandé pourquoi les petites amies de Jason ne restaient pas longtemps. J'étais trop contente de les voir disparaître rapidement dans le rétro pour me demander pourquoi elles partaient.

— Tu laisses un long sillage de femmes en colère derrière toi, conclus-je.

— Amanda est la plus furax de toutes, répliqua-t-il. Enfin, j'espère.

Il retourna à sa tâche et je continuai à fouiller le classeur, gardant mes pensées pour moi.

Ce fut Jason qui rompit le silence.

— Est-ce que Kim t'a parlé de moi ? demanda-t-il sur un ton étrange. On ne s'est pas séparés en bons termes.

— Pour être honnête, on a évité le sujet. (Je n'aurais su expliquer pourquoi la phrase suivante résonna comme un avertissement à mes propres oreilles.) J'aime beaucoup Kim. On est amies.

Il parut sur le point de répondre mais se ravisa.

Je balançai le classeur dans sa boîte, écœurée. Mon geste fit glisser un objet blanc et rectangulaire dont le coin apparut sur le côté du classeur. Je m'en emparai, y jetai un coup d'œil rapide puis le fourrai dans mon sac à main, le feu aux joues.

L'épaisse enveloppe blanche m'était adressée chez Jason. Elle avait déjà été ouverte et l'adresse de l'expéditeur était presque entièrement déchirée. Mais ce qui en restait indiquait clairement qu'elle avait été postée depuis la prison de Clements.

J'étais dans son classeur, au final. Ainsi que Mattie.

Sur le chemin du retour, Jason se montra plus silencieux que d'ordinaire, comme s'il était un peu honteux. Même si on avait trouvé exactement ce qu'on cherchait, ça ne lui avait pas remonté le moral pour autant ; ses singeries de films d'espionnage avaient cessé dès qu'on avait trouvé les photos. Il avait peut-être peur à présent. Ou alors il n'aimait pas la version de lui-même dont il voyait le reflet dans les yeux de ses ex.

Mais qui aime qu'on lui rappelle ses échecs ? La quantité de femmes qu'il avait fréquentées donnait à réfléchir, c'était certain. En temps normal, son humeur sombre m'aurait inquiétée et j'aurais passé le trajet à compatir avec lui sur la folle obsession d'Amanda et à trouver des moyens subtils de l'assurer que le contenu du classeur ne changeait rien à l'estime que j'avais pour lui. Mais cette fois-ci, le silence était un soulagement.

Enfin, presque. Je ne pouvais pas oublier la lettre dans mon sac à main. J'avais posé ce dernier sur mes genoux et je contemplai Los Angeles qui se déroulait lentement par la vitre tout en comptant les minutes qui me séparaient du moment où je serais enfin seule pour la lire. Pour me distraire, je consultai mon répondeur à distance et constatai, soulagée, qu'Amanda ne m'avait pas laissé de message. Ma mère, en revanche, m'informait que ma copine sympa et amusante était arrivée d'Austin la veille au soir et qu'elle était allée se coucher après un dîner tardif. Je poussai un soupir de soulagement et jetai un coup d'œil à la dérobée en direction de Jason, mais il était plongé dans ses pensées.

Quand on arriva à la maison, Jason était suffisamment sorti de sa bulle pour remarquer que je n'étais pas dans mon assiette, même s'il présuma évidemment en connaître les raisons. Dès qu'il eut fermé la porte derrière lui, il s'approcha pour m'enlacer. Je sentis ses bras enfoncer mon sac à main contre mon flanc et la lettre sembla me brûler la peau. Je le laissai me serrer contre lui pendant un instant et m'obligeai à ne pas le repousser.

— Hé, dit-il en reculant un peu pour me regarder sans me lâcher. À propos de toutes ces filles, j'espère que tu sais… que j'étais un gros con à l'époque. J'étais tellement occupé à courir après ce que je croyais vouloir que je ne voyais même pas que c'était sous mes yeux depuis tout ce temps.

Je lui souris parce que je n'avais pas confiance en ma voix.

— Je ne veux pas que tu penses que c'est toujours ce que je veux. C'est fini. C'était le mur de mes erreurs. Et elle a été la dernière, heureusement.

Je n'avais pas besoin de demander de qui il parlait.

— Je ne suis pas blessée. Je te le promets.

C'était Jason qui avait l'air peiné. Il voulait plus que mon absolution : il avait besoin que je le réconforte. Sous prétexte de me rassurer, il trouvait des excuses pour me toucher, pianotant sur mon genou quand on était attablés côte à côte ou me pressant la nuque quand je me plaignis de la fatigue. Je finis, en désespoir de cause, par attendre qu'il ait le dos tourné pour glisser la lettre dans la ceinture de mon pantalon et aller aux toilettes.

Une fois seule dans la salle de bains, j'ouvris le robinet pour couvrir le bruit du papier froissé. Je sortis la lettre de l'enveloppe, les mains tremblant comme une feuille. Je pris une profonde inspiration pour me calmer et la dépliai.

Elle était écrite au stylo-bille avec une calligraphie étonnamment lisible. Laurel avait coutume d'affirmer qu'à notre époque de communication électronique, un aperçu de l'écriture de quelqu'un était plus intime que de voir ses sous-vêtements. Je tentai d'imaginer Mattie courbé sur un petit bureau dans sa cellule grisâtre, ses cheveux bruns et ternes masquant son front proéminent, formant chaque mot avec soin, recommençant sur une feuille vierge chaque fois qu'il se trompait. Avant que je commence à éprouver de la pitié pour lui, je me souvins de la salle de jeux, de la pression des ressorts du canapé contre mon dos. Après tout, qu'est-ce que ça lui avait coûté de récrire sa lettre une fois ou deux ? Là où il était, il avait tout le temps devant lui.

« Chère Dana,

Je t'en prie, ne jette pas cette lettre sans la lire. J'ai commencé à aller au groupe de parole parce que je sais que ça fait bien sur un dossier, mais ça m'a fait réfléchir au passé et sur mes erreurs. Je t'écris pour te dire ça : je suis désolé de ce qui s'est passé la nuit où tu es restée dormir chez nous. Pendant des années, j'ai essayé de l'oublier ou du moins de prétendre que ce n'était pas ma faute. Ce n'est que maintenant que j'ai entendu plein de mecs en parler dans le groupe que je comprends ce que le viol fait à quelqu'un. Et c'est ce que c'était. Un viol. »

Je fulminai. Bien sûr ce n'était pas la faute de Mattie s'il m'avait violée. Comme ce n'était pas celle de Neely quand il s'était branlé devant moi à l'arrière de sa bagnole. Ce n'était jamais leur faute. C'était la mienne, parce que je m'étais trouvée au mauvais endroit au mauvais moment et que je portais la mauvaise robe. Je n'avais pas envie de lire la suite. Si je ne froissais pas immédiatement la lettre, c'était juste parce que je voulais savoir ce qu'elle avait appris à Amanda sur moi.

« Je me sentais toujours d'humeur mauvaise quand tu venais. Tu étais suspendue aux lèvres de Jase, tu le regardais avec de grands yeux, comme si c'était un trophée. Personne ne me regardait jamais comme ça. Dans notre famille, Jason était le mec intelligent et drôle et moi j'étais le raté moche et con. Et crois-moi, il s'arrangeait pour que je ne l'oublie jamais.

J'étais tout le temps sur son dos. Notre père me frappait, surtout quand il n'a plus eu maman sous la main. Jase n'y a jamais eu droit. Il était tellement petit quand notre mère s'est barrée qu'il n'a jamais su à quel point c'était horrible. J'avais l'impression que c'était normal de l'emmerder. Pour qu'on soit quittes, d'une certaine manière.

Il avait trop peur que je lui foute un coup pour me tenir tête, mais il avait l'habitude de me jouer des tours débiles pour me rappeler qu'il pouvait s'en sortir sans se faire choper. Il agissait déjà comme ça tout petit. Ma mère rangeait les biscuits dans un bocal en forme de chouette. Après son départ, Jase et moi on volait des Oreo quand notre père était au boulot. Un jour, je me suis fait choper et j'ai pris une fessée et après ça, le bocal s'est retrouvé sur le frigo. Quelques jours plus tard, on a entendu un gros fracas et mon père a trouvé Jason sur le sol, entouré d'Oreo, de sang et d'éclats de verre. Il avait grimpé pour voler des biscuits. Cette fois-là, j'ai pris une raclée monumentale parce que, tu vois, c'était ma faute si le bocal s'était retrouvé sur le frigo et que Jason était tombé.

Jason ne pouvait jamais rien faire de mal. Il haïssait notre père, lui aussi, mais il savait le manipuler. Quand il faisait des conneries, il s'en tirait toujours avec une vanne. Et ça ne s'est pas arrêté en grandissant. Jason m'a balancé quand je vendais de l'herbe au lycée, comme ça j'ai été viré de la maison et il a eu sa pièce rien qu'à lui pour regarder la télé. Et je suis certain qu'il a laissé sortir mon chien Kenny ce soir-là, ou peut-être même qu'il l'a emmené en bagnole pour l'abandonner dans un champ. Ou pire. Et bien sûr, c'est moi qu'on a accusé d'avoir laissé le portail ouvert. Mais Kenny ne s'était jamais enfui comme ça avant. »

Je ne parvenais pas à croire ce que je lisais. Pas étonnant que la lettre soit si longue : les traumatismes enfantins de Mattie pouvaient aisément remplir une bibliothèque. Je supposais que tout ça était sorti pendant son « groupe de parole ». C'était donc la faute de son père s'il m'avait violée, ou celle de Jason, voire de leur mère, puisqu'elle avait laissé ses enfants aux mains d'un homme violent. Mais ça ne collait pas. C'était Mattie qui avait refusé d'endosser ses responsabilités, pas Jason. Et voilà qu'il essayait de s'en sortir dans cette prétendue lettre d'excuses en s'apitoyant sur son sort au lieu de s'excuser. En outre, ses accusations envers Jason étaient délirantes. Comme si Jason aurait pris le risque d'embarquer cette montagne de poils dans une voiture tout seul. Soit Mattie était vraiment parano, soit il avait décidé de tenir son frère pour responsable de tout ce qui lui était arrivé. Je penchais pour la deuxième explication.

Quoi qu'il en soit, là n'était pas la question. Mattie avait eu une enfance difficile, et alors ? Jason et moi aussi. Tous les enfants maltraités ne devenaient pas des violeurs ou des trolls sur Internet. On était tous responsables de nos choix.

Je songeai, mal à l'aise, au visage ensanglanté et braillant de Carl, et je revins aussitôt à la lettre.

« Cette nuit-là – tu sais de laquelle je parle –, j'avais bu avant de rentrer à la maison. Puis je vous ai vus, Jase et toi, en train de rigoler devant la télé et j'ai senti monter la colère. Je ne sais pas pourquoi ce soir-là c'était pire que d'habitude – peut-être que la journée avait été dure au taf, j'en sais rien. Je me sentais seul. Et furieux.

Quand tu t'es endormie, Jason et moi on s'est engueulés. Je voulais qu'il se sente aussi mal que moi. Ça me foutait les nerfs de savoir qu'il avait une fan qui l'adulait. J'ai commencé à lui coller la honte à ton sujet, à lui dire que c'était un pédé parce qu'il ne sortait pas avec toi, ce genre de truc. Je lui ai dit qu'il ne serait jamais un mec, un vrai. On était en train de picoler et on a tout déballé. Il a répondu que je ressemblais à notre père et que maman s'était barrée à cause de moi. Ça m'a rendu fou. Je voulais me venger, le faire souffrir, de n'importe quelle façon. On a continué à se disputer et puis il s'est barré. Et après… eh ben, tu sais ce qui s'est passé. »

Je savais. Je ne me rappelais que trop le goût de la tequila dans ma bouche, son avant-bras qui écrasait ma clavicule tandis que son autre main arrachait mon jean. Et tout ce qu'il voulait, c'était se venger de Jason. Je n'étais même pas une personne pour lui – juste quelque chose qu'il pouvait voler à son frère pour lui prouver qu'il était le plus fort. J'étais trop écœurée pour pleurer. Pour la première fois, je regrettais de ne pas avoir donné son nom à Amanda, même s'il était déjà en prison à ce moment-là. J'étais certaine qu'elle était capable de pourrir la vie de tout le monde.

Je me rendis soudain compte qu'Amanda avait lu ce courrier bien avant de me rencontrer. Elle était au courant depuis le début – avant même que je lui parle de Neely. Elle m'avait envoyée chez Carl en sachant que j'avais été violée ; en devinant peut-être que je pèterais un plomb. Quand j'étais rentrée, du sang sur les mains, elle avait deviné tout de suite ce qui s'était passé. « Tu as un nom de plus, n'est-ce pas ? » avait-elle demandé. Elle avait fait semblant de me harceler pour que je le lui révèle alors qu'elle savait pertinemment qui était mon troisième nom – et *où* il était.

« Après ça, j'ai attendu que tu parles du viol à quelqu'un mais tu ne l'as pas fait. Alors moi non plus. Tu as continué à venir traîner avec Jason comme si de rien n'était. Je me suis dit qu'il n'y avait pas eu mort d'homme. Je t'en voulais peut-être d'aimer tellement Jason que ça ne t'empêchait pas de venir chez nous, même après ce qui s'était passé. J'ai tout refoulé, je me suis dit que ce n'était pas ma faute. Maintenant, je sais que c'est des conneries. Je ne suis pas le seul responsable, mais je suis désolé pour ce qui s'est passé. Je suis surtout désolé de ne pas avoir compris combien tu avais été blessée ce soir-là. J'étais tellement obnubilé par Jason que je ne t'ai pas vue comme une personne.

Je suppose que je dois des excuses à Jason aussi. C'est mon frère et dans le groupe, ils disent que je dois l'aimer, au fond. J'en sais rien. Toutes ces années que j'ai passées à le tabasser ont dû empirer les choses et certains jours j'aimerais tout recommencer de zéro. D'autres jours, je suis tellement furax que j'ai l'impression que je pourrais le tuer. Le psy dit que c'est mon père que je déteste en réalité, mais peu importe. Il faut bien que quelqu'un haïsse Jason. Autant que ce soit moi.

Matthew Murphy »

Je lus la lettre trois fois.

La première, j'eus du mal à parvenir au bout tellement j'avais envie de vomir.

La deuxième, je la lus lentement et en détail, sans m'arrêter et des larmes de colère coulèrent sur mes joues. « Je ne suis pas le seul responsable. » Quel lâche.

La troisième, je la survolai en essayant d'imaginer ce qu'avait pensé Amanda en la lisant. L'enveloppe était fournie par la prison et l'adresse de Mattie à Clements y était inscrite en toutes lettres au dos. Amanda avait dû mettre la main dessus avant que Jason ne la voie. Ça voulait dire que même quand ils vivaient ensemble, elle fouillait dans ses affaires pour trouver une façon de gâcher sa vie. Elle avait dû brûler de haine en lisant les mots de Mattie : « Je suis tellement furax que j'ai l'impression que je pourrais le tuer… Il faut bien que quelqu'un haïsse Jason. Autant que ce soit moi. » Elle avait trouvé en Mattie le meilleur allié possible ; elle avait même fait de son prénom un mot de passe. Comment pouvais-je savoir s'ils avaient été en contact et, le cas échéant, ce qu'ils s'étaient dit ? Quelqu'un en prison était chargé de lire le courrier des détenus, celui qu'ils envoyaient et celui qu'ils recevaient. Si j'avais quelqu'un sur place…

Kim. Kim était à Amarillo chez ma mère. Elle avait assez de cran pour enquêter en douce et elle avait besoin de se changer les idées. Elle pourrait commencer par rendre visite à Mattie. Avec son expérience de l'impro, elle pourrait même se faire passer pour Amanda – elle était grande et blonde et s'il ne connaissait Amanda que par photo, il n'y verrait que du feu. Il faudrait que j'appelle Kim le plus vite possible, sur la ligne fixe de ma mère. Comme sa photo figurait sur le mur du garde-meubles, je n'étais pas certaine que son portable soit sûr.

Je tirai la chasse et rouvris le robinet pour dissimuler le bruit de la feuille que je pliai et glissai de nouveau sous ma ceinture.

Jason était assis sur le canapé, mon ancien téléphone – celui avec le mouchard – à la main. Le coussin isolant était posé à côté, fendu en deux. Il me tendit aussitôt mon portable.

— Tu as des messages, annonça-t-il avec un clin d'œil pour me montrer qu'il s'exprimait pour celle qui nous espionnait. On dirait que ta mère a cherché à te joindre.

Je m'emparai du téléphone, perplexe, et entrai dans son jeu.

— Ah bon ? Justement, je voulais l'appeler. Merci.

Il attrapa un crayon et griffonna : « Tu ne devrais pas laisser ton portable se décharger sinon elle va comprendre que tu ne l'utilises pas. Je l'ai sorti pour le brancher. »

Je hochai la tête, sortis mon chargeur de mon sac et le branchai. Il avait raison. Et puis la présence du téléphone espion me donnait une excuse pour appeler ma mère de dehors. Je voulais certes que ma conversation avec Kim reste un secret pour Amanda, mais je ne voulais pas que Jason l'entende non plus.

Le téléphone de ma mère sonna plus longtemps que d'habitude et pendant un instant, je craignis qu'elle soit sortie, même si c'était le week-end. Quand elle décrocha, elle avait l'air un peu distante.

— Salut, Mama, c'est moi.

— *¡Mija!* s'exclama-t-elle et sa voix changea aussitôt. J'ai cru que c'était quelqu'un qui voulait me vendre quelque chose. Ton numéro était bizarre.

— J'ai un nouveau téléphone.

— Reprends du café, sinon il sera perdu, ordonna-t-elle en éloignant la bouche de l'appareil. (Avant que j'aie eu le temps de lui dire que je voulais parler à Kim, elle poursuivit.) *Mija*, je ne veux pas t'inquiéter, déclara-t-elle sur un ton qui prouvait clairement qu'elle-même se faisait du souci, mais hier, la police m'a téléphoné.

Je me figeai.

— La police d'Austin ? À quel propos ?

Ça devait concerner Fash. Je me maudis d'avoir dit à Laurel que j'allais passer quelques jours chez ma mère à Amarillo.

— Ils n'ont rien voulu me dire, *mija.* C'est à toi qu'ils veulent parler. Ils ont dit que tu ne répondais pas au téléphone. J'ai prétendu que tu étais sortie faire des courses et que je ne savais pas à quelle heure tu rentrerais.

J'exhalai. On pouvait avoir confiance en ma mère pour se montrer évasive avec les flics. En bonne immigrante mexicaine habitant au Texas – où les mesures répressives de l'Immigration pouvaient transformer en cible tous ceux qui avaient un accent –, elle se méfiait des policiers tout en se montrant avec eux d'une politesse exemplaire.

— Merci, Mama. Tu as bien fait. Et je ne vais pas tarder à rentrer, dès que j'aurai réglé tout ce que j'ai à régler.

Tu n'auras pas menti pour moi, lui promis-je en silence.

— D'accord, *mija*, mais tu devrais les appeler avant. Je les ai assurés que je te transmettrais le message. Je suis certaine que tu n'as rien fait de mal.

— C'est le cas.

Je me rappelais qu'il n'y avait aucune raison pour qu'on me soupçonne du meurtre de Fash : il ne m'avait jamais fait de mal directement et je n'étais pas là le soir de sa mort. Mais ma paranoïa enflait tellement que j'avais l'impression que même ma mère, qui n'était au courant de rien, avait des doutes sur mon innocence.

J'éprouvai soudain le besoin irrépressible de la convaincre que ce que je faisais à Los Angeles était légitime.

— Il se peut que je m'installe de nouveau à Los Angeles, maman. J'avais une audition hier. J'ai même un agent, maintenant.

Inutile de mentionner la proposition de Cynthia Omari puisqu'elle pouvait encore tomber à l'eau. De toute façon, ma mère n'avait qu'une vague idée de ce qu'était un podcast.

— C'est merveilleux, *mija*. Ton amie m'a parlé du concours que tu as gagné à Austin. Pourquoi tu ne m'as rien dit ?

— J'ai juste fini deuxième, corrigeai-je en remerciant intérieurement Kim d'avoir flouté les détails pour me donner le beau rôle. Ça ne t'embête pas de me la passer ? J'ai un truc à lui demander.

— Oh, *mija*, elle est sur le point de partir ! Attends, je vais la rattraper. Je pose le téléphone.

J'entendis le bruissement du combiné qu'on dépose sur une surface douce.

Pourquoi Kim partait-elle après juste une nuit ? Avait-elle été effrayée par quelque chose ? Je me maudis de ne pas lui avoir téléphoné plus tôt. Ce n'était pas une mince affaire de lui demander de se rendre à la prison, mais c'était la seule personne en qui j'avais confiance pour ce job. Je commençais à me dire que c'était la seule en qui j'avais confiance, point final, du moins quand il était question d'Amanda. Je me souvenais de mon envie de lui parler d'Aaron Neely, avant les demi-finales du concours, et je me demandais ce qui m'avait retenue. Si j'avais suivi mon instinct, tout serait peut-être différent à présent. Kim m'aurait crue, elle ne se serait pas moquée : elle savait combien les hommes fourbes comme Neely et Fash pouvaient nous pourrir la vie. En même temps, je devinais qu'elle n'aurait pas supporté Amanda, avec son regard de chien battu et ses fantasmes de grandeur. Kim ne l'aurait jamais écoutée, pas même un instant, et j'espérais que c'était ce qu'elle s'apprêtait à me dire. Le téléphone bruissa de nouveau et je croisai les doigts.

— Salut, Dana. Nouveau numéro de téléphone ?

Mon cœur cessa de battre. Mon sang tambourina à mes oreilles. Et pourtant, mon cerveau mit une seconde avant de comprendre ce que mon corps savait déjà.

Amanda poursuivit.

— Merci beaucoup de m'avoir expliqué comment me rendre chez ta mère. Elle est tellement sympa ! On a beaucoup bavardé hier soir en buvant du thé. On a surtout parlé de toi.

Je pus enfin respirer de nouveau et les larmes me montèrent aux yeux.

— Dégage de chez ma mère, Amanda. Tout de suite.

Elle éclata de rire.

— On n'a dit que du bien, promis. Elle ne m'a montré aucune photo d'enfance embarrassante.

— Va-t'en avant que j'appelle les flics.

— Oh, mais tu devrais, répondit-elle sur un ton faussement sérieux. Ta mère t'a dit qu'ils te cherchaient, n'est-ce pas ? Plus vite tu les rappelleras, moins il y a de chances qu'il y ait un malentendu. D'après toi, pourquoi ils veulent te parler, Dana ?

J'étais sans voix.

— Ta mère m'a expliqué à quel point tu étais une amie fidèle. Comme avec ton ami de lycée, Jason. C'est lui sur ta photo du bal de promo, hein ? Et je l'ai assurée que je savais que je pouvais compter sur toi quand j'avais besoin d'un service. Surtout que tu m'en dois un.

— Je ne te dois rien du tout.

— Oh, mais si, répliqua-t-elle, espiègle. Et il devra être aussi bon que celui que je t'ai rendu. Qu'est-ce que tu en penses ?

C'était donc ça. Elle ne voulait pas que je me contente de blesser Jason ; elle voulait que je le tue. Œil pour œil, dent pour dent. C'était une meurtrière. L'idée qu'elle se tenait à quelques mètres seulement de ma mère fit couler mes larmes.

— Je t'en prie, laisse ma mère tranquille. Ne lui fais pas de mal.

— Ça, ça n'arrivera qu'à une seule personne, constata-t-elle, enjouée. Et elle le mériterait bien, non ?

— Je refuse de faire du mal à Jason. Et à quiconque.

Et pourtant, je l'avais déjà fait. Quelqu'un m'avait suppliée, à genoux : « S'il vous plaît, ne me faites pas de mal. »

— Mais bien sûr que si, affirma-t-elle comme si elle avait lu dans mes pensées. Mais pour m'assurer que tout se passe bien, je vais te rejoindre.

Un frisson me parcourut, suivi par un élan de rage.

— Si tu as l'intention de venir nettoyer ton trou à rats flippant, c'est inutile. On a pris des photos de ce qu'on a trouvé là-bas. Et toutes les preuves de ta folie.

Ma déclaration ne lui fit ni chaud ni froid.

— Merci d'être passée vérifier que tout allait bien. Maintenant, tu comprends pourquoi tu es la mieux placée pour ce job. Même si je suis certaine que tu le savais déjà.

— Ferme-la. Tu mens, espèce de salope !

— Dana, s'il y a bien une chose que tu sais sur moi, c'est que je suis toujours franche, me réprimanda-t-elle. Même si c'est dur à entendre.

— Je vais te tuer, murmurai-je. Si tu t'approches de Jason ou de moi, je te tue.

Elle s'esclaffa de nouveau.

— C'est une promesse ? J'en ai une pour toi, moi aussi : je ne te mentirai jamais, Dana. Souviens-t'en. Qu'est-ce qu'il y a, Mme Diaz ?

Je fermai les yeux pour repousser l'image d'Amanda en train d'échanger des plaisanteries qui sonnaient creux avec ma mère. En vain. Je me visualisai ensuite en train de fracasser le crâne d'Amanda, mais son visage se transforma et devint celui d'un homme suppliant. *S'il vous plaît, ne me faites pas de mal.*

— Écoute, il faut que j'y aille, la route jusqu'à Los Angeles est infernale... Oh, et je te rapporte la perruque que tu as oubliée chez toi, au cas où tu aurais besoin d'aide pour incarner ton personnage. De rien. Bon, ta mère veut te parler, je lui rends le téléphone...

Un autre bruissement puis sa voix me parvint de loin :

— Au revoir, Mme Diaz !

— Mama ? Mama ? Elle est partie ? demandai-je en luttant contre les larmes.

— Oui, ma chérie, à l'instant.

— Tu vas bien ?

— Très bien, *mija* ! Cesse de t'inquiéter autant pour moi.

J'éloignai le téléphone de mon visage pendant un instant et sanglotai le plus silencieusement possible. Maintenant que le danger était écarté, il était inutile de l'effrayer. La partie avait démarré ; Amanda savait que j'avais changé de téléphone, et donc que Jason et moi étions à ses trousses. Et elle arrivait.

— *¿Mija?* Tu es toujours là ?

Je me ressaisis.

— Maman, je veux que tu me racontes tout ce dont vous avez parlé hier. C'est important.

— Oh, ma chérie, je ne m'en souviens pas. Amanda est très sympa. Elle m'a raconté plus de choses sur ta vie que tu ne l'as jamais fait.

Je déglutis en l'imaginant dans ma chambre en train de feuilleter mes albums de lycée.

— Elle m'a dit que vous aviez parlé de Jason. Qu'est-ce qu'elle t'a dit exactement ?

— Tu ne m'avais pas dit qu'ils se connaissaient. Elle connaît aussi son frère.

— Elle a évoqué Mattie ?

— C'est sa correspondante. C'est vraiment gentil de sa part de remonter le moral d'un détenu. Je suppose qu'on a tous besoin d'amis.

Je réprimai mon envie d'éclater de rire.

— Je t'aime, Mama. Prends soin de toi.

— Toi aussi, *mija*.

Je raccrochai. Je n'avais plus de temps à perdre. Il fallait que je parle à Jason.

La question était : que lui dire ?

22

Jason se rembrunit quand je mentionnai Mattie.

— Mon frère ? Qu'est-ce qu'il a à voir dans tout ça ?

Nous étions assis dans une alcôve du R&R. Je ne voulais pas lui parler dans la maison ni dans ma voiture ni près de nos deux téléphones. Je craignais que tout soit sur écoute. J'avais insisté pour qu'on s'installe côte à côte et non pas face à face afin de pouvoir discuter à voix basse – même si maintenant j'avais peur que quelqu'un nous espionne derrière la séparation. Vu tout ce qui s'était déjà produit, ce n'était pas si improbable que ça.

Je pris une profonde inspiration.

— Amanda est allée à Amarillo pour rendre visite à Mattie en prison. Je pense qu'ils correspondent depuis un bon moment.

— Tu avais donc raison pour le mot de passe. Elle a dû commencer à lui écrire avant qu'on rompe. (Jason repoussa sa tasse de café et enfouit le visage dans ses mains.) Tu sais que Mattie m'a toujours détesté. Qui sait quels mensonges il lui a raconté sur mon compte ? Pas étonnant qu'elle ait cessé de me faire confiance.

— Pourquoi est-ce que Mattie te hait à ce point ? demandai-je en essayant de prétendre que je n'avais pas déjà lu ses explications.

— Oh, je n'en sais rien. Rivalité fraternelle, je suppose. J'étais bon élève et lui un vrai cancre, du coup notre père s'est toujours montré plus dur avec lui. Il pense probablement que c'est ma faute s'il est en taule. Il aime rendre les autres responsables de ses problèmes. (Il leva la tête.) Et il faisait flipper mes petites amies. Toutes les filles me préféraient à lui et ça le rendait dingue. Même toi.

C'était tellement proche du contenu de la lettre que c'en était un peu inquiétant. L'entendre corroborer la version de Mattie me procurait un sentiment étrange, exactement comme lorsque la nana de Runnr avait confirmé l'histoire d'Amanda. La même histoire, ou du moins une histoire contenant plus ou moins les mêmes détails, pouvait se révéler complètement différente en fonction de la personne en qui on avait confiance. Et j'avais confiance en Jason. D'un autre côté, à un moment donné, j'avais fait confiance à Amanda. Seul ce que je savais de Mattie me permettait de croire à la version de la réalité qui sortait de la bouche de Jason. Je ne ferais jamais confiance à quelqu'un capable d'agir comme Mattie l'avait fait envers moi.

Mais tandis que je réfléchissais, le visage de Jason avait pris une teinte rouge qui était en train de tourner au cramoisi. Il contemplait son café.

— Qu'est-ce qu'il y a ?

— C'est juste que… je le savais. J'avais deviné qu'il y avait quelqu'un d'autre. Je me suis même demandé si elle n'avait pas une liaison avec Neely. (Il ricana, sombre.) Comment ai-je pu être aussi aveugle ? Mon propre frère, bordel.

La conversation prenait un tour glissant.

— Qu'est-ce qu'il pouvait bien faire depuis sa cellule ?

— À part séduire ma copine par courrier ? (Il éclata d'un rire amer.) Lui raconter tout un tas de mensonges sur moi, lui donner encore plus de raisons de me haïr. Il lui a probablement filé la liste de toutes mes ex pour qu'elles bavent sur mon compte.

— Est-ce qu'il pourrait… est-ce qu'il voudrait te tuer ?

Jason ne répondit pas tout de suite, calmé par la question.

— J'ai toujours su qu'il voulait ma vie. Mais je n'ai jamais pensé qu'il essaierait de me la voler. C'est peut-être de la naïveté de ma part.

Le poids de Mattie. L'odeur de la tequila dans le noir.

— Jason, Amanda est en route. Elle sera là dans… (Je cherchai mon téléphone pour consulter l'heure mais je l'avais laissé dans la voiture.) Environ douze heures, je pense. (Je pris une profonde inspiration.) Je pense qu'elle veut te tuer.

Il me dévisagea pendant un long moment, sourcils froncés, comme s'il ne m'avait pas entendue.

— Comment tu es au courant pour toutes ces conneries à propos de mon frère ? Tu as parlé à Mattie toi aussi ?

— Non ! (Je songeai à la lettre dans mon sac à main : que ferait-il s'il apprenait son existence ?) Tu as entendu ce que je viens de dire, Jason ? Que Mattie soit derrière tout ça ou pas, Amanda veut te buter.

— Cette salope ne me fait pas peur, gronda-t-il. Elle n'aura jamais les couilles de passer à l'acte.

— Jason, elle est violente. Elle a peut-être déjà commis un meurtre. Crois-moi.

— On n'a qu'à prévenir les flics.

— Impossible, répondis-je, abattue.

— J'en ai rien à foutre. Il est temps d'obtenir une injonction d'éloignement. On a assez de preuves pour ça.

— Sortons d'ici.

Je ne pouvais pas tout déballer en plein restaurant.

Jason héla la serveuse, qui tira l'addition de la poche de son tablier et la lui tendit avec un sourire entendu.

— Je l'avais déjà sur moi au cas où. Vous êtes ensemble depuis combien de temps ? demanda-t-elle tandis que Jason cherchait sa carte bleue.

— Pas longtemps, répondis-je tandis que Jason levait les yeux de son portefeuille. Quatre jours.

— J'en étais sûre. Vous avez pris la même banquette. Ça veut dire moins d'une semaine ou plus de vingt ans. Et vous n'êtes pas assez vieux pour vous fréquenter depuis aussi longtemps.

— Vous pourriez être surprise, constata Jason en souriant.

Je sortis deux billets de vingt dollars de ma poche et les posai sur la table.

— Gardez la monnaie.

Elle écarquilla les yeux, reconnaissante. Elle croirait toute sa vie que son baratin avait fonctionné, ce qui n'était pas tout à fait faux. J'aurais été prête à lui donner beaucoup plus que quarante pour cent de pourboire pour pouvoir foutre le camp loin de ce restau et des souvenirs qu'il contenait.

Une fois rentrés, je ne lui racontais pas tout. Je passai sous silence Aaron Neely, Doug Branchik et Carl M. Je lui laissai penser que tout avait commencé avec les mains baladeuses de Fash, l'agression de Kim et d'autres femmes comiques. Je lui laissai croire que le pacte était purement hypothétique : juste deux nanas bavardant dans un bar comme le font les femmes quand il n'y a pas de mecs à côté. Une blague entre nous. Je lui affirmai que je ne l'avais jamais prise au sérieux, que je n'avais jamais eu l'intention d'agir et que j'ignorais qu'Amanda irait si loin.

En d'autres mots, je ne lui racontai presque rien.

Mais ce fut suffisant. Il me regarda comme si j'étais une complète inconnue.

— Bon sang, Dana. À quoi tu pensais ?

— Je sais que ça a l'air dingue. Mais…

— C'est d'une stupidité sans nom, répliqua-t-il en secouant la tête. Tu as demandé à Amanda de brutaliser un type et il est mort. Et tu es en train de me dire qu'elle veut que tu fasses la même chose avec moi ?

— Ce que je ne ferais jamais !

— Merci beaucoup, répliqua-t-il, sarcastique. J'apprécie le fait que tu ne veuilles pas me tuer.

— Je ne savais même pas que vous vous connaissiez. Sinon, je n'aurais jamais…

— Promis d'assassiner un inconnu ?

Il me lança un regard dégoûté.

— Pas d'assassiner, protestai-je d'un ton coupable. De toute façon, c'était juste une blague.

— Ouais. Pas ta meilleure.

Il claqua ses mains sur ses cuisses et se leva.

— Tu as raison. C'était débile et puéril, avouai-je en désespoir de cause. Mais je n'ai jamais eu l'intention…

— Eh bien, tu n'aurais peut-être pas dû écouter cette folledingue.

— Je te l'ai dit, je pensais qu'elle déconnait. Comment aurais-je pu deviner qu'elle était sérieuse ?

— Je ne parle pas d'Amanda.

Je le fixai.

— Kim balance des ragots sur ce qu'un mec lui a peut-être fait, ou pas, il y a des années de ça, et tu décides de donner son nom à une nana que tu ne connais ni d'Ève ni d'Adam ? Pour qu'elle le *bute* ?

— Je n'arrive pas à croire que tu parles de Kim comme ça. Au cas où tu ne l'aurais pas remarqué, on est copines toutes les deux.

— Ouais, je sais. C'est bizarre, d'ailleurs, non ? On dirait presque que c'est toi qui traques mes ex pour en faire tes meilleures amies.

— Je n'ai jamais dit que c'était ma meilleure amie, sifflai-je. C'est toi, mon meilleur ami. Mais j'aime bien Kim. Et, plus important encore, je la crois. N'oublie pas que Fash s'en est pris à moi, aussi.

— Il t'a pelotée, oh là là, le drame. (Je le considérai, incrédule.) Écoute, je ne dis pas que c'est cool, mais… il avait bu, pas vrai ? Peut-être que sa main a glissé.

— Ce n'était pas un accident, Jason. Il m'a attrapé le sein et l'a caressé de haut en bas et… je n'arrive pas à croire que tu lui trouves des excuses. C'est quoi la suite ? Tu veux que je te décrive ma tenue pour savoir si je l'ai cherché ou pas ?

— Pardonne-moi si je me montre un petit peu plus circonspect que toi quand tu as avalé les histoires de Kim et de la Psychopathe de la Vengeance sans te poser la moindre question.

— Tu sais quoi ? (Ma culpabilité avait disparu, remplacée par de la colère.) C'est exactement pour ça qu'on ne parle pas de ce genre de trucs devant les mecs. Parce que vous vous mettez toujours en quatre pour défendre le type, même si vous ne l'avez jamais vu, alors que vous connaissez la nana depuis des années.

Mais il était tellement furax qu'il ne m'écoutait pas.

— Tu connaissais Amanda depuis cinq minutes. Et tu l'as crue, même s'il s'est avéré que c'était une psychopathe super douée pour harceler les gens sur Internet avec en plus un passif de maître-chanteuse.

— Elle n'avait pas indiqué ça sur son CV. Tu as raison, j'aurais dû lui faire passer un deuxième entretien avant de l'embaucher comme amie.

— En tout cas, tu aurais dû faire quelque chose, Dana. (Il cessa soudain d'être sarcastique.) Tout ce que je veux dire, c'est qu'elle doit certainement avoir des preuves contre toi. Des conversations téléphoniques, des textos, des mails…

Je pris une profonde inspiration. J'étais tellement préoccupée par son harcèlement que j'en avais oublié toutes les preuves incriminantes. Bien sûr qu'elle avait enregistré toutes nos interactions. Captures d'écran de tous mes SMS, enregistrements de tous mes coups de fil. Pendant un instant, je songeai, affolée, à nos discussions, et tentai de me rappeler quels mots exacts nous avions utilisés et comment ils pourraient être interprétés. C'était tellement atroce que je repoussai cette idée.

— On a été prudentes.

— Réfléchis-y quand même. Tu as bien dû dire quelque chose au téléphone. C'était quoi votre blague ? Vous parliez d'un contrat ?

Un long silence.

— Un coup, finis-je par avouer.

Il se contenta de secouer la tête. Je posai la main sur son coude mais il se dégagea et se dirigea vers la porte d'un pas décidé.

Je le suivis et le rattrapai au moment où il atteignait le trottoir inégal. Il se fraya un chemin le long des buissons et des branches non taillés. Je marchai vite pour le rejoindre et les branchages me heurtèrent la poitrine, les épaules et le visage. Je levai la main pour protéger mes yeux et continuai.

— Je sais que tu ne comprends pas. Je le sais bien. Mais tu n'as pas la moindre idée de ce que c'est.

Il ne s'arrêta pas. Mes jambes étaient tellement plus courtes que les siennes que je devais presque courir pour rester à sa hauteur.

— C'est tellement dur parfois d'être une femme et de se réveiller tous les matins dans un corps de femme. Ce qu'on subit. Ce qu'on doit endurer. On est pelotées, harcelées, suivies dans des ruelles sombres. Ça nous rend paranos. (Il ricana.) Sauf que ce n'est pas vraiment de la paranoïa parce qu'il y a réellement des gens qui essaient de nous faire du mal. Des hommes. Et ils sont nombreux. (Jason ne ralentit pas le pas et j'étais à bout de souffle mais je ne pouvais pas m'arrêter. Je songeai à Amanda, à Kim, à Ruby, à Becca.) Toutes les femmes que je connais ont subi quelque chose au moins une fois dans leur vie. Elles ont été violées ou agressées ou harcelées ou virées. Piégées dans des relations où elles étaient maltraitées. On en parle entre nous quand il n'y a pas de mecs dans les parages. Et comme la plupart n'ont pas décidé de se venger, je ne vois pas quel avantage on tirerait à mentir.

— Je n'en sais rien. Ruiner la réputation de quelqu'un ?

— Plutôt prévenir les autres femmes. Comme ça, quand ça arrivera à une autre – ce qui se produit toujours –, au moins elle saura qu'elle n'est pas seule, qu'elle n'est pas folle et que ce n'est pas sa faute.

Je marchais de plus en plus vite dans le sillage de Jason et je parlais de plus en plus fort pour essayer de l'atteindre avec ma voix à défaut de mon corps. Quand je prononçai le dernier mot, une branche particulièrement épaisse oscilla derrière l'épaule de Jason et se dirigea vers mon visage. Je levai les mains pour me protéger mais au même moment, mon pied s'enfonça dans une fissure. Le trottoir vint à ma rencontre avec une vitesse alarmante et je ne parvins pas à arrêter la chute avec les mains. Mon nez s'écrasa sur le ciment, des éclairs rouges me vrillèrent le crâne et une odeur écœurante, semblable à celles des ballons pleins d'hélium, emplit ma bouche. Le monde devint noir.

Jason apparut soudain dans mon champ de vision, agenouillé, les yeux pleins de larmes.

— Dana, Dana. Dieu merci, tu es réveillée. Tu vas bien ?

Je hochai faiblement la tête.

— Je me suis évanouie ?

— Je l'ignore. Tu as fermé les yeux pendant quelques secondes uniquement. Mais ne t'endors pas, d'accord ?

Un rire sifflant s'échappa de ma bouche mais lorsque ma tête se mit à pulser en rythme, je poussai un gémissement.

— Je n'ai pas vraiment envie de faire la sieste.

— Il faut que je t'emmène à l'hôpital. Tu as peut-être une commotion cérébrale.

Je me hissai péniblement sur les coudes. Le côté droit de mon visage, dans lequel le béton avait imprimé sa marque profonde, me brûla. J'avais la chair du front et de la pommette à vif.

— On n'a pas le temps. Je vais bien.

Quelque chose était différent, mais je n'aurais su dire quoi. Si on m'avait interrogée, j'aurais dit que les couleurs avaient changé. Rien de plus.

Il me tendit ses mains larges, chaudes et calleuses – leur taille, leur chaleur et leur texture n'étaient pas les mêmes que d'habitude, comme si elles émettaient une couleur différente d'avant – et m'aida à me lever. On reprit le chemin de la maison en clopinant. Il avait passé le bras autour de mes épaules pour me soutenir. Je m'appuyai lourdement sur lui et obligeai mes pieds à avancer, même quand un nuage noir recouvrit momentanément ma vision. *Pas de sang dans l'eau*. C'était tout ce que j'avais et je m'y accrochai.

Une fois que Jason m'eut aidée à rentrer chez lui et à m'installer sur le canapé, il disparut un instant dans la cuisine. Il en revint avec un sachet de brocolis surgelés dans une main et des blancs de poulets congelés dans l'autre.

— Je suis désolé, mais la machine à glaçons est cassée. Pose ça contre ta figure. Je vais te chercher de l'Advil. Tu devrais les emballer dans des torchons.

Je posai avec précaution les sachets glacés sur mon nez et ma joue et les ôtai immédiatement en grimaçant. Les torchons que Jason avait apportés adoucirent un peu la douleur mais le froid ne tarda pas à mordre de nouveau à travers le tissu, qu'il raidit jusqu'à ce qu'il me transperce la peau comme de minuscules poignards. J'avalai quatre comprimés d'Advil avec reconnaissance, inspirai l'odeur rance et attendis que la douleur s'estompe.

Jason m'observait.

— Je peux te poser une question ? (Il attendit un long moment et quand il comprit que je ne répondrais pas, il poursuivit.) Tu as dit « on ».

— On, répétai-je, en proie à une migraine terrible.

— Ce qu'*on* subit.

Une connexion revint à la vie en pulsant dans mon cerveau, provoquant une souffrance différente. Je secouai la tête.

— Je n'ai pas la force de me disputer maintenant.

— Je ne veux pas qu'on s'engueule. Je veux juste savoir… tout ce que tu as dit. Est-ce que ça t'est arrivé ? Je veux dire, des trucs graves ?

J'aurais pu lui demander ce qui à ses yeux était grave. J'aurais pu lui expliquer que demander si quelque chose de grave est déjà arrivé à une femme c'est comme demander à un comique si certaines de ses blagues sont drôles. En posant cette question, on montre clairement qui décide de la réponse.

Mais je ne le fis pas. Je me contentai de hocher la tête et de me préparer à encaisser la question suivante.

— Est-ce que… est-ce qu'il t'est arrivé quelque chose au lycée ?

Mes yeux se remplirent de larmes. Je ne m'y attendais pas. Pendant toutes ces années, il n'avait jamais rien demandé. Comme il ne m'avait jamais questionnée sur la soirée avec Neely. J'avais fini par abandonner l'espoir qu'il le fasse un jour. Et maintenant, voilà que je n'avais même pas besoin d'acquiescer pour qu'il me comprenne. Son visage enregistra l'impact de mon expression comme si je l'avais frappé. Il détourna le regard et baissa les yeux sur ses mains. C'est ce que font toujours les hommes au lieu de pleurer.

— Je me suis toujours posé la question. Mais j'étais un ado débile. J'ignorais comment aborder les sujets importants avec les gens, et encore moins demander ce qui n'allait pas… je n'ai guère fait de progrès, faut croire.

— Pas ta faute, murmurai-je.

— Non, je savais que quelque chose clochait. Que tu allais mal. Mais comme tu ne disais rien, je n'ai rien dit non plus. Je me disais que ce qui te rongeait ne devait pas être si grave pour que tu ne m'en parles pas.

Les mots résonnèrent curieusement dans mon crâne palpitant. C'étaient presque les mêmes que ceux que Mattie avait écrits. Le souvenir enflamma soudain un brasier en moi.

— C'était grave. C'était un viol. Je n'ai rien dit à cause de celui qui m'a fait ça.

Il leva brusquement la tête. Il demanda, d'une voix que l'inquiétude rendait plus aiguë :

— C'était qui ?

Je hochai la tête comme s'il avait articulé le nom et que je me contentais d'approuver. Les larmes coulèrent sur mes joues, traçant des sillons brûlants sur mes blessures engourdies et je durcis ma voix pour révéler ce que nous savions déjà tous les deux.

— Mattie.

Je crus distinguer un bref soulagement dans ses yeux, aussitôt suivi par de la fureur.

— Putain, le bâtard. Ce putain de salopard.

Mon menton se mit à trembler de manière incontrôlable, comme si cet aveu avait brisé quelque chose. Des spasmes de souffrance contractèrent mon visage et je découvris que mes mains tremblaient, agitant les blocs glacés. Ma poitrine fut prise de secousses à son tour et je m'abandonnai à ce mouvement involontaire : la force de la libération me ballottait d'avant en arrière.

J'ai peur, dis-je, sauf que je ne parvins qu'à claquer des dents.

Jason desserra la mâchoire, les yeux écarquillés sous l'effet de l'inquiétude. Il s'était assis en face de moi sur le canapé, nos genoux se touchant presque. Il serra mon corps tremblant contre lui à m'étouffer et je me mis à frissonner de plus belle, son étreinte provoquant en moi une nouvelle vague de souffrance.

— Dana, je suis tellement désolé, répéta-t-il en boucle.

Puis :

— Dana, n'aie pas peur.

Puis :

— Personne ne te fera de mal. Le premier qui essaie, je le tue.

Mais je ne craignais ni Amanda ni Mattie. Je redoutais la fureur de Jason. Et la mienne.

23

Quand mes tremblements se calmèrent, Jason recula. Mais le mal était fait. Chaque respiration me faisait souffrir.

— Quand est-ce que je pourrai reprendre de l'Advil ? demandai-je en bougeant le moins possible mon visage.

— Il me semble qu'il faut espacer les prises de quatre heures. Voyons, tu en as pris vers 16 heures… Quelle heure est-il ?

Mais j'avais déjà sorti mon portable et je criai si fort que je dus presser ma main contre ma mâchoire pour articuler correctement :

— C'est pas vrai, m'exclamai-je en brandissant le téléphone, angoissée. Il est 18 heures, Jason. Dans dix heures, elle sera là. (Et on avait perdu toute l'après-midi à se disputer et à pleurer. Je luttai contre la panique qui m'envahissait : inutile de me faire encore plus de mal.) Il faut qu'on mette au point un plan.

— Je sais, je sais, répondit Jason en pressant son majeur contre l'arête de son nez, les yeux fermés. (Il les rouvrit, me regarda et se leva d'un air décidé.) Mais d'abord, il faut que tu prennes des antalgiques. Tu ne peux pas réfléchir dans cet état. Tu peux à peine parler.

J'opinai en silence. Il disparut dans la salle de bains et j'entendis l'eau couler. Il revint avec un comprimé et un verre d'eau.

— Qu'est-ce que c'est ?

— Du Tylenol codéiné, qu'on m'a prescrit la dernière fois que je suis allé chez le dentiste. On peut l'alterner avec l'Advil. (Il sourit.) Tu vas peut-être te sentir un peu vaseuse.

— C'est toujours mieux que d'avoir l'impression d'être une boule de bowling éventrée. (Je pris le cachet et l'avalai.) Qu'est-ce qu'on va faire, Jason ? Elle veut ta mort.

— Elle n'est pas super fan de toi non plus, il me semble.

— Dans son esprit, j'ai rompu ma promesse. (Je tâtai mon crâne, à la recherche d'un endroit non endolori.) Mais je n'arrive pas à comprendre comment elle compte s'y prendre pour me forcer à t'assassiner. C'est absurde. Elle est folle.

— Je pense que c'est exactement ce qu'elle veut que tu croies.

Je le dévisageai, interdite.

— Tout ce qu'elle a fait : trouver le numéro de ta chambre au motel, t'envoyer des fleurs, menacer ta mère. T'appeler de chez toi. Tout ça, ce sont des manœuvres d'intimidation. Elle essaie de t'effrayer.

— Ça fonctionne.

Le médicament aussi. Il faisait effet beaucoup plus vite qu'un Tylenol normal et j'appréciais la sensation d'allègement tandis que la pression sur l'arête de mon nez se relâchait un peu.

— Mais réfléchis-y – elle n'a jamais rien fait, pas vrai ? (Je m'apprêtai à répondre mais il m'interrompit.) On n'est même pas certains qu'elle ait tué Fash. Officiellement, c'est un suicide. Tu as dit toi-même que ce mec avait des problèmes. Les gens arrêtent sans arrêt de prendre leurs médocs. C'est triste mais ce n'est pas un meurtre. Et si c'était vraiment ce qui s'était produit et qu'Amanda y ait vu une occasion de revendiquer un acte qu'elle n'a pas commis ? Exactement comme les terroristes qui revendiquent des attentats qu'ils n'ont pas commandités.

C'était un argument tellement convaincant que pendant un magnifique instant, je me permis presque d'y croire. Puis je me souvins de la vidéo avec Neely et secouai la tête.

— Tu ne sais pas de quoi elle est capable, Jason.

— C'est le but, non ? Elle veut te déstabiliser. Ce qui s'est passé avec ta mère a été la goutte d'eau. Tous ceux qui te connaissent savent que tu es plus protectrice envers ta mère qu'envers toi-même. (Je lui lançai un regard surpris : peut-être qu'il prêtait plus attention à mes sentiments que je ne le pensais. Mais il poursuivit.) Du coup, elle s'approche de plus en plus, et toi tu as de plus en plus peur. Et pendant ce temps, elle se dresse entre nous, t'isole et te rend parano.

Il y avait peut-être du vrai dans ce qu'il affirmait. J'avais été tellement secouée après notre dispute que j'avais presque pris Jason pour l'ennemi. Cette idée me donna le vertige.

— Torture psychologique.

— Je te le dis, elle sait comment entrer dans la tête des gens. Tu aurais dû voir dans quel état j'étais après ce qu'elle m'a infligé. (Il était tout excité parce qu'il était en train d'assembler les pièces du puzzle, comme après le coup de fil à Runnr.) Elle est persuadée qu'avec un peu de temps, elle peut te briser. Et cette histoire avec Fash… ça lui permet d'en gagner. C'est une épée de Damoclès qu'elle brandit au-dessus de ta tête pour que tu n'ailles pas trouver les flics. Comme ça, tu restes assise pendant des heures à mouliner sur toutes les façons dont elle peut te blesser, toi et les gens que tu aimes.

— Mais l'histoire avec Fash n'a pas besoin d'être vraie pour me faire du mal, fis-je remarquer en luttant pour trouver les bons mots. (Ma tête était moins douloureuse mais Jason allait et venait rapidement, ce qui me donnait le tournis.) Si on part du principe qu'elle possède un enregistrement de moi qui me donne un mobile, son implication n'a aucune importance. Il lui suffit de placer une fausse preuve pour me donner l'air coupable. Elle l'a peut-être déjà fait. La police veut m'interroger.

— Bien sûr, à cause du concours, contra Jason. Toi et Kim.

J'étais à la fois exaspérée et étourdie. La crainte qu'Amanda réussisse à me manipuler pour que j'assassine Jason, qui me paraissait tellement absurde un instant plus tôt, s'était emparée de mon esprit durant la conversation, comme un gaz invisible qui emplirait lentement la pièce. Je secouai la tête pour le dissiper.

— Bon, d'accord. Disons qu'Amanda ne représente pas un danger réel. Elle est quand même en route pour nous rejoindre et elle égrène des menaces qui inquiéteraient toute personne saine d'esprit. Qu'est-ce que tu proposes qu'on fasse ? Rien ?

— Qu'est-ce qu'on peut faire d'autre ? Je suppose que tu ne vas pas exécuter son ordre de me tuer. Elle essaie de te convaincre que quelque chose de terrible se produira si tu n'obéis pas. D'accord. Mettons-la au pied du mur. Découvrons ce qui se passera ensuite. On possède autant de preuves contre elle qu'elle en a contre toi.

J'étais cependant certaine que le truc terrible qu'elle avait en réserve n'était pas de me balancer aux flics.

— Elle va essayer de te tuer elle-même. Ou moi. Ou nous deux.

— Je ne te perdrai pas de vue. Si elle ne bluffe pas – et je sais que si…

Je le dévisageai.

— Et dans le cas contraire ?

— Quelle que soit sa cible, il faudra d'abord qu'elle me passe sur le corps, affirma-t-il d'un air sombre.

20 heures. On s'était allongés sur le lit de Jason, côte à côte, main dans la main, et le ciel s'assombrissait derrière les rideaux. Je me sentais couler sur le lit. Je ne parvenais pas à me rappeler comment j'avais échoué là, même si je savais que ça avait un rapport avec mon épuisement et ma terreur.

— On pourrait se barrer, dis-je. Prendre la voiture et partir.

— Abandonner nos vies, répondit Jason d'une voix qui me parut provenir de très loin. Et elle nous balancera aux flics et tu seras arrêtée.

— Elle veut peut-être du fric.

— On n'en a pas.

Un silence.

— Elle ne veut pas d'argent, affirmai-je.

Je ne lui expliquai pas pourquoi j'en étais certaine.

— Ne t'endors pas, ordonna Jason.

Je me réveillai en sursaut.

— Je n'ai pas de commotion cérébrale, tentai-je de répondre mais j'avais la voix pâteuse. Et puis de toute façon, c'est un mythe qu'il ne faut pas s'endormir après un coup à la tête.

— Non, ce n'est pas un mythe.

— Si. Tu n'as qu'à me réveiller toutes les deux heures.

— Dors, alors. Je te réveillerai toutes les deux heures.

— Réveille-moi si je meurs, répliquai-je en sombrant déjà.

Quelque temps plus tard, Jason et moi fîmes l'amour dans la chambre obscure. Il s'enroula autour de mon corps, protecteur, et je flottai et m'agitai dans les ténèbres, tendue vers le haut et coulant vers le bas en même temps pour essayer d'oublier quelque chose. J'y parvins presque. Au moment où le regard de Jason devint dur, avec cet éclat que prennent les yeux des hommes quand ils se fondent dans l'orgasme… une lumière s'éteignit. Et quelque chose en moi disparut aussi.

Quand je me réveillai de nouveau, il y avait quelqu'un dans la chambre qui nous regardait dormir.

Je m'assis d'un bond en ramenant les draps autour de ma poitrine et en clignant des yeux dans la lumière. Il me fallut un instant pour comprendre que c'était la silhouette de Jason que je distinguais dans l'embrasure de la porte. La bosse sur le lit que j'avais prise pour lui n'était qu'un tas d'oreillers.

— Quelle heure est-il ?

Je cillai et gémis, submergée par la douleur. Elle s'était logée dans mon cou et mes épaules. J'avais l'impression d'être tombée du haut d'un immeuble.

— 7 heures du matin, répondit Jason en posant une tasse de café sur la table de nuit. Elle n'est pas venue.

— J'ai rêvé qu'elle était là. Debout au pied du lit avec un couteau. Elle attendait qu'on se réveille. Dans un de mes cauchemars, elle coupait le lit en deux. Ma moitié tombait dans l'océan. (Je frissonnai.) Et ensuite, tout recommençait.

— Elle n'est pas là. J'ai vérifié ton portable : tu n'as reçu aucun appel ni aucun texto. (Il rayonnait.) Je t'avais dit qu'elle essayait juste de nous effrayer.

— Elle a juste été retardée.

— Peut-être qu'elle est recherchée par la police. Si c'est le cas, ce serait suicidaire de sa part de se pointer ici.

— Ou peut-être… (Je n'avais pas envie de le formuler à haute voix mais ma bouche bougeait contre ma volonté.) Peut-être qu'elle était vraiment là cette nuit.

— Dana.

Il s'assit sur le lit et posa une main sur ma cuisse.

— Peut-être qu'elle était vraiment au pied du lit. Peut-être qu'elle nous espionne en ce moment même ou qu'elle m'attend au motel. (Ma voix était de plus en plus aiguë, hystérique, mais je ne pouvais pas m'en empêcher.) Elle veut nous tuer, Jason !

— Dana, arrête.

— Elle était là, affirmai-je, comme une enfant. Je le sais. Je l'ai vue. C'était bien réel !

Si on avait été dans un film, il m'aurait giflée pour me calmer. Il me fallait un choc pour sortir de cet état et une claque aurait probablement fait l'affaire. Mais Jason ne me frappa pas, ni ne me secoua. Au lieu de ça, il s'assit tranquillement à côté de moi sur le lit, les yeux baissés vers le sol, et il me frotta le dos en silence tandis que j'étais en proie à une crise d'angoisse. J'hyperventilai et le vertige me prit. Je me mis à pleurer et je m'appuyai contre son épaule, m'autorisant à me détendre et à sangloter enfin.

Quand je me fus calmée, je tendis la main.

— Je vais boire mon café.

— Tu devrais d'abord avaler un verre d'eau, déclara Jason. Attends.

Il se leva et, même si je voulais ce café et que je n'étais pas loin de lui, j'avais l'impression qu'il était hors de ma portée. La tension de l'attente avait infecté le monde autour de moi et l'air me paraissait épais et vivant, comme une matière agitée et malveillante qui me piquait de tous côtés. Dans ces circonstances, bouger de quelques centimètres me semblait aussi impossible que courir un marathon.

Dans la cuisine de l'autre côté de la cloison, j'entendis Jason remplir un verre d'eau au robinet. Ça me rappela quelque chose dont j'avais rêvé mais je ne me souvenais plus quoi.

Lorsqu'il revint et me tendit le verre, je le pris et en contemplai la surface pendant un long moment. Puis je dis :

— Jason.

— Hmm ?

— Pourquoi tu ne voulais pas qu'Amanda rencontre Aaron Neely ?

— Quoi ?

— Pourquoi tu ne les as pas présentés ?

— Pourquoi, j'aurais dû ?

— Tu me l'as présenté, à moi. Tu m'as présenté Aaron Neely.

Il y eut un silence étrange quand il me regarda. Je voyais son reflet inversé et aplati dans le verre.

— Oui, répliqua-t-il sèchement. Et on sait bien comment ça s'est terminé.

— Plutôt bien. Pour toi, du moins.

— Qu'est-ce que tu veux dire ? (Je gardai le silence et il m'arracha le verre des mains, répandant un peu d'eau sur les draps.) Qu'est-ce que tu veux dire ? répéta-t-il plus fort cette fois-ci.

Je tendis un doigt à travers l'air épais et bouillonnant pour toucher la tache sombre à l'endroit où le tissu avait absorbé l'eau.

— Je n'en sais rien, répondis-je. Je ne sais pas ce que je veux dire.

— Écoute, ce n'est pas ma faute si tu as perdu le respect de Neely. (Je le fixai.) Tu es rentrée les cheveux en bataille, la robe de travers, tes escarpins à la main. Sincèrement, tu as perdu un peu de mon respect aussi ce jour-là. Tu ne peux pas m'en vouloir si je ne voulais pas que ça arrive à ma petite amie.

— Parce que Amanda était le genre de Neely.

— Oui. Pardon d'être grossier mais il n'y a qu'à lire la presse people. Oui, Amanda est le genre de Neely.

— Et pas moi.

— Pas pour…

Il n'acheva pas sa phrase.

— Vas-y, dis-le.

Je levai les yeux pour la première fois : Jason contemplait ses pieds, honteux.

— Oh, laisse tomber.

— Non, je ne me mettrai pas en colère. Dis-le.

Il garda le silence.

— Pas pour s'afficher en public, achevai-je à sa place. Juste pour baiser.

Jason grimaça.

— Ce n'est pas ce qui s'est passé ? demanda-t-il.

— Dans mon souvenir, il s'est contenté de se branler sur ma robe. Mais comme il m'avait d'abord droguée, il se peut que j'aie oublié des détails.

— Non, mais franchement.

— C'est la vérité.

— Neely n'a pas besoin de droguer les femmes pour baiser. Crois-moi, j'ai assez fait la fête avec lui pour le savoir. Et puis ces rumeurs courent depuis des années.

Je poussai un petit cri.

— Tu le *savais* ?

— Tout le monde le sait, répliqua-t-il avec dédain. Mais bizarrement, aucune de ces affirmations n'a jamais été rendue publique ou n'est arrivée au tribunal. Parce que ce sont juste des rumeurs sans fondement et malveillantes. Il n'y a jamais eu un seul procès.

Je songeai à l'arrangement conclu entre Amanda et Runnr et à la clause de confidentialité qu'elle avait rompue en me racontant tout.

— Tu étais au courant et tu m'as envoyée le rencontrer toute seule.

— J'étais censé être là, Dana, tu te souviens ? Et puis, comme je viens de le dire : je n'y croyais pas.

— De la même manière que tu ne me crois pas maintenant.

— C'est absurde. Tu étais fascinée par ce mec. Je comprends, il est fascinant. Du coup, tu as trop bu, tu es allée trop loin et le lendemain matin, tu as eu des regrets. On est tous passés par là. Ça s'appelle une erreur.

— Je suis rentrée à la maison cette après-midi-là, dis-je lentement. Et je n'ai pas bu. J'ai pris un smoothie. Un smoothie au chou kale, à la betterave et au Rohypnol. (Il avait l'air sceptique.) Tu croyais vraiment que j'avais chopé un virus ?

— Peut-être.

— Le même que toi ?

Il ouvrit la bouche et la referma.

— Oui, répondit-il.

— Tu n'étais pas malade, Jason. (Je tremblais, mais l'air ne contenait plus de vers ondulés et je pouvais de nouveau me mouvoir. Je me levai et commençai à ramasser mes fringues éparpillées sur le sol.) Tu as fait semblant d'être malade pour me piéger avec Aaron Neely.

— Tu y es allée, protesta-t-il. Sans moi.

— Oui. C'est ce qu'Aaron voulait. Pour pouvoir me droguer et se branler devant moi comme il l'a fait avec toutes ces femmes que tu ne crois pas.

— Dana, répondit-il, effondré. Je ne savais pas. Enfin, si, je pensais qu'il allait te faire des avances. Mais ce n'était pas mon problème puisqu'on ne sortait pas ensemble. Ça n'a jamais fonctionné entre nous.

— Parce que je n'étais pas ton genre ?

— Pourquoi est-ce que tu m'obliges à tout dire à haute voix ? cria-t-il. Pourquoi est-ce que tu te sens obligée de tout exposer au grand jour ? Non, tu n'étais pas mon genre ! Et alors ? Je n'ai pas le droit de sortir avec une actrice sexy ou un mannequin si j'en ai envie ? C'est quoi le problème ? (Il avait l'air infiniment triste.) Je te jure que je ne savais pas. Je pensais… écoute, je croyais que tu rentrerais après avoir flirté avec Neely pendant une heure et qu'on écrirait notre série ensemble, comme on en avait toujours rêvé et que ça ne changerait rien.

— Tu aurais dû me le dire.

— Je voulais peut-être juste voir ce que tu ferais.

— Un test de loyauté ? Pour voir si j'étais bien ta fidèle servante ? Tu voulais voir ce que *je ferais* ? (Je mis la main sur mon sac, qui contenait mes clés.) Eh bien maintenant on sait : ce que j'ai fait, c'est que j'ai été sexuellement agressée pour la deuxième fois de ma vie. Merci beaucoup.

En sortant de la chambre, je glissai sur quelque chose de doux. Au prix d'un effort insurmontable, je parvins à éviter de tomber une seconde fois en vingt-quatre heures en me rattrapant in extremis au lit.

Je baissai les yeux pour voir sur quoi j'avais trébuché et je fis un bond. C'était la perruque de Betty. J'avais raison : Amanda était bien là la nuit dernière.

24

Je tenais la perruque à la main, immobile. Son éclat blond platine avait terni ; les boucles en plastique étaient emmêlées et formaient une sorte de nid blême et boursouflé. Pour ce que j'en savais, l'ADN de Carl était incrusté dans les mèches enchevêtrées.

Quelque part derrière moi, j'entendis Jason répéter en boucle :

— Elle nous a regardés dormir. Elle nous a espionnés tous les deux. Elle nous a vus.

Bizarrement, je ne cédais pas à la panique. La panique s'était emparée de moi uniquement lorsque Jason avait affirmé qu'il n'y avait aucune raison de s'inquiéter. À présent, le fantôme s'était transformé en une preuve concrète, un panneau, un message curieusement intime. C'était la carte de visite du serial killer, la tête ensanglantée du cheval dans mon lit. Nous nous comprenions à présent, Amanda et moi. Le message était parfaitement clair. Aussi clair que celui que je devais lui renvoyer.

Il y avait un barbecue dans la cour arrière, où Jason et moi avions invité des copains, du temps où on avait encore des potes en commun. Ces gens-là avaient-ils réellement été mes amis ? Ou l'un d'entre eux avait-il posé la main sur mon genou quand on était en partie dissimulés dans l'ombre en sous-entendant qu'il me présenterait peut-être à son agent si je couchais avec lui ? Je n'en avais sincèrement aucun souvenir. Avant Neely, ce genre de choses m'arrivait sans arrêt et je n'y prêtais aucune attention. Comme les trouble-fêtes dans mes spectacles, je les balayais d'un revers de main. Mais la fureur avait flambé de plus en plus fort, en secret, comme les mégots encore brûlants qu'on utilise pour allumer un feu. C'est ça qui avait attiré Amanda. La fumée que je dégageais devait ressembler à un feu de joie.

Il était temps de m'enflammer.

J'attrapai un paquet de cigarettes et un briquet sur le comptoir de la cuisine et ouvris la porte arrière sans tenir compte des questions affolées de Jason. Une fois devant le barbecue, je balançai la perruque sur les restes calcinés d'une soirée à laquelle je n'avais pas participé. Elle s'étala, pâle et sinueuse sur les cendres noires, créature marine échouée au soleil. Je pris une clope, l'allumai et en fumai un tiers avant de la lancer sur la perruque. Les boucles blond platine se recroquevillèrent à l'endroit où le mégot avait atterri et elles se tordirent en cramant, dégageant une fumée toxique dans le matin brumeux de Los Angeles et une odeur aussi angoissante qu'un hurlement.

— Tu sens ça ? marmonnai-je d'un ton vindicatif. (Puis, juste au cas où elle aurait été à portée d'oreille, cachée, nous espionnant et respirant la puanteur du plastique en train de brûler, j'ajoutai plus fort :) Voilà ce que j'en fais, de ton pacte.

Pour faire bonne mesure, j'allumai cinq autre cigarettes pour alimenter le feu, ce qui était tout ce que contenait le paquet. Je contemplai le brasier jusqu'à ce que le dernier morceau de ce que j'avais fait, de ce qu'Amanda avait voulu faire de moi, ait disparu.

J'en avais ma claque des pactes, des alliances, des partenaires et des amis. Ce qu'il me fallait, c'était un plan.

Quand je rentrai dans la maison, Jason s'était calmé. Il était assis sur le canapé, l'air traumatisé. Il brandit son téléphone et me montra une image et un texto. Je savais déjà de quoi il s'agissait. C'était excessif et inutile. Encore une fioriture de film d'horreur.

— Super profondeur de champ, commentai-je d'un ton sec. On se croirait dans un film d'Ozu.

Mais Jason ne m'écoutait pas. Il secouait la tête, incrédule.

— Je n'ai pas de deuxième clé, déclara-t-il, impuissant. Elle a dû en fabriquer une copie. Elle m'a trompé sur toute la ligne.

Je balançai le paquet vide d'American Spirit sur le divan à côté de lui.

— Tu veux aller acheter des clopes à la supérette ?

Il me regarda comme si j'avais perdu la tête.

— Je sais, je sais, tu ne fumes que quand tu bois. Tu me l'as expliqué un million de fois. Ne t'inquiète pas, je ne te tannerai plus pour que tu arrêtes.

— Je refuse de te laisser seule, Dana.

Il avait l'air éberlué.

— La boutique est au coin de la rue. Tu en as pour cinq minutes. (On y était allés des tas de fois.) Il ne m'arrivera rien.

— Elle est là, rétorqua-t-il fermement. Peut-être tout près. Je n'irai nulle part.

— Écoute-moi bien. Il faut qu'on se sépare. C'est toi qu'elle veut. Tant qu'on reste ensemble, tu me mets en danger. Je veux que tu crées une diversion et que tu l'attires assez longtemps pour que je puisse partir.

— Tu veux retourner au motel ? Dana…

— Pas au motel. Je vais rentrer chez moi.

— Chez toi ?

Il jeta un coup d'œil autour de lui, perplexe, comme s'il avait déjà oublié que j'habitais ailleurs.

Le temps pressait. Il fallait que je parvienne à le mettre dehors.

— Ça ne marche pas, Jason. On passe notre temps à s'engueuler. Si on veut redevenir amis, il faut que je quitte Los Angeles et que je rentre dans un endroit où ma vie a un sens. Je ne sais pas, je vais peut-être passer un peu de temps avec ma mère à Amarillo. Trouver un job. Pas la peine de chercher le mouchard : je l'ai laissé dans l'autre pièce et puis de toute façon, je ne dis pas ça pour Amanda. Mais pour moi. Si elle m'entend, elle sera ravie de découvrir que je te plaque.

— Attends. Attends, bon sang. (Jason s'approcha de moi, les mains tendues aveuglément.) Ne pars pas. Je m'en vais si tu veux. Je vais l'attirer. Je ne veux pas te mettre en danger. Mais, je t'en prie, ne pars pas tout de suite. Ne la laisse pas s'immiscer entre nous. On réglera tout ça à mon retour.

— D'accord. J'attendrai. Mais il faut que tu t'en ailles loin. Histoire qu'elle te suive dans un endroit isolé où elle pensera qu'elle a une chance de t'atteindre.

— Elle ne doit pas venir ici, dit-il, presque en larmes. Et si elle s'en prenait à toi pour m'atteindre ?

— Ce n'est pas son *modus operandi*, expliquai-je patiemment comme si je m'adressais à un enfant. C'est comme ça qu'elle punirait une femme, pas un homme. Elle me châtie en s'attaquant à ce qui compte pour moi, c'est-à-dire toi. Ça signifie qu'elle veut te tuer deux fois – une fois pour elle et une fois pour moi. (Je devinai qu'il hésitait et j'avais une idée en tête.) Écoute. Écoute bien. Je vais contacter un serrurier pour qu'il change les serrures. Je vais faire venir quelqu'un le plus vite possible. Et j'appellerai du vieux portable, comme ça, si elle enregistre, elle saura que ce n'est pas la peine d'essayer d'entrer.

Je gagnai l'autre pièce et débranchai mon téléphone qui était en train de charger.

— Je vais attendre qu'il arrive.

— Jason, va-t'en tout de suite, ordonnai-je en ouvrant l'application et en tapant ma requête. (Quelle belle interface. Tellement facile à utiliser. Je n'avais même pas besoin d'entrer l'adresse de Jason. Elle savait toujours où je me trouvais.) Sinon, c'est moi qui pars. Je ne peux pas rester avec toi.

— Montre-moi. Je veux voir une preuve.

Je brandis mon téléphone ; sur un plan, un point rouge se dirigeait vers un point bleu.

— Regarde, il y a déjà quelqu'un en route. Un certain Daniel R. C'est un super nom, ça fait très serrurier.

— Je veux juste être sûr que tout se déroulera bien en mon absence.

— Il est presque là. Il n'est plus qu'à quelques centaines de mètres. Si tu t'en vas maintenant, elle te suivra. Vas-y.

Jason obéit. Je restai derrière pour attendre, la main dans mon sac posé sur mes genoux.

Il ne s'écoula que quelques minutes avant que retentisse un coup poli à la porte d'entrée. Je sortis l'objet de mon sac et le tins à la main tout en ouvrant la porte.

— Je suis Amanda, votre serrurier, dit-elle, les yeux sur mon pistolet paralysant. J'ai cru comprendre que vous vouliez changer vos serrures ?

25

— N'appelle personne, ordonna Amanda. N'oublie pas ce qu'on a fait ensemble.

— Tu aurais plus d'ennuis que moi.

Elle haussa les épaules.

— Il n'y a qu'un moyen de le savoir.

Je m'éloignai lentement, le pistolet paralysant dirigé vers elle.

— Entre. Il faut qu'on parle.

— Mais bien sûr. C'est ce que font les amies. (Elle franchit le seuil et ferma courtoisement la porte derrière elle.) Tu as une mine affreuse. Il t'a frappée ?

— Tu sais bien que non. Tu as tout vu. Tu as mis des micros dans toute la maison, pas vrai ?

— Tu es parano, répliqua-t-elle sur un ton enjoué. C'est toi qui as activé le Bat-signal pour moi.

Elle sortit son portable de sa veste et désigna la notification Runnr sur son écran, les ballons et les confettis qui tombaient du ciel.

— Parce que je savais que tu rappliquerais dès qu'il me laisserait seule. C'est quoi le problème ? Tu as peur de lui ?

— Et toi ?

— Je n'ai aucune raison de le craindre. Je ne suis pas une folle qui entre chez lui par effraction pour l'espionner quand il dort avec sa copine.

Elle poussa un soupir patient.

— Dana, j'ai fait tout ce qui était en mon pouvoir pour t'ouvrir les yeux. Certaines personnes sont incapables de voir la vérité en face.

— Tu veux parler de Fash ?

— Tu me crois toujours responsable de sa mort ? (Elle soupira de nouveau.) Tu manques sérieusement d'imagination, Dana. C'est certainement ton plus grand handicap en tant qu'humoriste. (Elle réfléchit un instant.) Enfin, ton deuxième handicap. Tu sais que tu n'es drôle que lorsque tu es cruelle ?

— Je n'ai pas besoin que tu m'apprennes ce qu'est l'humour, merci bien, sifflai-je. Ce qui est marrant, tu vois, c'est que les gens à qui tu veux ouvrir les yeux ont une fâcheuse tendance à mourir. Tu es malade, Amanda.

— Ah bon ?

Elle contourna le canapé et je me hâtai de me placer derrière le dossier. Elle s'assit, le dos tourné, écarta les bras et posa ses longues jambes sur la table basse. Ses cheveux étaient plus sombres et plus ondulés sur sa nuque, surmontés de boucles blondes frisottées. Le Taser trembla dans ma main. Sans ses yeux cernés fixés sur moi, je pouvais mettre fin à tout ça tout de suite. Lui balancer cinquante mille volts, l'assommer et appeler la police. Mais en contemplant l'arrière de son crâne, je me dis que j'aurais préféré tenir en main quelque chose de plus lourd. Quelque chose qui la réduirait au silence de manière permanente et mettrait fin à cette histoire pour de bon. Je fis un pas en avant sans même m'en rendre compte.

Ses boucles s'agitaient tandis qu'elle parlait.

— Au moins, quand je m'attaque à quelqu'un, je sais exactement ce que je fais et pourquoi. (Elle tourna paresseusement la tête à moitié vers moi. Je voyais à peine son profil.) Est-ce que tu peux en dire autant ?

— J'en ai ras le bol de ce cirque, Amanda. Dis-moi ce que tu veux.

— Tu le sais très bien.

— Je pense que tu cherches une excuse pour me tuer. Te débarrasser de moi, exactement comme tu l'as fait avec tes ennemis – Branchik, Carl. De cette manière, tu ne seras jamais inquiétée.

— Pourquoi le serais-je ? Je n'ai rien fait.

— Sauf tout planifier. Utiliser des données volées à ton ancien job.

Elle se tourna, la main sur le dossier du canapé, et se redressa pour me regarder droit dans les yeux. Je devinai que j'avais enfin mis dans le mille ; ses sourcils étaient froncés et ses yeux énormes s'étaient assombris.

— On ne peut pas voler ce qu'on a bâti de A à Z et si ce n'est pas ce que dit la loi, alors il faut la modifier. Ce sont eux qui m'ont volé mes années de dur labeur. Et ensuite Branchik s'est débarrassé de moi comme on vire toutes les femmes qui en veulent davantage. D'après toi, qu'est-ce qui est arrivé aux femmes qui ont porté plainte contre lui ? Elles ont été rétrogradées ou « placardisées » – elle mima des guillemets avec les mains – dans des équipes où elles ne prendront jamais du galon. Ou elles ont démissionné et sont allées bosser ailleurs, dans des boîtes où elles ont certainement subi de nouveau la même chose.

— Ou elles se sont vengées sur quelques-uns de leurs collègues, persiflai-je. Sans parler des clients.

— Uniquement ceux qui l'ont mérité. Tu sais que c'est comme ça qu'on nous détruit, Dana. Ne prétends pas l'ignorer.

— Personne ne me détruit. Je m'en sors très bien. Malgré toi.

— *Grâce* à moi ! s'exclama-t-elle en se levant. Pourquoi est-ce que tu ne t'en rends pas compte ? Je t'ai libérée de cette fiction, de la croyance que tout va bien pour toi. Je t'ai donné la permission de voir l'évidence. J'ai libéré la vraie toi.

— La vraie moi ? Tu parles de celle qui est tarée, en colère et parano, comme toi ?

— Ce n'est pas parce qu'on est parano que personne ne nous en veut, Dana, répondit-elle en souriant, mais son sourire était moins assuré que les précédents. Tu n'as toujours pas compris ça ?

— Et maintenant tu veux récolter les lauriers de ma gloire, poursuivis-je. Pourquoi ? À cause de Betty ? J'ai brûlé la perruque, Amanda. Je n'en ai plus besoin. Et je n'ai plus besoin de toi non plus.

— C'est exactement ce que j'essaie de te faire comprendre. (Elle contourna le canapé et je fis un demi-pas en arrière dans le couloir avant de me rendre compte qu'elle s'était placée entre moi et les seules issues.) Laisse tomber les masques. Jette-les. Tu n'as pas besoin de mentir. Tu peux l'admettre à présent. (Sa voix prit un tour cajoleur et elle se dirigea lentement vers moi, comme pour amadouer un animal apeuré.) Ce soir-là, au spectacle, ce n'était pas toi que je venais voir. Je cherchais Kim. Mais quand je t'ai vue gérer ce mec relou, j'ai su que c'était toi qu'il me fallait. Je t'ai choisie, Dana. Je t'ai choisie.

— Ne t'approche pas plus.

Je brandis le pistolet paralysant devant moi.

— Sinon quoi ? Tu tireras ?

Elle sortit quelque chose de la poche de sa veste d'un geste décontracté.

Je poussai un petit cri et fixai le revolver, les yeux écarquillés. Soudain, tout devint clair.

— C'est ça. Tu vas me tuer et faire porter le chapeau à Jason. Oh mon Dieu.

Mais elle retourna l'arme et me la tendit.

— C'est pour toi, Dana. Prends-le.

Nous étions toutes les deux dans l'étroit couloir à présent, Amanda penchée vers moi, le pistolet à bout de bras, moi m'en écartant, une main sur le Taser, l'autre contre le mur qui me donnait l'impression de pencher. Je me demandai pourquoi les tableaux, les portraits kitsch que Jason et moi avions achetés chez Goodwill pour se marrer ne penchaient pas eux aussi. J'aperçus du coin de l'œil le tableau du chat aux yeux énormes et il me rappela Amanda. Elle me poussait vers la chambre de Jason en me tendant toujours le revolver.

— Comment tu sais que je ne l'utiliserai pas contre toi ? demandai-je.

Mais je ne m'en emparai pas.

— Toutes les choses qu'il me répétait. Il me disait que j'étais une merde, Dana, et je le croyais. Je me sentais comme une merde. Tu as vu où je vivais après Runnr. Ma vie tout entière avait implosé. La seule chose qui comptait pour moi, c'était de terminer l'appli pour que ça n'arrive plus à personne. Mais il m'a eue en premier. (Elle avançait vers moi comme un zombie, le regard éteint, mais son débit devenait de plus en plus rapide.) Quand on couchait ensemble, il me traitait comme un objet. Il voulait que je lui appartienne. Je n'avais aucun ami, et encore moins de contacts dans le showbiz. Je ne possédais que l'argent que j'avais gagné après le litige avec Runnr et il voulait mettre la main dessus. Je payais le loyer et les factures mais je le laissais régler l'addition en public, m'inviter à boire un verre ou à dîner, parfois avec mon propre argent pour qu'il ait l'impression d'être un homme. Il me surveillait comme un aigle. Il m'envoyait sans arrêt des textos. Si j'avais une audition, il saturait mon portable jusqu'à ce que je rentre. Il avait installé un logiciel espion sur mon téléphone – oui, le même genre que celui que j'ai implanté dans le tien. Sauf que le mien est plus sophistiqué parce que je suis plus intelligente que lui. Beaucoup, beaucoup plus intelligente. (Elle haussa les épaules.) Ça ne change pas grand-chose de savoir ça quand quelqu'un te maltraite. Mais maintenant, je le sais.

— Tu mens.

Je sentais la porte de la chambre de Jason s'entrebâiller dans mon dos.

— Je ne t'ai jamais menti, Dana. Jamais. (Un sourire pervers étira ses lèvres.) Tu te mens à toi-même.

— Je ne sais pas de quoi tu parles.

— Il a commencé par écouter les messages sur mon portable, expliqua-t-elle d'une voix chantante. Il a fait ça avec toi aussi, Dana ? Tu l'as déjà surpris avec ton portable en main ?

Je secouai la tête, l'image de Jason tenant mon téléphone quand je sortais des toilettes s'imposant soudain à moi.

— Non.

— Qui ment à présent ? demanda-t-elle avec un rire bref semblable au cri d'un renard. Demande à Kim, elle te le dira. Ça commence par de l'espionnage inoffensif et ça finit quand on se retrouve enfermée dans une chambre insonorisée, la gorge trop contusionnée pour appeler à l'aide même si quelqu'un pouvait t'entendre.

Elle posa la main gauche sur sa nuque avec un frisson et ferma brièvement les yeux. C'était une chance à saisir : je plongeai vers le revolver mais elle rouvrit les paupières et me l'arracha.

— Ah, ah, ah, uniquement si tu l'utilises sur lui, dit-elle. Et si tu refuses, ce que je commence à croire, alors tu devras me laisser m'en servir.

Elle retourna la crosse et pointa l'arme sur moi.

Je me raidis, prise entre le pistolet et l'embrasure de la porte de la chambre de Jason.

— Mais ce n'est pas bien. Je ne peux pas agir à ta place. (Elle expliquait les règles de son jeu d'une voix presque enfantine. Elle était en train de perdre les pédales.) Tu dois le faire pour moi. Ou, encore mieux, pour toi-même.

Il y avait un truc dans la chambre de Jason, dans l'espace derrière moi, auquel je ne voulais pas penser. Quelque chose qui s'était produit la nuit précédente.

— Pourquoi est-ce que je devrais te croire plutôt que lui ?

— Tu n'as pas besoin de me croire. C'est la beauté de la chose. Tu as tes propres raisons. Mattie m'a tout raconté.

Quand elle mentionna Mattie, je lançai brutalement le Taser dans ses yeux : elle leva les mains pour se protéger et je tentai de la contourner par la gauche. Mais je ne parvins qu'à parcourir la moitié du chemin. Elle brandit de nouveau le revolver. Je me réfugiai dans le studio d'enregistrement qui avait jadis été ma chambre. Baigné dans l'isolant noir ondulé, avec les rideaux noirs aux fenêtres, c'était un trou noir et il fallut un instant pour que mes yeux s'adaptent à l'obscurité. Je m'accroupis derrière la porte et attendis.

— Dana ? Dana, je ne te veux aucun mal.

Quand elle pénétra dans la pièce, la main droite tâtonnant à la recherche de l'interrupteur, je l'entendis donner un coup de pied dans quelque chose et le pistolet paralysant que j'avais lancé sur elle un instant plus tôt glissa en avant.

Je plongeai vers lui, l'attrapai, appuyai sur la détente et le posai sur sa main. Elle poussa un cri étrange et la porte me heurta le visage de plein fouet. La douleur que je ressentis était atroce mais j'entendis le revolver tomber sur le sol. Je m'agenouillai pour le chercher de la main gauche. Le pied d'Amanda fracassa ma pommette et un nouvel accès de douleur épouvantable me transperça le crâne, rallumant les feux d'artifice de la veille. Je lâchai le Taser et entendis l'une d'entre nous le repousser du pied.

Mais mes doigts se refermèrent sur le revolver.

Je trébuchai en arrière, toujours à terre, le flingue à la main. Amanda, debout, se figea une fraction de seconde, puis elle avança de nouveau vers moi, le regard étrangement vide, luisant dans le noir comme celui d'un chat.

— Comment tu as pu lui permettre de te toucher après ce qu'il a fait ?

— Tu nous as vraiment espionnés.

Elle fronça les sourcils.

— Vraiment ? Tu es sûre ?

— La photo.

— J'ai peut-être placé des caméras dans cette maison. J'ai vécu ici assez longtemps pour pouvoir faire n'importe quoi.

— Mais Betty… tu as laissé la perruque.

La panique s'était emparée de moi à l'idée que la maison était sur écoute et je luttai de mon mieux pour la refouler.

— D'accord, j'étais peut-être là, admit-elle.

— Je croyais que tu ne mentais jamais.

— C'était une blague. Tu devrais pouvoir faire la différence, il me semble.

C'est à ce moment-là que j'entendis un bruit sourd et qu'Amanda s'effondra sur le sol. Derrière elle se tenait Jason, une batte de base-ball dans les mains.

J'abaissai lentement le revolver.

— Les serrures n'ont pas changé, constata-t-il.

Je me mis à pleurer en essayant de me lever. Un vertige alluma toutes les lumières en même temps, les lumières que je n'avais même pas vues dans la pièce noire, explosant devant et derrière mes paupières. Je perdis quelques secondes à m'adosser contre les murs insonorisés puis je basculai de l'autre côté des ténèbres.

Lorsque j'ouvris les yeux, j'étais assise sur le sol. À quelques mètres de moi, Jason était accroupi au-dessus d'Amanda, la crosse du revolver dépassant de la poche arrière de son jean.

— Ah, tu es réveillée, c'est bien. Je m'apprêtais à venir voir comment tu allais mais il fallait que je termine ça d'abord. Ne t'inquiète pas, elle n'ira nulle part.

Amanda était étendue sur le plancher ; elle avait toujours sa veste et ses poignets étaient liés avec une corde élastique. Du chatterton lui barrait la bouche, le même ruban adhésif épais et noir qui recouvrait tous les murs de la pièce. Jason avait glissé le rouleau autour de son poignet comme un bracelet. Amanda s'agita un peu, gémit puis cessa de bouger. Je levai les yeux vers Jason. Il se tenait au milieu de la pièce, juste sous le ventilateur à pales, et se dandinait d'un pied sur l'autre. Le sommet de son crâne effleurait presque le plafonnier. C'était la première fois que je remarquais à quel point il était grand et large d'épaules.

— Je ne sais pas comment on va procéder, dit-il.

— De quoi tu parles ?

Il baissa les yeux vers le corps inanimé d'Amanda.

— Jason. Tu n'as pas vraiment l'intention…

Je fus incapable de finir ma phrase. Ma tête me faisait de nouveau un mal de chien et tout mon corps était raide et contusionné.

— C'est la seule solution, Dana. On l'a mise au pied du mur et elle s'est pointée avec un flingue.

Il l'extirpa de la poche arrière de son jean comme pour me le montrer et le soupesa. Puis il abaissa l'arme à quarante-cinq degrés et tendit le bras, non sans hésitation.

— Jason !

— Du calme, hors de question de faire ça ici. (Il fronça les sourcils et se frotta l'arête du nez comme je l'avais vu faire dans le garde-meubles.) Ou peut-être…

Un frisson d'excitation traversa son visage.

Je commençai à paniquer. Ma tête était trop lourde pour me permettre de me lever mais je parvins à me mettre à quatre pattes.

— Jason, réfléchissons deux minutes.

— C'est ce que je suis en train de faire. On peut découper les panneaux ensuite, c'est facile. Le problème, c'est de trouver un endroit où s'en débarrasser. Mais comme ils sont noirs, tant que personne ne les éclaire avec de la lumière noire, ça nous laisse du temps. (Il se dirigea vers le placard et se mit à fourrager dedans.) Je sais que j'ai rangé le plastique restant là-dedans. Il faut qu'on recouvre le sol.

— Tu n'arrêtes pas de dire « on »… (Toujours à quatre pattes, je fus prise d'une quinte de toux et mes yeux se mirent à pulser.) Pourquoi tu dis « on » ?

Un énorme morceau de plastique brillant émergea du placard. Le corps de Jason suivit un instant plus tard et il laissa tomber la bâche sur le sol.

— On est embarqués dans cette histoire tous les deux, Dana. Elle en a après toi aussi, pas seulement moi. Et elle n'arrêtera jamais de nous poursuivre, jusqu'à ce qu'elle… se soit occupée de nous. (J'essayai de me lever mais un vertige me submergea et je vomis. Jason me regarda, l'air inquiet, mais sans cesser de lisser la bâche près du corps d'Amanda, qui bougeait légèrement.) Et puis je te rappelle que c'est à cause de toi qu'on ne peut pas avertir les flics.

— Mais si, répondis-je en poussant un petit cri. Mais si. J'irai voir la police.

— C'est trop tard. (Il était à quatre pattes près d'Amanda et il lui jeta un regard dégoûté.) Elle a détruit ma vie avec ses mensonges et maintenant elle a détruit la tienne. Il faut l'arrêter et je ne peux pas le faire tout seul.

Il fit rouler Amanda sur le plastique et cette dernière protesta faiblement, à moitié consciente.

Je ne peux pas le faire tout seul. Exactement comme la bagnole de Mattie. Ça me donna une idée.

— Il le faudra bien pourtant. Je ne t'aiderai pas, Jason.

Dégonfle-toi, songeai-je en silence. *Tu ne peux pas franchir cette limite sans moi.*

Le désespoir s'afficha brièvement sur ses traits puis il reprit sa tâche.

— Eh bien, je le ferai tout seul. Je me débrouillerai. (Il s'illumina.) Cette pièce est l'endroit idéal. Aussi efficace qu'un silencieux.

Il examina les panneaux insonorisés et quelque chose me revint en mémoire, quelque chose qu'Amanda m'avait raconté le jour où on s'était rencontrées. *Il ne m'a pas frappée. Il m'a fait d'autres choses.*

— C'était ça, n'est-ce pas ?

Pour la première fois, il leva brusquement les yeux.

— Comment ça ?

— La pièce insonorisée. Pour que personne ne l'entende crier.

Il me dévisagea.

— Tu crois vraiment ce qu'elle t'a raconté ? (Il se leva, indigné.) C'est encore un de ses mensonges ridicules. (Je gardai le silence et il fit un pas vers moi, l'air atterré.) Dana ? Tu dois me croire. Elle ment. Bien sûr qu'on se disputait mais elle joue les drama queen. (Il m'observa de près et son désespoir fit soudain place à de l'irritation.) Tu ne me crois pas ? Fais le tour de la maison, tu verras qu'aucune porte ne ferme à clé.

— Cette pièce n'existait pas quand je vivais ici, constatai-je. Mais j'ai remarqué des traces à côté de la porte quand j'ai fouillé la maison. Qu'est-ce que tu avais fixé là, Jason ? Une chaîne de sécurité ? Pourquoi une chaîne à l'extérieur de la porte ?

Il ne répondit pas.

— Et puis, comment sais-tu ce qu'elle m'a raconté ? demandai-je lentement.

Je sortis mon téléphone prépayé de ma poche. Celui qu'il avait acheté à Best Buy pour moi. Celui qu'il avait activé sans moi. Je l'observai, horrifié, avant de le balancer à l'autre bout de la pièce aussi fort que possible. Il rebondit contre le mur.

— Il est sur écoute.

— Dana. Il faut qu'on se fasse confiance.

— Mais ce n'est pas le cas, Jason. Et je crois que je sais pourquoi.

— Écoute. Écoute-moi, Dana ! (Il prit une profonde inspiration, se ressaisit, puis regarda tour à tour le revolver et Amanda.) Je ne suis pas le mec le plus chouette du monde. J'essaie, mais on sait tous les deux que j'en suis loin. Et sincèrement… (Il semblait vouloir éviter de regarder Amanda mais ses yeux étaient attirés par elle comme par un aimant.) J'ai des difficultés à m'engager, d'accord ? À cause de Mattie, à cause de mon père. Parce que ma mère s'est barrée et nous a laissés crever.

— Oui, je sais.

C'était quelque chose que Jason et moi avions en commun et dont nous ne parlions jamais. Le sentiment d'abandon – sa mère, mon père. Le gouffre que nous portions en nous, cet abîme embarrassant que nous avions appris à gérer en en plaisantant. Nous avions été attirés l'un par l'autre parce que nous savions que nous ne nous demanderions jamais ce que cachaient nos blagues. Nous ne prenions jamais nos vannes au sérieux même quand elles révélaient la vérité. Même quand on se cachait à la vue de tous. Les larmes me montèrent aux yeux malgré moi.

Jason était au bord des larmes lui aussi.

— Regarde la vérité en face, Dana. Je vais très mal. Toi aussi, mais tu as toujours été plus forte que moi. Je suis une cible facile. C'est pour ça que j'attire toujours des meufs tarées et manipulatrices comme elle. Des femmes qui savent exactement comment s'y prendre pour m'obliger à faire ce que je ne veux pas faire.

— T'obliger ?

— Je sais que je ne devrais pas laisser les choses dégénérer. C'est pour ça que toutes mes relations durent aussi peu de temps. Parce que je comprends ce qui se passe, que je prends mes responsabilités et que je romps. Pourquoi est-ce que tu crois que j'ai quitté Austin ? À cause de Kim. Les choses s'étaient envenimées entre nous et elle a commencé à répandre des rumeurs sur mon compte. Je suis parti avant qu'elle ait eu le temps de monter tous les comiques contre moi. Je sais que tu ne veux pas l'entendre mais elle est comme *les autres*.

Je n'avais jamais passé beaucoup de temps sur les forums des humoristes d'Austin. Je les avais plutôt évités. Qu'est-ce que j'avais eu peur de découvrir et pourquoi ?

— Je ne voulais pas que tu sois comme elle. J'ai toujours su que tu étais mieux que toutes ces femmes avec qui je sortais. C'est pour ça que je ne suis jamais sorti avec toi, parce que tu valais mieux qu'elles. Je ne voulais pas… souiller notre relation.

— Je ne crois pas que sortir avec quelqu'un souille quoi que ce soit, répondis-je en parvenant enfin à me lever. Pas si on a une relation normale.

— Cette fois-ci, c'est différent, affirma-t-il, et son regard s'éclaira. J'ai compris comment je fonctionnais et j'essaie de changer. (Il semblait avoir oublié le pistolet qu'il tenait à la main et il l'agitait de manière alarmante.) Quand j'ai accepté de nous donner une deuxième chance…

— Comment ça, une deuxième chance ? Pourquoi tu en parles comme si on avait déjà essayé avant ?

Un grand sourire stupide étira ses lèvres et il lâcha le revolver.

Je répétai ma question plus fort, envahie par une pensée horrible. Je me souvins de son expression anxieuse quand il attendait que je lui révèle qui m'avait fait *ça* et de son soulagement quand j'avais répondu « Mattie ». Qu'est-ce qu'il craignait que je réponde ?

— Comment ça, une deuxième…

Mais le sourire de Jason était devenu fou. Puis sa tête fut agitée par un soubresaut et son corps se raidit.

Il s'effondra sur le sol avec un bruit sourd. Près de lui, j'aperçus Amanda, accroupie sur la bâche en plastique, le Taser à la main, la corde élastique autour d'un seul poignet. Elle tâtonna à la recherche du pistolet que Jason avait lâché.

Le temps ralentit tandis qu'Amanda le touchait du bout des doigts avant de le faire pivoter pour glisser le doigt sur la gâchette et l'attirer à elle. Dans un instant, elle l'aurait en main. Son visage était étrangement calme, déterminé mais décontracté, comme si elle savait qui elle voulait blesser et pourquoi. Les cernes semblables à des hématomes qui entouraient ses yeux rayonnaient d'une noirceur spéciale, nuancée du vert jaunâtre et du bleu pourpre des vaisseaux qui couraient sous sa peau. Hypnotisée par cette obscurité qui rendait tout mystérieusement visible, j'étais incapable de bouger.

Je ne pouvais pas bouger.

Il faisait noir dans la pièce, à l'exception de l'écran de la télé. Je dormais. Je m'étais réveillée sous le poids de quelqu'un. Je ne distinguais pas ses traits. Je sentais son odeur et un goût de sang à l'endroit où je m'étais mordu la lèvre. Chaque fibre de mon être savait de qui il s'agissait mais je ne pouvais pas le voir. Alors je m'étais autorisée à croire – à penser, même – le contraire. Et cette certitude avait tout coloré après. Ma relation avec Jason. Ma réaction face à Amanda. Même mon interprétation de la lettre de Mattie ; j'avais été furieuse qu'il rejette la responsabilité de ce qui m'était arrivé cette nuit-là sur quelqu'un d'autre.

— Toi, dis-je.

Jason bougeait déjà ; il roulait sur le côté pour se redresser mais Amanda tenait le revolver à deux mains à présent, le canon pointé vers sa tête. Ils étaient tous les deux allongés par terre, appuyés sur une épaule, comme une parodie aplatie de tir à bout portant. Ou comme des amants encore au lit, l'un d'eux sur le point de caresser les cheveux de l'autre. Jason appela au secours.

Le temps reprit sa course. Je tendis la main et sentis quelque chose de froid et de lourd, une canne métallique qui vacilla sous mes doigts. Avant que le micro n'ait eu le temps de me tomber dessus, je m'emparai du pied et soulevai la lourde base par-dessus mon épaule.

Amanda ne vit rien venir.

Je trouvai la force je ne sais où de fracasser le micro encore et encore, jusqu'à ce que plus rien ne bouge.

La flaque de sang sur la bâche noire ressemblait à de l'eau immobile après une tempête. Lorsque je baissai le regard vers les yeux sombres de Jason, que les larmes assombrissaient encore, je ne pus m'en empêcher. Mes yeux s'emplirent de larmes à leur tour.

— On a *essayé* ? dis-je. Tu voulais croire que c'était ça qui s'était passé. Mais au fond de toi, tu savais que c'était un mensonge. Quand je t'ai raconté ce que Mattie avait fait – ce que je *croyais* qu'il avait fait – tu t'es senti dégagé de toute responsabilité. Mais c'était toi qui avais quelque chose à prouver cette nuit-là, pas vrai ? (Il ne répondit pas.) Tu ne m'as pas demandé la permission. Tu ne m'as même pas réveillée. Tu as juste commencé. Et une fois commencé, tu ne t'es pas arrêté.

Il me dévisagea sans comprendre.

— Ce n'était pas Mattie. C'était toi. C'est toi qui m'as violée.

Un filet de sang coula par-dessus ses sourcils, glissa sur son orbite et s'arrêta sur sa narine. Les yeux sombres devinrent lentement rouges puis se mirent à pleurer. Une seule larme, une larme de sang.

J'avais enfin fait le deuil de Jason.

Amanda hurla.

Elle leva les yeux et me vit, penchée sur le corps de Jason, le micro en main. Elle recula, terrifiée et dérapa sur le sang. J'attendis patiemment qu'elle pose enfin le pied sur le sol sec.

— Tiens, dis-je. Tiens-moi ça un instant.

Hébétée, Amanda s'empara du micro et le serra contre sa poitrine. Elle m'observait, épouvantée, et de temps en temps, son regard se posait brièvement sur Jason, comme s'il pouvait se lever pour tenter quelque chose. D'un coup de pied, j'envoyai valser le revolver à l'autre bout de la pièce, puis je localisai le Taser, à demi caché sous la bâche et lui fis subir le même sort. Je ramassai ensuite le téléphone prépayé qui gisait contre le mur et l'empochai.

— Tu m'as sauvé la vie, déclara Amanda, le micro toujours serré contre elle. (Elle s'appuyait dessus comme si c'était une béquille.) Il m'aurait tuée, Dana. Il m'avait ligotée et… (Elle frissonna.) Cette fois-ci, il m'aurait tuée.

Je contemplai son corps en me demandant s'il serait vraiment passé à l'acte. Je songeai au pick-up qu'il n'avait pas eu le courage de voler tout seul ; à la façon dont il m'avait livrée en pâture à Neely pour gagner ses faveurs ; le viol dont il rendait son frère responsable pour pouvoir continuer à croire que nous avions juste eu une mauvaise expérience sexuelle. Tout ce qu'il avait infligé à Amanda juste parce qu'il pensait qu'elle le méritait. Au final, les seuls crimes que Jason avait commis étaient ceux qu'il pensait imaginaires. Et il avait compté sur moi pour confirmer ses dires.

Mais tout ça était fini à présent.

— Je vais appeler la police.

Je composai le 911 sur le téléphone prépayé, laissant des empreintes sanglantes sur les boutons, et amenai le combiné à mon oreille.

— Il m'avait ligotée, répéta-t-elle en se frottant les poignets, les yeux rivés sur son corps recroquevillé. Mais cette fois-ci, je me suis échappée. Je me suis échappée.

— Tu pourras toujours plaider la légitime défense. (La sonnerie retentit à l'autre bout du fil.) Mais ce sera ta parole contre la mienne.

— Quoi ?

Elle était toujours sonnée et elle bougeait lentement, comme si elle était sous l'eau.

— Tu n'as pas tué Fash, n'est-ce pas ?

Elle secoua la tête en signe de dénégation, ahurie.

— C'est bien ce que je pensais. Tu n'as jamais prétendu le contraire. Tu me l'as juste fait croire pour que je prenne ton troisième nom. (Je désignai Jason.) J'ai obéi. Et maintenant j'ai comme l'impression que c'est toi qui me dois une fière chandelle. (Elle me dévisagea.) Il s'est avéré que c'était mon troisième nom à moi aussi. Je suppose que tu le savais déjà, si tu as parlé à Mattie. (Je fermai brièvement les yeux avant de les rouvrir.) Mais ne t'inquiète pas, Amanda. Tu peux toujours remplir ton rôle. (Je souris en fixant le micro.) Tu peux toujours m'aider.

— Dana. Qu'est-ce que tu…

Elle baissa les yeux vers le micro et le lâcha soudain comme s'il l'avait brûlée. Il se fracassa sur le sol et sa base roula, décrivant un arc de cercle avant de s'arrêter près du corps massif de Jason.

— Attends un instant.

— C'était ton meurtre, Amanda. Celui-là est pour ta pomme. De toute façon, tu as fait le plus gros du travail. À part appuyer sur la gâchette. (Elle fit un pas dans ma direction.) En parlant de gâchette sensible…

Sans la quitter des yeux, je me mis à sangloter comme une folle au téléphone.

— Dana…

— Neuf cent onze, quelle est votre urgence ?

Tandis que je hoquetai au téléphone, Amanda regarda de nouveau Jason, puis moi, comme si elle résolvait un difficile problème mathématique dans sa tête. Puis elle sembla abandonner. Elle lui jeta un dernier coup d'œil et dit :

— Je suis contente qu'il soit mort.

La régulatrice me supplia de me calmer et je parvins à articuler entre deux sanglots :

— Elle l'a tué. L'ex de mon copain. Elle nous harcelait. Elle est toujours là. (Je débitai notre adresse.) Venez vite. Elle… oh, mon Dieu !

Je poussai un hurlement et laissai tomber le portable sur le sol. Puis je le poussai le plus fort possible vers la porte et l'envoyai valser d'un coup de pied le plus loin possible dans le couloir.

— Ils ne vont pas tarder. On habite tout près du commissariat. (Je baissai les yeux sur Jason.) On *habitait*. (Je désignai mes deux yeux au beurre noir et mon nez ensanglanté.) Attends un peu qu'ils voient comment tu m'as frappée.

Amanda se balançait toujours, incertaine, les yeux rivés sur le revolver et le Taser de l'autre côté de la pièce.

— Je ne ferais pas ça, à ta place, dis-je. Je peux les atteindre avant toi. Et pour ce que ça vaut, je te crois. Je pense que je t'ai toujours crue. Tu m'as dit la vérité, n'est-ce pas ? Branchik et Carl M. Et Jason.

Elle acquiesça, les yeux écarquillés.

— Vérité sur vérité et où ça t'a menée ? Personne ne veut croire que le monde est comme ça. Je ne leur en veux pas. Regarde ce que la vérité a fait de toi, Amanda. Regarde ce que tu es devenue.

Mais c'était moi qu'elle dévisageait, les yeux plissés.

— J'ai un dossier sur toi, Dana. Ce que tu as dit en rouant de coups un mec. Tous les cris, enregistrés et archivés dans une petite clé USB de cette taille. (Elle écarta un peu le pouce et l'index.) Et je suis la seule à savoir où elle se trouve.

Je paniquai un instant puis balayai l'image de mon esprit.

— Tu bluffes. Même si cette clé existe, tu ne la donneras jamais à la police. Tu tomberais en même temps que moi.

Elle pivota vers la porte et je fus tentée un instant d'utiliser de nouveau le micro. Mais la sirène de la police hurlait déjà non loin et poser mes empreintes sur les siennes abîmerait une preuve précieuse. Et puis j'avais besoin d'elle vivante. Il fallait qu'elle raconte la vérité une fois de plus, au tribunal cette fois-ci, où on croyait toujours plus facilement une femme morte qu'une femme bien en vie.

UN AN PLUS TARD

26

— Un papillon de nuit entre dans le cabinet d'un psy et s'allonge sur le divan.

Quand on raconte une blague pourrie sur scène, il faut y mettre de l'ironie. Je suis passée maîtresse en la matière, y compris les voix, l'absence d'émotion, toutes les techniques de distanciation qui accompagnent le stand-up plus absurde et moins autobiographique qui est le mien à présent. Je ne parle plus de ma mère, ni de ma ville natale ni de mon poids. C'est facile de se glisser dans le stand-up de confession que pratiquent tant de femmes sur scène, se livrer en pâture, montrer son ventre. Je ne dirais pas que ce que je fais à présent est moins personnel ; d'une certaine manière, c'est plus intime que jamais parce que ça me laisse de la place pour saigner. S'il y a bien quelque chose que j'ai appris sur la comédie et sur la vie, c'est qu'il y a *toujours* du sang dans l'eau. L'astuce, c'est d'y prendre goût.

— Le psy lui dit : « Parlez-moi de vous. Qu'est-ce que vous faites dans la vie ? » « Je suis père de famille. J'ai une femme et des enfants. Un garage pour deux voitures. Je pense qu'on peut dire que j'ai tout ce qu'il faut », répond le papillon.

Des gloussements nerveux. La foule locale qui s'entasse au North Door ce soir pour l'enregistrement de mon émission spéciale est parfaite. Les gens se déplacent impatiemment d'un côté à l'autre, conscients de la présence des caméras pointées sur eux et détendus par les bons pour les boissons gratuites qu'on a généreusement distribués à l'entrée. Le North Door, ND pour les intimes, est un endroit bizarre, caverneux et qui ressemble à une bouche, mais incroyablement photogénique une fois rempli, avec ses escaliers et ses balcons disséminés çà et là sur lesquels se presse le public qui se tord le cou pour mieux y voir. Une rumeur prétend que le ND est sur le point de mettre la clé sous la porte, comme tant de lieux appréciés du centre-ville d'Austin ; comme il est situé juste à l'est de l'autoroute, il avait été protégé de la gentrification mais ce n'est plus le cas à présent. Laurel's Paper and Gifts est la dernière victime, ai-je remarqué en passant devant en Uber. Le nouveau propriétaire a gardé une partie du nom, probablement pour économiser de l'argent sur l'enseigne où l'on peut lire à présent : LAUREL+HENRY.

— Le psy demande (et en disant ça, je me penche si près du micro que je l'embrasse presque) : « Et qu'est-ce que vous ressentez ? »

Si les rumeurs disent vrai, cette soirée spéciale sera peut-être l'un des derniers spectacles qui se jouera ici. C'est triste, bien sûr, mais je mentirais si je prétendais que ça n'a pas influencé ma décision d'enregistrer dans cet endroit familier qui dégage une atmosphère « bizarre » et typiquement d'Austin, même si les clubs qui embellissaient la ville à l'époque étrange où a été tourné *Slacker* ont fermé depuis longtemps. Si le ND ne ferme pas, la nostalgie risque d'augmenter les recettes de streaming. Ça fera plaisir à Cynthia, ce qui est aussi important que de provoquer le rire du public.

C'est elle a qui a eu l'idée d'enregistrer à Austin. Une héroïne locale est toujours acclamée avec chaleur et ma réputation à Los Angeles est encore teintée de scandale. Ici, les répercussions du procès d'Amanda Dorn pour le meurtre d'une presque célébrité sont faibles, vaguement associées aux excès typiques de la côte Ouest, et pèsent moins lourd au final que mon statut de gloire locale. Cynthia avait de bonnes raisons de filmer ici, bien sûr, comme toujours. Elle a aimé la ville quand elle est venue participer au concours ; elle pense qu'Austin est le nouveau Portland et elle veut y situer la série qu'elle est en train de développer. Elle passera quelques jours supplémentaires à Austin après l'enregistrement pour dénicher des endroits où tourner. Je l'ai mise en relation avec Kim Rinski pour que cette dernière lui serve de guide – c'était le moins que je puisse faire. Même si je ne saurai jamais ce que Jason a fait subir à Kim quand ils sortaient ensemble, je comprends à présent pourquoi Kim a arrêté de me parler et a décliné mon invitation à se rendre chez ma mère à Amarillo quand elle a découvert que je sortais avec Jason. J'ignore ce qu'elle a deviné de sa mort, mais si elle a eu l'intuition de la vérité, ça ne l'a pas réchauffée à mon égard pour autant. Peut-être qu'un rôle dans l'un des projets de Cynthia ou une invitation au *Bestie Cast* l'amadouerait.

Quant à moi, une fois l'enregistrement dans la boîte, j'ai prévu de prendre le premier vol pour Los Angeles.

Sur scène, le papillon de nuit répond comme d'habitude :

— « Je vais bien, je suppose. Je n'y ai jamais vraiment réfléchi. » Le psy réplique : « Êtes-vous certain de ne pas ressentir de culpabilité ? » Et le papillon affirme : « Oui. Je suis très heureux comme ça. » « Vous êtes peut-être en proie à une crise de la quarantaine ? » « Non, non », proteste le papillon.

Qu'une blague marche du tonnerre ou au contraire tombe complètement à plat dépend davantage de ce qu'on ressent en la racontant que de la plaisanterie en elle-même et celle du papillon de nuit en est la preuve. Cette vanne est débile et pourtant, les rires sont plus forts à chaque réplique. J'ai cessé de tenter de comprendre pourquoi et Cynthia affirme que c'est là la clé du succès. Laisse ton « ça » prendre le pouvoir, m'a-t-elle conseillé un jour. Le public sent la vérité sous le gag, même s'il ne comprend pas ce qu'on lui balance, et ça provoque un électrochoc. En tant que personne qui sait parfaitement à quoi ressemble quelqu'un qui a subi un électrochoc, je trouve cette métaphore complètement naze, mais j'ai quand même opiné quand Cynthia a dit ça. Toutes les années passées à jouer le faire-valoir de Jason m'ont donné une incroyable capacité d'écoute.

Puis, après quelques répliques sans queue ni tête, j'arrive à la chute.

— J'ai vu de la lu-*scrrtch.*

Je mime le psy en train d'écraser nonchalamment quelque chose du bout du pied. Le public hurle de rire. Je poursuis d'une voix normale :

— Pardon, est-ce que j'avais oublié de préciser que c'était un papillon de nuit ? (Les rires vont bon train, du coup j'en rajoute une louche.) Son assurance ne couvre pas les séances chez le psy. Et puis, bon, il est grand comme ça. (J'écarte le pouce et l'index d'environ cinq centimètres.) N'oubliez jamais. La taille compte. C'est un bonnet E qui vous le dis.

Et ainsi de suite.

Le procès se déroula au millimètre.

Première aubaine d'une longue série pour l'accusation, Amanda n'engagea pas son propre avocat, préférant en prendre un commis d'office. Je présumai au début que c'était une décision délibérée : après tout, avec ce qu'il lui restait de l'argent de Runnr, elle aurait pu se permettre un avocat hors de prix. Je tournai le problème dans tous les sens pour comprendre pourquoi elle avait agi comme ça, mais la réponse se révéla fort simple. En plus des charges pour le meurtre de Jason, Amanda était poursuivie au civil par Runnr pour non-respect de la clause de confidentialité. La compagnie affirmait qu'en plus de son utilisation illégale de leurs secrets professionnels, les crimes qu'elle avait commis en endossant l'uniforme de l'entreprise avaient terni leur réputation, les obligeant à s'excuser publiquement et à affirmer qu'ils remaniaient de fond en comble le processus d'embauche et la vérification des antécédents de leurs employés pour la sécurité de leurs clients. En même temps, ils avaient obtenu que les comptes bancaires d'Amanda soient gelés jusqu'à la fin du procès.

Pour être tout à fait honnête avec l'avocate commise d'office à l'air stressée, je suis certaine qu'elle a tenté de tenir Amanda éloignée de la barre. Mais Amanda a toujours été son pire ennemi. La seule défense qu'elle trouvait envisageable était la vérité – que ses crimes les moins graves avaient été commis pour le compte de la comédienne Dana Diaz, avec qui elle avait formé un pacte de vengeance et qui avait commis des crimes similaires pour le compte d'Amanda, y compris le meurtre de Jason Murphy. C'était la vérité, mais ça sonnait comme un monologue de Betty. L'accusation affirmait qu'Amanda était une groupie folle, qui, après avoir harcelé son ex-petit ami, avait transféré son obsession sur moi. J'avais de la peine pour l'avocate d'Amanda.

À la barre, Amanda brûla d'un éclat semblable à celui du phénix, éclat qui frappa le jury comme une manifestation de sa folie. Pour ma part, je reconnus en lui le zèle impénitent lié à sa mission et même s'il m'effraya, je ne pus m'empêcher de le trouver magnifique. Plus émaciée que jamais après les mois passés en prison avant le procès, elle parla de l'application qu'elle avait créée avec le ton tendre d'une mère qui parle de son unique enfant. Elle évoqua Jason le moins possible et toujours avec mépris, décrivant le meurtre auquel elle avait assisté sans y ajouter beaucoup de fioritures. Ses remarques sur son comportement abusif passé soulevèrent objection après objection de la part du procureur, toutes sur le mode du « Le défunt n'est pas l'accusé ! ». La défense fit machine arrière et accepta que le témoignage d'Amanda sur la maltraitance de Jason soit supprimé, vu qu'il ne servait qu'à fournir un mobile à l'accusation.

Elle parla de moi avec franchise et ferveur, expliquant que j'étais une amie avec qui elle avait eu des différences de points de vue. Entre ça et sa description enflammée des injustices que j'avais subies de la part des hommes, l'accusation n'avait plus que dix pour cent du boulot à fournir. Ruby joua son rôle aussi en racontant, avec un frisson dans la voix, comment je lui avais expliqué avoir rencontré Amanda et la façon dont elle m'avait mise en garde contre « ma groupie numéro un ».

— Cette femme essaie de s'immiscer dans ton intimité, lui ai-je dit, affirma Ruby, qui portait un tailleur bleu marine sobre tout droit sorti des années 1940. Mais Dana est trop confiante.

Quand mon tour fut venu de monter à la barre, le terrain était prêt pour la plus belle performance de ma vie. Après tout, je ne suis jamais meilleure que derrière un micro, où la plus pure des vérités ressemble à une hilarante exagération et où un mensonge, à partir du moment où il est proféré d'un air candide, peut devenir un fait historique. De toute façon, tout était presque vrai. Amanda et moi nous étions rencontrées à la fin d'un de mes spectacles. J'avais d'abord pensé que ses idées de vengeance étaient une blague et j'avais été très troublée en soupçonnant qu'elle était peut-être sérieuse. J'avais ensuite essayé de mettre de la distance entre nous, ce que mes factures de téléphone confirmaient : Amanda m'appelait de plus en plus souvent. Et très peu de gens nous avaient vues ensemble : nous avions été aussi prudentes que des amants adultères. Je me servis même de la création de ma célèbre Betty pour avouer, avec la gêne de quelqu'un qui révèle un secret de fabrication, que je m'étais partiellement inspirée de la personne que j'avais rencontrée dans le bar ce soir-là. Ça aussi, c'était presque la vérité.

— J'ai exagéré pour l'effet comique, expliquai-je avant de secouer la tête. Je n'aurais jamais imaginé qu'Amanda était vraiment dangereuse.

Ce que la police avait découvert dans le box d'Amanda fit le reste.

Heureusement, la clé USB pleine de preuves – si tant est qu'elle ait vraiment existé – était irrecevable, parce que les lois californiennes exigent que les deux parties concernées par l'enregistrement soient consentantes. Au vu du manque de preuves, la vérité constituait une défense abracadabrante. Mais peut-être Amanda savait-elle que la vidéo où elle rouait de coups Neely finirait par refaire surface. Et une fois que ce fut le cas – montée de manière sélective pour s'assurer de la coopération de Neely et confirmée par les enregistrements d'Amanda sur les caméras de surveillance du lobby de l'hôtel –, ce n'était plus la peine de nier qu'elle avait commis une agression dans des circonstances remarquablement similaires à celles du meurtre de Jason. Lorsque Neely lui-même monta à la barre après des mois d'isolement pour affirmer qu'il était l'homme de la vidéo et identifier Amanda comme son agresseur, on entendit presque la cavalcade d'accros aux procès de célébrités parcourir des kilomètres en courant pour rejoindre la foule de journalistes qui couvraient déjà le procès de la Vengeresse de Runnr.

— Elle a détruit ma santé, aussi bien mentale que physique, affirma Neely.

Je le crus. Il était beaucoup plus mince et plus cireux que la dernière fois que je l'avais vu et d'énormes cernes boursouflés entouraient ses yeux. Comment avais-je pu avoir peur de cet homme ?

— Ma carrière ne sera plus jamais la même. Et moi non plus, acheva-t-il.

Lorsqu'on la questionna sur l'agression, Amanda refusa de se laisser intimider.

— Je suis revenue dans la chambre et ce mec avait sorti sa bite d'un chapeau. Qu'est-ce que vous auriez fait à ma place ? rétorqua-t-elle sèchement.

Le juge abattit son marteau et l'accusation objecta qu'Aaron Neely n'était pas accusé, mais le mal était fait. L'allusion désinvolte d'Amanda aux rumeurs qui circulaient sur Internet depuis des années marqua un tournant dans le procès. Pour la première fois, elle avait gagné la compassion de l'assistance. En quelques heures, des vendeurs de tee-shirts poussèrent comme des champignons sur le trottoir devant le tribunal. Ils proposaient des images photoshopées de Neely tenant un chapeau devant son entrejambe. En une nuit, des articles fleurirent, aux titres du genre « Amanda Dorn, héroïne féministe ? » ou « J'aurais aimé réagir comme Amanda ». Pendant un instant, on put croire que l'opinion publique avait basculé dans son camp. Au sommet de la frénésie, un sextuor de féministes radicales fut évacué de la salle d'audience après qu'elle se furent levées toutes ensemble dans la galerie, la bouche recouverte de gros scotch, et qu'elles eurent ouvert leurs combinaisons orange pour dévoiler les mots LIBÉREZ AMANDA écrits au feutre sur leurs seins nus.

Ce fut cependant le début de la fin. Après quelques jours, les activistes des droits des hommes, qui protestaient haut et fort contre la déification d'Amanda, furent rejoints par une deuxième vague de féministes qui pondirent des papiers dans l'*Atlantic* et le *New York Times* pour s'inquiéter de la pente glissante que prenait l'affaire et par des personnalités sur Twitter qui étrillèrent Amanda pour essayer d'entraîner une femme de couleur (moi) dans sa chute. Et puis, juste au moment où le vent tournait, il se produisit quelque chose de pire. Une fuite en provenance de la police d'Austin rendit publique la transcription de conversations Facebook entre Amanda et Fash Banner, le tragique jeune humoriste qui s'était suicidé après avoir cessé de prendre ses médicaments. Même si rien n'était techniquement incriminant dans ces messages, on avait l'impression qu'Amanda l'encourageait. « Ils veulent t'anesthésier », pouvait-on lire notamment. « Je suis passée par là. Mais j'ai arrêté mon traitement en janvier et je suis libre à présent. Toi aussi tu peux te libérer. »

Le lendemain, au tribunal, l'avocate d'Amanda demanda, au vu des récentes révélations sur l'état mental de sa cliente, une évaluation psychiatrique pour déterminer si l'accusée pouvait être jugée. Amanda la vira immédiatement et annonça que dorénavant, elle se représenterait elle-même. Le procès ne fut pas annulé. Le juge avait l'air au contraire ravi de la tournure que prenaient les événements. Il n'appréciait pas vraiment le cirque médiatique qu'Amanda avait entraîné avec elle et plus les choses sentaient le roussi pour elle, plus il était aux anges.

Mais le coup fatal porté au mouvement « Libérez Amanda » s'incarna dans un témoin-surprise pour l'accusation, un programmeur dépenaillé qui vivait à Austin et qui avait été agressé dans les mêmes circonstances que Neely et Jason pendant la même période de six semaines. Lorsque l'accusation fit monter à la barre Carl Montgomery, qui avait la même allure que la dernière fois, à l'exception d'une barbe rousse qui lui mangeait la moitié du visage, je faillis faire un arrêt cardiaque.

— C'est elle, affirma-t-il, et je me pinçai la cuisse le plus fort possible pour ne pas fuir le tribunal en courant.

Mais ce n'était pas moi qu'il désignait.

Je n'ai jamais autant apprécié l'incapacité d'un homme à détourner le regard d'un écran de télévision plein de femmes nues assez longtemps pour prêter attention à la femme en chair et en os plantée devant lui – du moins pas avant d'être frappé trop fort pour faire la différence entre grande et petite, vraie blonde et perruque. Pour être juste, je pense que pour un homme qui vient de prendre un grand coup dans les couilles, toutes les femmes se ressemblent.

Amanda n'avait pas d'alibi pour l'agression de Carl. Je me souviens de l'instant exact où ses épaules se sont voûtées et où elle a semblé accepter son destin. C'est lorsque Carl, qui farfouillait d'un air absent dans sa barbe pendant son témoignage, se grattant d'avant en arrière de manière hypnotique, écarta soudain ses poils. La cicatrice était aussi épaisse qu'un crayon au milieu et mesurait bien trente centimètres ; elle partait de l'oreille et descendait le long de sa mâchoire où elle rejoignait une deuxième qui lui barrait le menton. L'assistance poussa un petit cri.

Amanda n'admit jamais l'agression de Carl ni le meurtre de Jason. Mais tandis que l'histoire prenait forme autour d'elle, elle-même devait se rendre compte que ses dénégations sonnaient de plus en plus faux.

Même ses plus ardents défenseurs, ceux qui maintenaient qu'elle était dans son bon droit, ne la croyaient pas. Le verdict de culpabilité fut délivré avec une rapidité étourdissante et elle fut condamnée à la prison à vie sans possibilité de libération conditionnelle, ce qui constituait une peine inhabituellement lourde pour une femme. Le juge pointa du doigt le fait que la sentence ne concernait pas uniquement la vie qu'elle avait ôtée mais ses justifications spécieuses qui détournaient l'attention des véritables victimes de viol et de maltraitance.

Lorsque Amanda fut emmenée, menottée, l'adrénaline à laquelle je carburais depuis des mois, depuis qu'Amanda avait été arrêtée sur le seuil de la maison de Jason dans son uniforme de Runnr, s'évanouit. Elle me lança un regard par-dessus son épaule, le premier depuis le début du procès. Quand je la vis, tout son éclat disparu, tout ce qu'elle avait fait – le harcèlement, l'espionnage, les menaces – s'estompa et je me souvins uniquement de la première fois que j'avais aperçu son visage chaleureux dans la foule du Nomad et la gratitude que j'avais ressentie en entendant son rire contagieux. Quand sa chevelure blonde disparut, j'étais en proie à un vertige beaucoup plus perturbant et écœurant que n'importe quelle prison métaphorique dans laquelle j'avais pu être emprisonnée jadis. Un psy appellerait certainement ça la culpabilité du survivant, mais ce n'était que la liberté – le dernier cadeau empoisonné de la part d'Amanda.

Si je n'ai pas inclus mes sentiments pour Jason dans mon compte rendu du procès, c'est parce que je le tins soigneusement écarté de mon esprit durant tout le temps qu'il dura. Il m'avait manqué pendant tellement longtemps que je ne possédais peut-être plus en réserve cette émotion particulière. De plus, le Jason dont je me languissais depuis la quatrième, le Jason qui me manquait quand nous étions séparés et pour qui je tremblais quand nous étions ensemble, était un pur produit de mon imagination. Si je ressentais encore un pincement au cœur de temps en temps, c'était juste pour la chaleur de son corps contre le mien quand on regardait la télé ensemble il y avait des années de ça. Chaque fois que j'essayais de penser vraiment à lui, et donc à ce que j'avais fait, je tombais sur un trou aux bords inégaux, comme une photo de bal de promo sur laquelle on aurait découpé la tête de quelqu'un.

Le visage qui me hantait était celui d'Amanda. Je me souvenais d'elle trébuchant, menottée, sa certitude fanatique se fissurant et se vidant lentement avec sa vision, certes tordue, d'une justice pour et par les femmes. Plus que l'application elle-même, cette vision lui avait donné du pouvoir et un but, l'avait rendue presque invincible. J'avais fini par trouver ce qui comptait pour elle et je le lui avais volé pour toujours.

Une fois compris ça, je ne pouvais aller nulle part ailleurs que chez moi. Je rendis mon appartement à Austin, trop apathique pour éviter que mes affaires merdiques finissent à la poubelle. Je me réfugiai chez ma mère, où je passais mes journées à dormir et mes nuits à contempler le plafond. Elle cuisina pour moi et s'assura que mes draps et mes fringues étaient toujours propres, mais elle ne me posa aucune question. Lorsque les journalistes finirent par localiser Amarillo sur une carte et par se matérialiser sur le perron, elle continua à arborer son air de perplexité aimable et prétendit ne comprendre aucune question entre la porte d'entrée et sa voiture quand elle partait travailler tous les matins et rentrait tous les soirs. Sa compréhension de l'anglais avait toujours été sélective.

C'est Cynthia Omari qui me tira du trou noir dans lequel j'étais tombée après le procès. J'avais ignoré ses appels comme ceux des autres et effacé ses messages sans les écouter, mais, animée de la même détermination que les journalistes, elle finit par me retrouver et par se frayer un chemin jusqu'à la porte de ma mère, où elle attendit que cette dernière rentre du travail. Avec son instinct infaillible, ma mère la laissa entrer et me dit quatre mots avant de disparaître : « *Mija*, de la visite. » La présence de Cynthia était intéressée ; elle était convaincue que la notoriété acquise pour avoir envoyé la Vengeresse de Runnr en prison boosterait ma carrière une fois les choses un peu tassées. Elle avait raison. Cynthia se trompait rarement pour ce genre de choses.

Depuis qu'elle m'avait persuadée de revenir à Los Angeles, Cynthia était mon mentor officieux. Il y eut un nombre incalculable de déjeuners d'un quart d'heure où j'appris à ne pas me formaliser de la voir partir avant qu'on soit servies ; des déjeuners un peu plus longs suivis de mails ; et je fus enfin invitée à des fêtes dans son appartement incroyablement spacieux, puis seule, juste pour boire un verre de vin et brainstormer sur la série que nous écrivions ensemble. Je ne dirais pas que nous sommes devenues meilleures amies mais nous sommes peut-être aussi proches que peuvent l'être deux personnes. Et je dois dire que sous sa tutelle, je n'ai pas eu besoin d'auditionner pour un seul rôle de femme de chambre.

Depuis quelque temps, j'envoie des cadeaux anonymes à Amanda, en prison. Un paquet de tampons. Une cartouche de cigarettes. Une bouteille chère de tonique pour le visage. Je l'imagine troquant ces objets avec les autres détenues contre ce qu'elle veut vraiment et je me demande de quoi il s'agit, maintenant que son rêve a volé en éclats. Le mois dernier, je lui ai envoyé du papier à lettres et des stylos, au cas où elle voudrait m'écrire, comme Mattie. Je ne pouvais pas prendre le risque de joindre un mot – l'administration pénitentiaire lit son courrier –, mais j'espérais malgré tout qu'elle comprendrait ce que je voulais dire par là. *Je suis navrée de t'avoir réduite au silence*, la priai-je d'entendre en regardant le papier et les stylos. *Je veux entendre ta voix de nouveau. Explique-moi comment me racheter.*

Au bout de quelques semaines, une enveloppe surgit dans ma boîte aux lettres, en fin d'après-midi, comme d'habitude. Je reconnus le papier couleur crème et mon cœur rata un battement. Je m'assis devant mon bureau et contemplai l'enveloppe pendant un long moment, les yeux rivés sur mon nom et mon adresse écrits de la main d'Amanda et sur le tampon rouge de la prison sous l'adresse de retour ENVOYÉ DEPUIS UNE PRISON D'ÉTAT. Je finis par déchirer le coin pour ne pas abîmer la lettre, glissai mon pouce dans le trou et ouvris l'enveloppe. Elle contenait une feuille de papier pliée en trois. Je la dépliai.

Elle était blanche.

Les projecteurs s'éteignent avec un bruit de pneu crevé et les applaudissements se transforment en cris avinés dès que la lumière de la salle se rallume pour l'entracte.

Cynthia m'attend derrière, dans la loge. On l'appelle « loge » pour la durée de l'enregistrement, mais il s'agit en réalité davantage d'un débarras équipé de deux canapés dépareillés dans des états variés de décomposition et d'un cercle de coiffeuses cassées. Sur l'une d'entre elles est posée la perruque de remplacement de Betty, perchée sur une tête en polystyrène, prête pour son gros plan. Côté traiteur, on a droit à une desserte roulante sur laquelle sont entassés des plateaux de sandwichs et de fruits livrés par HEB et protégés par des dômes en plastique. Une caisse de bouteilles de Lone Star à température ambiante est rangée dans un coin derrière la porte. On est loin de Los Angeles.

Dans cet environnement, Cynthia a l'air à la fois splendidement déplacée et parfaitement chez elle : elle magnifie le décor jusqu'à ce que son aspect miteux finisse par devenir un hommage suranné. Blottie dans un canapé couleur guacamole tourné, elle est en train de taper quelque chose sur son téléphone qu'elle expédie d'un clic à mon entrée. Un tweet, je suppose.

Elle pose son portable et m'ouvre voluptueusement les bras sans se lever.

— Ma chérie, c'était une tuerie. Tu as tout massacré.

Son vocabulaire me coupe un peu le souffle.

— Merci, Cyndi, je réponds en me penchant pour qu'elle me serre à moitié dans ses bras. Mais ils ne sont qu'à demi morts, poursuis-je en m'affalant sur le canapé à carreaux marron en face d'elle. Je m'améliore de jour en jour.

— C'est déjà pas mal, réplique-t-elle avec un sourire félin. Je te livre le secret des émissions spéciales. Ce ne sont jamais les meilleures performances du comique. On donne ce qu'on peut sur scène et on règle le reste au montage.

— Ah. Tout est dans l'apparence.

— C'est beaucoup plus important que la réalité. (Elle hausse un sourcil.) Bien sûr, les grands humoristes possèdent les deux.

C'est bien dans le genre de Cynthia de ne pas pointer l'évidence. Je m'en fiche. J'y suis habituée à présent. Et je sais que son maintien affecté est une posture qu'elle se donne. Je l'ai souvent vue bourrée, après qu'un de ses petits amis lambda l'a larguée, intimidé par sa célébrité et la longue liste de ses succès alors qu'elle n'a pas quarante ans. Le dernier en date, Davis Q. Brown, ou un autre nom aussi idiot, a rompu avec elle à la télévision, dans une émission sur le câble, un talk-show. La veille, le magazine *New York* avait publié un article sur Cynthia en disant qu'elle était « heureuse en couple » et le mec en question a balancé tout un tas de ragots sur elle, de son côté pot de colle à ses porte-jarretelles. La Cynthia que j'ai découverte quand elle m'a demandé de la rejoindre au beau milieu de la nuit était totalement décomposée. Et si elle était marrante, c'était de la manière dont le sont tous ceux qui ont le cœur brisé : morve coulant dans sa bouche, sanglots qui se transforment en couinements, taches de vin sur le canapé à onze mille dollars. Je l'ai prise dans mes bras en pensant : *Grâce à Jason et à Amanda, je ne pleurerai plus jamais comme ça.*

Depuis cette histoire, Cynthia n'est plus jamais sortie avec des mecs lambda, que des types à moitié célèbres et s'ils lui brisent le cœur, elle ne se confie plus à moi. Mais elle ne consulte plus son téléphone pendant nos réunions non plus.

— C'est toujours bon pour la scène de castagne de mercredi matin ?

Elle acquiesce et je me demande si elle songe à la même nuit que moi.

— J'ai adoré les dernières pages que tu m'as envoyées.

— Tu ne trouves pas qu'utiliser une figurine Marvel comme arme du crime c'est trop ?

— La mort par les-nichons-et-le-cul ? Non, c'est parfait. Elle le frappe avec son propre fantasme sexuel. (Elle fait semblant de balancer quelque chose de lourd devant elle.) Pan ! En plein sur la bouche.

— En plein sur la bouche.

Je lui souris en retour.

— Je voudrais te redire à quel point je suis contente d'avoir laissé tomber cette sitcom dentaire. Ne me fais pas dire ce que je n'ai pas dit : Irina est très talentueuse. Et c'est toujours ma meilleure amie. Mais l'idée n'avait aucune profondeur. C'était du réchauffé. Une femme qui réussit professionnellement mais pas sentimentalement, une intrigue secondaire avec l'assistant dentaire… ça sent les restes bâclés de Mindy Kaling tout ça. Et situer une comédie au boulot, c'est tellement l'ère Obama, tu vois ?

J'opinai, en bonne auditrice.

— Mais l'échange de vengeance, ça… De la comédie noire. C'est exactement ce qu'il faut vu l'époque.

S'ils nous insultent, on leur serre les couilles. C'est *Killing Eve* mâtiné de *Jane the Virgin.*

Cynthia a la courtoisie de ne jamais faire d'allusion à la source de mes idées ; pour elle, quelle que soit la façon dont un script évoque de manière évidente la vie de son créateur, c'est être philistin que de suggérer qu'il puisse y avoir un lien. De plus, je la soupçonne de considérer tout ce qui peut rappeler le procès comme de la bonne publicité.

— J'adore cette *vibe* genre « elles vont le faire ou pas », mais au lieu d'avoir un inspecteur Cro-Magnon trouduc et sa sévère partenaire féminine – elle agite les épaules de manière suggestive –, on a *deux sublimes femmes de couleur*, prisonnières d'un jeu mortel du chat et de la souris.

— Je verrais bien une sublime femme de couleur et une naine à moitié mexicaine, dis-je en sachant très bien qu'elle haussera de nouveau les épaules plutôt que de me contredire. (En réalité, j'aime mon corps en ce moment mais je sais très bien où est mon intérêt. Ce que je voudrais dire, en vérité, c'est *Laquelle de nous deux est le chat, laquelle est la souris ?*) Mais merci. Tu as réfléchi au titre ?

Elle hausse les épaules.

— La balle n'est pas dans notre camp. La dernière fois que j'ai eu des nouvelles, la chaîne cherchait des idées commençant par une lettre avant G dans l'alphabet. Ça augmente les téléchargements de trente pour cent.

— C'était juste un titre de travail, de toute façon, je réponds, soulagée. Que penses-tu de *Ce qu'on mérite* ? Ça commence par un C.

— C’est trop long, remarque-t-elle en fronçant les sourcils. Les titres trop longs sont coupés dans les menus. On peut perdre quinze pour cent de télécharge-ments sur certaines plateformes.

— Tu dois bien admettre que c’est meilleur qu’*On se serre les coudes.*

Elle m’assène le regard spécial Cynthia Omari : paupières à moitié fermées avec un trait de fard à pau-pière vert. *Tu protestes trop*, dit ce regard. *On sait toutes les deux que ce titre n’est pas bon. N’insiste pas.*

Je suis sauvée de mon envie d’insister par le bruit de la porte qu’on entrebâille.

— Toc, toc ? Dana ?

La voix masculine me paraît vaguement familière mais de là où je suis, je ne distingue pas son visage.

— C’est une loge privée réservée aux artistes, assène aussitôt Cynthia, avec ce talent mystérieux qu’elle possède pour savoir en un coup d’œil qui en est et qui n’en est pas.

— Je suis un vieil ami de Dana. (Je reconnais la voix juste au moment où il ajoute :) Ou dois-je dire, de Betty ?

Cynthia ouvre la bouche pour protester, mais pour une fois, je l’interromps.

— C’est bon. Laisse-le entrer. Et, Cyndi, je suis désolée de te demander ça mais… (Je plisse le nez, confuse.) C’est un vieil ami. J’aimerais bien lui parler un peu.

Toujours courtoise, elle se lève du canapé.

— Mais bien sûr.

En sortant, elle adresse un sourire radieux à mon invité. Puis elle disparaît, là où vont les gens à moitié célèbres quand ils abandonnent leur protégé. Déjeuner avec un agent ? Se rendre à l'héliport ? Avec un peu de chance, je ne tarderai pas à le savoir.

Carl Montgomery n'a pas vraiment changé depuis le procès, sauf que sa barbe scrofuleuse lui mange encore plus le visage : elle recouvre son cou et sa pomme d'Adam et laisse des traces rousses jusque sous ses pommettes. Je lui fais signe de s'asseoir sur le canapé que Cynthia vient de laisser. En présence de Carl, sa couleur passe de « guacamole périmé » à « guacamole pourri ». Je peux presque voir la moisissure pousser.

— Dana. Dana Diaz ! Dana, Dana, Dana.

Il garde la bouche entrouverte en prononçant les trois derniers mots et je vois sa langue s'agiter.

— Carl, c'est ça ? je demande poliment. Quelle agréable surprise.

— Ah bon ? rétorque-t-il d'un ton narquois. On n'a pas eu le temps de bavarder pendant le procès.

Il pose brièvement le regard sur la perruque de Betty avant de reporter aussitôt son attention sur moi.

Je fais semblant de pousser un soupir chagrin pour relâcher le souffle que je retenais.

— Ça a été stressant pour tout le monde.

— Heureusement que justice a été rendue, déclare-t-il avec une expression que sa barbe m'empêche de déchiffrer.

— Heureusement, je répète, prudente. Comment va la vie depuis le procès ? Vous avez signé des contrats d'édition ?

J'en ai refusé un pour ma part, contre l'avis de Cynthia, et c'est presque la seule fois où j'ai ignoré son conseil. Je ne veux pas que mon premier livre parle de ça.

— Oh, je suis incapable d'écrire un livre, répond Carl avec modestie. Uniquement des petits sketches. Des monologues, comme vous. (Il se caresse la barbe d'une manière répugnante qui me paraît excessive.) Eh oui, je suis dans le stand-up moi aussi, maintenant. Incroyable, non ?

La vérité n'étant pas diplomatique, je me contente de commenter :

— Waouh.

— Oui, je sais. (Il s'interrompt et regarde au loin, l'air étrange.) C'est marrant parce que d'une certaine manière c'est grâce à l'horrible agression que j'ai subie au printemps dernier. Parce que j'ai tout perdu. Pas uniquement mon job – que je détestais de toute façon – mais mon monde en ligne, qui était ma vraie vie. Je n'en ai pas parlé au procès mais on m'a volé mon disque dur pendant l'agression.

En disant *disque dur*, il me lance un regard de côté.

— Ah, est tout ce que je parviens à articuler.

— Oui, hein ? Cette salope a mis la main sur tous les mots de passe de tous mes comptes. Ma vie a été un enfer pendant six mois. J'ai dû disparaître de tous les réseaux sociaux, fuir Reddit et effacer complètement RadioMacktive. (Il pousse un profond soupir et me regarde droit dans les yeux.) C'étaient les endroits où je me sentais en sécurité, Dana. C'est comme ça qu'on dit, non ? Et je n'y étais plus en sécurité. Je me suis senti – quel est le mot, déjà ? – *exposé*.

Tant mieux, je songe en pensant aux GIF abominables qui étaient sa spécialité.

Comme s'il lisait dans mes pensées, il hoche la tête avec un sourire faussement respectueux.

— Comme ma mère aimait à la répéter, les voies du Seigneur sont impénétrables.

J'opine à mon tour. J'attends qu'il poursuive mais il laisse planer un long silence inconfortable entre nous. Il évite mon regard en tirant sur sa barbe.

— Sauf que ce n'était pas le Seigneur, n'est-ce pas ? finit-il par dire, toujours sans me regarder. C'était vous.

Je m'agite sur le canapé à carreaux et je m'oblige à ne pas vérifier dans le reflet du mur recouvert de miroirs que j'ai l'air calme. C'est le genre de chose qu'une personne qui l'est ne ferait jamais.

— Je ne vois pas du tout de quoi vous parlez, Carl, je réponds en relâchant mon diaphragme pour conserver une voix parfaitement égale comme on l'apprend en cours de théâtre. Mais si c'était le cas, et pour que les choses soient claires, ça ne l'est pas (je garde toujours à l'esprit que les gens peuvent m'enregistrer), je dirais que vous avez certainement mérité ce qui vous est arrivé, vous ne croyez pas ?

— Peut-être, réplique-t-il sur un ton aussi neutre que le mien. Comme je vous l'ai dit, on n'a pas eu le temps de bavarder pendant le procès. Mais comme votre carrière a décollé juste après, j'ai décidé de faire des recherches sur vous, pour comprendre pourquoi vous suscitiez tout ce tapage. Quelqu'un tirait profit de ma douleur et je voulais découvrir de qui il s'agissait. (Il sourit.) C'est comme ça que YouTube m'a suggéré de regarder d'autres vidéos et que je me suis intéressé au stand-up. Je voyais tous ces ratés derrière un micro et je me suis dit *Moi aussi je peux faire ça.* Il n'y a pas beaucoup de différences entre un troll et un mec qui perturbe un spectacle. Et qu'est-ce qu'un comique sinon un trouble-fête à qui on a donné un micro ?

J'ouvre la bouche pour répondre mais il n'en a pas terminé.

— Mais je digresse. Ce que je veux dire, c'est que j'ai trouvé Betty. Et après un petit effort de mémoire, j'ai acquis la certitude que c'était Betty et pas Amanda qui m'avait rendu visite cette nuit-là.

— Vous avez affirmé sous serment qu'il s'agissait d'Amanda, fais-je remarquer en réfléchissant à toute allure.

— Tout le monde peut se tromper. Les témoins oculaires sont peu fiables, c'est de notoriété publique. De plus, j'ai une autre preuve, alors inutile de nier.

Une preuve. Je pense immédiatement, comme ça m'arrive souvent au beau milieu de la nuit, aux enregistrements du mouchard d'Amanda, qui n'étaient pas recevables au procès mais qui sont toujours quelque part, archivés sur une clé USB. Peut-être est-elle enterrée dans un des cartons vendus aux enchères pour payer le loyer de son garde-meubles. CUISINE. PLACARD DE L'ENTRÉE. CHANTAGE… Ou elle la lui a envoyée depuis la prison d'une manière ou d'une autre. Je l'ai vue, écartant un peu le pouce et l'index, dire *Moi seule sais où elle se trouve.* Il est plus probable qu'elle l'ait cachée au préalable et qu'elle ait ensuite envoyé les instructions à Carl pour la récupérer. Je sens la chaleur se répandre sur mon visage et j'essaie de garder une respiration lente et régulière.

— Eh bien, Carl, je suis ravie que vous ayez fini par trouver votre vocation, dis-je en me préparant à me lever. Maintenant, si vous voulez bien m'excuser, l'entracte est presque terminé.

— Je ne t'excuserai pas, Betty, réplique-t-il en plissant les yeux et en se penchant vers moi si vite que je perds l'équilibre et m'affale sur les coussins avachis du canapé. Je ne t'excuserai jamais pour ce que tu m'as fait, de la même manière que je ne te pardonnerai pas, ni ne tournerai la page. Ce n'est pas ce que tu voulais ? Que je n'oublie jamais ?

Je me recroqueville instinctivement, prête à encaisser un geste violent, comme si j'étais de retour dans la maison de Jason ou sur la banquette arrière de la voiture d'Aaron Neely. Je jette un coup d'œil à la porte fermée derrière lui et je me maudis de l'avoir laissé s'interposer entre la sortie et moi. Si je hurle, est-ce que quelqu'un m'entendra malgré le bruit extérieur ? Je tiens toujours mon téléphone à la main. Aurai-je le temps d'appeler quelqu'un ? Qui ? Cynthia ? Abandonnera-t-elle Twitter pour décrocher ou laissera-t-elle mon appel se perdre sur messagerie ?

Je cherche des yeux une issue dont je sais qu'elle n'existe pas. Tout ce que je vois, c'est la tête de Carl qui se reflète à l'infini entre les rangées de miroirs, un nombre incalculable de Carl barbus qui s'étirent indéfiniment dans toutes les directions. Plus les reflets s'éloignent, plus les visages deviennent flous et perdent leur netteté, ce qui ne fait qu'accroître leur médiocrité menaçante.

— Qu'est-ce que tu veux, Carl ? je demande simplement.

Il se détend, visiblement soulagé de ne pas être obligé d'aller au bout de ce qu'il avait planifié.

— Je veux être célèbre moi aussi, répond-il, soudain amical. Tu es sous le feu des projecteurs. Je veux la même chose. On peut commencer par une invitation à *The Bestie Cast*. Je sais que tu es super copine avec Omari, conclut-il avec un geste en direction de la porte.

J'inspire.

— Je ne peux pas te faire inviter dans ce podcast. Cynthia est très difficile sur le choix de ses invités. Et puis ce n'est pas le meilleur endroit pour te lancer. (Je fais semblant de réfléchir et il tape du pied avec impatience. La solution m'apparaît soudain. C'est parfait.) En revanche, je peux te pistonner pour un rôle à la télé. Ce n'est pas encore mieux ?

Il plisse les yeux, soupçonneux.

— Dans quelle série ?

— La nouvelle série d'Omari. Celle qu'on est en train d'écrire toutes les deux. Elle est tellement neuve qu'elle n'a pas encore de titre, mais ça va être un carton. Je vais lui parler de toi et m'assurer qu'elle te choisisse. (Je lève un doigt en signe d'avertissement.) Crois-moi, c'est le rôle de ta vie. (J'imagine sa tête en découvrant le script. La statuette de Black Widow à la pose provocante avec laquelle mon personnage frappera son personnage – jusqu'à la mort cette fois-ci. Il comprendra ce qu'*exposé* veut vraiment dire.) C'est une comédie noire.

Il acquiesce avidement, et son visage débile et cupide me rappelle les rêves débiles et cupides que j'avais déballés à Amanda le soir où on s'est rencontrées, quand mon aspiration la plus haute était d'être élue Personne la plus drôle d'Austin.

Sans le quitter des yeux, je compose le numéro de Cynthia et lui montre l'écran. Elle décroche, ce qui me remonte grandement le moral. C'était un pari un peu risqué mais ça valait le coup pour prouver que je n'ai pas dépensé tout mon capital. Loin de là. J'ai encore plein de coups dans ma manche.

— Cynthia ? J'ai trouvé quelqu'un qui sera parfait pour le rôle du mec dans la scène qu'on tourne mercredi matin. Il est super drôle et très prometteur. Qu'est-ce que tu en penses ? Tu pourrais me rendre ce service ?

La voix de Cynthia est un peu éteinte, ce qui signifie qu'elle veut que je répète tout ça à son assistante pour ne pas avoir à s'en souvenir.

— Pas de problème, tant qu'il fait une bonne lecture.

— Merci beaucoup, je réponds en souriant à Carl pour lui faire comprendre que tout se déroule comme sur des roulettes. (Il est rouge d'excitation. Il pensait certainement que ce serait plus compliqué que ça.) À plus, Cyndi.

Je raccroche et on se regarde un instant.

— Toc, toc. (Nisha, qui fait partie de l'équipe, ouvre la porte et passe la tête par l'entrebâillement.) Dana, on te cherche. C'est à toi dans cinq minutes. Tu es prête ?

Je hoche la tête en essayant de ne pas avoir l'air perturbée.

— J'arrive tout de suite.

— Pas de problème. Je pense qu'on en a terminé, déclare Carl avec un sourire de lèche-cul à l'attention de Nisha.

Elle disparaît. Carl se lève et me tend la main. Je me lève à mon tour et dans ma précipitation, je fais tomber mon sac à main. Je veux qu'il *se barre*.

— On reste en contact, dis-je brusquement.

J'ai un goût de bile dans la bouche.

Quand la porte se referme entièrement sur lui, je me penche pour ramasser le contenu de mon sac tout en essayant de refouler mes larmes afin de ne pas faire couler mon mascara. Bataillant pour rassembler le bazar étalé sur le sol, je réfléchis à la manière de l'exploiter sur scène. *Je me demande combien de gens meurent aveuglés par leur mascara tous les ans ? Ce truc devrait être illégal.*

Ma main se pose sur quelque chose : la non-lettre d'Amanda, toujours dans son enveloppe. Je n'ai pas réussi à la jeter. La feuille est de travers et quand je la fourre dans mon sac, elle s'échappe et tombe par terre. Je manque de m'accroupir pour la ramasser mais je me moque de moi-même pour avoir gardé une feuille blanche. Je lui donne un violent coup de pied qui l'envoie valser sous le canapé mais je tiens l'enveloppe un instant de plus, les yeux rivés sur l'adresse manuscrite, incertaine.

C'est alors que je remarque quelque chose. À la lumière des ampoules puissantes des coiffeuses, l'enveloppe est à moitié transparente. Et j'aperçois des marques. Je scrute l'intérieur de l'enveloppe. Quatre petites lignes horizontales, longues de quelques millimètres, à intervalles irréguliers à l'intérieur de l'enveloppe, près du haut :

——   –

    —   –

Je les observe. Puis je lisse l'enveloppe et la brandis devant la lumière en examinant l'adresse de l'expéditeur. À travers le mince papier fantaisie, je vois les marques d'une autre manière :

Amanda Dorn
Prison pour femmes de Californie
P.O. Box 1501
Chowchilla, CA 93610

Ama-r-ill-o. Amarillo.

Un peu plus bas, vers le milieu de l'enveloppe, je distingue une autre marque, cette fois-ci plus longue que les autres. Elle souligne un seul mot dans mon adresse.

Dana Diaz
2990 Coburn Drive
Los Angeles, CA 90230

Drive. Conduire.

Amarillo. Conduire.

Amanda m'a bien laissé un dernier message finalement. Est-ce un avertissement ? Une menace ? Ou alors essaie-t-elle seulement de me dire de rentrer chez moi ? Après tout, j'espérais presque qu'elle me donnerait un conseil. Je l'imagine en train de sourire à ma mère en regardant les photos du bal de promo dans ma chambre, et je frissonne. C'est sûrement une menace, sinon elle n'aurait pas pris la peine de la crypter.

Amarillo. Conduire. *Rentre chez toi, Dana. Tu n'es pas à ta place ici et encore moins à Los Angeles.* Mais je le savais déjà. Rentrer chez moi ? Peut-être un jour. Mais pour l'instant, j'ai un spectacle à terminer.

Je froisse l'enveloppe et la jette à la poubelle en sortant.

Devant la loge, j'aperçois Cynthia en train de discuter en coulisses avec le réalisateur et je la rejoins.

— Tu es toujours là ?

— Bien sûr. Il faut bien que quelqu'un s'assure que cet enregistrement ne dépasse pas le budget. (Le réalisateur lui lance un regard noir mais elle sourit, sereine.) Et puis je n'étais pas certaine que tout se passait bien avec le mec qui vient de partir. Je l'ai trouvé pas net. Je le connais ?

La réponse dépendait de l'attention avec laquelle elle avait suivi le procès. Il faudrait que je demande à Carl d'utiliser un nom de scène, au cas où.

— Je ne crois pas. Merci d'avoir décroché.

— Pas de problème. Comme je te le disais, j'étais un peu inquiète. Mais si tu crois qu'il peut devenir une star…

— Il ira loin, oui, j'affirme d'un ton détaché. Est-ce que tu crois que tu pourrais lui faire signer un contrat d'exclusivité ? Un truc dont il ne puisse pas sortir. Je pense qu'il n'a pas encore d'agent, ça devrait te faciliter la tâche.

Elle me considère longuement.

— Oh. Je vois.

— Oui. Je voudrais le couver. Superviser sa carrière. On a intérêt à le garder à l'œil, j'ajoute d'un air entendu.

— N'en dis pas plus.

Cynthia saura s'y prendre. Sous sa tutelle, Carl ne pourra pas se plaindre. Il décrochera des rôles. Il gagnera suffisamment d'argent pour vivre. Il passera à la télé. Il sera juste assez célèbre pour vivre à la périphérie de l'entourage de Cynthia. Mais ce sera tout.

— Merci, Cyndi, dis-je avec chaleur. (Puis, songeant au passage télévisé de Davis Q. Brown et au canapé taché de vin, j'ajoute :) Je trouverai un moyen de te remercier.

Tant que je suis impliquée dans le développement et la production de la série de Cynthia, je suis contrainte par contrat de terminer tous mes spectacles par un monologue de Betty. J'avais pris un agent avant de signer le contrat, et Cynthia a été très généreuse. Mais elle a aussi très clairement exprimé le fait que Betty était la partie essentielle du marché. Que ça me plaise ou non, Betty est ma marque de fabrique.

On est coincées ensemble, toutes les deux.

À un moment, durant la deuxième partie de tous mes spectacles, un technicien m'apporte la perruque de Betty ; je tourne le dos au public, j'ajuste les boucles platine sur mon carré brun maintenant parfait et je me glisse dans la peau de mon personnage. Au début, je faisais ça parce que porter la perruque tout le temps était perturbant – et pas que pour les spectateurs. Mais l'entrée de Betty est devenue un sketch en lui-même, et je la joue différemment chaque fois, comme ça même les fans qui m'ont vue avant ont l'impression d'en avoir pour leur argent. J'ai expérimenté plusieurs façons de donner du style à cette partie ; on m'a balancé la perruque au visage depuis les coulisses ou on l'a fait glisser sur le sol jusqu'à mes pieds. Je l'ai fait déposer sur des fauteuils et des divans variés, près d'un verre de vin ou d'un fouet ; une fois elle est arrivée sur une petite litière portée par des machinistes en costume égyptien. Une autre fois, je l'ai enroulée autour d'un Frisbee et attachée à des câbles au-dessus de ma tête tandis qu'un thérémine imitait des bruits de soucoupe volante en coulisses.

Pour l'enregistrement de ce soir, je voulais quelque chose de spécial mais pas trop fantaisiste ni distrayant. Cette fois-ci, je voulais que Betty ait l'air réelle.

Le North Door ne possède pas un décor assez sophistiqué pour inclure des câbles, aussi ai-je embauché une marionnettiste pour monter la perruque sur des baguettes fines et la manipuler de loin. On a répété et même si Sharla est une marionnettiste irréprochable, je n'ai jamais réussi à ignorer sa présence. Mais ce soir, c'est différent. Peut-être à cause de l'éclairage ou de l'énergie de la foule, ou de ce qui s'est passé dans la loge, mais la tenue noire de Sharla et les baguettes noires de la marionnette disparaissent comme par magie à l'arrière-plan sombre et je ne vois que Betty, qui monte l'escalier menant à la scène et flotte vers moi juste un peu plus haut que mes yeux. Je dis « flotte » mais grâce à Sharla, qui m'a observée quand je l'incarne, elle paraît marcher avec l'allure arrogante et pleine d'entrain de Betty, vive et vivante. Ses pas ne sont pas synchronisés avec ceux de Sharla – quelqu'un d'autre se charge de l'effet sonore depuis les coulisses –, ce qui augmente l'illusion.

Quand Betty apparaît, le public crie et applaudit avec complaisance. Après tout, c'est le moment que tout le monde attend, le moment qu'on leur promet dans tous les spectacles de Dana Diaz. C'est ma marque de fabrique.

— Les gens, voici Betty. Betty, voici les gens. Dis bonjour, Betty.

La perruque bouge un peu, comme si Betty écartait une mèche de cheveux de son visage.

Mais cette fois-ci, à cause de Carl et de la perruque de Betty qui flotte de manière réaliste et flippante, il y a quelque chose de différent dans l'air. C'est comme si c'était Betty mais à quel point une projection est-elle évidente quand on l'accomplit sur une marionnette ? En réalité, c'est moi qui suis différente.

Je ralentis, baisse la voix et m'éloigne du script.

— Vous savez certainement tous que Betty m'a été inspirée par quelqu'un que j'ai rencontré il y a environ un an et demi. (Des rires avinés ; quelqu'un crie : « Libérez Amanda ! » dans le fond et s'ensuit une série d'acclamations et de huées agités. J'attends patiemment que ça se calme.) Je sais, je sais. Vous êtes un public merveilleux. Merci. Mais je voudrais qu'on soit sérieux deux minutes parce que vous savez probablement que la personne dont je parle est en prison pour le meurtre de son ex-petit ami, qui était mon petit ami et mon meilleur ami, Jason Murphy.

Silence de mort. Quand j'ouvre la bouche pour continuer, je me surprends à trembler, dangereusement proche des larmes. Ce que je viens de dire à haute voix me frappe avec une force accrue. Pour la première fois depuis que j'ai abattu le pied du micro sur le crâne de Jason, je suis submergée par la colère de ce que j'ai été obligée de faire et à qui et par la facilité avec laquelle j'ai fait porter le chapeau à Amanda. Et de l'autre côté de cette fureur, se dresse un chagrin si profond que je ne peux pas l'affronter. Il est tellement plus grand que moi. C'est le chagrin d'avoir perdu Jason, bien avant de lui fracasser le crâne. C'est le chagrin de la vie que j'aurais pu mener sans toute cette merde déprimante, mais aussi le chagrin que j'éprouve pour ma mère, Cynthia, Kim, Ruby et Becca. Et, plus que tout, pour Amanda, toujours elle, qui hante mes rêves la nuit, qui occupe l'espace vide juste sous la perruque de Betty, Amanda, la vraie croyante, la méchante, l'héroïne. Mon chagrin est trop grand et je ne peux plus le contenir.

— Je suis désolée, dis-je en hoquetant malgré moi. J'ai juste besoin d'un instant.

Le public attend, atrocement poli, dans un silence de mort.

— Je voudrais juste dire que la violence dans un couple touche tout le monde : hommes et femmes, absolument tout le monde. Elle a littéralement détruit ma vie. Et si c'est votre cas aussi, demandez de l'aide. On fera passer un numéro de téléphone après le spectacle. Et pour ceux d'entre vous qui sont assis juste à côté de leur agresseur ce soir… parce que ça peut être n'importe qui (je perds de nouveau le contrôle et je prends une profonde inspiration), je veux que vous sachiez que vous n'êtes pas tout seuls. En mémoire de mon ami défunt, je donnerai toutes les recettes du spectacle de ce soir à des associations qui luttent contre les violences conjugales et sexuelles.

Le silence se transforme en un tonnerre assourdissant d'applaudissements. Les spectateurs assis se lèvent et ceux qui sont déjà debout martèlent le sol du pied tout en agitant les poings. Même les gens qui ont glissé les jambes entre les plots de la rambarde de l'escalier se mettent debout. Ils pensent applaudir Jason et c'est vrai qu'il a été tué par sa partenaire : moi. Mais c'est le visage tourmenté d'Amanda lors de notre première rencontre, qui sortait tout juste d'une relation abusive et qui en subissait toujours les effets, que je vois.

Est-ce ce qu'a ressenti Amanda après avoir touché l'argent que Runnr lui a versé pour son silence ? Elle avait compris les rouages de la machinerie et l'avait manipulée à son avantage. Mais alors qu'elle cherchait toujours comment se libérer, la roue avait tourné et avait ajouté un rouage pour éteindre toute vie en elle. Ce rouage, c'était Jason. Et comme elle l'avait appris, et moi aussi, ce soir, il y aurait toujours un autre Jason. On peut tourner le dos et l'ignorer ou on peut lui fracasser la tête avec le pied d'un micro ; ça n'a aucune importance. Il y aura toujours un autre Jason. Je l'ai compris en voyant la longue rangée de Carl dans les miroirs de la loge, les reflets sans fin des visages de la maltraitance juste à côté des reflets infinis des perruques de Betty sur la tête en polystyrène près des reflets de moi-même. Et même une fois Jason mort et Amanda en prison, c'est comme si nous étions encore tous les trois enfermés dans une lutte qui ne s'achèvera jamais.

Une fois qu'on sait que cette lutte existe, il est impossible de l'oublier. On peut en tirer profit ou se laisser écraser par elle mais on ne peut pas y échapper. Même une terroriste comme Amanda, qui avait fini par sombrer dans la folie et par se jeter dans la machine, était partie prenante de cette lutte. Comme nous tous.

Mais Amanda était-elle vraiment folle ?

Tandis que les applaudissements continuent, vague après vague, je me souviens avoir dit à Jason : *Elle n'archive des dossiers en ligne que lorsqu'elle veut qu'on les trouve.* Ce qu'elle avait laissé en ligne, c'était la vidéo de Neely. Qui l'accusait, elle, pas moi. Et même si les enregistrements qu'elle possédait de moi n'étaient pas recevables, elle aurait pu les télécharger quelque part pour qu'on les trouve. Mais elle ne l'avait pas fait.

Amarillo. Drive. *Flash drive. Clé USB.*

Où l'avait-elle cachée ? Derrière un cadre photo ? Dans mon vieux coffret à bijoux, dans une des rangées en velours rose ? Plutôt à l'extérieur, pour pouvoir la récupérer si elle le voulait – sous un cache-pot, comme une clé de secours ? Ou enveloppée dans du plastique et enterrée à l'ombre des arums ? Quelque part dans la maison ou dans le jardin de ma mère ? Elle était là, pleine à craquer de preuves, pendant tout le temps que je m'étais remise du procès. Elle ne l'avait pas envoyée à Carl. Elle l'avait cachée dans un endroit sûr – sûr pour *moi.* Et elle m'avait fait parvenir un signe. Pour me dire où la trouver.

Je pense que si Amanda avait pu se sauver elle-même plutôt que moi, elle l'aurait fait. Mais quand elle a compris que c'était impossible, elle a décidé de ne pas m'entraîner avec elle dans sa chute. Elle m'a aidée une dernière fois et elle avait une bonne raison pour ça.

Comme les applaudissements chaleureux diminuent, je formule une promesse muette envers Amanda. *Je le ferai*, lui dis-je. *Je continuerai à me battre. Pas à ta manière. Je suis une humoriste, après tout, et nous sommes réalistes. Je le ferai de l'intérieur. J'utiliserai le pouvoir et non la peur. Je les détruirai tous, un par un. Les Carl. Les Jason. Les Davis Q. Brown. J'écouterai et j'anéantirai.*

Il est temps d'alléger l'atmosphère.

— C'est compliqué de se remettre à draguer quand votre dernier petit ami a été assassiné par une psychopathe, dis-je en matière de transition. (Le public rit, obligeant.) Mais vous savez quoi ? Betty n'a jamais ce genre de problèmes.

Je marche lentement vers l'invisible Betty, me penche sous la perruque et la vois se mettre en place toute seule, laissant opérer la métamorphose. Puis je reprends ma place dans la lumière du projecteur.

— Laissez-moi vous parler de ce que j'ai prévu de faire ce week-end, aboie Betty ; et parce que je n'ai plus besoin de me montrer diplomate, l'histoire qu'elle raconte est sanglante, grossière et absolument vraie.

Et je sais qu'à la fin, comme dans toutes ses histoires, Betty prendra les choses en main.

Remerciements

Il y a toujours beaucoup de monde impliqué dans la publication d'un roman, mais celui-ci a nécessité toute une armée. Le premier, et non le moindre, est mon éditeur, Tim Mudie, que je remercie pour sa patience, ses critiques éclairées et son soutien sans faille durant l'écriture et la correction de cette histoire. Sans lui, je n'aurais écrit ni *Les Filles des autres* ni *De si bonnes amies*. Merci aussi à mon agente, Sharon Pelletier, qui m'a évité de devenir folle pendant ce qui s'est avéré être les deux années les plus animées de ma vie, à Lauren Abramo qui défend mes livres à l'étranger et à Helen Atsma chez HMH pour ses remarques pertinentes et ses encouragements.

Pour m'aider à tenir la deadline avec un nouveau-né, j'ai bénéficié de l'aide de plus d'amis et de membres de la famille que je ne peux en remercier ici et j'en suis profondément reconnaissante. Alissa Jones Zachary s'est montrée particulièrement héroïque quand j'ai pensé ne plus jamais réussir à dormir, encore moins terminer un roman. Dans un monde idéal, nous aurions tous près de nous quelqu'un qui comprend notre travail et ses enjeux, un partenaire critique dont l'écriture nous inspire et un ami qui nous soutient quand nous en avons besoin. Alissa est les trois à la fois.

Pendant les moments de doute, mes bêta-lecteurs Dan Solomon, Paul Stinson, Victoria Rossi et Linden Kueck m'ont donné de précieux conseils, encouragée, nourrie et offert des canards en plastique. Merci à la talentueuse Andie Flores pour sa connaissance de la scène comique d'Austin et à tous les autres humoristes qui rendent Austin aussi drôle.

Des milliers de remerciements à mon mari, Curtis Luciani, le meilleur homme de ma vie, qui a fait preuve d'une endurance remarquable durant le marathon qu'a été cette année. Et merci à mon fils, Hal, d'avoir appris à faire ses nuits.

J'éprouve une gratitude infinie pour les lecteurs des *Filles des autres* qui m'ont donné tant d'amour et d'encouragements ces deux dernières années. Beaucoup d'entre eux, dont la drôle et sage Kayla Lane Freeman, en partageant avec moi leurs expériences personnelles, ont influencé ma façon d'aborder ce roman.

Cette année a été l'année des femmes courageuses. Merci à toutes.

Cet ouvrage a été composé et mis en pages
par É*TIANNE* C*OMPOSITION*
à Montrouge.

Imprimé en Allemagne
par GGP Media GmbH Pößneck
en mars 2020
Titre: S30686/01